ORDEM a

DANIEL Silva
a ORDEM

Tradução
Laura Folgueira

Rio de Janeiro, 2024

Copyright © 2020 by Daniel Silva
All rights reserved.
Título original: *The Order*
Copyright de tradução © 2021 por Harper*Collins* Brasil

Todos os direitos desta publicação são reservados à Casa dos Livros Editora LTDA.

Nenhuma parte desta obra pode ser apropriada e estocada em sistema de banco de dados ou processo similar, em qualquer forma ou meio, seja eletrônico, de fotocópia, gravação etc., sem a permissão do detentor do copyright.

Diretora editorial: *Raquel Cozer*

Gerente editorial: *Alice Mello*

Editor: *Ulisses Teixeira*

Copidesque: *Thaís Lima*

Preparação de original: *André Sequeira*

Revisão: *Marcela Ramos*

Capa: *Milan Bozic*

Imagem de capa: *Nigel Cox*

Adaptação de capa: *Osmane Garcia Filho*

Diagramação: *Abreu's System*

CIP-Brasil. Catalogação na Publicação
Sindicato Nacional dos Editores de Livros, RJ

Silva, Daniel
    A ordem / Daniel Silva ; tradução Laura Folgueira. – 1. ed. – Rio de Janeiro, RJ: HarperCollins Brasil, 2021.
    432 p.

    Título original: The order
    ISBN 978-65-5511-107-1

    1. Ficção de suspense 2. Ficção norte-americana I. Título.

21-54386   CDD: 813

Maria Alice Ferreira - Bibliotecária - CRB-8/7964

Os pontos de vista desta obra são de responsabilidade de seu autor, não refletindo necessariamente a posição da HarperCollins Brasil, da HarperCollins Publishers ou de sua equipe editorial.

HarperCollins Brasil é uma marca licenciada à Casa dos Livros Editora LTDA.
Todos os direitos reservados à Casa dos Livros Editora LTDA.
Rua da Quitanda, 86, sala 601A — Centro
Rio de Janeiro, RJ — CEP 20091-005
Tel.: (21) 3175-1030
www.harpercollins.com.br

Como sempre, para minha esposa, Jamie,
e meus filhos, Lily e Nicholas

Quando Pilatos percebeu que não estava obtendo nenhum resultado, mas, pelo contrário, estava se iniciando um tumulto, mandou trazer água, lavou as mãos diante da multidão e disse: "Estou inocente do sangue deste homem; a responsabilidade é de vocês." E todo o povo respondeu: "Que o sangue dele caia sobre nós e nossos filhos."

— Mateus 27:24-25

Cada infortúnio subsequente sofrido pelos judeus — da destruição de Jerusalém a Auschwitz — trazia um eco daquele pacto de sangue inventado do julgamento.

— Ann Wroe, *Pontius Pilate*

É preciso ignorar deliberadamente o passado para não saber onde tudo isso vai terminar.

— Paul Krugman, *The New York Times*

CIDADE DO VATICANO

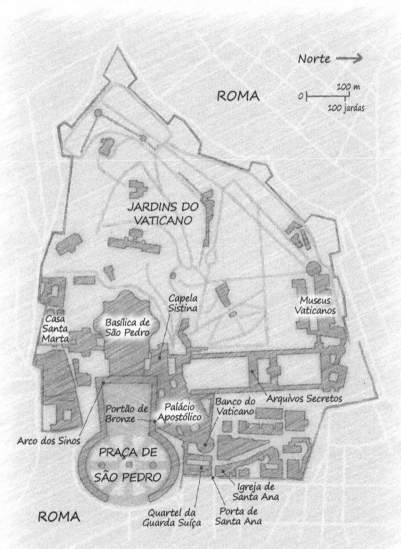

PREFÁCIO

Sua Santidade, o papa Paulo VII, foi apresentado em *The Confessor*, terceiro livro da série de Gabriel Allon. Subsequentemente, apareceu em *A infiltrada* e *Anjo caído*. Nascido Pietro Lucchesi, foi Patriarca de Veneza e sucessor direto do papa João Paulo II. Em minha versão fictícia do Vaticano, os papados de Joseph Ratzinger e Jorge Mario Bergoglio, os Sumos Pontífices Bento XVI e Francisco, não ocorreram.

Parte Um

INTERREGNO

I

ROMA

A ligação chegou às 23h42. Luigi Donati hesitou antes de atendê-la. O número na tela de seu *telefonino* era de Albanese. Só havia um motivo para ele ligar numa hora daquelas.

— Onde está, Excelência?

— Fora dos muros.

— Ah, sim. É quinta-feira, não?

— Algum problema?

— Melhor não dizer muito ao telefone. Nunca se sabe quem pode estar ouvindo.

A noite em que recebeu Donati era úmida e fria. Ele estava vestindo uma batina preta e colarinho romano, não a sotaina com borda púrpura e mozeta que usava no escritório — nome pelo qual os homens de sua hierarquia eclesiástica se referiam ao Palácio Apostólico. Como arcebispo, Donati era secretário particular do papa Paulo VII. Alto e esguio, com cabelo escuro volumoso e traços de estrela de cinema, ele tinha recentemente comemorado seu 63º aniversário. A idade não tinha conseguido diminuir em nada sua beleza. A revista *Vanity Fair* recentemente o tinha apelidado de "Lindo Luigi". A reportagem lhe tinha causado uma humilhação

DANIEL SILVA

sem fim dentro do mundo maledicente da cúria. Ainda assim, dada a merecida reputação de Donati de ser implacável, ninguém ousara mencionar isso na sua frente. Ninguém exceto o próprio Santo Padre, que o provocara sem dó.

Melhor não dizer muito ao telefone...

Donati estava se preparando para este momento havia um ano ou mais, desde o primeiro infarto leve, que escondera do resto do mundo e até da maioria da cúria. Mas por que aquela noite, dentre tantas?

A rua estava estranhamente silenciosa. Mortalmente silenciosa, pensou Donati, de repente. Era uma avenida ladeada de *palazzi* transversal à Via Veneto, o tipo de lugar onde um padre raramente punha os pés — em especial, um padre educado e treinado pela Sociedade de Jesus, a ordem intelectualmente rigorosa e, por vezes, rebelde à qual Donati pertencia. Seu carro oficial do Vaticano, com placa do SCV, esperava na calçada. O motorista era do Corpo da Gendarmaria, força policial de 130 membros do Vaticano. Ele atravessou Roma na direção oeste num ritmo desapressado.

Ele não sabe...

Em seu celular, Donati escaneou os sites dos principais jornais italianos. Nada sabiam, assim como seus colegas em Londres e Nova York.

— Ligue o rádio, Gianni.

— Música, Excelência?

— Notícias, por favor.

Mais conversa fiada de Saviano, outra arenga sobre como imigrantes árabes e africanos estavam destruindo o país, como se os italianos não fossem mais do que capazes de bagunçarem tudo sozinhos. Saviano estava havia meses atormentando o Vaticano atrás de uma audiência particular com o Santo Padre. Donati, com um prazer razoável, recusava-se a conceder.

A ORDEM

— Já é o suficiente, Gianni.

O rádio ficou abençoadamente em silêncio. Donati olhou pela janela do sedã alemão de luxo. Não era maneira de um Soldado de Cristo se locomover. Ele supunha que seria sua última jornada por Roma de limusine com chofer. Por quase duas décadas, servira como uma espécie de chefe de gabinete da Igreja Católica Romana. Fora uma época tumultuosa — um ataque terrorista à Basílica de São Pedro, um escândalo envolvendo antiguidades e os Museus Vaticanos, o flagelo dos abusos sexuais por parte de sacerdotes —, e, ainda assim, Donati saboreara cada minuto. Agora, num piscar de olhos, tinha acabado. Ele era de novo um mero sacerdote. Nunca tinha se sentido mais sozinho.

O carro cruzou o Tibre e virou na Via della Conciliazione, o amplo boulevard que Mussolini talhara atravessando as favelas de Roma. O domo iluminado da basílica, restaurado a sua glória original, avultava ao longe. Eles seguiram a curva da Colunata de Bernini até a Porta de Santa Ana, onde um guarda suíço acenou para entrarem no território da cidade-estado. O homem estava em seu uniforme noturno: uma túnica azul com um colarinho branco de estudante, meias até o joelho, boina preta, uma capa para proteger do frio da noite. Seus olhos estavam secos, o rosto, imperturbável.

Ele não sabe...

O carro subiu lentamente a Via Sant'Anna — passando pela Guarda Suíça, a Igreja de Santa Ana, a Tipografia Vaticana e o Banco do Vaticano — antes de parar perto de uma passagem em arco que levava ao Pátio de São Dâmaso. Donati cruzou os paralelepípedos a pé, entrou no elevador mais importante de toda a cristandade e subiu ao terceiro andar do Palácio Apostólico. Andou apressado pela *loggia*, uma parede de vidro de um lado, um afresco do outro. Uma virada à esquerda o levou aos apartamentos papais.

DANIEL SILVA

Outro guarda suíço, este com o uniforme formal completo, estava a postos como uma vareta em frente à porta. Donati passou por ele sem uma palavra e entrou. Quinta-feira, ele pensou. Por que precisava ser uma quinta-feira?

Dezoito anos, pensou Donati ao analisar o escritório particular do Santo Padre, e nada havia mudado. Apenas o telefone. Donati finalmente convencera o Santo Padre a substituir o antigo aparelho giratório de Wojtyla por um moderno com várias linhas. Fora isso, a sala estava exatamente como deixada pelo polonês. A mesma mesa de madeira austera. A mesma cadeira bege. O mesmo tapete oriental gasto. O mesmo relógio e crucifixo dourados. Até o conjunto de mata-borrão e caneta que pertencera a Wojtyla, o Grande. Apesar de todo o potencial do início de seu papado — a promessa de uma Igreja mais gentil, menos repressora —, Pietro Lucchesi nunca escapara totalmente da longa sombra de seu predecessor.

Donati, por algum instinto, marcou o horário em seu relógio de pulso. Era 00h07. O Santo Padre havia se retirado para o escritório, naquela noite, às 20h30, para noventa minutos de leitura e escrita. Em geral, Donati permanecia ao lado de seu mestre ou logo no fim do corredor, em seu próprio escritório. Mas, como era quinta-feira, a única noite da semana que tinha para si, ele só ficara até as nove.

Faça-me um favor antes de ir, Luigi...

Lucchesi pedira para Donati abrir as cortinas pesadas que cobriam a janela do escritório. Era a mesma janela de onde o Santo Padre rezava o Angelus todo domingo, ao meio-dia. Donati tinha obedecido ao pedido de seu mestre. Tinha aberto até as venezianas, para Sua Santidade poder olhar a Praça de São Pedro enquanto labutava na burocracia curial. Agora, as cortinas estavam firmemente

A ORDEM

fechadas. Donati as moveu para o lado. As venezianas também estavam fechadas.

A escrivaninha estava organizada, não a bagunça de sempre de Lucchesi. Havia uma xícara de chá pela metade, uma colher apoiada no pires, que não estava lá quando Donati saíra. Vários documentos em arquivos de cor parda estavam empilhados organizadamente embaixo da velha luminária retrátil. Um relatório da Arquidiocese da Filadélfia sobre as consequências financeiras do escândalo de abuso. Comentários para a Audiência Geral da próxima quarta-feira. O primeiro esboço de uma homília para uma iminente visita papal ao Brasil. Anotações para uma encíclica sobre imigração que com certeza irritaria Saviano e seus demais colegas da extrema direita italiana.

Estava faltando, porém, um item.

Você vai se certificar de que chegará a ele, não vai, Luigi?

Donati checou o cesto de papéis. Estava vazio. Nem um pedacinho de papel.

— Está procurando algo, Excelência?

Donati levantou o olhar e viu o cardeal Domenico Albanese na porta. Albanese era calabrês de nascimento e criatura da cúria de profissão. Tivera várias posições sêniores na Santa Sé, incluindo presidente do Conselho Pontifício para o Diálogo Inter-Religioso e arquivista e bibliotecário da Santa Igreja Romana. Nada disso, porém, explicava sua presença nos apartamentos papais sete minutos após a meia-noite. Domenico Albanese era o camerlengo. Era responsabilidade inteiramente sua emitir a declaração formal de que o trono de São Pedro estava vago.

— Onde ele está? — quis saber Donati.

— No reino dos céus — entoou o cardeal.

— E o corpo?

Se Albanese não tivesse ouvido o chamado sagrado, podia ter escolhido mover placas de mármore ou carregar carcaças num abatedouro calabrês como profissão. Donati o seguiu por um corredor curto até o quarto. Outros três cardeais esperavam à meia--luz: Marcel Gaubert, José Maria Navarro e Angelo Francona. Gaubert era secretário de estado, efetivamente o primeiro-ministro e diplomata-chefe do menor país do mundo. Navarro era prefeito da Congregação para a Doutrina da Fé, guardião da ortodoxia católica, defensor contra a heresia. Francona, o mais velho dos três, era decano do Colégio Cardinalício. Sendo assim, presidiria o próximo conclave.

Foi Navarro, espanhol de linhagem nobre, que se dirigiu primeiro a Donati. Embora morasse e trabalhasse em Roma havia quase um quarto de século, ainda falava italiano com um forte sotaque castelhano.

— Luigi, sei como isso lhe deve ser doloroso. Éramos servos fiéis dele, mas era você quem ele mais amava.

O cardeal Gaubert, um parisiense magro com rosto felino, assentiu em concordância profunda com o clichê curial do espanhol, assim como os três laicos à sombra no canto do quarto: o dr. Octavio Gallo, médico pessoal do Santo Padre; Lorenzo Vitale, chefe do Corpo da Gendarmaria; e o coronel Alois Metzler, comandante da Guarda Suíça Pontifícia. Donati, parecia, tinha sido o último a chegar. Era ele, secretário particular, que deveria ter convocado os príncipes sêniores da Igreja à cabeceira do papa morto, não o camerlengo. De repente, ele foi tomado pela culpa.

Mas quando Donati baixou os olhos para a figura estirada na cama, sua culpa deu lugar a um luto avassalador. Lucchesi ainda estava usando sua batina branca, embora suas sapatilhas tivessem sido removidas e seu solidéu não estivesse à vista. Alguém tinha colocado as mãos dele sobre o peito. Estavam agarradas ao seu rosário. Os olhos estavam fechados, a mandíbula, frouxa, mas não havia evidência de dor em seu rosto, nada que sugerisse que ele tivesse sofrido. Donati, aliás, não ficaria surpreso se Sua Santidade acordasse de repente e perguntasse como estava a noite dele.

Ele ainda estava usando sua batina branca...

Donati fora o guardião da agenda do Santo Padre desde o primeiro dia de seu pontificado. A rotina noturna raramente variava. Jantar das sete às oito e meia. Burocracia no escritório das oito e meia às dez, seguida por quinze minutos de oração e reflexão em sua capela particular. Em geral, ele estava na cama às dez e meia, quase sempre com um romance inglês de espionagem, seu prazer secreto. *Armadilhas e desejos*, de P.D. James, estava na mesa de cabeceira, sob os óculos de leitura do papa. Donati o abriu na página marcada.

Quarenta e cinco minutos depois, Rickards estava de volta à cena do crime...

Donati fechou o livro. O Sumo Pontífice, imaginou ele, estava morto havia quase duas horas, talvez mais. Calmamente, ele perguntou:

— Quem o encontrou? Espero que não tenha sido uma das freiras domésticas.

— Fui eu — respondeu o cardeal Albanese

— Onde ele estava?

— Sua Santidade deixou esta vida na capela. Descobri-o alguns minutos após as dez. Quanto ao horário exato de seu falecimento... — O calabrês levantou os ombros pesados. — Não sei dizer, Excelência.

— Por que não fui chamado imediatamente?

— Procurei pelo senhor por toda parte.

— Deveria ter ligado para meu celular.

— Liguei. Várias vezes, aliás. Ninguém atendeu.

O camerlengo, pensou Donati, não estava falando a verdade.

— E o que estava fazendo na capela, Eminência?

DANIEL SILVA

— Isto está começando a soar como uma inquisição. — O olhar de Albanese dirigiu-se brevemente para o cardeal Navarro, antes de repousar de novo em Donati.

— Sua Santidade me pediu para orar com ele. Aceitei o convite.

— Ele lhe telefonou diretamente?

— Ao meu apartamento — disse o camerlengo, com um aceno.

— A que horas?

Albanese ergueu o olhar para teto, como se tentando lembrar um detalhe insignificante que lhe tivesse fugido.

— Nove e quinze. Talvez nove e vinte. Ele me pediu para vir alguns minutos depois das dez. Quando cheguei...

Donati baixou o olhar para o homem estendido sem vida na cama.

— E como ele chegou até aqui?

— Eu o carreguei.

— Sozinho?

— Sua Santidade carregava o peso da Igreja nos ombros — disse Albanese —, mas, na morte, era leve como uma pena. Como não consegui encontrá-lo, convoquei o secretário de estado, que, por sua vez, ligou para os cardeais Navarro e Francona. Então, chamei o *dottore* Gallo, que fez o pronunciamento. Morte por infarto fulminante. O segundo infarto, certo? Ou o terceiro?

Donati olhou para o médico papal.

— A que horas o senhor fez a declaração, *dottore* Gallo?

— Onze e dez, Excelência.

O cardeal Albanese pigarreou suavemente.

— Fiz um pequeno ajuste à linha do tempo em minha declaração oficial. Se desejar, Luigi, posso dizer que foi você que o encontrou.

— Não será necessário.

A ORDEM

Donati ficou de joelhos ao lado da cama. Em vida, o Santo Padre tinha sido franzino. A morte o diminuíra ainda mais. Donati lembrava do dia em que o conclave inesperadamente escolhera Lucchesi, Patriarca de Veneza, para ser o 265° Sumo Pontífice da Igreja Católica Romana. Na Sala das Lágrimas, Lucchesi escolhera a menor das três batinas prontas. Ainda assim, ficara parecendo um garotinho vestindo a camisa do pai. Ao sair no balcão da Basílica de São Pedro, sua cabeça mal ficava visível acima da balaustrada. Os *vaticanisti* o batizaram de Pietro, o Improvável. Os linhas-duras da Igreja se referiam a ele pejorativamente como Papa Acidental.

Após um momento, Donati sentiu um toque no ombro. Era como chumbo. Portanto, devia ser Albanese.

— O anel, Excelência.

Outrora fora responsabilidade do camerlengo destruir o Anel do Pescador de um papa morto na presença do Colégio Cardinalício. Mas assim como as três batidas na testa papal com um martelo de prata, a prática tinha sido deixada de lado. O anel de Lucchesi, que ele raramente usava, seria meramente marcado com dois cortes profundos no sinal da cruz. Outras tradições, porém, continuavam válidas, como o fechamento com tranca e vedação imediatos dos apartamentos papais. Até Donati, único secretário particular de Lucchesi, seria impedido de entrar quando o corpo fosse removido.

Ainda de joelhos, Donati abriu a gaveta da mesa de cabeceira e pegou o pesado anel de ouro. Entregou-o ao cardeal Albanese, que o colocou numa bolsinha de veludo. Solenemente, declarou:

— *Sede vacante.*

O trono de São Pedro estava vazio. A Constituição Apostólica ditava que o cardeal Albanese servisse como cuidador temporário da Igreja Católica Romana durante o interregno, que acabava com a eleição de um novo papa. Donati, mero arcebispo titular, não

DANIEL SILVA

teria voz nessa questão. Na verdade, agora que seu mestre tinha partido, ele estava sem status nem poder, prestando contas apenas ao camerlengo.

— Quando pretende fazer o anúncio? — perguntou Donati.

— Estava esperando você chegar.

— Posso revisá-lo.

— Não temos tempo a perder. Se demorarmos mais...

— É claro, Eminência. — Donati colocou a mão em cima da de Lucchesi. Já estava fria. — Gostaria de um momento a sós com ele.

— Um momento — disse o camerlengo.

O quarto lentamente se esvaziou. O cardeal Albanese foi o último a sair.

— Diga-me uma coisa, Domenico.

O camerlengo parou na porta.

— Excelência?

— Quem fechou as cortinas do escritório?

— As cortinas?

— Estavam abertas quando saí, às nove. As venezianas também.

— Eu as fechei, Excelência. Não queria que ninguém na praça visse luzes acesas nos apartamentos tão tarde.

— Sim, é claro. Foi sábio de sua parte, Domenico.

O camerlengo saiu, deixando a porta aberta. Sozinho com seu mestre, Donati lutou contra as lágrimas. Haveria tempo para o luto depois. Ele se inclinou perto da orelha de Lucchesi e gentilmente apertou a mão gelada.

— Fale comigo, velho amigo — sussurrou. — Conte-me o que realmente aconteceu aqui hoje.

2

JERUSALÉM–VENEZA

Foi Chiara quem informou em segredo ao primeiro-ministro que o marido dela estava precisando desesperadamente de umas férias. Desde que, relutante, se acomodara na suíte executiva do Boulevard Rei Saul, ele mal se permitira uma tarde de folga, apenas alguns dias de convalescência após o bombardeio em Paris responsável por fraturar duas vértebras na lombar. Ainda assim, não era algo a ser encarado de forma leviana. Gabriel precisava de uma rede de comunicação segura e, mais importante, segurança pesada, assim como Chiara e os gêmeos. Irene e Raphael logo comemorariam seu quarto aniversário. A ameaça contra a família Allon era tão imensa que eles nunca tinham posto os pés fora do estado de Israel.

Mas para onde iriam? Uma viagem exótica a um destino distante não era uma opção. Eles teriam de permanecer razoavelmente perto de Israel para que Gabriel, no caso muito provável de emergência nacional, pudesse estar de volta ao Boulevard Rei Saul em questão de horas. Não havia, no futuro deles, safári sul-africano nem viagens à Austrália e a Galápagos. Provavelmente, era melhor assim; Gabriel tinha uma relação conturbada com animais selvagens. Além do mais, a última coisa que Chiara desejava era exauri-lo com mais

DANIEL SILVA

um voo longo. Como diretor-geral do Escritório, ele vivia indo a Washington para reuniões com seus parceiros norte-americanos em Langley. O que ele precisava era de descanso.

Por outro lado, lazer não era algo natural para ele. Era um homem de enorme talento, mas poucos hobbies. Não andava de esqui nem fazia snorkel, e nunca empunhara um taco de golfe ou uma raquete de tênis, exceto para usar como arma. Praias o entediavam, a não ser que fossem geladas e varridas pelo vento. Gostava de velejar, em especial nas desafiadoras águas do oeste da Inglaterra ou de colocar uma mochila nas costas e atravessar um pântano estéril. Nem Chiara, agente de campo aposentada do Escritório, era capaz de igualar o ritmo alucinante dele por mais de dois ou três quilômetros. As crianças com certeza iriam definhar.

O truque seria achar algo para Gabriel *fazer* enquanto estivessem de férias, um pequeno projeto que pudesse ocupá-lo por algumas horas a cada manhã até as crianças estarem acordadas, vestidas e prontas para começar seu dia. E se esse projeto pudesse ser executado numa cidade em que ele já se sentisse confortável? A cidade onde tinha estudado a arte da restauração de arte e cumprido seu aprendizado? A cidade onde ele e Chiara tinham se conhecido e se apaixonado? Era a cidade natal dela, e seu pai trabalhava como rabino-chefe da comunidade judaica cada vez menor. Além disso, a mãe dela a importunava para levar as crianças para uma visita. Seria perfeito, pensou. O proverbial dois coelhos com uma cajadada só.

Mas quando? Agosto estava fora de cogitação. Era quente e úmido demais, e a cidade estaria submersa por um mar de turistas em excursão, hordas tiradoras de selfie seguindo guias e rosnando pela cidade toda por uma ou duas horas antes de engolir um cappuccino caro demais no Caffè Florian e voltar a seus navios de cruzeiro. Mas se esperassem até, digamos, novembro, o clima estaria fresco e limpo, e eles teriam o *sestiere* só para si. Isso lhes daria uma chance de ponderar seu futuro sem a distração do Escritório ou da vida cotidiana em Israel. Gabriel informara ao primeiro-ministro que só cumpriria um mandato. Não era cedo demais para começar a pensar sobre como iam passar o resto de sua vida e onde iam criar os filhos. O tempo não dá trégua para ninguém, muito menos para Gabriel.

Ela não o informou de seus planos, pois isso só geraria um longo discurso sobre os motivos por que o estado de Israel entraria em colapso se ele tirasse um único dia de folga do trabalho. Em vez disso, ela conspirou com Uzi Navot, vice-diretor, para escolher a data. A Governança, divisão do Escritório que adquiria e administrava propriedades seguras, cuidou das acomodações. A polícia local e os serviços de inteligência, de quem Gabriel era muito próximo, concordaram em cuidar da segurança.

Só faltava o projeto para manter Gabriel ocupado. No fim de outubro, Chiara ligou para Francesco Tiepolo, dono da firma de restauração mais proeminente da região.

— Tenho algo ideal. Vou mandar uma foto por e-mail.

Três semanas depois, após uma reunião especialmente litigiosa do rebelde Gabinete de Israel, Gabriel voltou para casa e encontrou as malas da família Allon feitas.

— Você vai me abandonar?

— Não — disse Chiara. — Vamos sair de férias. Todos nós.

— Não posso, de forma alguma...

— Está resolvido, querido.

— Uzi sabe?

Chiara fez que sim.

— E o primeiro-ministro também.

— Para onde vamos? E por quanto tempo?

Ela respondeu.

DANIEL SILVA

— O que eu vou fazer por duas semanas?

Chiara entregou a fotografia a ele.

— Não dará tempo para eu terminar.

— Você vai fazer o máximo que conseguir.

— E deixar outra pessoa pôr as mãos no meu trabalho?

— Não vai ser o fim do mundo.

— Nunca se sabe, Chiara. Pode muito bem ser.

O apartamento ocupava o *piano nobile* de um antigo *palazzo* caindo aos pedaços em Cannaregio, o mais ao norte dos seis *sestieri* tradicionais de Veneza. Tinha um grande salão, uma cozinha ampla cheia de eletrodomésticos modernos e um terraço com vista para o rio della Misericordia. Em um dos quatro quartos, a Governança montara um link seguro com o Boulevard Rei Saul, incluindo uma estrutura de tenda — no jargão do Escritório, era uma *chupá* — que permitia que Gabriel falasse ao telefone sem medo de escutas eletrônicas. Oficiais carabineiros à paisana montavam guarda do lado de fora, na Fondamenta dei Ormesini. Com o consentimento deles, Gabriel levava um revólver Beretta 9 mm. Chiara, que atirava muito melhor que ele, também.

A alguns passos ao longo da barragem, havia uma ponte de ferro — a única em Veneza — e, do outro lado do canal, uma praça ampla chamada Campo di Ghetto Nuovo. Havia um museu, uma livraria e os escritórios da comunidade judaica. A Casa Israelitica di Riposo, uma casa de repouso para idosos, ocupava o flanco norte. Ao lado dela, um memorial austero em baixo relevo aos judeus de Veneza que, em dezembro de 1943, foram capturados, enviados a campos de concentração e, depois, assassinados em Auschwitz. Dois carabineiros fortemente armados em um quiosque fortificado guardavam o memorial. Das 250 mil pessoas que ainda chamavam

A ORDEM

de lar aquelas ilhas naufragantes, só os judeus exigiam proteção policial em tempo integral.

Os prédios residenciais que ladeavam o *campo* eram os mais altos de Veneza, pois, na Idade Média, seus ocupantes eram proibidos pela Igreja de residir em qualquer outro lugar da cidade. Os andares superiores de vários dos prédios abrigavam pequenas sinagogas, meticulosamente restauradas, que outrora serviam às comunidades de judeus asquenazes e sefarditas que habitavam os andares de baixo. As duas sinagogas operantes do gueto eram localizadas logo ao sul do *campo*. Ambas eram clandestinas; não havia nada na aparência externa para sugerir que eram casas de culto judeu. A Sinagoga Espanhola fora fundada pelos ancestrais de Chiara em 1580. Sem calefação, ficava aberta da Páscoa aos dias santos de Rosh Hashaná e Yom Kippur. A Sinagoga Levantina, localizada ao fundo de uma minúscula praça, atendia a comunidade no inverno.

O rabino Jacob Zolli e sua esposa, Alessia, moravam virando a esquina da Sinagoga Levantina, numa casinha estreita com vista para uma *corte* isolada. A família Allon jantou lá na noite de segunda-feira, algumas horas após sua chegada a Veneza. Gabriel conseguiu checar seu telefone só quatro vezes.

— Espero que não sejam problemas — disse o rabino Zolli.

— O de sempre — murmurou Gabriel.

— Fico aliviado.

— Não fique.

O rabino riu baixinho. Seu olhar aprovador moveu-se pela mesa, detendo-se brevemente em seus dois netos, sua esposa e, finalmente, sua filha. A luz das velas brilhava nos olhos dela. Eram cor de caramelo e salpicados de dourado.

— Chiara nunca esteve mais radiante. Você obviamente a fez muito feliz.

— Será que fiz, mesmo?

DANIEL SILVA

— Definitivamente, houve obstáculos no caminho. — O tom do rabino era admonitório. — Mas garanto que ela se considera a pessoa mais sortuda do mundo.

— Na verdade, essa honra pertence a mim.

— Dizem os boatos que ela o enganou sobre os planos de viagem.

Gabriel franziu o cenho.

— Com certeza, há uma proibição contra esse tipo de coisa na Torá.

— Não me lembro de nenhuma.

— Provavelmente, foi melhor assim — admitiu Gabriel. — Duvido que eu tivesse concordado de outra forma.

— Fico feliz por vocês finalmente terem conseguido trazer as crianças a Veneza. Mas, infelizmente, vieram numa época difícil. — O rabino Zolli baixou a voz. — Saviano e seus amigos da extrema direita despertaram forças sombrias na Europa.

Giuseppe Saviano era o primeiro-ministro italiano. Era xenófobo, intolerante, questionava a liberdade de imprensa e tinha pouca paciência para delicadezas como a democracia parlamentar ou o estado de direito. Assim como seu amigo íntimo Jörg Kaufmann, neofascista em ascensão, que se tornara chanceler da Áustria. Na França, supunha-se abertamente que Cécile Leclerc, líder da Frente Popular, seria a próxima ocupante do Palácio do Eliseu. Os Nacionais-Democratas da Alemanha, liderados por um ex-skinhead neonazista chamado Axel Brünner, estavam bem posicionados para terminar em segundo na eleição geral de janeiro. Por todo lugar, parecia, a extrema direita estava crescendo.

Sua ascensão na Europa Ocidental tinha sido alimentada pela globalização, incerteza econômica e rápida mudança demográfica do continente. Os muçulmanos atualmente eram cinco por cento da população europeia. Um número cada vez maior de europeus

A ORDEM

nativos considerava o Islã uma ameaça existencial à sua identidade religiosa e cultural. A raiva e o ressentimento, antes contidos ou escondidos do público, corriam pelas veias da internet como um vírus. Ataques a muçulmanos tinham crescido exponencialmente. Os ataques físicos e atos de vandalismo contra judeus também. De fato, o antissemitismo na Europa chegara a um nível não visto desde a Segunda Guerra Mundial.

— Nosso cemitério no Lido foi vandalizado de novo na semana passada — disse o rabino Zolli. — Lápides reviradas, suásticas... o de sempre. Meus congregantes estão assustados. Tento consolá-los, mas eu também estou. Políticos anti-imigração como Saviano chacoalharam a garrafa e arrancaram a rolha. Seus partidários reclamam dos refugiados do Oriente Médio e da África, mas somos nós que eles mais desprezam. É o ódio mais duradouro. Aqui na Itália já não é malvisto ser antissemita. Podem deixar o desprezo por nós bem às claras. E os resultados foram inteiramente previsíveis.

— A tempestade passará — disse Gabriel, com pouca convicção.

— Seus avós provavelmente disseram o mesmo. Os judeus de Veneza também. Sua mãe conseguiu sair de Auschwitz viva. Os judeus de Veneza não tiveram tanta sorte. — O rabino Zolli fez que não. — Já vi esse filme, Gabriel. Sei como acaba. Nunca esqueça, o inimaginável pode acontecer. Mas não vamos estragar esta noite com conversas desagradáveis. Quero curtir a companhia de meus netos.

Na manhã seguinte, Gabriel acordou cedo e passou algumas horas sob o abrigo da *chupá* conversando com sua equipe sênior no Boulevard Rei Saul. Depois, contratou uma lancha e levou Chiara e as crianças num passeio pela cidade e as ilhas da lagoa. Estava frio demais para nadar no Lido, mas as crianças tiraram os sapatos e perseguiram gaivotas e andorinhas-do-mar pela praia.

DANIEL SILVA

Voltando a Cannaregio, eles pararam na Igreja de San Sebastiano, em Dorsoduro, para ver a *Virgem e o menino em glória com santos*, que Gabriel restaurara durante a gravidez de Chiara. Depois, com a luz de outono caindo no Campo di Ghetto Nuovo, as crianças participaram de um barulhento pega-pega, enquanto Gabriel e Chiara assistiam, sentados num banco de madeira em frente, à Casa Israelitica di Riposo.

— Este talvez seja meu banco favorito no mundo — disse Chiara. — É onde você estava sentado no dia em que caiu em si e me implorou para voltarmos. Lembra, Gabriel? Foi depois do ataque ao Vaticano.

— Não sei o que foi pior. As granadas lançadas por foguete e os homens-bomba ou a forma como você me tratou.

— Você merecia, besta. Eu nunca deveria ter concordado em ver você de novo.

— E agora nossos filhos estão brincando no *campo* — disse Gabriel.

Chiara lançou um olhar ao posto dos carabineiros.

— Protegidos por homens com armas.

No dia seguinte, quarta-feira, Gabriel saiu de fininho do apartamento depois de suas ligações matutinas e, com uma maleta de madeira polida embaixo do braço, caminhou até a igreja de Madonna dell'Orto. A nave estava na penumbra, e andaimes escondiam os arcos pontudos de moldura dupla dos corredores laterais. A igreja não tinha transepto, mas na parte de trás havia uma abside de cinco lados contendo o túmulo de Jacopo Robusti, mais conhecido como Tintoretto. Foi lá que Gabriel encontrou Francesco Tiepolo. Era um homem enorme, com porte de urso e uma barba emaranhada cinza e preta. Como sempre, estava vestido com uma túnica branca fluida e um cachecol amarrado de forma extravagante no pescoço.

A ORDEM

Ele deu um abraço apertado em Gabriel.

— Eu sempre soube que você voltaria.

— Estou de férias, Francesco. Não se empolgue.

Tiepolo acenou a mão como se tentando afugentar os pombos da Piazza di San Marco.

— Hoje, está de férias, mas um dia morrerá em Veneza. — Ele baixou o olhar para o túmulo. — Imagino que teremos de enterrá--lo em algum lugar que não uma igreja, não é?

Tintoretto produzira dez quadros para a igreja entre 1552 e 1569, incluindo *Apresentação da Virgem Maria no templo*, pendurado do lado direito da nave. A tela enorme, de 480 por 429 centímetros, estava entre suas obras-primas. A primeira fase da restauração, a remoção do verniz descolorido, estava finalizada. Só faltava o reentelamento, o retoque das partes da tela perdidas devido ao tempo e às tensões. Seria uma tarefa monumental. Gabriel imaginava que um restaurador sozinho levaria um ano, se não mais.

— Que pobre alma removeu o verniz? Espero que tenha sido Antonio Politi.

— Foi Paulina, a menina nova. Ela queria observar você enquanto trabalha.

— Imagino que tenha tirado essa ideia da cabeça dela.

— De maneira absolutamente clara. Ela disse que você pode ficar com a parte do quadro que quiser, menos a Virgem.

Gabriel olhou até as partes mais altas da tela imponente. Miriam, filha de três anos de Joachim e Anne, judeus de Nazaré, subia hesitantemente os quinze degraus do Templo de Jerusalém na direção do sumo-sacerdote. Alguns degraus abaixo, uma mulher vestida com seda marrom estava reclinada. Ela segurava uma criança pequena; se menino ou menina, era impossível saber.

— Ela — anunciou Gabriel. — E a criança.

— Tem certeza? Precisam de muito trabalho.

DANIEL SILVA

Gabriel sorriu com tristeza, os olhos na tela.

— É o mínimo que posso fazer por eles.

Ele permaneceu na igreja até duas da tarde, mais do que pretendia. Naquela noite, ele e Chiara deixaram as crianças com os avós e jantaram sozinhos num restaurante do outro lado do Grande Canal, em San Polo. No dia seguinte, quinta-feira, ele levou os filhos a um passeio de gôndola de manhã e trabalhou no Tintoretto do meio-dia às cinco horas, quando Tiepolo trancou as portas da igreja pela noite.

Chiara decidiu preparar o jantar no apartamento. Depois, Gabriel supervisionou a batalha de corrida de todas as noites conhecida como hora do banho, antes de se retirar ao abrigo da *chupá* para resolver uma pequena crise em casa. Era quase uma da madrugada quando ele foi para a cama. Chiara lia um romance, sem prestar atenção à televisão, que estava no mudo. Na tela, uma imagem ao vivo da Basílica de São Pedro. Gabriel aumentou o volume e ficou sabendo que um querido amigo tinha morrido.

3

CANNAREGIO, VENEZA

Mais tarde, naquela manhã, o corpo de Sua Santidade, o papa Paulo VII, foi levado à Sala Clementina, no segundo andar do Palácio Apostólico. Permaneceu lá até o início da tarde seguinte, quando foi transferido em procissão solene à Basílica de São Pedro para observação pública. Quatro Guardas Suíços protegiam o pontífice morto, alabardas a postos. A imprensa do Vaticano fez alarde do fato de que o arcebispo Luigi Donati, assessor mais próximo e confidente do Santo Padre, poucas vezes saíra do lado de seu mestre.

A tradição da Igreja ditava que o funeral e o enterro de um papa ocorressem de quatro a seis dias após sua morte. O cardeal camerlengo Domenico Albanese anunciou que o conclave se reuniria dez dias depois disso. Os *vaticanisti* estavam prevendo uma competição dura e polêmica entre reformistas e conservadores. As apostas estavam no cardeal José Maria Navarro, que usara sua posição como guardião da doutrina para construir uma base de poder dentro do Colégio Cardinalício que rivalizava até com a do papa morto.

Em Veneza, onde Pietro Lucchesi reinara como patriarca, o prefeito declarou três dias de luto. Os sinos da cidade foram silenciados e houve uma missa com poucos presentes na Basílica de São Marcos. Fora isso, a vida seguiu seu curso normal. Uma pequena *acqua alta* inundou uma parte de Santa Croce; um navio de cruzeiro colossal bateu num cais no Canal de Giudecca. Nos bares onde os locais se reuniam para tomar um café ou uma taça de *brandy* para se proteger do frio de outono, raramente se ouvia o nome do papa morto. Cínicos por natureza, poucos venezianos se davam ao trabalho de ir à missa regularmente, e menos ainda de viver de acordo com os ensinamentos dos homens do Vaticano. As igrejas de Veneza, as mais bonitas de toda a cristandade, eram lugares em que turistas estrangeiros iam para se maravilhar com a arte da Renascença.

Gabriel, porém, acompanhou os acontecimentos em Roma com um interesse mais do que passageiro. Na manhã do funeral do papa, ele chegou cedo à Igreja e trabalhou sem interrupção até 12h15, quando ouviu passos ocos ecoando na nave. Levantou sua lupa de cabeça e cuidadosamente abriu a lona que cobria sua plataforma. O general Cesare Ferrari, comandante da Divisão de Defesa do Patrimônio Cultural dos carabineiros, mais conhecida como Esquadrão da Arte, encarou-o de volta sem expressão.

Sem ser convidado, o general entrou atrás da lona e contemplou a enorme tela, banhada pela luz branca ofuscante de duas lâmpadas halógenas.

— Uma das melhores dele, não acha?

— Ele estava sob uma pressão enorme para se provar. Veronese tinha sido reconhecido publicamente como sucessor de Ticiano e o melhor pintor de Veneza. O pobre Tintoretto já não recebia o tipo de encomendas de antes.

— Esta era a paróquia dele.

— Não diga.

— Ele morava virando a esquina, na Fondamenta di Mori.

O general afastou de novo a lona e saiu para a nave.

A ORDEM

— Tinha um Bellini nesta igreja. *Madonna e a criança*. Foi roubado em 1993. O Esquadrão da Arte está procurando desde então. — Ele olhou para Gabriel por cima do ombro. — Você não viu, por acaso?

Gabriel sorriu. Pouco antes de se tornar chefe do Escritório, ele recuperara o quadro roubado mais procurado do mundo, *Natividade com São Francisco e São Lourenço*, de Caravaggio. Tinha garantido que o Esquadrão da Arte recebesse todo o crédito. Por esse motivo, e por outros, o general Ferrari concordara em fornecer segurança 24 horas para Gabriel e sua família durante as férias deles em Veneza.

— Você deveria estar relaxando — disse o general.

Gabriel baixou sua lupa de cabeça.

— E estou.

— Algum problema?

— Por motivos inexplicáveis, estou tendo um pouco de dificuldade em recriar a cor da vestimenta desta mulher.

— Eu estava falando da sua segurança.

— Parece que minha volta à Veneza passou despercebida.

— Não inteiramente. — O general olhou seu relógio de pulso. — Será que não consigo convencê-lo a fazer uma pausa para o almoço?

— Nunca almoço quando estou trabalhando.

— Sim, eu sei. — O general apagou uma das lâmpadas halógenas. — Eu lembro.

Tiepolo tinha dado uma chave da igreja a Gabriel. Observado pelo comandante do Esquadrão da Arte, ele ativou o alarme e trancou a porta. Juntos, caminharam até um bar a algumas portas da velha casa de Tintoretto. O funeral papal passava na televisão atrás do balcão.

DANIEL SILVA

— Caso esteja se perguntando — disse o general —, o arcebispo Donati queria que você fosse.

— Então por que não fui convidado?

— O camerlengo não quis nem ouvir falar disso.

— Albanese?

O general fez que sim.

— Aparentemente, ele nunca esteve confortável com a sua proximidade com Donati. Nem com o Santo Padre, aliás.

— Provavelmente, é melhor eu não estar lá. Só teria sido uma distração.

O general franziu o cenho.

— Eles deveriam tê-lo colocado num lugar de honra. Afinal, se não fosse você, o Santo Padre teria morrido no ataque terrorista ao Vaticano.

O barman, um jovem magricelo de 20 e poucos anos de camiseta preta, entregou dois cafés. O general colocou açúcar no dele. A mão que mexeu não tinha dois dedos. Ele os perdera numa carta-bomba quando era comandante da divisão de Nápoles dos carabineiros, infestada pela Camorra. A explosão também levara seu olho direito. A prótese ocular, com sua pupila imóvel, tinha deixado o general com um olhar frio, inabalável. Até Gabriel tendia a evitá-lo. Era como encarar os olhos de um Deus onisciente.

No momento, o olho estava voltado para a televisão, onde a câmera fazia uma panorâmica lenta por uma galeria de políticos, monarcas e celebridades globais sortidas. No fim, parou em Giuseppe Saviano.

— Pelo menos, ele não usou a braçadeira — murmurou o general.

— Não é um admirador dele?

— Saviano é um defensor apaixonado do orçamento do Esquadrão da Arte. Como resultado, nos damos muito bem.

— Os fascistas amam patrimônio cultural.

— Ele se considera populista, não fascista.

— Que alívio.

O sorriso breve de Ferrari não influenciava seu olho prostético.

— A ascensão de um homem como Saviano era inevitável. Nosso povo perdeu a fé em ideias fantasiosas como democracia liberal, União Europeia e a aliança ocidental. E por que não? Entre globalização e automação, a maioria dos jovens italianos não consegue começar uma carreira de fato. Se quiserem um emprego que pague bem, têm de ir para a Inglaterra. E se ficam aqui... — O general olhou de relance para o jovem atrás do bar. — Acabam servindo café aos turistas. — Ele baixou a voz. — Ou a oficiais de inteligência israelenses.

— Saviano não vai mudar nada disso.

— Provavelmente, não. Mas, apesar disso, projeta força e confiança.

— E competência?

— Desde que ele mantenha os imigrantes longe, seus apoiadores não ligam de ele não conseguir juntar lé com cré.

— E se houver uma crise? Uma crise real. Não inventada por um site de extrema direita.

— Tipo o quê?

— Pode ser outra crise financeira que acabe com o sistema bancário. — Gabriel hesitou. — Ou algo muito pior.

— O que pode ser pior do que minhas economias da vida inteira virarem fumaça?

— Que tal uma pandemia global? Uma nova cepa de influenza contra a qual nós, humanos, não tenhamos defesa natural.

— Uma peste?

— Não ria, Cesare. É só questão de tempo.

— E de onde vai vir essa sua peste?

DANIEL SILVA

— Vai pular de animais a humanos num lugar em que as condições sanitárias deixem a desejar. Um mercado atacadista chinês, por exemplo. Vai começar lentamente, um grupo de casos locais. Mas, como estamos tão interconectados, vai se espalhar pelo globo como um incêndio florestal. Turistas chineses vão trazê-la para a Europa Ocidental nos estágios iniciais do contágio, mesmo antes de o vírus ser identificado. Dentro de poucas semanas, metade da população da Itália estará infectada, talvez mais. E aí, o que acontecerá, Cesare?

— Me diga você.

— O país inteiro vai precisar entrar em quarentena para evitar que se espalhe mais. Os hospitais vão ficar tão sobrecarregados que só poderão aceitar os mais jovens e saudáveis. Centenas morrerão todos os dias, talvez milhares. Os militares terão de recorrer a cremações em massa para evitar mais contágios. Vai ser...

— Um holocausto.

Gabriel assentiu lentamente.

— E como imagina que um semianalfabeto como Saviano vai reagir nessas condições? Vai ouvir especialistas médicos ou achar que sabe mais que eles? Vai contar a verdade ao povo ou prometer que uma vacina e tratamentos salvadores de vida estão prestes a chegar?

— Vai culpar os chineses e os imigrantes, e sair dessa mais forte do que nunca. — Ferrari olhou sério para Gabriel. — Tem algo que você não está me contando?

— Qualquer um com meio cérebro sabe que estamos há tempos esperando algo na escala da Grande Gripe, de 1918. Eu disse ao meu primeiro-ministro que, de todas as ameaças a Israel, uma pandemia é de longe a pior.

— Sou grato por minha única responsabilidade ser achar quadros roubados. — O general olhou para a televisão quando a câmera fez uma panorâmica por um mar de vestimentas vermelhas. — O próximo pontífice está aí.

— Dizem que vai ser o cardeal Navarro.

— É o boato.

— Você tem alguma informação interna?

O general Ferrari respondeu como se falasse com uma sala cheia de repórteres.

— Os carabineiros não monitoram o processo de sucessão papal. As outras agências de segurança e inteligência italianas também não.

— Poupe-me.

O general riu baixinho.

— E você?

— A identidade do próximo papa não é problema do estado de Israel.

— Agora, é.

— Do que está falando?

— Vou deixar que *ele* explique. — O general Ferrari fez um aceno de cabeça na direção da televisão, onde a câmera tinha encontrado o arcebispo Luigi Donati, secretário particular de Sua Santidade, o papa Paulo VII. — Ele estava querendo saber se você teria um ou dois minutinhos para conversar.

— Por que ele não me ligou?

— Não é algo que queira discutir pelo telefone.

— Ele contou a você o que era?

O general fez que não.

— Só disse que era uma questão da maior importância. Ele esperava que você estivesse livre para almoçar amanhã.

— Onde?

— Roma.

Gabriel não respondeu.

— É só a uma hora de avião. Você vai estar de volta a Veneza a tempo do jantar.

— Vou mesmo?

DANIEL SILVA

— A julgar pelo tom de voz do arcebispo, duvido muito. Ele vai esperá-lo à uma da tarde no Piperno. Diz que você conhece.

— Soa distantemente familiar.

— Ele quer que você vá sozinho. E não se preocupe com sua esposa e seus filhos. Vou cuidar muito bem deles durante sua ausência.

— Ausência? — Não era a palavra que Gabriel teria escolhido para descrever uma excursão de um dia à Cidade Eterna.

O general estava olhando de novo para a televisão.

— Veja todos aqueles príncipes da Igreja, de robe vermelho.

— A cor simboliza o sangue de Cristo.

O olho saudável de Ferrari piscou em surpresa.

— Como diabos você sabe disso?

— Passei a maior parte da minha vida restaurando arte cristã. Dá para dizer que sei mais sobre a história e os ensinamentos da Igreja do que a maioria dos católicos.

— Incluindo eu. — O olhar do general voltou à tela. — Quem você acha que vai ser?

— Dizem que Navarro já está encomendando móveis para o *appartamento*.

— Sim — respondeu o general, assentindo, pensativo. — É o que dizem.

4

MURANO, VENEZA

— **P**or favor, diga que está brincando.

— Acredite, a ideia não foi minha.

— Você sabe quanto tempo e esforço desprendi para organizar esta viagem? Precisei me encontrar com o primeiro-ministro, pelo amor de Deus.

— E, por isso — disse Gabriel, solenemente —, sinto profunda e eternamente.

Eles estavam sentados nos fundos de um pequeno restaurante em Murano. Gabriel esperara até terminarem os pratos principais antes de contar a Chiara seus planos de viajar a Roma pela manhã. Sem dúvida, seus motivos eram egoístas. O restaurante, especializado em peixes, era um de seus favoritos em Veneza.

— É só um dia, Chiara.

— Nem você acredita nisso.

— Não mesmo, mas valeu a pena tentar.

Chiara levou a taça de vinho aos lábios. O finzinho de seu *pinot grigio* brilhava com a chama pálida da luz de velas refletida.

— Por que você não foi convidado para o funeral?

— Aparentemente, o cardeal Albanese não conseguiu encontrar um lugar vazio para mim em toda a Praça de São Pedro.

— Foi ele que achou o corpo, não foi?

— Na capela privada — disse Gabriel.

— Acha mesmo que foi assim?

— Está sugerindo que a Sala de Imprensa do Vaticano pode ter emitido um *bollettino* impreciso?

— Você e Luigi colaboraram em alguns anúncios enganosos ao longo dos anos.

— Mas nossos motivos sempre foram puros.

Chiara colocou a taça de vinho na toalha de mesa branca como osso e a girou lentamente.

— Por que acha que ele quer ver você?

— Não pode ser algo bom.

— O que disse o General Ferrari?

— O mínimo possível.

— Não é muito característico dele.

— Talvez tenha mencionado que tinha algo a ver com a seleção do próximo Sumo Pontífice da Igreja Católica Romana.

A taça de vinho ficou imóvel.

— O conclave?

— Ele não especificou.

Gabriel tocou em seu telefone para acendê-lo e verificou o horário. Tinha sido forçado, enfim, a separar-se de seu amado BlackBerry Key2. Seu novo aparelho era um Solaris de fabricação israelense, customizado segundo suas especificações únicas. Maior e mais pesado do que um smartphone típico, ele tinha sido construído para aguentar ataques remotos dos hackers mais sofisticados do mundo, incluindo a NSA americana e a Unidade 8200 israelense. Todos os oficiais sêniores de Gabriel usavam o modelo, assim como Chiara. Ela estava em seu segundo. Raphael tinha

A ORDEM

jogado o primeiro Solaris dela pela varanda do apartamento deles em Jerusalém. O aparelho, por mais inviolável que fosse, não era feito para sobreviver a uma queda de três andares e uma colisão com uma calçada de calcário.

— Está tarde — disse ele. — É melhor irmos resgatar seus pais.

— Não precisamos ter pressa. Eles amam ficar com as crianças. Se dependesse deles, a gente nunca iria embora de Veneza.

— O Boulevard Rei Saul talvez notasse minha ausência.

— O primeiro-ministro também. — Ela ficou em silêncio por um momento. — Preciso admitir, não estou ansiosa para ir para casa. Gostei de ter você para mim.

— Só tenho mais dois anos de mandato.

— Dois anos e um mês. Não que eu esteja contando.

— Está sendo horrível?

Ela fez uma careta.

— Eu nunca quis fazer o papel de esposa reclamona. Você conhece esse tipo, não é, Gabriel? Essas mulheres são muito chatas.

— A gente sempre soube que ia ser difícil.

— Sim — respondeu ela, vagamente.

— Se você precisar de ajuda…

— Ajuda?

— Mais um par de mãos em casa.

Ela franziu o cenho.

— Consigo me virar bastante bem sozinha, obrigada. Sinto sua falta, só isso.

— Dois anos vão passar num piscar de olhos.

— E você promete que não vai deixar que eles te convençam a um segundo mandato?

— Sem chance.

O rosto dela se iluminou.

— Então, como planeja passar sua aposentadoria?

DANIEL SILVA

— Você faz parecer que eu devia começar a procurar uma casa de repouso.

— Você está envelhecendo, meu bem. — Ela deu um tapinha no dorso da mão dele, o que não fez com que ele se sentisse mais jovem. — E então? — perguntou ela.

— Planejo dedicar meus últimos anos neste mundo a fazer você feliz.

— Então, vai fazer o que eu quiser?

Ele a olhou com cuidado.

— Dentro do possível, é claro.

Ela baixou o olhar e puxou um fio solto na toalha de mesa.

— Tomei um café com Francesco ontem.

— Ele não mencionou.

— Pedi para ele não mencionar.

— Está explicado. E sobre o que falaram?

— Sobre o futuro.

— O que ele tem em mente?

— Uma parceria.

— Francesco e eu?

Chiara não respondeu.

— *Você?*

Ela fez que sim.

— Ele quer que eu venha trabalhar para ele. E, quando ele se aposentar daqui a alguns anos...

— O quê?

— A Restaurações Tiepolo vai ser minha.

Gabriel lembrava das palavras ditas por Tiepolo parado em cima do túmulo de Tintoretto. *Hoje, você está de férias, mas um dia morrerá em Veneza...* Ele duvidava que esse plano tivesse sido inventado durante o café de ontem.

A ORDEM

— Uma boa garota judia do gueto vai cuidar das igrejas e das *scuole* de Veneza? É o que você está dizendo?

— Impressionante, não?

— E o que eu vou fazer?

— Imagino que possa passar seus dias passeando pelas ruas de Veneza.

— Ou?

Ela abriu um sorriso lindo.

— Pode trabalhar para mim.

Dessa vez, foi Gabriel quem olhou para baixo. O telefone dele estava aceso com uma mensagem do Boulevard Rei Saul.

Ele virou a tela para a mesa.

— Pode ser polêmico, Chiara.

— Trabalhar para mim?

— Ir embora de Israel no minuto em que meu mandato acabar.

— Você pretende concorrer a um assento no Knesset?

Ele revirou os olhos.

— Escrever um livro sobre suas aventuras?

— Vou deixar essa tarefa para outra pessoa.

— Então?

Ele não respondeu.

— Se você ficar em Israel, vai ficar ao alcance fácil do Escritório. E se tiver uma crise, eles vão arrastá-lo de volta, como fizeram com Ari.

— Ari quis voltar. Eu sou diferente.

— É mesmo? Às vezes, não tenho tanta certeza. Aliás, você está cada dia mais parecido com ele.

— E as crianças? — questionou ele.

— Elas adoram Veneza.

— E a escola?

— Acredite se quiser, temos várias ótimas.

DANIEL SILVA

— Eles vão virar italianos.

Ela franziu o cenho.

— Que pena, não?

Gabriel expirou lentamente.

— Você já viu a contabilidade de Francesco?

— Vou dar um jeito nisso.

— Os verões aqui são sofríveis.

— Vamos para as montanhas ou velejar no mar Adriático. Faz anos que você não veleja, meu bem.

As objeções de Gabriel tinham acabado. Na verdade, ele achava uma ideia maravilhosa. No mínimo, manteria Chiara ocupada durante os dois últimos anos de seu mandato.

— Negócio fechado? — perguntou ela.

— Acredito que sim, desde que a negociação da minha remuneração seja boa, e ela vai ser exorbitante.

Ele fez sinal para o garçom, pedindo a conta. Chiara estava de novo puxando o fio solto na toalha de mesa.

— Tem uma coisa me incomodando — disse ela.

— Em pegar as crianças e se mudar para Veneza?

— No *bollettino* do Vaticano. Luigi sempre ficava ao lado de Lucchesi noite adentro. E, quando Lucchesi ia para a capela rezar e meditar antes de dormir, Luigi sempre ia com ele.

— Verdade.

— Então, por que foi o cardeal Albanese que achou o corpo?

— Imagino que nunca saberemos. — Gabriel hesitou. — A não ser que eu vá almoçar com Luigi em Roma amanhã.

— Pode ir, com uma condição.

— Qual?

— Quero ir junto.

— E as crianças?

— Meus pais podem ficar com elas.

A ORDEM

— E quem vai cuidar dos seus pais?

— Os carabineiros, claro.

— Mas...

— Não me faça pedir duas vezes, Gabriel. Eu realmente detesto fazer o papel de esposa reclamona. São muito chatas, essas mulheres.

5

VENEZA–ROMA

Na manhã seguinte, eles deixaram as crianças na casa dos Zolli depois do café da manhã e correram para Santa Lucia a tempo de pegar o trem das oito para Roma. Enquanto as planícies ondulantes da Itália central passavam pela janela, Gabriel leu os jornais e trocou alguns e-mails e mensagens de rotina com o Boulevard Rei Saul. Chiara folheou uma pilha grande de revistas e catálogos de decoração, lambendo a ponta do indicador a cada virar de página.

Ocasionalmente, quando a combinação de luzes e sombras era favorável, Gabriel via de relance o reflexo deles no vidro. Ele tinha de admitir, formavam um casal atraente, ele com seu terno escuro elegante e sua camisa branca, Chiara com uma legging preta e jaqueta de couro. Apesar da pressão e das longas horas de seu trabalho — e de suas muitas lesões e quase encontros com a morte —, Gabriel julgava ser muito bem conservado. Sim, as linhas ao redor de seus olhos cor de jade estavam um pouco mais fundas, mas ele ainda estava em forma como um ciclista, e tinha mantido todo o cabelo. Era curto e escuro, mas muito grisalho nas têmporas. Tinha mudado de cor quase do dia para a noite, não

A ORDEM

muito depois do primeiro assassinato que ele cometera a mando do Escritório. A operação ocorrera no outono de 1972, na cidade a que logo chegariam.

Ao se aproximarem de Florença, Chiara pôs um catálogo na frente dele e pediu opinião sobre a mesa de centro e o sofá exibidos ali. A reação indiferente dele rendeu-lhe um olhar de leve reprovação. Pelo jeito, Chiara já tinha começado a vasculhar as listagens de imóveis em busca de sua próxima casa, reunindo mais provas à teoria dele de que um retorno a Veneza estava nos planos havia algum tempo. Por enquanto, ela tinha reduzido sua pesquisa a duas propriedades, uma em Cannaregio e outra em San Polo, com vista para o Grande Canal. Ambas diminuiriam substancialmente a pequena fortuna acumulada por Gabriel com seus trabalhos de restaurador, e ambas exigiriam que Chiara se deslocasse até o escritório de Tiepolo em San Marco. O apartamento em San Polo era bem mais próximo, a algumas paradas de *vaporetto*. Também era o dobro do preço.

— Se vendermos o apartamento da rua Narkiss...

— Não vamos vender — disse Gabriel.

— O apartamento de San Polo tem um cômodo incrível com pé-direito alto para você construir um estúdio de verdade.

— O que significa que posso complementar o salário de fome que vou ganhar trabalhando para você com encomendas particulares.

— Exatamente.

O telefone de Gabriel apitou com o tom reservado para mensagens urgentes do Boulevard Rei Saul.

Chiara o observou inquieta enquanto ele lia.

— Vamos ter que voltar para casa?

— Ainda não.

— O que aconteceu?

DANIEL SILVA

— Um carro-bomba na Potsdamer Platz, em Berlim.

— Vítimas?

— Provavelmente. Mas ainda sem confirmação.

— Quem foi?

— O Estado Islâmico assumiu a autoria.

— Eles têm capacidade de disparar um carro-bomba na Europa Ocidental?

— Se você tivesse me perguntando ontem, eu teria dito que não.

Gabriel seguiu as atualizações de Berlim até o trem entrar na estação ferroviária Roma Termini. Lá fora, o céu estava um azul-cerúleo e sem nuvens. Eles atravessaram cânions de terracota e terra de siena, mantendo-se nas ruas laterais e nos becos, onde era fácil avistar se alguém estivesse atrás deles. Gastando um tempo na Piazza Navona, eles concordaram que não estavam sendo seguidos.

O Ristorante Piperno ficava um pouco mais ao sul, num *campo* tranquilo perto do Tibre. Chiara entrou primeiro e foi levada por um garçom deslumbrado de paletó branco a uma mesa bem posicionada perto da janela. Gabriel, que chegou três minutos depois, ficou na parte externa à luz do sol de outono. Ele via os dedos de Chiara deslizando furiosamente no teclado de seu telefone. Tirou seu próprio aparelho do bolso do paletó e digitou: aconteceu alguma coisa?

A resposta de Chiara chegou alguns segundos depois.

Seu filho acabou de quebrar o vaso favorito da minha mãe.

Com certeza foi culpa do vaso, não dele.

Sua companhia de almoço chegou.

Gabriel viu um Fiat sedã gasto insinuando-se pelos paralelepípedos do minúsculo *campo*. Tinha uma placa comum de Roma, não aquelas com prefixo SCV, reservadas para carros do Vaticano.

A ORDEM

Um clérigo alto e bonito saiu do banco traseiro. Sua batina preta com mozeta tinha bordas vermelho-amaranto, a plumagem de um arcebispo. Sua chegada ao Ristorante Piperno provocou só um pouco menos de tumulto que a de Chiara

— Perdão — disse Luigi Donati ao sentar-se em frente a Gabriel. — Eu nunca devia ter concordado em falar com aquela repórter da *Vanity Fair.* Hoje em dia, não consigo ir a lugar algum em Roma sem ser reconhecido.

— Por que deu a entrevista?

— Ela deixou claro que ia escrever a reportagem com ou sem a minha cooperação.

— E você caiu?

— Ela prometeu que seria um perfil sério do homem que ajudou a Igreja a navegar por águas turbulentas. Não saiu como o prometido.

— Suponho que esteja se referindo à parte sobre sua aparência física.

— Não me diga que você leu.

— Cada palavra.

Donati franziu a testa.

— Devo dizer que o Santo Padre gostou bastante. Achou que fazia a Igreja parecer descolada. A palavra exata usada por ele, aliás. Meus rivais na cúria discordaram. — Ele mudou de assunto abruptamente: — Sinto muito por interromper suas férias. Espero que Chiara não tenha ficado brava.

— Pelo contrário.

— Está me dizendo a verdade?

— Eu já enganei você?

— Quer mesmo que eu responda isso? — Donati sorriu. Foi um esforço.

— Como você está? — perguntou Gabriel.

DANIEL SILVA

— Estou de luto pela perda de meu mestre e me ajustando à redução da renda e à perda de status.

— Onde está ficando?

— Na Cúria Jesuíta. Fica no fim da rua do Vaticano, no Borgo Santo Spirito. Minhas acomodações não são tão boas quanto meu apartamento no Palácio Apostólico, mas são bem confortáveis.

— Já acharam algo para você fazer?

— Vou ensinar lei canônica na Gregoriana. Também estou criando um curso sobre a história turbulenta da Igreja com os judeus. — Ele hesitou. — Quem sabe um dia eu possa convencê-lo a dar uma palestra como convidado.

— Dá para imaginar?

— Na verdade, dá. A relação entre nossas duas fés nunca foi melhor, e é por causa de sua amizade pessoal com Pietro Lucchesi.

— Mandei uma mensagem para você na noite em que ele morreu — disse Gabriel.

— Foi muito importante para mim.

— Por que não respondeu?

— Pelo mesmo motivo que não contrariei o cardeal Albanese quando ele se recusou a permitir que você fosse ao funeral. Eu precisava de sua ajuda numa questão sensível e não queria chamar atenção desnecessária para a proximidade de nossa relação.

— E a questão sensível?

— Diz respeito à morte do Santo Padre. Houve algumas... irregularidades.

— Começando pela identidade da pessoa que achou o corpo.

— Você notou?

— Na verdade, foi a Chiara.

— Mulher inteligente.

— Por que o cardeal Albanese encontrou o corpo? Por que não foi você, Luigi?

A ORDEM

Donati baixou o olhar para o cardápio.

— Talvez devêssemos pedir algo para começar. Que tal folhas de alcachofra e flores de abobrinha fritas? E o *filetti di baccalà*. O Santo Padre jurava que era o melhor de Roma.

6

RISTORANTE PIPERNO, ROMA

O *maître* insistiu em oferecer uma garrafa de vinho de cortesia. Era algo especial, ele prometeu, um branco fino de um
pequeno produtor em Abruzzo. Ele tinha certeza de que Vossa
Excelência o acharia mais que satisfatório. Donati, com cerimônia
considerável, declarou que era divino. Então, quando estavam de
novo sozinhos, ele descreveu para Gabriel as horas finais do papado
de Paulo VII. O Santo Padre e seu secretário particular tinham feito
juntos uma refeição — uma última ceia, disse Donati, com serie-
dade — na sala de jantar dos apartamentos papais. Donati só tinha
tomado um pouco de consomê. Depois, os dois homens tinham se
retirado para o escritório, onde Donati, a pedido do Santo Padre,
abrira as cortinas e persianas da janela que dava para a Praça de São
Pedro. Era o penúltimo ato de serviço que ele faria para seu mestre,
pelo menos, enquanto Sua Santidade ainda estava viva.

— E qual foi o ato final? — quis saber Gabriel.

— Dispus a dose noturna de remédios do Santo Padre.

— O que ele estava tomando?

Donati recitou os nomes de três medicamentos controlados,
todos para tratar um coração doente.

— Você conseguiu esconder bastante bem — disse Gabriel.

— Somos muito bons nisso por aqui.

— Acho que me lembro de uma breve estadia na Clínica Gemelli há alguns meses por bronquite aguda.

— Era um ataque cardíaco. O segundo.

— Quem sabia?

— O *dottore* Gallo, claro. E o cardeal Gaubert, secretário de estado.

— Por que tanto segredo?

— Porque se o resto da cúria soubesse do declínio físico de Lucchesi, seu papado efetivamente acabaria. Ele tinha muito trabalho para fazer no tempo que lhe restava.

— Que tipo de trabalho?

— Ele estava considerando convocar um terceiro Concílio Vaticano para lidar com as muitas questões profundas que a Igreja enfrentava. A ala conservadora ainda estava começando a aceitar o Concílio Vaticano II, finalizado há mais de meio século. Um terceiro teria causado uma divisão, para dizer o mínimo.

— O que aconteceu depois de você dar o remédio a Lucchesi?

— Desci, porque meu carro e motorista estavam me esperando. Eram mais ou menos nove horas da noite.

— Aonde você foi?

Donati pegou sua taça de vinho.

— Sabe, você realmente deveria experimentar. É muito bom.

A chegada dos antepastos deu um segundo fôlego a Donati. Enquanto puxava a primeira folha da alcachofra frita, ele perguntou com uma casualidade forçada:

— Você se lembra de Veronica Marchese, não?

— Luigi...

DANIEL SILVA

— O que foi?

— Abençoe-me, padre, porque eu pequei.

— Não é bem assim.

— Não?

A dra. Veronica Marchese era diretora do Museu Nacional Etrusco e maior autoridade italiana em civilização e antiguidades etruscas. Durante os anos 1980, trabalhando numa escavação arqueológica perto da vila úmbria de Monte Cucco, ela se apaixonou por um padre renegado, defensor fervoroso da teologia da libertação que perdera a fé enquanto servia como missionário na província de Morazán, em El Salvador. O caso acabou abruptamente quando o sacerdote renegado voltou à Igreja para servir como secretário particular do Patriarca de Veneza. De coração partido, Veronica casou-se com Carlo Marchese, um rico empresário romano de uma família nobre com relações estreitas com o Vaticano. Marchese morrera em uma queda do deque de observação do domo da Basílica de São Pedro. Gabriel estava ao lado de Carlo quando ele caiu por sobre a barreira de proteção. Sessenta metros abaixo, Donati rezara sobre o corpo quebrado.

— Há quanto tempo isso está acontecendo? — perguntou Gabriel.

— Sempre amei essa música — respondeu Donati, fugindo do assunto.

— Responda à pergunta.

— Não tem nada *acontecendo*. Mas tenho jantado com ela regularmente há mais ou menos um ano.

— Mais ou menos?

— Talvez dois.

— Suponho que não jantem em público.

— Não — confirmou Donati. — Só na casa de Veronica.

Gabriel e Chiara certa vez tinham ido a uma festa lá. Era um *palazzo* cheio de artes e antiguidades perto da Villa Borghese.

A ORDEM

— Com que frequência? — perguntou ele.

— Quando não há uma emergência de trabalho, toda quinta à noite.

— A primeira regra do comportamento ilícito é evitar um padrão.

— Não tem nada *ilícito* em Veronica e eu jantarmos. A disciplina do celibato não proíbe qualquer contato com mulheres. Eu só não posso casar com ela nem...

— Tem permissão de estar apaixonado por ela?

— Teoricamente, sim.

Gabriel lançou um olhar de reprovação para Donati.

— Por que se colocar voluntariamente tão próximo da tentação?

— Veronica diz que faço isso pelo mesmo motivo que me levou a escalar montanhas, para ver se consigo manter meu equilíbrio. Para ver se Deus vai esticar a mão e me pegar se eu cair.

— Suponho que ela seja discreta.

— Você já conheceu alguém mais discreta do que Veronica Marchese?

— E seus colegas no Vaticano? — perguntou Gabriel. — Alguém sabia?

— É um lugar pequeno cheio de homens sexualmente reprimidos que amam uma boa fofoca acima de tudo.

— E é por isso que você acha suspeito um homem com problemas cardíacos morrer na única noite da semana em que você não estava no Palácio Apostólico.

Donati não disse uma palavra sequer.

— Com certeza tem mais do que isso — continuou Gabriel.

— Sim — respondeu Donati, enquanto tirava outra folha da alcachofra. — Muito mais.

7

RISTORANTE PIPERNO, ROMA

Havia, para começar, a ligação do cardeal Albanese. Chegou duas horas depois que o camerlengo disse ter achado o Santo Padre morto na capela particular. Albanese alegava ter ligado várias vezes para Donati, que não atendera. Donati checara seu telefone. Não havia ligações perdidas.

— Parece um caso resolvido. O que mais?

O estado do escritório papal, respondeu Donati. Cortinas e persianas fechadas. Uma xícara de chá bebida pela metade na escrivaninha. Um item faltando.

— O que era?

— Uma carta. Uma carta *pessoal*. Não oficial.

— Lucchesi era o destinatário?

— O autor.

— E o conteúdo da carta?

— Sua Santidade se recusou a me dizer.

Gabriel não tinha certeza se o arcebispo estava dizendo toda a verdade.

— Imagino que tenha sido escrita de próprio punho?

— O Vigário de Cristo não usa computador.

A ORDEM

— A quem era endereçada?

— A um velho amigo.

Donati, então, descreveu a cena que encontrou quando o cardeal Albanese o levou ao quarto do papa. Gabriel imaginou como se a composição fosse pintada a óleo sobre tela pela mão de Caravaggio. O corpo de um pontífice morto esticado na cama, observado por um trio de prelados. No lado direito da tela, mal visíveis nas sombras, estavam os três laicos de confiança: o médico pessoal do papa, o chefe da pequena força policial do Vaticano e o comandante da Guarda Suíça Pontifícia. Gabriel nunca conhecera o *dottore* Gallo, mas conhecia Lorenzo Vitale e gostava dele. Alois Metzler era outra história.

O Caravaggio particular de Gabriel se dissolveu, como se apagado por solvente. Donati estava recontando a explicação de Albanese sobre ter encontrado e depois movido o corpo.

— Francamente, é a única parte plausível da história. Meu mestre era bem pequeno, e Albanese tem o corpo de um touro. — Donati ficou em silêncio por um momento. — Claro, há pelo menos uma outra explicação.

— Qual?

— Que Sua Santidade nunca tenha chegado à capela. Que tenha morrido em sua escrivaninha bebendo seu chá. Ele tinha sumido quando eu saí do quarto. O chá, digo. Alguém tirou a xícara e o pires enquanto eu rezava sobre o corpo de Lucchesi.

— Imagino que não tenha havido autópsia.

— O Vigário de Cristo...

— O corpo foi embalsamado?

— Infelizmente, sim. O corpo de Wojtyla ficou bastante acinzentado enquanto estava à mostra na basílica. E teve Pio XII. — Donati fez uma careta. — Um desastre. Albanese disse que não queria arriscar. Ou talvez estivesse só escondendo as pistas. Afinal,

61

DANIEL SILVA

se um corpo é embalsamado, fica bem mais difícil achar rastros de algum veneno.

— Você realmente precisa parar de ver aquelas séries forenses na televisão, Luigi.

— Eu não *tenho* televisão.

Gabriel deixou um momento se passar.

— Pelo que me lembro, não há câmeras de segurança na *loggia* dos apartamentos privados.

— Se houvesse, os apartamentos não seriam privados, não é?

— Mas devia ter um guarda suíço a postos.

— Sempre.

— Então, ele teria visto alguém entrando nos apartamentos?

— Presume-se que sim.

— Você perguntou a ele?

— Não tive a chance.

— Expressou suas preocupações a Lorenzo Vitale?

— E o que Lorenzo teria feito? Investigado a morte do papa como um possível homicídio? — O sorriso de Donati foi caridoso. — Dada sua experiência no Vaticano, fico surpreso de você fazer uma pergunta dessas. Além disso, Albanese nunca teria permitido. Ele tinha a versão dele, e ia mantê-la. Encontrou o Santo Padre na capela particular alguns minutos após as dez e o levou sem ajuda para o quarto. Lá, na presença de três dos cardeais mais poderosos da Igreja, começou a sequência de acontecimentos que levou a uma declaração de que o trono de São Pedro estava vazio. Tudo enquanto eu estava jantando até tarde com uma mulher que já amei. Se eu desafiar Albanese, ele vai me destruir. E vai destruir Veronica também.

— E um vazamento a um repórter de confiança? Há vários milhares acampados na Praça de São Pedro.

A ORDEM

— Essa questão é séria demais para ser confiada a um jornalista. Precisa ser resolvida por alguém habilidoso e inclemente o bastante para descobrir o que realmente aconteceu. E rápido.

— Alguém como eu?

Donati não respondeu.

— Estou de férias — protestou Gabriel. — E preciso estar de volta a Tel Aviv em uma semana.

— O que lhe dá tempo o bastante para descobrir quem matou o Santo Padre antes do início do conclave. Para todos os efeitos, já começou. A maioria dos homens que vão escolher o próximo papa está confinada na Casa Santa Marta. — A Domus Sanctae Marthae, ou Casa Santa Marta, era o alojamento clerical de cinco andares na fronteira sul da cidade-estado. — Garanto que aqueles príncipes de chapéu vermelho não estão falando de esportes no jantar toda noite. É imperativo descobrirmos quem está por trás do assassinato de meu mestre antes de adentrarem a Capela Sistina e as portas serem trancadas.

— Com todo o respeito, Luigi, você não tem prova alguma de que Lucchesi foi assassinado.

— Não contei tudo o que sei.

— Agora seria um bom momento para isso.

— A carta perdida era endereçada a você. — Donati fez uma pausa. — Agora, pergunte-me sobre o guarda suíço que estava de guarda do lado de fora dos apartamentos papais naquela noite.

— Onde ele está?

— Foi embora do Vaticano algumas horas após a morte do Santo Padre. Ninguém o viu depois disso.

8

RISTORANTE PIPERNO, ROMA

G abriel distraiu-se momentaneamente com o homem que entrou no *campo* enquanto os garçons estavam limpando a mesa após o primeiro prato. Estava de óculos escuros e chapéu, carregando uma mochila de náilon pendurada em um dos ombros largos. Gabriel supôs que tivesse ascendência norte europeia, alemã ou austríaca, talvez escandinava. O homem parou a alguns metros da mesa deles, como se estivesse se localizando — tempo o bastante para Gabriel calcular quanto demoraria para sacar a Beretta guardada em sua lombar. Em vez disso, sacou o telefone e tirou uma foto do homem enquanto ele ia embora da praça.

— Vamos começar com a carta. — Gabriel guardou o telefone de volta no bolso interno do paletó. — Mas podemos pular a parte em que você alega não saber por que Lucchesi estava escrevendo.

— Eu não sei — insistiu Donati. — Mas, se fosse chutar, dizia respeito a algo que ele encontrou nos Arquivos Secretos.

L'Archivio Segreto Vaticano, os Arquivos Secretos do Vaticano, eram o repositório central de documentos papais relacionados a questões de religião e de estado. Localizados perto da Biblioteca do Vaticano, no Palácio Belvedere, continham cerca de 85 quilômetros

A ORDEM

de estantes, boa parte nos *bunkers* subterrâneos fortificados. Entre seus muitos tesouros estava o *Decet Romanum Pontificem*, a bula pontifícia de 1521 do papa Leão x ordenando a excomunhão de um padre e teólogo alemão incômodo chamado Martinho Lutero. Também era o lugar de descanso final de boa parte da roupa suja da Igreja. No início do papado de Lucchesi, Gabriel tinha trabalhado com Donati e o Santo Padre para publicar documentos diplomáticos e outros relacionados à conduta do papa Pio xii durante a Segunda Guerra Mundial, quando seis milhões de judeus foram mortos sistematicamente, muitas vezes, por católicos apostólicos romanos, quase sem uma palavra de protesto da Santa Sé.

— Os Arquivos são considerados propriedade pessoal do papado — continuou Donati. — O que significa que um papa tem permissão para ver o que quiser. O mesmo não vale para o secretário particular dele. Aliás, eu nem sempre podia saber a natureza dos documentos que ele estava revisando.

— Onde ele fazia a leitura?

— Às vezes, o *prefetto* levava os documentos para os apartamentos papais. Mas se fossem sensíveis ou frágeis demais, o Santo Padre os revisava numa sala especial dentro dos Arquivos, com o *prefetto* logo do outro lado da porta. Talvez você tenha ouvido falar dele. Chama-se...

— Cardeal Domenico Albanese.

Donati fez que sim.

— Então, Albanese estava ciente de todos os documentos que passavam pelas mãos do Santo Padre?

— Não necessariamente. — Fumante inveterado, Donati tirou um cigarro de uma elegante caixa dourada e deu uma batidinha com ele na tampa antes de acendê-lo com um isqueiro também dourado. — Como deve se lembrar, Sua Santidade desenvolveu

DANIEL SILVA

sérios problemas de insônia no fim de seu papado. Ele sempre ia para a cama no mesmo horário toda noite, em torno de 22h30, mas raramente ficava muito tempo lá. Às vezes, visitava os Arquivos Secretos para uma leitura noturna.

— Como ele acessava os documentos no meio da noite?

— Tinha uma fonte secreta. — O olhar de Donati se deteve em algo por cima do ombro de Gabriel. — Meu Deus, é a...

— É, sim.

— Por que ela não se senta com a gente?

— Está ocupada.

— Protegendo você?

— E você.

Gabriel perguntou sobre o guarda suíço sumido.

— O nome dele é Niklaus Janson. Recentemente completou o termo de serviço exigido de dois anos, mas, a pedido meu, concordou em ficar mais um ano.

— Você gostava dele?

— Eu confiava nele, o que é bem mais importante.

— Alguma mácula no seu histórico?

— Dois atrasos no toque de recolher.

— Quando foi a última violação?

— Uma semana antes da morte do Santo Padre. Ele alegou que estava com um amigo e perdeu a noção do tempo. Metzler deu-lhe a punição tradicional.

— Que é?

— Esfregar a ferrugem dos peitorais das armaduras ou cortar uniformes velhos no cadafalso no pátio do quartel. Os guardas chamam de Scheitstock.

— Quando você percebeu que ele tinha desaparecido?

— Dois dias depois da morte do Santo Padre, notei que Niklaus não era um dos guardas escolhidos para proteger o corpo à mostra na

A ORDEM

basílica. Perguntei a Alois Metzler por que ele tinha sido excluído, e ouvi, para minha surpresa, que ele estava desaparecido.

— Como Metzler explicou a ausência dele?

— Disse que Niklaus estava de luto pela morte de Sua Santidade. Francamente, não parecia muito preocupado. Nem o camerlengo, aliás. — Donati bateu o cigarro, irritado, contra a borda do cinzeiro. — Afinal, ele tinha um funeral televisado globalmente para planejar.

— O que mais você sabe sobre Janson?

— Os camaradas dele costumavam chamá-lo de Santo Niklaus. Ele me disse uma vez que, brevemente, considerou um chamado. Entrou para a Guarda depois de completar seu serviço no Exército Suíço. Eles ainda têm alistamento compulsório lá, sabe.

— De onde ele é?

— De uma pequena vila perto de Friburgo. É um cantão católico. Tem uma mulher lá, uma namorada, talvez noiva. O nome dela é Stefani Hoffmann. Metzler entrou em contato com ela no dia seguinte à morte do Santo Padre. Até onde consigo ver, seus esforços para determinar o paradeiro de Niklaus pararam por aí. — Donati hesitou. — Talvez você possa ser mais eficiente.

— Em quê?

— Encontrar Niklaus Janson, é claro. Não imagino que seja muito difícil para um homem em sua posição. Com certeza, você tem certas capacidades à sua disposição.

— Tenho. Mas não posso usá-las para encontrar um guarda suíço desaparecido.

— E por que não? Niklaus sabe o que aconteceu naquela noite. Tenho certeza.

Gabriel ainda não estava convencido de que algo houvesse acontecido naquela noite, a não ser por um velho com um coração enfraquecido, um homem que Gabriel amava e admirava, ter morrido enquanto rezava em sua capela particular. Mesmo assim, tinha de admitir que havia circunstâncias preocupantes o bastante para suscitar mais investigações, começando pelo paradeiro de Niklaus Janson. Gabriel tentaria achá-lo, mesmo que só para tranquilizar Donati. E a si mesmo.

— Você sabe o número de celular do Janson? — perguntou Gabriel.

— Infelizmente, não.

— Tem uma rede de computadores lá no quartel da Guarda Suíça ou eles ainda usam pergaminhos?

— Digitalizaram há alguns anos.

— Grande erro — disse Gabriel. — Pergaminho é bem mais seguro.

— Você tem a intenção de hackear a rede de computadores da Guarda Suíça Pontifícia?

— Com sua bênção, claro.

— Vou negar, se não se importa.

— Que jesuítico de sua parte.

Donati sorriu, mas ficou em silêncio.

— Volte para a cúria e fique na sua por alguns dias. Eu entro em contato quando tiver algo.

— Na verdade, eu queria saber se você e Chiara estariam livres hoje à noite.

— Estávamos planejando voltar a Veneza.

— Alguma chance de eu conseguir convencê-lo a ficar? Achei que podíamos jantar num lugarzinho perto da Villa Borghese.

— Vamos encontrar alguém?

— Uma velha amiga.

— Sua ou minha?

— Na verdade, nossa.

Gabriel hesitou.

— Não tenho certeza de que é uma boa ideia, Luigi. Não a vejo desde...

— Foi ela quem sugeriu. Acredito que se lembre do endereço. Drinques às 20 horas.

9

CAFFÈ GRECO, ROMA

— O que você acha? — perguntou Chiara.

— Acho que definitivamente eu conseguiria me acostumar a morar aqui de novo.

Eles estavam sentados no salão elegante da frente do Caffè Greco. Embaixo da pequena mesa redonda estavam várias sacolas de compras brilhantes, resultado de um passeio caro de fim de tarde pela Via Condotti. Eles tinham viajado de Veneza a Roma sem uma muda de roupas. Ambos precisavam de algo apropriado para usar no jantar no *palazzo* de Veronica Marchese.

— Eu estava falando de...

Gabriel a cortou com gentileza.

— Eu sei do que você estava falando.

— E?

— Tudo pode ser explicado muito facilmente.

Chiara claramente não estava convencida.

— Vamos começar com a ligação.

— Vamos.

— Por que Albanese esperou tanto para entrar em contato com Donati?

— Porque a morte do Santo Padre era o momento de Albanese nos holofotes, e ele não queria que Donati interferisse nem questionasse suas decisões.

— O ego inflado levou a melhor?

— Quase todo mundo numa posição de poder sofre com isso.

— Todo mundo menos você, claro.

— Isso nem precisa dizer.

— Mas por que Albanese assumiu a tarefa de mover o corpo? E por que fechou as cortinas e persianas no escritório?

— Pelos exatos motivos que declarou.

— E a xícara de chá?

Gabriel deu de ombros.

— Uma das freiras domésticas provavelmente levou.

— Elas também levaram a carta da mesa de Lucchesi?

— A carta — admitiu Gabriel — é mais difícil de explicar.

— Quase tão difícil quanto o sumiço do guarda suíço. — Um garçom chegou com dois cafés e uma torta de frutas cremosa. De garfo em mãos, Chiara hesitou. — Já engordei pelo menos dois quilos nesta viagem.

— Não reparei.

Ela lançou um olhar de inveja a ele.

— Você não engordou um grama. Você nunca engorda.

— Posso agradecer ao Tintoretto por isso.

Chiara empurrou a torta para mais perto de Gabriel.

— Coma você.

— Foi você quem pediu.

Chiara pegou um pedaço de morango da cama de creme.

— Quanto tempo acha que a Unidade 8200 vai levar para achar o telefone de Janson?

— Dada a insegurança da rede do Vaticano, eu diria que exatos cinco minutos. Quando conseguirem, não vai demorar muito para definirem a localização dele. — Gabriel empurrou a torta um pouco mais para perto de Chiara. — E, aí, podemos voltar a Veneza e retomar nossas férias.

— E se o telefone estiver desligado ou no fundo do Tibre? — Chiara baixou a voz. — Ou se ele já tiver sido morto?

— Janson?

— Sim, claro.

— Morto por *quem*?

— Pelos mesmos homens que assassinaram o papa.

Gabriel franziu o cenho.

— Ainda não estamos aí, Chiara.

— Passamos *daí* há muito tempo, querido. — Ela cortou um pedaço da torta, atravessando o creme e a massa com o garfo. — Tenho que admitir que estou animada para o jantar de hoje à noite.

— Queria poder dizer o mesmo.

— Com o que está preocupado?

— Um silêncio constrangedor durante a conversa.

— Sabe, Gabriel, você não *matou* Carlo Marchese.

— Também não exatamente evitei que ele caísse por cima daquela barreira.

— Talvez Veronica não mencione isso.

— Eu com certeza não pretendo mencionar.

Chiara sorriu e olhou pelo salão.

— O que será que as pessoas normais fazem nas férias?

— Nós *somos* pessoas normais, Chiara. Só temos amigos interessantes.

— Com problemas interessantes.

Gabriel fincou o garfo na torta.

— Isso também.

★ ★ ★

A ORDEM

Havia um velho esconderijo do Escritório no topo da escadaria da Piazza di Spagna, próximo à igreja de Trinità dei Monti. A Governança não tivera tempo de encher a despensa. Não era um problema; Gabriel não esperava ficar muito tempo lá.

No quarto, eles tiraram as roupas das sacolas. Gabriel tinha comprado rapidamente seu figurino da noite, com uma única parada na Giorgio Armani. Chiara fora mais exigente em sua empreitada. Vestido de festa preto sem alças da Max Mara, casaco longo da Burberry, escarpim preto refinado da Salvatore Ferragamo. Agora, Gabriel a surpreendia com um colar de pérolas da Mikimoto.

Sorrindo de orelha a orelha, ela perguntou:

— Qual é o motivo?

— Você é esposa do diretor-geral do serviço de inteligência israelense e mãe de duas crianças pequenas. É o mínimo que posso fazer.

— Já se esqueceu do apartamento no Grande Canal? — Chiara colocou o colar de pérolas no pescoço. Estava radiante. — O que você acha?

— Acho que sou o homem mais sortudo do mundo. — O vestido estava esticado na cama. — É uma camisola?

— Não comece.

— Onde pretende esconder sua arma?

— Não planejei levar arma. — Ela o empurrou para a porta. — Vá embora.

Ele foi para a sala de jantar. Do minúsculo terraço, conseguia ver a escadaria da Piazza di Spagna descendo serenamente e, à distância, o domo iluminado da basílica flutuando acima do Vaticano. De repente, ele ouviu uma voz. Era a voz de Carlo Marchese.

O que é isso, Allon?

Julgamento, Carlo.

DANIEL SILVA

O corpo dele tinha se aberto com o impacto, como um melão. O que Gabriel mais lembrava, porém, era do sangue na batina de Donati. Ele se perguntou como o arcebispo explicara a morte de Carlo a Veronica. A noite prometia ser interessante.

Gabriel entrou. No quarto ao lado, conseguia ouvir Chiara cantando baixinho para si mesma enquanto se vestia, uma daquelas músicas pop italianas bobinhas que ela tanto amava. Melhor o som da voz de Chiara, pensou ele, que de Carlo Marchese. Como sempre, aquilo o encheu de um sentimento de satisfação. Sua jornada estava chegando ao fim. Chiara e as crianças eram sua recompensa por ter conseguido, de alguma forma, sobreviver. Ainda assim, Leah nunca ficava muito longe de seus pensamentos. Ela o observava agora mesmo das sombras no canto da sala, queimada e destruída, suas mãos cheias de cicatrizes agarrando uma criança morta — a *pietà* particular de Gabriel. *Você ama essa mulher?* Sim, ele pensou. Amava tudo nela. Como ela lambia a ponta do dedo para virar a página de uma revista. Como balançava a bolsa caminhando pela Via Condotti. Como cantava para si mesma quando achava que não tinha alguém ouvindo.

Ele ligou a televisão. Estava na BBC. Incrivelmente, não havia vítimas fatais no ataque em Berlim, embora doze pessoas tivessem ficado feridas, quatro em estado grave. Axel Brünner, do Partido Nacional-Democrata, estava culpando as políticas pró-imigração da chanceler centrista da Alemanha pelo ataque. Neonazistas e outros extremistas variados de extrema direita estavam reunidos para um protesto à luz de tochas na cidade de Leipzig. A Bundespolizei estava preparada para uma noite de violência.

Gabriel mudou para a CNN. A principal correspondente de assuntos internacionais fazia uma transmissão ao vivo da Praça de São Pedro. Como seus concorrentes, não estava ciente de que uma carta endereçada ao diretor-geral do serviço secreto de inteligência de

A ORDEM

Israel tinha misteriosamente sumido do escritório do papa na noite de sua morte. Também não sabia que o guarda suíço que vigiava os apartamentos papais também estava desaparecido. Se o telefone de Niklaus Janson estivesse ligado transmitindo algum sinal, os guerreiros cibernéticos da Unidade 8200 o encontrariam, talvez antes do fim da noite.

Gabriel desligou a televisão quando Chiara entrou na sala de estar. Avaliou-a sem pressa — as pérolas, o vestido preto sem alças, os escarpins. Ela era uma obra de arte.

— E então? — perguntou ela, por fim.

— Você está... — Ele ficou sem palavras.

— Parecendo uma mãe de dois que engordou três quilos?

— Achei que você tinha dito dois.

— Acabei de sair da balança do banheiro. — Ela apontou para a porta do quarto. — É todo seu.

Gabriel tomou banho e se vestiu rápido. Na rua, entraram no banco de trás de um carro da embaixada que os aguardava. Enquanto aceleravam pela Via Veneto, o telefone dele vibrou com uma mensagem do Boulevard Rei Saul.

— O que foi?

— A unidade acabou de derrubar a primeira barreira da rede de computadores da Guarda Suíça. Estão buscando o arquivo pessoal e as informações de contato de Janson na base de dados.

— E se já tiverem deletado?

— Quem?

— Os mesmos homens que mataram o papa, claro.

— Ainda não chegamos aí.

— Ainda não — concordou ela. — Mas vamos chegar logo.

10

CASA SANTA MARTA

Em circunstâncias normais, a Guarda Suíça não ficava de guarda em frente à Casa Santa Marta. Mas, às 20h15, havia dois guardas. A hospedaria do clero agora estava ocupada por dezenas de príncipes da Igreja, a maioria de cantos distantes do reino. À véspera do conclave, os outros cardeais eleitores se juntariam a eles. Depois disso, apenas a equipe da Casa Santa Marta — freiras das Filhas de Caridade de São Vicente de Paulo — teria permissão de entrar. Por enquanto, alguns poucos selecionados, incluindo o bispo Hans Richter, general-superior da Ordem de Santa Helena, tinham liberdade de ir e vir à vontade. Com o cardeal Domenico Albanese firmemente no controle do maquinário da cidade-estado, o longo exílio do bispo Richter finalmente acabara.

Um dos guardas suíços segurou a porta de vidro, e Richter, com a mão direita levantada numa bênção, entrou. O lobby branco brilhante ecoava com um ruído multilíngue. Os 225 membros do Colégio Cardinalício tinham passado a tarde debatendo o futuro da Igreja. Agora, estavam partilhando vinho branco e canapés no lobby antes de se sentarem para comer na sala de jantar simples da Casa Santa Marta. A Constituição Apostólica ditava que apenas os 116

A ORDEM

cardeais com menos de 80 anos tinham permissão de participar do conclave. Os cardeais idosos eméritos expressavam suas preferências durante reuniões informais como estas, que era onde aconteciam as verdadeiras negociações pré-conclave.

Richter discretamente reconheceu os cumprimentos de alguns conhecidos tradicionalistas e sustentou o olhar gelado do cardeal Kevin Brady, o leão liberal de Los Angeles que via um papa cada vez que se olhava no espelho. Brady estava conspirando com o minúsculo Duarte de Manilla, grande esperança do mundo em desenvolvimento. O cardeal Navarro transbordava confiança, como se o papado já fosse seu. Era óbvio que Gaubert, tramando com Villiers de Lyon, não planejava desistir sem lutar.

Só o bispo Hans Richter sabia que nenhum deles tinha chance. O próximo papa, naquele momento, estava sentado perto da mesa da recepção, esquecido numa sala cheia de egos gigantes e ambições sem limites. Ele tinha recebido seu chapéu vermelho de ninguém menos do que Pietro Lucchesi, que fora levado a acreditar que se tratava de um moderado, o que definitivamente não era verdade. Cinquenta milhões de euros, discretamente depositados em contas bancárias por todo o mundo, incluindo doze no Banco do Vaticano, praticamente garantiam a eleição dele pelo conclave. Assegurar a vasta soma exigida para comprar o papado tinha sido a parte mais fácil da operação. Ao contrário do resto da Igreja, à beira do colapso financeiro, a Ordem de Santa Helena estava cheia de dinheiro.

O cardeal Domenico Albanese sussurrava algo no ouvido de Angelo Francona, reitor do Colégio Cardinalício. Ao ver Richter, ele acenou com sua mão grossa e peluda. Francona, líder liberal, imediatamente virou-se e fugiu.

— Fiz algo para ofendê-lo? — perguntou Richter num italiano curial impecável.

DANIEL SILVA

— O senhor ofende com sua própria existência, Excelência. — Albanese pegou Richter pelo braço. — Talvez devêssemos conversar em meu quarto.

— Não me diga que se mudou para cá.

Albanese fez uma careta. Como *prefetto* dos Arquivos Secretos, ele tinha direito a um apartamento luxuoso em cima da Galeria Lapidária dos Museus Vaticano.

— Só estou usando meu quarto aqui como escritório até o início do conclave.

— Com alguma sorte — disse Richter, em voz baixa —, não vai precisar ficar muito tempo.

— A mídia está prevendo uma batalha de titãs entre os reformadores e os reacionários.

— Está, é?

— Sete cédulas, parece ser o consenso geral.

Uma freira de hábito azul ofereceu uma taça de vinho a Richter. Recusando, ele seguiu Albanese até os elevadores. Quase conseguia sentir os olhos na sala perfurando suas costas enquanto esperavam o elevador chegar. Quando finalmente chegou, Albanese apertou o botão do quarto andar. Misericordiosamente, a porta se fechou antes de o tagarela Lopes, do Rio de Janeiro, conseguir se enfiar lá dentro.

O bispo Richter fez vários ajustes desnecessários a sua batina de bordas roxas enquanto o elevador subia lentamente. Feita à mão por um alfaiate exclusivo em Zurique, ela o vestia perfeitamente. Aos 74 anos, ele continuava fisicamente imponente, alto e de ombros largos, com um cabelo acinzentado e um semblante impassível para combinar.

Ele olhou para o reflexo do cardeal Albanese na porta do elevador.

— O que está no menu hoje, Eminência?

— O que quer que nos servirem vai estar passado demais. — Albanese sorriu sem graciosidade. Mesmo com sua batina com bordas vermelhas, ele parecia um dos empregados. — Considere-se com sorte de não precisar participar de fato do conclave.

Na nomenclatura da Igreja Católica Romana, a Ordem de Santa Helena era um prelado pessoal — uma diocese global sem fronteiras. Como general-superior da Ordem, Richter tinha a hierarquia de bispo. Apesar disso, estava entre os homens mais poderosos da Igreja. Várias dezenas de cardeais, todos membros secretos da Ordem, eram obrigados a obedecer aos seus comandos, incluindo o cardeal Domenico Albanese.

A porta do elevador se abriu. Albanese levou o bispo Richter por um longo corredor. O quarto em que entraram estava escuro. Albanese encontrou o interruptor.

Richter analisou seus arredores.

— Vejo que você ficou com uma das suítes para si.

— Os quartos são designados por loteria, Excelência.

— Que sorte.

O bispo Richter esticou a mão direita, o punho meio virado. Albanese se ajoelhou e colocou os lábios no anel do dedo médio de Richter. Era de tamanho idêntico ao Anel do Pescador que Albanese recentemente removera dos apartamentos papais.

— Juro-lhe, bispo Richter, minha eterna obediência.

Richter tirou a mão, resistindo à vontade de pegar o pequeno frasco de álcool em gel no bolso. Richter era germofóbico. Albanese sempre lhe pareceu um vetor.

Ele foi até a janela e abriu a cortina de gaze. A suíte ficava no lado norte da hospedaria, com vista para a Piazza Santa Marta e a fachada da basílica. O domo estava iluminado por holofotes. As feridas do ataque terrorista islâmico tinham se curado bem. Quem

DANIEL SILVA

dera o mesmo pudesse ser dito sobre a Santa Madre Igreja. Ela era uma sombra de si mesma, mal respirando, perto da morte.

O bispo Hans Richter tinha-se nomeado seu salvador. Estava preparado para esperar o fim do papado desastroso de Lucchesi antes de colocar seu plano em ação. Mas Sua Santidade não lhe havia deixado escolha que não resolver o assunto com as próprias mãos. Fora Lucchesi que errara, Richter se tranquilizou, não ele. Além do mais, Deus andava batendo à porta de Lucchesi havia algum tempo. Richter racionalizava que só tinha dado um início precoce ao processo de canonização do Papa Acidental.

Os pensamentos de Richter foram interrompidos pelo barulho de descarga. Quando Albanese saiu, estava secando as mãos grandes numa toalha — como um coveiro, pensou Richter. E pensar que ele chegara a se considerar um papa em potencial, aquele que Richter escolheria para ser seu pontífice fantoche. Albanese não era um gigante intelectual, mas tinha feito o jogo de informante da cúria bem o bastante para garantir duas nomeações papais. Como camerlengo, Albanese havia acompanhado o corpo de Lucchesi dos apartamentos papais até o túmulo abaixo da basílica sem sombra de um escândalo. Também havia colocado nas mãos de Richter cópias de vários arquivos pessoais cheios de pecados dos Arquivos Secretos do Vaticano que se provaram valiosíssimos durante as preparações para o conclave. Como recompensa, Albanese logo seria secretário de estado, a segunda posição mais poderosa da Santa Sé.

Ele secou o rosto esburacado e jogou a toalha no espaldar de uma cadeira.

— Com todo o respeito, Excelência, acha que foi sábio vir aqui hoje à noite?

— Está esquecendo que muitos desses cardeais lá embaixo estão ricos por minha causa?

— Mais motivo para ser discreto até o conclave acabar. Só imagino o que tipos como Francona e Kevin Brady estão dizendo agora.

— Francona e Brady são os menores de nossos problemas.

A poltrona de madeira simples na qual Albanese se sentou rangeu com seu peso.

— Algum sinal do garoto Janson?

Richter fez que não.

— Ele obviamente estava atordoado naquela noite. É possível que tenha tirado a própria vida.

— Seria uma grande sorte nossa.

— Certamente, não está falando sério, Excelência. Se Janson cometesse suicídio, sua alma estaria em grave perigo.

— Já está.

— Assim como a minha — disse Albanese, em voz baixa.

Richter colocou a mão num dos ombros largos do camerlengo.

— Eu o absolvi por suas ações, Domenico. Sua alma está em estado de graça.

— E a sua, Excelência?

Richter tirou a mão.

— Durmo bem à noite sabendo que, em alguns dias, a Igreja estará sob nosso controle. Não permitirei que alguém nos atrapalhe. E isso inclui um camponês bonitinho do cantão de Friburgo.

— Então, sugiro que o encontre, Excelência. Quanto antes, melhor.

O bispo Richter sorriu com frieza.

— É esse tipo de pensamento incisivo e analítico que pretende trazer à secretaria de estado?

Albanese sofreu a reprimenda de seu superior em silêncio.

— Pode ter certeza — disse o bispo Richter — de que a Ordem está usando todos os seus recursos consideráveis para achar Janson.

DANIEL SILVA

Infelizmente, já não somos os únicos procurando por ele. Parece que o arcebispo Donati se juntou à busca.

— Se nem nós conseguimos achar Janson, que esperança tem Donati?

— Donati tem algo bem melhor do que esperança.

— O quê?

O bispo Richter olhou para o domo da basílica.

— Gabriel Allon.

11

VIA SARDEGNA, ROMA

O *palazzo*, muitas vezes, era confundido com uma embaixada ou um ministério de governo, pois contava com uma cerca de aço formidável e uma série de câmeras de segurança apontadas para o exterior. Uma fonte barroca esguichava no pátio de entrada, mas a estátua romana de Plutão, de 2 mil anos de idade, que antes adornava o hall de entrada, estava ausente. Em seu lugar, encontrava--se a dra. Veronica Marchese, diretora do Museu Nacional Etrusco da Itália. Ela vestia um terninho preto deslumbrante e uma gargantilha dourada grossa. Seu cabelo escuro estava penteado para trás e preso por uma presilha na altura da nuca. Os óculos em formato de gatinho lhe davam um ar levemente acadêmico.

Sorrindo, ela cumprimentou Chiara com dois beijos. A Gabriel, ofereceu apenas a mão, cautelosa.

— Diretor Allon. Fico muito feliz que tenha conseguido vir. Só sinto muito por não termos feito isso há mais tempo.

Com o gelo quebrado, ela os levou por uma galeria cheia de quadros de Velhos Mestres italianos, todos com qualidade de museu. As obras eram apenas uma pequena parte do acervo de seu falecido marido.

DANIEL SILVA

— Como pode ver, fiz algumas mudanças desde sua última visita.

— Limpeza anual? — perguntou Gabriel.

Ela riu.

— Algo assim.

As belíssimas esculturas gregas e romanas que antes ladeavam a galeria não estavam mais lá. O império empresarial de Carlo Marchese, quase todo ilegítimo, incluía um breve comércio internacional de antiguidades saqueadas. Um de seus principais parceiros era o Hezbollah, que fornecia a Carlo um fluxo contínuo de inventário do Líbano, da Síria e do Iraque. Em troca, Carlo enchia os cofres do Hezbollah com moeda forte, usada para comprar armas e financiar terrorismo. Gabriel tinha derrubado a rede. Então, após fazer uma impressionante descoberta arqueológica cinquenta metros abaixo do Monte do Templo, derrubara Carlo.

— Alguns meses depois da morte do meu marido — explicou Veronica Marchese —, eu me livrei discretamente de seu acervo pessoal. Dei as peças etruscas ao meu museu, que é onde deveriam estar desde o início. A maioria ainda está guardada, mas coloquei algumas em exposição. Nem é preciso dizer que as placas não mencionam sua origem.

— E o resto?

— Seu amigo general Ferrari aceitou de bom grado tirá-las de minha mão. Ele foi bem discreto, o que é incomum para ele. O general gosta de uma boa publicidade. — Ela olhou para Gabriel com gratidão genuína. — Imagino que eu precise agradecer a você por isso. Se tivesse se tornado público que meu marido controlava o comércio global de antiguidades saqueadas, minha carreira teria sido destruída.

— Todos temos nossos segredos.

— Sim — disse ela, distante. — Acho que temos, mesmo.

84

A ORDEM

O outro segredo de Veronica Marchese estava esperando na sala de estar formal, vestido de batina com mozeta. Havia uma música de fundo suave. Era o *Trio de piano n. 1 em Ré menor*, de Mendelssohn. O tom da paixão reprimida.

Donati abriu uma garrafa de *prosecco* e serviu quatro taças.

— Para um padre, você é bem bom nisso — comentou Gabriel.

— Sou arcebispo, lembra?

Donati levou uma das taças até a poltrona coberta de brocado em que Veronica se acomodara. Gabriel, um observador treinado dos sentimentos humanos, sabia reconhecer um gesto íntimo. Donati claramente estava confortável na sala de estar de Veronica. Se não fosse a batina e a mozeta, um estranho teria suposto que era o homem do *palazzo*.

Ele se sentou na poltrona ao lado da dela, e seguiu-se um silêncio desconfortável. Como um convidado penetra do jantar, o passado tinha se intrometido. De sua parte, Gabriel estava pensando em seu último encontro com Veronica Marchese. Estavam na Capela Sistina, só os dois, diante do *Juízo final* de Michelangelo. Veronica descrevia para Gabriel a vida que esperava Donati quando o Anel do Pescador fosse removido pela última vez do dedo de Pietro Lucchesi. Uma posição de professor numa universidade pontifícia, uma casa de repouso para padres idosos. *Tão solitário. Tão terrivelmente triste e solitário...* Ocorreu a Gabriel que Veronica, viúva e disponível, podia ter outros planos.

Por fim, ela elogiou o vestido e as pérolas de Chiara. Depois, perguntou sobre as crianças e sobre Veneza, antes de lamentar a condição em que Roma, outrora centro do mundo civilizado, encontrava-se. Hoje em dia, era uma obsessão nacional. Oitenta por cento das ruas da cidade estavam cheias de buracos não consertados, o que tornava dirigir e até caminhar uma empreitada perigosa. Crianças carregavam rolos de papel higiênico na mochila, porque

DANIEL SILVA

os banheiros das escolas não tinham. Os ônibus de Roma viviam atrasados, isso se aparecessem. Uma escada rolante numa estação de metrô que vivia cheia recentemente amputara o pé de um turista. E ainda, disse Veronica, havia as lixeiras transbordando e as montanhas de lixo não coletado. O site mais popular da cidade era o Roma Fa Schifo, "Roma é nojenta".

— E quem é o culpado por esse estado deplorável das coisas? Há alguns anos, o procurador-chefe de Roma descobriu que a máfia estava no controle do governo municipal, e, aos poucos, drenava as finanças da cidade. Uma empresa de propriedade da máfia tinha recebido o contrato de coleta de lixo. Ela não se dava ao trabalho de coletar o lixo, claro, porque fazer isso custaria dinheiro e reduziria as margens de lucro. O mesmo valia para reparos nas ruas. Por que se dar ao trabalho de tapar um buraco no asfalto? Tapar buracos custa dinheiro. — Veronica fez que não, lentamente. — A máfia é a maldição da Itália. — E então, com um olhar para Gabriel, ela completou: — E a minha.

— Vai melhorar agora que Saviano é primeiro-ministro.

Veronica fez uma careta.

— Não aprendemos nada com o passado?

— Pelo jeito, não.

Ela suspirou.

— Ele visitou o museu não faz muito tempo. Foi charmoso na medida certa, como a maioria dos demagogos. É fácil ver por que ele tem apelo com italianos que não moram em *palazzi*, perto da Via Veneto. — Ela colocou a mão brevemente no braço de Donati. — Ou atrás das paredes do Vaticano. Saviano odiava o Santo Padre por defender os imigrantes e alertar contra os perigos da ascensão da extrema direita. Ele considerava isso uma afronta direta, orquestrada pelo secretário particular esquerdista do Santo Padre.

— E era? — perguntou Gabriel.

A ORDEM

Pensativo, Donati deu um gole em seu vinho antes de responder.

— A Igreja ficou em silêncio da última vez que a extrema direita tomou o poder na Itália e na Alemanha. Aliás, elementos poderosos dentro da cúria apoiaram a ascensão do fascismo e do nacional-socialismo. Viram Mussolini e Hitler como baluartes contra o bolchevismo, que era abertamente hostil ao catolicismo. O Santo Padre e eu decidimos que, desta vez, não íamos cometer o mesmo erro.

— E agora — disse Veronica Marchese — o Santo Padre está morto e um guarda suíço está desaparecido. — Ela olhou para Gabriel. — Luigi me disse que você concordou em encontrá-lo.

Gabriel franziu o cenho para Donati, que, de repente, começou a tirar fiapos de sua batina impecável.

— Falei o que não deveria? — perguntou Veronica.

— Não. O arcebispo, sim.

— Não fique bravo com ele. A vida na gaiola dourada do Palácio Apostólico pode ser muito isolada. O arcebispo muitas vezes procura meu conselho sobre questões temporais. Como sabe, sou muito bem conectada em círculos políticos e sociais romanos. Uma mulher na minha posição ouve todo tipo de coisa.

— Por exemplo?

— Boatos — respondeu ela.

— Que tipo de boatos?

— Sobre um guarda suíço jovem e bonito que foi visto numa boate gay com um padre da cúria. Quando contei ao arcebispo, ele me avisou que alegações não comprovadas podem causar um mal irreparável à reputação de alguém e me aconselhou a não utilizá-las.

— O arcebispo sabe bem — comentou Gabriel. — Mas é de se perguntar por que ele não mencionou nada disso no almoço hoje à tarde.

— Talvez não achasse que era relevante.

DANIEL SILVA

— Ou talvez achasse que eu ia relutar em ajudá-lo se achasse que ia me envolver em um escândalo sexual do Vaticano.

O telefone de Gabriel vibrou contra seu coração. Era uma mensagem do Boulevard Rei Saul.

— Algo errado? — perguntou Donati.

— Parece que o arquivo de Janson foi deletado da rede de computadores da Guarda Suíça algumas horas depois da morte do Santo Padre. — Gabriel trocou um olhar com Chiara, que suprimiu um sorriso. — Meus colegas da Unidade 8200 estão agora buscando no backup do sistema.

— Vão achar algo?

— Arquivos de computador são como pecados, Excelência.

— Como assim?

— Podem ser absolvidos, mas nunca desaparecem totalmente.

Eles jantaram no magnífico terraço do *palazzo*, sob aquecedores a gás que esquentavam o frio da noite. Foi uma refeição romana tradicional, ravióli de espinafre com manteiga e sálvia, seguido por vitela assada e vegetais frescos. A conversa fluiu tão fácil quanto as três garrafas de Brunello clássico que Veronica trouxera da adega de Carlo. Donati parecia perfeitamente confortável com sua armadura clerical preta, com a mulher ao seu lado direito e as luzes de Roma brilhando suavemente atrás dele. Podia ser uma cidade quebrada e nojenta e irremediavelmente corrupta, mas, vista do terraço de Veronica Marchese, com o ar limpo e fresco e com aroma de comida, Gabriel achou a mais bonita do mundo.

O nome de Carlo não foi dito durante o jantar, e não houve indicação da violência nem do escândalo que os uniam. Donati especulou sobre o resultado do conclave, mas evitou o assunto da morte de Lucchesi. Acima de tudo, parecia apegar-se a cada palavra

A ORDEM

de Veronica. O afeto entre eles era dolorosamente óbvio. Donati estava caminhando à beira de um abismo nos Alpes. Por enquanto, pelo menos, Deus os protegia.

Só o telefone de Gabriel servia como lembrete de por que estavam reunidos naquela noite. Pouco após as 22 horas, ele vibrou com uma atualização de Tel Aviv. Os detetives cibernéticos da Unidade 8200 tinham recuperado a inscrição original de Niklaus Janson à Guarda Suíça. A próxima atualização veio às 22h30, quando a unidade encontrou seu arquivo de serviço completo. Estava escrito em alemão suíço, idioma oficial da Guarda. Continha uma referência aos dois atrasos, mas nada sobre uma relação sexual com um padre da cúria.

— E um telefone? Tem de estar lá. Os guardas estão sempre de plantão.

— Paciência, Excelência.

A espera pela próxima mensagem só durou dez minutos.

— Acharam um velho arquivo de contato que incluía uma entrada referente ao anspeçada Niklaus Janson. Tem um telefone e dois e-mails, uma conta do Vaticano e uma pessoal no Gmail.

— E agora? — quis saber Donati.

— Achamos o telefone e descobrimos se Niklaus Janson ainda está em posse dele.

— E aí?

— Ligamos.

12

ROMA-FLORENÇA

Donati foi acordado pelo tilintar dos sinos da igreja. Abriu os olhos lentamente. A luz do dia se insinuava pelas bordas de sua cortina bem fechada. Ele tinha dormido demais. Colocou a mão na testa. Sua cabeça estava pesada do vinho de Carlo Marchese. Seu coração também estava pesado. Ele não ousava pensar no porquê.

Sentou-se e colocou, com cuidado, os pés no piso frio de parquet. Levou um momento para o quarto entrar em foco. Uma escrivaninha com pilhas de livros e papéis, um guarda-roupas simples, um genuflexório de madeira. Acima dele, mal visível na penumbra, estava o crucifixo de carvalho pesado dado a ele por seu mestre alguns dias após o conclave. Agora, estava pendurado ali, em seu quarto na Cúria Jesuíta. Como era diferente do extravagante palácio de Veronica. Era o quarto de um homem pobre, pensou. O quarto de um padre.

O genuflexório o chamou. Levantando-se, Donati colocou sua camisola e atravessou o quarto. Abriu seu breviário na página adequada e, de joelhos, recitou as primeiras palavras das Laudes, a oração da manhã.

A ORDEM

Apressa-te, ó Deus, em livrar-me; Senhor, apressa-te em ajudar-me...

Atrás dele, na mesa de cabeceira, seu telefone vibrou. Ignorando-
-o, ele leu a seleção de salmos e hinos daquela manhã, com uma
breve passagem do Apocalipse.

E vi outro anjo subir do lado do sol nascente...

Só quando tinha repetido a última linha da oração final, Donati
se levantou e pegou o telefone. A mensagem que lhe esperava era
escrita em italiano coloquial. O palavreado era ambíguo, cheio de
enganos e sentidos duplos. Mesmo assim, as instruções eram claras.
Se Donati não soubesse, teria suposto que o autor era uma criatura
da Cúria Romana. Não era.

E vi outro anjo subir do lado do sol nascente...

Donati jogou o telefone na cama desarrumada e rapidamente se
barbeou e tomou banho. Enrolado numa toalha, abriu as portas de
seu guarda-roupa. Penduradas, havia várias batinas e roupas clericais, além de suas vestes coral. Suas vestimentas civis eram limitadas
a uma única jaqueta esportiva com remendos nos cotovelos, duas
calças de sarja marrons, duas camisas sociais brancas, dois pulôveres
de gola canoa e um par de mocassins de camurça.

Ele se vestiu com uma dessas combinações e colocou a outra na
sua mala de mão. Depois, adicionou uma troca de roupas de baixo,
produtos de higiene, uma estola, uma alva, um cíngulo e seu kit
de missa de viagem. O celular, ele guardou no bolso da jaqueta.

O corredor em frente ao seu quarto estava vazio. Ele ouviu o
tintilar longínquo de copos, talheres e pratos vindo da sala de refeições comunais e, da capela, vozes masculinas sonoras em oração.
Sem ser notado pelos seus irmãos jesuítas, ele desceu correndo pelas
escadas e encontrou a manhã de outono.

Uma Mercedes E-Class sedã esperava no Borgo Santo Spirito.
Gabriel estava ao volante; Chiara, no banco do passageiro. Quando
Donati entrou atrás, o carro acelerou. Vários pedestres, incluindo

DANIEL SILVA

um padre da cúria que Donati conhecia de vista, correram para sair da frente.

— Algum problema? — perguntou ele.

Gabriel olhou pelo retrovisor.

— Vou saber em alguns minutos.

O carro virou à direita, desviando por pouco de um grupo de freiras de hábito cinza, e atravessou o Tibre.

Donati colocou o cinto de segurança e fechou os olhos.

Apressa-te, ó Deus, em livrar-me; Senhor, apressa-te em ajudar-me...

Eles dirigiram-se para o norte pelo Lungotevere, até a Piazza del Popolo, depois ao sul, até a Piazza Venezia. Mesmo para os padrões de Roma, foi um trajeto de arrepiar. Donati, veterano de incontáveis comboios papais, ficou maravilhado com a habilidade com que seu velho amigo lidava com o poderoso carro alemão e com a aparente calma com que Chiara ocasionalmente oferecia instruções ou conselhos. A rota deles foi indireta e cheia de paradas repentinas e viradas abruptas, todas pensadas para revelar a presença de vigilância motorizada. Numa cidade como Roma, onde motos eram um meio de transporte comum, era uma tarefa difícil. Donati tentou ajudar, mas, depois de um tempo, desistiu e observou os prédios grafitados e as montanhas de lixo não coletado passando por sua janela. Veronica tinha razão. Roma era linda, mas nojenta.

Quando chegaram a Ostiense, um bairro operário caótico no Municipio VIII, Gabriel pareceu convencido de não estarem sendo seguidos. Encaminhou-se para a A90, rodovia orbital de Roma, e dirigiu-se para o norte, até a Autostrada E35, uma estrada pedagiada que percorria toda a Itália até a fronteira com a Suíça.

Donati aliviou o aperto no descanso de braço.

— Será que dá para me dizer para onde estamos indo?

Gabriel apontou para uma placa azul e branca ao lado da estrada.

Donati se permitiu um breve sorriso. Fazia muito tempo desde que estivera em Florença.

A Unidade 8200 tinha localizado o telefone na rede celular de Florença pouco antes das cinco daquela manhã. Estava a norte do Arno, em San Marco, o bairro da cidade em que os Medici, dinastia bancária que transformou Florença no coração artístico e intelectual da Europa, abrigava seu zoológico de girafas, elefantes e leões. Até o momento, a unidade não tinha conseguido acessar o aparelho e controlar seu sistema operacional. Estava apenas monitorando a posição aproximada do telefone usando técnicas de geolocalização.

— Em linguagem de leigos, por favor? — perguntou Donati.

— Quando entramos num telefone, podemos ouvir as ligações do proprietário, ler seus e-mails e suas mensagens de texto, e monitorar sua navegação na internet. Podemos até tirar fotos com a câmera e usar o microfone como escuta.

— É como se vocês fossem Deus.

— Não exatamente, mas com certeza temos o poder de olhar a alma de alguém. Conseguimos descobrir os medos mais sombrios e desejos mais profundos da pessoa. — Gabriel fez que não, triste. — A indústria de telecomunicações e seus amigos no Vale do Silício nos prometeram um maravilhoso mundo novo de conveniências, tudo na ponta dos dedos. Disseram para não nos preocuparmos, que nossos segredos estariam a salvo. Nada disso era verdade. Mentiram para nós intencionalmente. Roubaram nossa privacidade. E, no processo, estragaram tudo.

— Tudo?

— Jornais, filmes, livros, música... tudo.

DANIEL SILVA

— Nunca soube que você era tão ludita.

— Sou um restaurador de arte especializado em Velhos Mestres italianos. Sou membro de carteirinha do clube.

— Mas usa celular.

— Um celular muito especial. Nem meus amigos na NSA conseguem invadir.

Donati levantou um Nokia 9 Android.

— E o meu?

— Eu me sentiria bem melhor se o jogasse pela janela.

— Minha vida está neste telefone.

— É esse o problema, Excelência.

A pedido de Gabriel, Donati entregou o telefone a Chiara. Depois de desligar, ela removeu o chip e a bateria, colocando ambos na bolsa. O chassi sem alma, ela devolveu a Donati.

— Já me sinto melhor.

Eles pararam para um café num Autogrill perto de Orvieto e chegaram à periferia de Florença alguns minutos após o meio-dia. As placas de Zona Traffico Limitato piscavam em vermelho. Gabriel deixou a Mercedes num estacionamento público perto da Basílica de Santa Cruz e, juntos, foram na direção de San Marco.

Segundo a luz azul no telefone de Gabriel, o aparelho de Janson estava logo a oeste do Museu de San Marco, provavelmente na Via San Gallo. A Unidade 8200 tinha alertado que a geolocalização só tinha exatidão de cerca de quarenta metros, o que significava que o telefone também podia estar na Via Santa Reparata ou na Via della Ruote. Todas as três ruas eram cheias de pequenos hotéis baratos e albergues. Gabriel contou pelo menos 14 desses estabelecimentos onde Niklaus Janson poderia ser encontrado.

O local exato onde estava a bolinha azul correspondia ao endereço de um hotel chamado Piccolo, um nome apropriado. Do outro lado da rua, havia um restaurante em que Gabriel almoçou como um homem que não ligava para o tempo. Donati, com o telefone remontado e operacional, comeu na Via Santa Reparata; Chiara, virando a esquina, na Villa della Ruote.

Gabriel e Chiara tinham cada um uma cópia da fotografia oficial de Janson da Guarda Suíça em seus telefones. Mostrava um jovem sério, com cabelo curto e olhos escuros pequenos num rosto angular. Confiável, pensou Gabriel, mas de jeito nenhum um santo. O arquivo de Janson listava sua altura como 1,88 metro. O peso era 75 quilos.

Às 15h15, ainda não tinham sinal dele. Chiara mudou para o restaurante em frente ao Hotel Piccolo; Donati, para o da Villa dela Ruote. Na Via Santa Reparata, Gabriel passou boa parte do tempo olhando seu telefone, incitando a luz azul a mover-se. Às 17 horas, doze após a descoberta inicial, a posição não havia mudado. Desesperado, Gabriel conjurou uma imagem de um smartphone fora da tomada expirando lentamente num quarto abandonado lotado de embalagens de delivery vazias.

Uma mensagem de Chiara o animou.

Já engordei sete quilos. Talvez fosse melhor ligar para o número.
E se ele estiver envolvido?
Achei que tinha dito que ainda não havíamos chegado aí.
Não chegamos. Mas ficamos mais perto a cada minuto.

Às 17h30, eles trocaram de posições uma segunda vez. Gabriel foi para um restaurante na Villa della Ruote. Ele pediu uma mesa na rua e remexeu um prato de *spaghetti pomodoro*, sem apetite.

— Se não estiver de seu agrado — disse o garçom —, posso trazer outra coisa.

Gabriel pediu um expresso duplo, seu quinto da tarde, e, com a mão ligeiramente trêmula, pegou o celular. Havia outra mensagem de Chiara.

DANIEL SILVA

Nove quilos. Estou implorando, ligue para ele.

Gabriel ficou bastante tentado. Em vez disso, observou os turistas voltando a seus hotéis depois de um longo dia aproveitando as delícias de Florença. Havia quatro hotéis na rua. O Grand Hotel Medici, um nome nada apropriado, ficava adjacente ao restaurante, diretamente na linha de visão dele.

Checou o horário em seu telefone. Eram 18h15. Depois, checou a posição da luz no gráfico de geolocalização e detectou o que parecia um levíssimo vacilar. Trinta segundos adicionais de observação rigorosa confirmaram sua suspeita. A luz definitivamente estava se mexendo.

Por causa da margem de erro de quarenta metros, Gabriel rapidamente informou sua descoberta a Chiara e Donati. Donati respondeu que não via sinal de Janson na Via San Gallo, e alguns segundos depois Chiara relatou o mesmo de seu posto na Via Santa Reparata. Gabriel não respondeu a nenhuma das mensagens, pois estava perscrutando o homem que acabava de emergir do Grand Hotel Medici.

Vinte e tantos anos, cabelo curto, cerca de 1,88 metro, talvez 77 quilos. Ele examinou a rua nas duas direções e então se dirigiu para a direita, passando pelo restaurante. Gabriel deixou duas notas novinhas na mesa, contou lentamente até dez e se levantou. Confiável, pensou. Mas de jeito nenhum um santo.

13

FLORENÇA

Chiara e Donati esperavam na Via Ricasoli, protegidos pelo fluxo de visitantes saindo da Galleria dell'Academia. Sem aviso, ela jogou os braços ao redor do pescoço de Donati e o puxou para perto.

— Isso é mesmo necessário?

— Não queremos que ele veja seu rosto. Pelo menos, não agora.

Ela abraçou Donati bem forte enquanto Niklaus Janson entrecortava as multidões e passava por eles sem olhar. Gabriel veio pela rua um momento depois.

— Querem me contar alguma coisa?

Donati se soltou e deliberadamente arrumou a jaqueta.

— Devo ligar para ele agora?

— Primeiro, nós o seguimos. Depois, ligamos.

— Por que esperar?

— Porque precisamos saber se tem mais alguém o seguindo.

— O que acontece se você vir alguém?

— Vamos torcer para que não chegue a isso.

Gabriel e Donati saíram pela rua, seguidos por Chiara. Diante deles estava o Campanile di Giotto. Janson se imiscuiu no mar de turistas na Piazza del Duomo e desapareceu de vista. Quando

DANIEL SILVA

Gabriel finalmente o viu de novo, o guarda suíço estava encostado no batistério octogonal, celular na mão. Depois de um momento, o dedão dele começou a bater na tela.

— O que acha que ele está fazendo? — perguntou Donati.

— Parece que está mandando uma mensagem.

— Para quem?

— Boa pergunta.

Janson guardou o telefone no bolso de trás do jeans e, virando-se lentamente, analisou a praça lotada. Seu olhar passou direto por Gabriel e Donati. Seu rosto não registrou sinal de reconhecimento.

— Ele está procurando alguém — comentou Donati.

— Pode ser a pessoa que acabou de mandar a mensagem.

— Ou?

— Talvez tenha medo estar sendo seguido.

— Ele *está* sendo seguido.

Por fim, Janson deixou a praça e foi na direção de uma rua comercial chamada Via Martelli. Dessa vez, foi Chiara quem o seguiu. Depois de cerca de cem metros, ele virou num beco estreito, que o levou a outra praça de igreja, a Piazza di San Lorenzo. A fachada não finalizada da basílica pairava sobre a margem leste. Era da cor de arenito e parecia um grande muro de tijolos expostos. Janson, depois de consultar seu telefone brevemente, subiu os cinco degraus e entrou.

Na margem oeste da *piazza*, havia uma série de lojas de roupas que atendiam aos turistas. Do lado norte, uma gelateria. Chiara e Donati entraram na fila no balcão. Gabriel atravessou a praça e entrou na basílica. Janson parou diante da tumba de Cosimo de Medici, dedões deslizando na tela de seu telefone, aparentemente sem prestar atenção à mulher de rosto avermelhado que se dirigia a um grupo de turistas como se eles fossem surdos.

O guarda suíço enviou uma mensagem final e saiu para a praça, onde parou mais uma vez para analisar seus arredores. Claramente,

A ORDEM

estava esperando alguém. A pessoa do outro lado das mensagens, imaginou Gabriel. A pessoa que o tinha levado primeiro à Piazza del Duomo e depois à Basílica de São Lourenço.

O olhar de Janson parou brevemente em Gabriel. Então, ele saiu da *piazza* pelo Borgo San Lorenzo. Ninguém na praça nem nas lojas e restaurantes dos arredores pareceu segui-lo.

Gabriel foi até a gelateria, onde Donati e Chiara estavam empoleirados em banquetas altas a uma mesa com topo de zinco. Não tinham tocado em seus pedidos.

— Podemos fazer contato com ele agora? — perguntou Donati.

— Ainda não.

— Por que não?

— Porque eles estão aqui, Excelência.

— Quem?

Gabriel se virou sem responder e saiu atrás de Niklaus Janson. Um momento depois, Chiara e Donati jogaram seu gelato inteiro numa lata de lixo e foram atrás de Gabriel.

Janson passou pela Piazza del Duomo uma segunda vez, praticamente confirmando a suspeita de Gabriel de que o guarda suíço estava sendo guiado por mãos ocultas. Em algum lugar de Florença, pensou, alguém o esperava.

Depois, Janson foi para a Piazza della Repubblica e, de lá, para a Ponte Vecchio, que já fora lar de ferreiros, curtidores de couro e açougueiros. Mas, no fim do século XVI, depois de os florentinos reclamarem do sangue e do fedor, a ponte se tornou domínio dos joalheiros e ourives da cidade. Vasari desenhou um corredor particular acima das lojas do lado leste da ponte para o clã Medici, permitindo, assim, que seus membros cruzassem o rio sem ter que misturar-se aos seus súditos.

99

DANIEL SILVA

Os Medici havia muito não existiam, mas os joalheiros e ourives permaneciam. Janson passou pelas vitrines iluminadas antes de pausar no meio do caminho sob os arcos do Corredor de Vasari para olhar as águas negras morosas do rio Arno. Gabriel esperou do outro lado da ponte. Entre eles, um fluxo constante de turistas.

O israelense olhou de relance para sua esquerda e viu Chiara e Donati se aproximando no meio da multidão. Com um pequeno movimento de cabeça, ele os instruiu a juntarem-se a ele. Pararam lado a lado na balaustrada, Gabriel e Chiara de frente para Niklaus Janson, Donati de frente para o rio.

— E então? — perguntou ele.

Gabriel observou Janson por mais um momento. Suas costas estavam viradas para o centro do vão. Mesmo assim, era óbvio que ele estava digitando algo no telefone de novo. Gabriel queria saber a identidade da pessoa, homem ou mulher, com quem Janson estava em contato. Mas já tinha se passado tempo o bastante.

— Vá em frente, Luigi. Ligue para ele.

Donati tirou seu Nokia. O número de Janson já estava em seus contatos. Com um toque na tela, ele ligou. Alguns segundos se passaram. Então, Niklaus Janson, hesitante, levou o telefone à orelha.

14

PONTE VECCHIO, FLORENÇA

— Boa noite, Niklaus. Reconhece minha voz?

Donati clicou no ícone de viva-voz na tela do Nokia a tempo de Gabriel ouvir a resposta assustada de Janson.

— Excelência?

— Sim.

— Onde está?

— Eu estava me perguntando o mesmo sobre você.

Não houve resposta do jovem do lado oposto da ponte.

— Preciso falar com você, Niklaus.

— Sobre o quê?

— A noite em que o Santo Padre morreu.

Mais uma vez, não houve resposta.

— Ainda está aí, Niklaus?

— Sim, Excelência.

— Diga-me onde está. Preciso vê-lo imediatamente, com urgência.

— Estou na Suíça.

— Não é de seu feitio mentir para um arcebispo.

— Não estou mentindo.

DANIEL SILVA

— Você não está na Suíça. Está parado no meio da Ponte Vecchio, em Florença.

— Como sabe disso?

— Porque estou bem atrás de você.

Jason se virou, com o telefone na orelha.

— Não o vejo.

Donati também se virou, lentamente.

— Excelência? É o senhor?

— Sim, Niklaus.

— Quem é o homem ao seu lado?

— Um amigo.

— Ele está me seguindo.

— Estava agindo em meu nome.

— Tive medo de que ele fosse me matar.

— Por que alguém ia querer matá-lo?

— Perdoe-me, Excelência — sussurrou ele.

— Pelo quê?

— Dê-me a absolvição.

— Preciso ouvir sua confissão antes.

Ele olhou para a esquerda.

— Não temos tempo, Excelência.

Janson baixou o telefone e começou a atravessar a ponte horizontalmente. No centro do vão, ele parou abruptamente e abriu os braços. O primeiro tiro o atingiu no ombro esquerdo, fazendo-o girar como um pião. O segundo abriu um buraco no peito dele e o fez ajoelhar-se em penitência. Lá, com os braços agora pendurados flácidos ao lado do corpo, ele recebeu um terceiro tiro. Atingiu-o acima do olho direito e estilhaçou uma boa parte de seu crânio.

Na ponte antiga, os tiros soaram como disparos de canhão. Imediatamente, houve uma erupção de pânico. Gabriel viu brevemente o assassino fugindo pela ponte na direção sul. Então, virando-se, viu

A ORDEM

Chiara e Donati ajoelhados sobre Niklaus Janson. O último tiro o tinha jogado para trás, com as pernas presas atrás do corpo. Apesar da terrível ferida na testa, ele ainda estava vivo e consciente. Gabriel agachou-se ao lado dele. Janson sussurrava algo.

Seu telefone estava jogado nos paralelepípedos, a tela rachada. Gabriel guardou o aparelho em seu bolso traseiro, com a carteira de náilon que tirou do bolso traseiro do jeans de Janson. Donati estava rezando baixinho, o dedão da mão direita pousado perto da ferida de entrada na testa de Janson. Com dois pequenos movimentos, um vertical, outro horizontal, ele absolveu o guarda suíço de seus pecados.

Nesse ponto, uma multidão angustiada tinha se reunido em torno deles. Gabriel ouviu expressões de choque e horror em dezenas de línguas diferentes e, ao longe, o grito de sirenes que se aproximavam. Levantando-se, ele puxou Chiara para ficar de pé, depois Donati. Ao se afastarem do corpo, a multidão foi para a frente. Calmamente, caminharam para o norte, na direção da luz azul piscando da unidade de Polizia di Stato.

— O que aconteceu? — perguntou Donati.

— Não tenho certeza — respondeu Gabriel. — Mas vamos saber em um minuto.

Aos pés da Ponte Vecchio, eles se juntaram ao êxodo de turistas assustados fugindo dos arcos do Corredor de Vasari. Quando chegaram à entrada da Galeria Uffizi, Gabriel pegou o telefone de Janson do bolso. Era um iPhone, sem senha, a bateria com 84 por cento. Seus medos mais sombrios, seus desejos mais profundos, a alma dele, tudo na ponta dos dedos de Gabriel.

— Vamos torcer para eu ser o único que viu você pegando isso — disse Donati, em repreensão. — *E* a carteira.

103

DANIEL SILVA

— Foi. Mas tente não parecer tão culpado.

— Acabei de fugir da cena de um assassinato. Por que é que me sentiria culpado?

Gabriel apertou o botão. Vários aplicativos estavam abertos, incluindo uma troca de mensagens. Ele rolou até o topo da conversa. Não havia nome, só um número. Escrita em inglês, a primeira mensagem tinha chegado às 16h47 da tarde anterior.

Por favor, diga onde você está, Niklaus...

— Pegamos ele.

— Quem? — perguntou Donati.

— A pessoa que estava mandando mensagens a Janson enquanto nós o seguíamos.

Donati olhou por cima do ombro direito de Gabriel, Chiara por cima do esquerdo, os rostos iluminados pelo brilho do iPhone. De repente, a luz se extinguiu. Gabriel apertou o botão de início de novo, mas não houve resposta. O telefone não tinha só entrado em modo de descanso. Tinha desligado completamente.

Gabriel apertou o botão para ligar e esperou a maçã branca onipresente aparecer.

Nada.

O telefone estava tão morto quanto seu proprietário.

— Talvez você tenha tocado em algo por engano — sugeriu Donati.

— Está se referindo ao ícone mágico que instantaneamente explode o sistema operacional e destrói a memória? — Gabriel tirou os olhos da tela escura. — Foi apagado remotamente para não podermos ver o que havia nele.

— Por quem?

— Os mesmos homens que deletaram o arquivo pessoal dele da rede de computadores da guarda suíça. — Gabriel olhou para Chiara. — Os mesmos homens que mataram o Santo Padre.

— Acredita em mim agora? — perguntou Donati.

— Há dez minutos, eu tinha minhas dúvidas. Não mais. — Gabriel olhou para a Ponte Vecchio. Estava iluminada por luzes azuis que piscavam. — Você conseguiu entender o que ele estava sussurrando antes de morrer?

— Ele estava falando em aramaico. *Eli, Eli, lama sabachtani?* Quer dizer...

— Meu Deus, meu Deus, por que me abandonastes?

Donati fez que sim lentamente.

— Foram as últimas palavras de Jesus antes de morrer na cruz.

— Por que ele diria algo assim?

— Talvez os outros guardas tivessem razão — disse Donati. — Talvez Niklaus fosse um santo, mesmo.

15

VENEZA–FRIBURGO, SUÍÇA

Eles voltaram a Veneza, pegaram duas crianças dormindo de uma casa num gueto antigo e as levaram para o outro lado da única ponte de ferro da cidade, para um apartamento no Rio della Misericordia. Lá, passaram uma noite insone, com Donati no quarto extra. No café da manhã, ele mal conseguia tirar os olhos de Raphael, incrivelmente parecido com o pai famoso. O menino tinha até sido amaldiçoado pelos olhos anormalmente verdes de Gabriel. Irene se parecia com a mãe de Gabriel, principalmente quando estava irritada com ele.

— Vai ser só um dia ou dois — garantiu ele à menina.

— É o que você sempre diz, Abba.

Eles se despediram no térreo, na Fondamenta dei Ormesini. O último beijo de Chiara foi decoroso.

— Tente não ser morto — sussurrou ela no ouvido de Gabriel. — Seus filhos precisam de você. E eu também.

Gabriel e Donati se acomodaram no compartimento de assentos da popa de um *motoscafo* à espera e cruzaram as águas cinza-esverdeadas da lagoa até o Aeroporto Marco Polo. No terminal lotado, os passageiros estavam reunidos em frente a monitores de televisão.

A ORDEM

Outra bomba explodira na Alemanha. Dessa vez, o alvo era um mercado na cidade de Hamburgo, ao norte. Uma reivindicação de responsabilidade aparecera nas redes sociais, junto com um vídeo profissionalmente editado do suposto mentor. Em um alemão coloquial perfeito, o rosto escondido atrás de um turbante árabe, ele prometia que os bombardeios continuariam até a bandeira negra do Estado Islâmico tremular acima do Bundestag, o parlamento do país. Tendo sofrido dois ataques terroristas em apenas 48 horas, a Alemanha agora estava em alerta.

O bombardeio tinha emaranhado imediatamente as viagens aéreas pela Europa, mas, por algum motivo, o voo do fim da manhã da Alitalia para Genebra saiu no horário. Apesar da segurança reforçada no segundo aeroporto mais movimentado da Suíça, Gabriel e Donati passaram pelo controle de passaporte sem atraso. O departamento de Transporte tinha deixado uma BMW sedã no estacionamento de curto prazo, com a chave grudada no para-choque da frente. No porta-luvas, embrulhado em tecido de proteção, estava uma Beretta 9mm.

— Deve ser bom — comentou Donati. — Sempre preciso pegar minha arma no balcão.

— Ser membro tem seus privilégios.

Gabriel seguiu pela rampa de saída do aeroporto até a E62 e pegou a margem do lago na direção noroeste. Donati reparou no fato de ele estar dirigindo sem ajuda de um GPS.

— Vem sempre à Suíça?

— Pode-se dizer que sim.

— Dizem que vai ser mais um ano ruim de neve.

— O estado do setor de turismo suíço é a última de minhas preocupações.

— Você não esquia?

— Acha que eu pareço esquiador?

DANIEL SILVA

— Nunca entendi para que serve. — Donati ponderou os picos das montanhas levantando-se sobre a margem oposta do lago. — Qualquer idiota pode deslizar montanha abaixo, mas é preciso caráter e disciplina para subir.

— Prefiro caminhar pelo mar.

— Que está subindo, sabia? Parece que Veneza logo vai ser inabitável.

— Pelo menos, vai desencorajar os turistas.

Gabriel ligou o rádio a tempo de pegar o noticiário de hora em hora na SFR 1. A contagem de mortos em Hamburgo estava em quatro, com outros 25 feridos, muitos gravemente. Não houve menção a um cidadão suíço assassinado no fim da tarde anterior na Ponte Vecchio, em Florença.

— O que a Polizia di Stato está esperando? — perguntou Donati.

— Se eu tivesse que chutar, estão dando uma chance para o Vaticano alinhar a história.

— Boa sorte com isso.

O último tópico do noticiário era sobre um relatório da Conferência Episcopal da Suíça que detalhava um aumento agudo no número de novos casos de abuso sexual.

Donati suspirou.

— Bem que podiam falar de algo inspirador. O bombardeio em Hamburgo, por exemplo.

— Você sabia que esse relatório ia sair?

Donati fez que sim.

— O Santo Padre e eu revisamos o primeiro esboço algumas semanas antes da morte dele.

— Como é possível que ainda haja *novos* casos de abuso?

— Porque pedimos desculpas e perdão, mas nunca lidamos com as raízes do problema. E a Igreja merecidamente pagou um preço

A ORDEM

terrível. Aqui na Suíça, o catolicismo romano está respirando por aparelhos. Batismos, casamentos na igreja e frequência na missa caíram a níveis de extinção.

— E se você pudesse voltar atrás?

— Apesar do que meus inimigos diziam de mim, eu não era o papa. Pietro Lucchesi, sim. E ele era um homem cauteloso por natureza. — Donati hesitou. — Cauteloso demais, na minha opinião.

— E se fosse você com o Anel do Pescador no dedo?

Donati riu.

— Qual é a graça?

— Só a ideia já é absurda.

— Pode responder só para me agradar.

Donati considerou sua resposta com cuidado.

— Eu começaria reformando o sacerdócio. Não é suficiente só extirpar os pedófilos. Precisamos criar uma comunidade global de religiosos católicos nova e dinâmica para a Igreja sobreviver e florescer.

— Isso quer dizer que aceitaria mulheres no sacerdócio?

— Você é quem diz, não eu.

— E padres casados?

— Agora estamos navegando por águas perigosas, amigo.

— Outras fés permitem que o clero se case.

— E eu respeito essas fés. A questão é se eu, como padre católico apostólico romano, posso amar e respeitar uma mulher e filhos, e, ao mesmo tempo, servir ao Senhor e cuidar das necessidades espirituais do meu rebanho.

— Qual é a resposta?

— Não — disse Donati. — Não posso.

Uma placa avisou que estavam se aproximando de Vevey, cidade turística à beira do lago. Gabriel virou na E27 e a seguiu para o norte, até Friburgo. Era uma cidade bilíngue, mas as ruas tinham

DANIEL SILVA

nomes franceses. A Rue du Pont-Muré tinha cerca de cem metros e atravessava a antiga Cidade Velha, acima da qual se levantava a torre da catedral. Gabriel estacionou na Place des Ormeaux e pegou uma mesa no Café des Arcades. Sozinho, Donati atravessou a rua para o Café du Gothard.

Era um restaurante formal e antiquado, com um piso de madeira escura e luminárias de ferro no teto. Naquela hora, o intervalo entre almoço e jantar, só uma mesa estava ocupada, por um casal inglês que parecia ter declarado uma frágil trégua depois de uma batalha longa e calamitosa. O *maître* levou Donati a uma mesa perto da janela. Ele ligou para o número de Gabriel e colocou seu Nokia com a tela voltada para a mesa. Vários minutos se passaram antes de Stefani Hoffmann aparecer. Ela colocou um cardápio diante dele e, com um esforço considerável, sorriu.

— Algo para beber?

16

CAFÉ DU GOTHARD, FRIBURGO

Ela pôs uma mecha solta de cabelo loiro atrás da orelha e olhou para Donati por cima de um bloco de tirar pedidos. Os olhos dela eram da cor de um lago alpino no verão. O resto do rosto combinava com a beleza deles. As maçãs do rosto eram fartas, a mandíbula, bem definida, o queixo, estreito, com uma leve depressão.

Ela havia se dirigido a Donati em francês. Ele respondeu no mesmo idioma:

— Uma taça de vinho, por favor.

Com a ponta da caneta, ela apontou para a seção do cardápio dedicada à seleção de vinhos. Eram praticamente de franceses e suíços. Donati escolheu um Chasselas.

— Algo para comer?

— Só o vinho por enquanto, obrigado.

Ela foi até o bar e checou seu telefone enquanto um colega de camisa preta servia o vinho. A taça ficou na bandeja dela por um ou dois minutos antes de ela finalmente levar à mesa de Donati.

— Você não é de Friburgo — observou ela.

— Como sabe?

— Da Itália?

DANIEL SILVA

— Roma.

A expressão dela ficou imóvel.

— O que o traz à tediosa Friburgo?

— Negócios.

— Em que ramo você trabalha?

Donati hesitou. Nunca tinha achado uma forma satisfatória de admitir o que fazia profissionalmente.

— Acho que estou no ramo da salvação.

Ela apertou os olhos.

— Você é religioso?

— Padre — disse Donati.

— Não parece muito um padre. — Os olhos dela o miraram, provocativos. — Principalmente com essa roupa.

Ele se perguntou se ela falava com todos os clientes de forma tão ousada.

— Na verdade, sou arcebispo.

— Onde fica sua arquidiocese? — Ela obviamente era familiarizada com o léxico do catolicismo.

— Num canto remoto do norte da África que já foi parte do Império Romano. Há muito poucos cristãos lá hoje, quanto mais católicos.

— Uma sé titular?

— Exato.

— O que você faz de verdade?

— Vou começar a dar aulas na Pontifícia Universidade Gregoriana, em Roma.

— É jesuíta?

— Infelizmente.

— E antes da Gregoriana?

Donati baixou a voz.

A ORDEM

— Servi como secretário particular de Sua Santidade, o papa
Paulo VII.

Uma sombra percorreu o rosto dela.

— O que está fazendo em Friburgo? — perguntou, de novo.

— Vim vê-la.

— Por quê?

— Preciso falar sobre Niklaus.

— Onde ele está?

— Você não sabe?

— Não.

— Quando foi a última vez que teve notícia dele?

— Na manhã do funeral do papa. Ele não quis me dizer onde
estava.

— Por que não?

— Disse que não queria que eles soubessem.

— Quem?

Ela começou a responder, mas parou e perguntou:

— Você o viu?

— Sim, Stefani. Infelizmente, sim.

— Quando?

— Ontem à noite — disse Donati. — Na Ponte Vecchio, em
Florença.

De seu posto de observação no Café des Arcades, Gabriel ouviu
Donati contar em voz baixa a Stefani Hoffmann que Niklaus Janson
estava morto. Ficou feliz por ser seu velho amigo do outro lado da
rua, não ele. Se Donati sempre tinha dificuldade de reconhecer sua
ocupação, Gabriel, por sua vez, relutava em dizer a uma mulher
que alguém que ela amava — filho, irmão, pai, noivo — tinha sido
assassinado a sangue-frio.

DANIEL SILVA

De início, ela não acreditou em Donati, o que era de se esperar. A resposta dele, de que não tinha motivo para mentir sobre algo assim, não adiantou muito para diluir o ceticismo dela. O Vaticano, disparou Stefani, mentia o tempo todo.

— Eu não trabalho para o Vaticano — respondeu Donati. — Não mais.

Ele então sugeriu que conversassem em algum lugar privado. Stefani Hoffmann disse que o restaurante fechava às 22 horas e que o chefe dela a mataria se ela o deixasse na mão.

— Seu chefe vai entender.

— O que falo para ele sobre Niklaus?

— Absolutamente nada.

— Meu carro está na Place des Ormeux. Espere lá.

Donati foi para a rua e levou o telefone à orelha.

— Conseguiu ouvir tudo?

— Ela sabe — respondeu Gabriel. — A questão é: quanto?

Donati guardou o telefone no bolso traseiro sem desligar a ligação. Stefani Hoffmann saiu do restaurante alguns minutos depois, com um cachecol no pescoço. O carro dela era um Volvo usado. Donati entrou no banco do passageiro enquanto Gabriel sentava ao volante da BMW. Com seu fone de ouvido, Gabriel ouviu o clique do cinto de segurança de Donati, seguido um instante depois por um lamento angustiado de Stefani Hoffmann.

— Niklaus está morto mesmo?

— Eu vi quando aconteceu.

— Por que não impediu?

— Não havia como.

Stefani Hoffmann deu marcha à ré para sair da vaga e virou na Rue du Pont-Muré. Dez segundos depois, Gabriel fez o mesmo. Ao saírem da Cidade Velha para a Route des Alpes, Donati perguntou por que Niklaus Janson tinha fugido do Vaticano na noite da morte do Santo Padre. A resposta dela mal foi audível.

— Ele estava com medo.

— Medo de quê?

— De que eles fossem matá-lo.

— Quem, Stefani?

Por um longo momento, só houve o ruído do motor do Volvo, seguido pelo som do grito de Stefani Hoffmann. Gabriel abaixou o volume de seu telefone. Ficou feliz por ser seu velho amigo sentado ao lado dela, não ele.

RECHTHALTEN, SUÍÇA

Ao se aproximarem do vilarejo de St. Ursen, Stefani Hoffmann percebeu que estavam sendo seguidos.

— É só um associado meu — explicou Donati.

— Desde quando padres têm *associados*?

— É o homem que me ajudou a achar Niklaus em Florença.

— Achei que você tinha dito que veio a Friburgo sozinho.

— Eu não disse isso.

— Esse seu associado também é padre?

— Não.

— Inteligência do Vaticano?

Donati ficou tentado a informar a Stefani Hoffmann que não havia departamento da Santa Sé conhecido como *inteligência do Vaticano*; que era uma invenção de inimigos do catolicismo, que o verdadeiro aparato de reunião de informações do Vaticano era a própria Igreja, com sua rede global de paróquias, escolas, universidades, hospitais, organizações de caridade e núncios em capitais por todo o mundo. Ele a poupou do discurso, pelo menos, naquele momento. Ainda assim, ficou curioso sobre o motivo de tal pergunta. Aquilo podia esperar, decidiu, até seu *associado* se juntar a eles.

A ORDEM

A vila seguinte era Rechthalten. Donati reconhecia o nome. Era onde Niklaus Janson nascera e crescera. Seus habitantes eram, na maioria esmagadora, católicos apostólicos romanos. A maioria estava empregada no que estatísticos do governo chamavam de setor primário da economia, um jeito educado de dizer que trabalhavam no campo. Muitos deles, como Stefani Hoffman, iam todo dia para Friburgo. Ela tinha saído da casa dos pais havia um ano, contou, e morava sozinha num chalé no extremo leste da cidadezinha.

A construção tinha formato de A, com um pequeno solário no andar de cima. Ela virou na entrada não pavimentada e desligou o motor. Gabriel chegou alguns segundos depois. Em alemão, apresentou-se como Heinrich Kiever. Era o nome no passaporte alemão falso que ele mostrara naquela tarde no Aeroporto de Genebra.

— Tem certeza de que você não é padre? — Stefani Hoffman apertou a mão dele. — Tem mais cara de padre do que o arcebispo.

Ela os levou para o chalé. O térreo tinha sido convertido em estúdio de arte. Stefani Hoffman, Donati lembrou, de repente, era pintora. Sua obra mais recente estava apoiada num cavalete no centro da sala. O homem que ela conhecia como Heinrich Kiever parou diante dela, a mão no queixo, a cabeça inclinada levemente para um lado.

— É muito bom.

— Você pinta?

— Só uma aquarela de vez em quando, durante as férias.

Stefani Hoffmann claramente tinha suas dúvidas. Ela tirou o casaco e o cachecol e olhou para Donati, com lágrimas caindo de seus olhos azuis.

— Querem beber alguma coisa?

★ ★ ★

DANIEL SILVA

A louça do café da manhã ainda estava na mesa da cozinha minúscula. Ela tirou e encheu a chaleira elétrica com água mineral. Colocando café na prensa francesa, pediu desculpas pelo estado caótico do chalé e pela simplicidade. Era o que ela podia pagar, lamentou, com seu salário do restaurante e o dinheirinho que ganhava com a venda de suas pinturas.

— Nem todos somos banqueiros ricos, sabe.

Ela falava com eles em alemão. Não no dialeto de alemão suíço da vila, mas em alto-alemão de verdade, o idioma dos irmãos alemânicos do norte. Ela tinha aprendido na escola, explicou, desde os 6 anos de idade. Niklaus Janson era seu colega. Era um menino esquisito, magrelo, tímido, de óculos, mas, aos 17, de algum jeito se transformou magicamente num objeto de impressionante beleza. Da primeira vez em que fizeram amor, ele insistiu em tirar seu crucifixo. Depois, confessou-se ao padre Erich, sacerdote do vilarejo.

— Ele era um menino muito religioso. Disse que nunca mencionou meu nome no confessionário, mas o padre Erich me deu um olhar e tanto quando fui comungar no domingo seguinte.

Depois de terminar o ensino médio na *Kantonsschule* local, Stefani estudou na Universidade de Friburgo, e Niklaus, filho de um carpinteiro, alistou-se no Exército suíço. Ao terminar seu serviço, voltou a Rechthalten e começou a procurar trabalho. Foi o padre Erich que sugeriu que ele entrasse para a Guarda Suíça, que estava com falta de pessoal na época e desesperadamente atrás de recrutas. Stefani Hoffmann se opôs de forma veemente à ideia.

— Por quê? — quis saber Donati.

— Tive medo de perdê-lo.

— Para o quê?

— Para a Igreja.

— Achou que ele podia virar padre?

A ORDEM

— Ele vivia falando nisso, mesmo depois de sair do exército.

Ele não foi sujeito a uma checagem de antecedentes ou entrevista formal. A afirmação do padre Erich de que Niklaus era um católico praticante com bom caráter moral foi o bastante. Na noite antes de ir para Roma, ele deu a Stefani um anel de noivado com um pequeno diamante. Ela o estava usando alguns meses depois, quando foi à cerimônia solene realizada no Pátio San Damaso em que Niklaus jurou dar a vida para defender o Vaticano e o Santo Padre. Ele estava muitíssimo orgulhoso de seu uniforme e capacete com pluma vermelha em estilo medieval, mas Stefani achou bem ridículo, um soldado de brinquedo no menor exército do mundo. Depois da cerimônia, ele levou os pais para conhecer Sua Santidade. Stefani não teve permissão de ir.

— Só esposas e pais podiam conhecer o Santo Padre. A Guarda não gosta de namoradas.

Ela via Niklaus a cada dois meses, mas tentavam ao máximo manter o relacionamento com videochamadas e mensagens de texto diárias. O trabalho da Guarda Suíça era sofrido e, na maior parte do tempo, terrivelmente entediante. Niklaus recitava o rosário enquanto fazia seus turnos de três horas, com os pés apontados para fora num ângulo de sessenta graus, segundo as regulamentações da Guarda Suíça. Passava a maior parte de seu tempo no quartel, enclave do exército perto da Porta de Santa Ana. Como a maior parte dos suíços, ele achava Roma uma zona nojenta.

Depois de um ano na Guarda, ele estava trabalhando dentro do Palácio Apostólico. Lá, observava as idas e vindas da maioria dos príncipes sêniores da Igreja — Gaubert, secretário de estado; Albanese, guardador dos Arquivos Secretos; Navarro, guardador da fé em si. Mas o oficial do Vaticano que Niklaus mais admirava não usava um chapéu vermelho. Era o secretário particular do Santo Padre, o arcebispo Luigi Donati.

DANIEL SILVA

— Ele dizia que, se a Igreja tivesse bom senso, faria do senhor o próximo papa.

Ela conseguiu dar um sorriso, que sumiu ao descrever a espiral descendente de Niklaus na depressão e na bebida. Por algum motivo, Donati não tinha visto os sinais do tumulto emocional de Niklaus. Um padre, porém, notara. Um padre que trabalhava num departamento relativamente insignificante da Cúria Romana, algo relacionado a estabelecer um diálogo entre a Igreja e os não fiéis.

— Podia ser o Conselho Pontifício para a Cultura?

— Sim, era isso.

— E o nome do padre?

— Padre Markus Graf.

Donati lançou para seu associado um olhar que deixava claro que o padre em questão era só problema. Stefani Hoffmann, colocando água fervente na prensa francesa, explicou o porquê.

— Ele é membro de uma ordem reacionária. E secreta, também.

— A Ordem de Santa Helena — disse Donati, mais para Gabriel do que para Stefani.

— O senhor o conhece?

Donati deixou escapar um pouco de sua velha arrogância.

— O padre Graf e eu andamos em círculos bem diferentes.

— Eu o conheci uma vez. Era sorrateiro como uma cobra. Mas bem carismático. Sedutor, até. Niklaus estava muito impressionado com ele. A Guarda tinha seu próprio capelão, mas Niklaus escolheu o padre Graf como seu confessor e guia espiritual. Também começaram a passar muito tempo juntos socialmente.

— Socialmente?

— O padre Graf tinha um carro. Levava Niklaus às montanhas nos arredores de Roma para ele não ficar com saudade de casa. Os Apeninos não são exatamente os Alpes, mas Niklaus gostava de sair da cidade.

— Ele foi repreendido duas vezes por violar o toque de recolher.

— Com certeza teve a ver com o padre Graf.

— Havia algo a mais no relacionamento deles?

— Está me perguntando se Niklaus e o padre Graf eram amantes?

— Acho que estou.

— Passou pela minha cabeça. Especialmente, depois de como ele agiu da última vez em que eu fui a Roma.

— O que aconteceu?

— Ele se recusou a transar comigo.

— Deu um motivo?

— O padre Graf o tinha instruído a não ter relações sexuais fora do casamento.

— E como você reagiu?

— Falei que deveríamos nos casar imediatamente. Niklaus concordou, mas com uma condição.

— Ele disse que você teria que se tornar membro leigo da Ordem de Santa Helena.

— Sim.

— Imagino que Niklaus já fosse membro.

— Ele fez o juramento de obediência ao bispo Richter no *palazzo* da Ordem no Janículo. Disse que o bispo Richter tinha reservas sobre alguns aspectos de minha personalidade, mas concordara em me deixar entrar.

— Como o bispo Richter a conhecia?

— Pelo padre Erich. Ele também é membro da Ordem.

— O que você fez?

— Joguei meu anel de noivado no Tibre e voltei para a Suíça.

— Lembra a data?

— Como posso esquecer? Era 9 de novembro. — Ela serviu três xícaras de café e colocou uma diante do homem que conhecia como Heinrich Kiever. — Ele não tem perguntas para mim?

DANIEL SILVA

— Herr Kiever é um homem de poucas palavras.

— Igual a Niklaus. — Ela sentou-se à mesa. — Depois de me recusar a entrar para a Ordem, ele cortou todas as comunicações. Na terça-feira foi a primeira vez que falei com ele em semanas.

— E tem certeza que foi na manhã do funeral do Santo Padre?

Ela fez que sim.

— Ele parecia péssimo. Por um momento, não acreditei que fosse ele. Quando perguntei o que havia de errado, ele só chorou.

— E, aí, o que você fez?

— Perguntei de novo.

— E?

Ela levou o café aos lábios.

— Ele me contou tudo.

18

RECHTHALTEN, SUÍÇA

Niklaus já tinha feito dois turnos naquele dia. Arco dos Sinos de manhã, Portão de Bronze à tarde. Quando chegou aos apartamentos papais às nove da noite, suas pernas tremiam de cansaço. A primeira pessoa que ele viu foi o secretário particular do Santo Padre. Ele estava saindo.

— Ele sabia aonde eu estava indo?

— Jantar com uma amiga. Fora das muralhas.

— Ele sabia o nome da amiga?

— Uma mulher rica que morava perto da Villa Borghese. O marido dela morreu numa queda do domo da basílica. Niklaus disse que o senhor estava lá quando aconteceu.

— Onde ele ouviu uma coisa dessas?

— Onde o senhor acha?

— Padre Graf?

Ela fez que sim. Estava segurando a caneca de café com as duas mãos. Uma nuvem de fumaça rodopiava em torno do seu rosto impecável.

— O que aconteceu depois que eu saí?

— O cardeal Albanese chegou por volta de 21h30.

DANIEL SILVA

— O cardeal me disse que só chegou às 22 horas.

— Essa foi a *segunda* visita dele — falou Stefani Hoffmann. — Não a primeira.

Albanese não tinha contado a Donati sobre uma visita anterior ao *appartamento*. Nem a tinha incluído na linha do tempo oficial do Vaticano. Essa única inconsistência, caso um dia se tornasse pública, seria o bastante para mergulhar a Igreja num escândalo.

— Albanese contou a Niklaus por que estava lá?

— Não. Mas estava carregando uma maleta com o brasão dos Arquivos do lado.

— Quanto tempo ele ficou?

— Só alguns minutos.

— Ele estava com a maleta ao sair?

Ela assentiu.

— E quando voltou às 22 horas?

— Disse a Niklaus que o Santo Padre o tinha convidado para rezar na capela particular.

— Quem chegou depois?

— Três cardeais. Navarro, Gaubert e Francona.

— Horário?

— 22h15.

— Quando o *dottore* Gallo chegou?

— Às onze da noite. O coronel Metzler e um policial do Vaticano apareceram alguns minutos depois. — Ela baixou a voz. — Depois o senhor, arcebispo Donati. O senhor foi o último.

— Niklaus sabia o que estava acontecendo lá dentro?

— Fazia uma boa ideia, mas só teve certeza quando os atendentes de ambulância chegaram com a maca.

Alguns minutos depois de eles entrarem no apartamento, continuou ela, Metzler saiu. Ele confirmou o óbvio. O Santo Padre estava morto. Ele alertou que Niklaus nunca falasse sobre o que

A ORDEM

vira naquela noite. Nem para seus camaradas da Guarda, nem para seus amigos e familiares, e certamente nem para a mídia. Então, ordenou que Niklaus continuasse de guarda até o corpo do Santo Padre ser removido e o apartamento, selado. O camerlengo fez o ritual às 2h30.

— O cardeal Albanese removeu algo do apartamento ao sair?

— Um item. Disse que queria algo que o ajudasse a lembrar a santidade do Santo Padre. Algo em que ele tivesse tocado.

— O que era?

— Um livro.

O coração de Donati bateu contra as costelas.

— Que tipo de livro?

— Um suspense inglês. — Stefani Hoffmann fez que não. — Dá para imaginar?

Quanto Niklaus saiu do Palácio Apostólico, a Sala de Imprensa tinha anunciado a morte do Santo Padre. A Praça de São Pedro estava iluminada pela luz espectral das equipes de televisão, e, nas clausuras e nos pátios do Vaticano, freiras e padres estavam reunidos em pequenos grupos, rezando e chorando. Niklaus também chorava. Sozinho em seu quarto no quartel-general, ele vestiu roupas civis e jogou algumas coisas numa mala de mão. Saiu escondido do Vaticano por volta de 5h30 daquela manhã.

— Por que ele foi para Florença, em vez de voltar para casa na Suíça?

— Tinha medo de que o achassem.

— A Guarda?

— A Ordem.

— E vocês não tiveram outro contato além daquela única ligação? Alguma mensagem ou algum e-mail?

DANIEL SILVA

— Só o pacote. Chegou um dia depois que falei com ele.

— O que era?

— Uma pintura devocional horrível de Jesus no Jardim do Getsêmani. Não consigo imaginar por que ele me enviaria uma coisa dessas.

— Havia mais alguma coisa no pacote?

— O rosário de Niklaus. — Ela hesitou, depois continuou: — E uma carta.

— Uma carta?

Ela fez que sim.

— Para quem estava endereçada?

— Para mim. Para quem mais?

— O que dizia?

— Ele pedia desculpa por ter entrado para a Ordem de Santa Helena e romper nosso noivado. Dizia que tinha sido um erro terrível. Dizia que eles eram maus. Especialmente o bispo Richter.

— Posso ler?

— Não — disse ela. — Algumas partes são particulares.

Donati deixou para lá. Por enquanto.

— O coronel Metzler me disse que falou com você.

— Ele me ligou um dia depois da morte do Santo Padre. Disse que Niklaus tinha ido embora do quartel sem autorização. Perguntou se eu tinha falado com ele. Eu falei que não, o que, na época, era verdade.

— Metzler foi o único que entrou em contato com você?

— Não. Teve outro no dia seguinte.

— Quem?

— Herr Bauer. O homem da inteligência do Vaticano.

Lá estava de novo, pensou Donati. *Inteligência do Vaticano...*

— Herr Bauer mostrou alguma identificação?

Ela fez que não.

A ORDEM

— Ele disse para que divisão da inteligência do Vaticano trabalhava?

— Segurança papal.

— Primeiro nome?

— Maximillian.

— Suíço?

— Alemão. Provavelmente da Bavária, julgando pelo sotaque.

— Ele telefonou?

— Não. Apareceu no restaurante sem ser convidado, como o senhor e Herr Kiever.

— O que ele queria?

— A mesma coisa que Metzler. Saber onde estava Niklaus.

— E quando você disse que não sabia?

— Não sei se ele acreditou em mim.

— Descreva-o, por favor.

Foi Gabriel quem fez o pedido. Stefani Hoffmann olhou para o teto.

— Alto, bem vestido, 40 e tantos anos, talvez pouco mais de 50.

Com sua expressão, Gabriel deixou claro que a resposta dela era uma decepção.

— Ah, Stefani. Você consegue algo melhor que isso. É uma artista, afinal.

— Sou uma pintora contemporânea que idolatra Rothko e Pollock. Retratos não são minha especialidade.

— Mas com certeza você conseguiria produzir um, se preciso.

— Não muito bom. E não de memória.

— Talvez eu possa ajudar.

— Como?

— Traga seu bloco de rascunho e uma caixa de lápis de cor que eu mostro.

★ ★ ★

DANIEL SILVA

Trabalharam sem pausa por quase uma hora, lado a lado na mesa da cozinha, com Donati observando ansioso por cima do ombro deles. Como Gabriel suspeitava, a memória de Stefani Hoffmann sobre o homem que conhecia como Maximillian Bauer era bem mais precisa do que ela jamais imaginaria. Só foi preciso ouvir as perguntas certas de um especialista em desenho e estudante da anatomia humana — um restaurador talentoso capaz de imitar as pinceladas de Bellini, Ticiano e Tintoretto, um curador que tinha restaurado o rosto em ruínas de Maria e a mão perfurada de Cristo.

O rosto que ela descreveu era nobre. Maçãs do rosto altas, nariz esguio, queixo refinado, boca fina que não sorria com facilidade, tudo emoldurado por cabelos loiro-acinzentados. Era um oponente de valor, pensou Gabriel. Um homem com quem não se deveria brincar. Um homem que nunca perdia em jogos de sorte.

— Aquarela ocasional de férias, sei — comentou Stefani Hoffmann. — Você obviamente é um profissional. Mas infelizmente os olhos estão errados.

— Desenhei como você descreveu.

— Não exatamente.

Ela pegou o bloco e, numa página em branco, desenhou um par de olhos carrancudos, fundos, sob uma sobrancelha proeminente. Gabriel, então, desenhou o resto do rosto ao redor deles.

— É ele. Esse é o homem que veio me ver.

Gabriel virou-se para Donati às suas costas.

— Reconhece?

— Temo que não.

Stefani Hoffmann pegou o esboço de Gabriel e aprofundou as rugas ao redor da boca.

— Agora, está perfeito — disse ela. — Mas o que vai fazer com ele?

A ORDEM

— Vou descobrir quem ele realmente é.

Ela levantou os olhos do bloco.

— Mas quem é você?

— Sou associado do arcebispo.

— Você é padre?

— Não — falou Gabriel. — Sou um profissional.

Portanto, só restava a carta. A carta na qual Niklaus Janson descrevera a Ordem de Santa Helena como má. Três vezes, Donati pediu para ver. Três vezes, Stefani Hoffmann negou. A carta tinha uma natureza intensamente pessoal, escrita por um homem perturbado emocionalmente que ela conhecia desde criança. Um homem que tinha sido assassinado em público na ponte mais famosa da Itália. Ela não ia mostrar uma carta dessas nem para sua melhor amiga e confidente, insistiu, quanto mais para um arcebispo católico.

— Nesse caso — disse Donati —, posso pelo menos ver o quadro?

— Jesus no Jardim do Getsêmani? Não tem o suficiente desse tipo de coisa no Vaticano?

— Tenho meus motivos.

Estava apoiado na parede atrás da cadeira de Stefani Hoffmann, ainda guardado numa caixa fina de papelão. Donati checou a nota fiscal. Era de uma DHS Express perto de Roma Termini. Niklaus devia ter mandado antes de embarcar no trem para Florença.

Donati tirou o quadro da caixa e o libertou de seu casulo de plástico-bolha. Tinha 36 x 30 centímetros. A ilustração em si era uma representação bem desgastada de Jesus na véspera da tortura e execução nas mãos dos romanos. A moldura, vidro de museu e *passe-partout* eram de alta qualidade.

DANIEL SILVA

— O bispo Richter deu para ele no dia em que ele jurou lealdade à Ordem — explicou Stefani Hoffmann. — Se virar, vai ver o brasão da Ordem.

Donati ainda estava olhando a imagem de Jesus.

— Não me diga que gostou.

— Não é exatamente Michelangelo — admitiu ele. — Mas é quase idêntico a um quadro que ficava pendurado no quarto dos meus pais na casinha na Úmbria em que fui criado.

Donati não contou a Stefani Hoffmann que, depois da morte de sua mãe, ele tinha encontrado vários milhares de euros escondidos dentro do quadro. A mãe dele, com razão, não confiava em bancos italianos.

Ele virou o quadro. O brasão da Ordem de Santa Helena estava em alto relevo no verso do *passe-partout* preso por quatro suportes de metal. Um dos fechos, porém, estava solto.

Donati removeu os outros três e tentou puxar o *passe-partout*. Não conseguindo, virou a moldura e deixou o peso do vidro fazer a tarefa para ele.

O vidro caiu na mesa sem se quebrar. Donati separou o *passe-partout* do quadro e encontrou um envelope cor de creme, também de alta qualidade. Era igualmente decorado com um brasão.

A heráldica papal particular de Sua Santidade, o papa Paulo VII.

Donati levantou a aba. Dentro, havia três folhas de um papel de carta refinado, quase de linho fino. Ele leu as três primeiras linhas. Então, colocou a carta de volta no envelope e deslizou pela mesa na direção de Gabriel.

— Perdão — disse ele. — Acredito que isso pertença a você.

19

LES ARMURES, GENEBRA

Estava se aproximando das 21 horas quando Gabriel e Donati chegaram a Genebra, tarde demais para pegar o último voo para Roma. Fizeram check-in em quartos adjacentes de um pequeno hotel perto da Catedral St. Pierre e, então, caminharam até o Les Armures, um restaurante com painéis de madeira na Cidade Velha. Depois de fazer o pedido, Gabriel ligou para um amigo que trabalhava para a NDB, o pequeno mas eficiente serviço suíço de inteligência estrangeira e segurança interna. O amigo, chamado Christoph Bittel, era chefe da divisão de contraterrorismo. Ele respondeu cautelosamente. Gabriel tinha um histórico longo e distinto na Suíça. Bittel ainda estava arrumando a bagunça da última visita dele.

— Onde você está?

Gabriel respondeu honestamente.

— Eu pediria o bife de vitela se fosse você.

— Acabei de pedir.

— Há quanto tempo está no país?

— Algumas horas.

— Imagino que não tenha chegado com um passaporte válido.

— Defina válido.

DANIEL SILVA

Bittel suspirou antes de perguntar o motivo da ligação de Gabriel.

— Gostaria que você colocasse uma cidadã suíça sob vigilância protetiva.

— Que incomum. Qual é o nome da cidadã suíça?

Gabriel disse a ele, depois recitou o endereço e local de trabalho dela.

— Ela é terrorista do Estado Islâmico? Assassina russa?

— Não, Bittel. É uma pintora.

— Alguém em particular que o preocupe?

— Vou enviar uma composição. Mas o que quer que faça, não dê esse trabalho para aquele menino que cuidou de mim em Berna há alguns anos.

— É um dos meus melhores homens.

— Também é ex-guarda suíço.

— Isso tem algo a ver com Florença?

— Por que pergunta?

— A Polizia di Stato acabou de soltar o nome da vítima do tiroteio ontem à noite. Ele era guarda suíço. Parando para pensar, também era de Rechthalten.

Gabriel desligou e checou o site do *Corriere della Sera*, o maior jornal da Itália. Donati foi direto para o *feed* do Twitter da Sala de Imprensa do Vaticano. Havia um breve *bollettino*, de cinco minutos antes. Expressava o choque e a tristeza da Santa Sé pelo ato de violência insensato e aleatório que tirara a vida do anspeçada Niklaus Janson da Guarda Suíça Pontifícia. Não mencionava o fato de que Janson estava de guarda na noite da morte do Santo Padre. Nem explicava por que ele estava em Florença enquanto seus camaradas faziam hora extra preparando-se para o conclave.

— É uma obra-prima de conversa mole curial — disse Donati.

— À primeira vista, o comunicado é totalmente preciso. Mas as

A ORDEM

mentiras por omissão são flagrantes. Claramente, o cardeal Albanese não tem intenção de permitir que o assassinato de Niklaus adie a abertura do conclave.

— Talvez possamos convencê-lo a admitir seus erros.

— Com o quê? Uma história vulgar de sexo e ordens religiosas secretas contada por uma mulher magoada pelo fim de seu noivado com um guarda suíço bonito e jovem?

— Você não acredita na história dela?

— Acredito em cada palavra. Mas isso não muda o fato de que é puro boato ou de que todos os elementos podem ser negados.

— Exceto este. — Gabriel mostrou o envelope de alta qualidade cor de creme gravado com a heráldica papal particular de Sumo Pontífice Paulo VII. — Espera mesmo que eu acredite que você não sabia o que estava nesta carta?

— Eu não sabia.

Gabriel tirou as três folhas de papel de carta do envelope. A carta tinha sido composta em tinta azul-claro. O cumprimento era informal. Primeiro nome. *Querido Gabriel...* Não havia preliminares nem amabilidades.

Enquanto pesquisava nos Arquivos Secretos do Vaticano, encontrei um livro muito impressionante...

O livro, ele continuava, tinha sido dado a ele por um membro da equipe dos Arquivos, sem o conhecimento do *prefetto*. Estava guardado no que se conhecia como *collezione*, um arquivo secreto dentro dos Arquivos Secretos, localizado no andar inferior do Depositório de Manuscritos. O material na *collezione* era altamente sensível. Alguns dos livros e arquivos tinham natureza política e administrativa. Outros eram dogmáticos. Nenhum estava listado nos mil diretórios e catálogos armazenados na Sala do Índice. Aliás, em lugar algum dentro dos Arquivos havia um inventário escrito

133

DANIEL SILVA

do material. O conhecimento era passado verbalmente através dos séculos, de *prefetto* para *prefetto*.

A carta não identificava o livro em questão, só dizia que tinha sido suprimido pela Igreja durante a Idade Média e circulado em segredo até a Renascença, quando finalmente foi caçado e tirado de circulação. Pensava-se que o exemplar contido nos Arquivos Secretos fosse o último. O Santo Padre concluíra que era autêntico e trazia uma representação precisa de um acontecimento histórico importante. Sua intenção era colocar o livro nas mãos de Gabriel o mais breve possível. Gabriel teria liberdade de fazer o que quisesse. Sua Santidade só pedia que ele tratasse o material com a maior sensibilidade. O livro seria uma sensação global. Sua revelação teria de ser administrada com cuidado. Senão, alertava o Santo Padre, ele seria desprezado como fraude.

A carta não tinha sido finalizada. A última frase era um fragmento, com a última palavra incompleta. *Arqui...* Gabriel imaginou que o Santo Padre tinha sido interrompido no meio por seu assassino. Donati não discordava. Seu principal suspeito era o cardeal camerlengo Domenico Albanese, *prefetto* dos Arquivos Secretos do Vaticano. Gabriel educadamente informou a Donati que ele estava equivocado.

— Então, por que Albanese mentiu para mim sobre sua primeira visita ao *appartamento*?

— Não estou dizendo que ele não esteja envolvido no assassinato do Santo Padre. Mas não foi o assassino de fato. Foi só o mensageiro. — Gabriel levantou a carta. — Podemos estipular que a existência desta carta na casa de Stefani Hoffmann é prova de que Niklaus Janson não contou a ela tudo o que aconteceu naquela noite?

— Estipulado.

Gabriel baixou a carta.

— Quando Albanese chegou às 21h30, o Santo Padre já estava morto. Foi aí que ele pegou o livro do escritório papal. Voltou aos apartamentos papais às 22 horas e levou o corpo do Santo Padre do escritório para o quarto.

— Mas por que ele não pegou a carta quando pegou o livro?

— Porque não estava lá. Estava no bolso de Niklaus Janson. Ele pegou antes de Albanese chegar da primeira vez.

— Por quê?

— Meu chute é que Niklaus se sentia culpado por ter deixado o assassino entrar nos apartamentos papais. Depois que o assassino foi embora, ele entrou para investigar. Foi aí que achou o Santo Padre morto e uma carta não finalizada no mata-borrão da escrivaninha.

— Por que Niklaus Janson teria deixado um assassino entrar nos apartamentos papais? Ele amava o Santo Padre.

— Essa é a parte fácil. O assassino era alguém que ele conhecia. Em quem confiava. — Gabriel hesitou. — Alguém que ele tinha jurado obedecer.

Donati não respondeu.

— Veronica lhe contou que Janson e o padre Graf estavam envolvidos numa relação sexual?

Donati hesitou, depois fez que sim.

— Por que não me falou?

— Porque não achei que fosse verdade. — Ele hesitou. — Até hoje.

— Quem são eles, Luigi?

— A Ordem de Santa Helena?

— É.

— São um problema — disse Donati. — Um problema, puro, absoluto, indissolúvel, irredimível.

20

LES ARMURES, GENEBRA

Mas também, Donati adicionou, a Ordem de Santa Helena tinha sido um problema desde o início — o ano de nosso Senhor 1928, meio do caminho entre o fim da Primeira Guerra Mundial e o início da Segunda, uma época de grande caos político e social e incerteza sobre o futuro. No estado da Baviera, no sul da Alemanha, um padre obscuro chamado Ulrich Schiller passou a acreditar que só o catolicismo romano, em parceria com monarcas e líderes políticos da extrema direita, podia salvar a Europa dos bolcheviques sem Deus. Ele criou o primeiro seminário na cidade de Bergen, na Alta Baviera, e discretamente recrutou uma rede de líderes políticos e empresários que pensavam igual, que se espalhava na direção oeste até a Espanha e Portugal, e na leste, até a porta da União Soviética. Os membros leigos da Ordem logo ofuscaram seu elenco religioso e se tornaram a verdadeira fonte de seu poder e influência. Os nomes eram mantidos em segredo. Dentro da Ordem, só o padre Schiller tinha acesso ao diretório.

— Era um livro-mestre com capa de couro — disse Donati.

— Bem bonito, aparentemente. O próprio padre Schiller inseria os nomes com as informações de contato secretas. Cada membro

A ORDEM

recebia um número e fazia um juramento, não à Igreja, mas à Ordem. Era tudo bem político e quase militar. A Ordem não estava muito preocupada com doutrina naqueles primeiros tempos. Eles viam a si mesmos antes de mais nada como guerreiros santos, preparados para lutar contra os inimigos de Cristo e do catolicismo romano.

— Qual era a origem do nome?

— O padre Schiller fez uma peregrinação a Jerusalém no início dos anos 1920. Rezou por horas a fio no Jardim do Getsêmani e na Igreja do Santo Sepulcro. É construída no local em que diz-se que Helena, mãe de Constantino, encontrou o exato ponto onde Jesus foi crucificado e enterrado.

— Sim, eu sei — disse Gabriel. — Por acaso, moro perto.

— Perdão — respondeu Donati.

O padre Schiller, ele continuou, era obcecado com a Crucificação. Ele se açoitava diariamente e, durante a temporada sagrada da Quaresma, perfurava as palmas das mãos com um prego e dormia usando uma coroa de espinhos. Sua devoção à memória do sofrimento e morte de Jesus Cristo andava de mãos dadas com seu ódio aos judeus, que ele via como assassinos de Deus.

— Não estamos falando de antijudaísmo doutrinal. O padre Schiller era um antissemita obcecado. Ainda durante os primeiros anos do movimento sionista, ele ficou alarmado com a perspectiva de os judeus controlarem os locais cristãos sagrados de Jerusalém.

Era natural, Donati concluiu, que um homem assim encontrasse uma causa em comum com o soldado austríaco que tomou o poder na Alemanha em 1933. O padre Schiller não era um membro comum do Partido Nazista; usava um cobiçado distintivo dourado do partido. Em seu livro de 1936, *A doutrina do nacional-socialismo*, ele argumentava que Adolf Hitler e os nazistas eram o caminho mais garantido para uma Europa cristã. Hitler leu o livro e o admirava

DANIEL SILVA

muito. Guardava uma cópia em seu retiro nas montanhas de Ober-salzberg, perto de Berchtesgaden. Durante uma reunião contenciosa com o arcebispo de Munique, ele citou o livro do padre Schiller como prova de que católicos e nazistas podiam trabalhar juntos para defender a Alemanha contra os bolcheviques e os judeus.

— Hitler, certa vez, comentou com o padre Schiller que, no que dizia respeito aos judeus, ele estava meramente executando a mesma política adotada pela Igreja 1.500 anos antes. O padre Schiller não contestava a interpretação de Hitler da história católica.

— Preciso perguntar como a Ordem se comportou durante a guerra?

— Infelizmente, permaneceu leal a Hitler mesmo depois de ficar claro que ele estava determinado a assassinar todos os judeus europeus. Padres da Ordem viajaram com unidades da SS Ein-satzgruppen nos Bálticos e na Ucrânia, e todas as noites davam absolvição aos assassinos no fim da matança. Membros franceses da Ordem ficaram do lado de Vichy, e na Itália apoiaram Mussolini até o amargo fim. A Ordem também tem ligações com clérigos fascistas na Eslováquia e na Croácia. A conduta desses dois regimes é uma mancha indelével na história da Igreja.

— E quando a guerra terminou?

— Uma nova guerra começou. Uma disputa global entre o Ocidente e a União Soviética sem Deus. O padre Schiller e a Ordem de repente ficaram muito na moda.

Com a aprovação tácita do papa Pio XII, Schiller ajudou deze-nas de criminosos de guerra fugitivos alemães e croatas a escaparem para a América do Sul, que a Ordem considerava como próximo campo de batalha na guerra entre cristianismo e comunismo. Fi-nanciada pelo Vaticano, ela estabeleceu uma rede de seminários e escolas pela América Latina e recrutou milhares de novos membros leigos — principalmente, proprietários de terra ricos, soldados

A ORDEM

e membros da polícia secreta. Durante as guerras sujas dos anos 1970 e 1980, a Ordem mais uma vez ficou ao lado dos assassinos, não das vítimas.

— Em 1987, ano da morte do padre Schiller, a Ordem estava no ápice de seu poder. Tinha pelo menos cinquenta mil membros leigos, mil padres ordenados e mais mil clérigos diocesanos que eram membros de algo chamado Sociedade Sacerdotal da Ordem de Santa Helena. Quando Lucchesi e eu nos mudamos para o Palácio Apostólico, eles estavam entre as forças mais influentes dentro da Igreja.

— O que vocês fizeram?

— Cortamos as asinhas deles.

— E como foi a reação?

— Exatamente como seria de se esperar. O bispo Hans Richter odiava meu mestre. Quase tanto quanto me odeia.

— Richter é alemão?

— Austríaco, na verdade. O padre Graf também. É secretário particular, acólito e guarda-costas pessoal do bispo Richter. Leva uma arma sempre que o bispo está em público. E me informaram de que sabe usá-la.

— Vou manter isso em mente. — Gabriel mostrou a Donati a foto que havia tirado quando estavam almoçando no Piperno, em Roma.

— É ele. Deve ter me seguido desde a Cúria Jesuíta.

— Onde posso encontrá-lo?

— Você não pode chegar nem perto dele. Nem do bispo Richter.

— Hipoteticamente — insistiu Gabriel.

— Richter divide seu tempo entre seu *palazzo* no Janículo e a sede da Ordem na vila de Menzingen, no cantão de Zug. A Ordem se realocou lá nos anos 1980. Caso você esteja se perguntando, o bispo não pega voos comerciais. A Ordem de Santa Helena é

DANIEL SILVA

extraordinariamente rica. Ele tem um jato particular à sua disposição 24 horas por dia.

— Quem é o proprietário?

— Um benemérito secreto. O homem por trás da cortina. Pelo menos, é o boato. — Donati pegou a carta do Santo Padre. — Só queria que meu mestre tivesse dito o nome do livro.

— Você conhece a *collezione*?

Donati fez que sim lentamente.

— Conseguiria encontrá-la?

— Seria necessário ter acesso ao Depositório de Manuscritos, uma façanha nada fácil. Afinal, são chamados de Arquivos Secretos por um motivo. — Donati olhou o retrato falado do homem que tinha interrogado Stefani Hoffmann. — Sabe, Gabriel, você realmente deveria considerar ser pintor profissional.

— Ele é membro da Ordem?

— Se for, não é padre.

— Como pode ter certeza?

— Porque a Ordem nunca enviaria um de seus padres para interrogar alguém como Stefani Hoffman.

— Quem ela enviaria?

— Um profissional.

ROMA–OBERSALZBERG, BAVÁRIA

Às cinco da manhã do dia seguinte, o bispo Hans Richter foi acordado com uma batida suave em sua porta. Um momento depois, um seminarista jovem entrou no quarto com uma bandeja de café e uma pilha de jornais. O garoto pôs a bandeja na beirada da cama e, sem receber instruções adicionais, retirou-se.

Richter sentou-se e serviu uma xícara de café da garrafa de prata ornamentada. Depois de adicionar açúcar e leite vaporizado, ele pegou os jornais. Ficou desanimado ao abrir o *La Repubblica*. A notícia de Florença estava estampada na primeira página. Era óbvio que o comunicado vago emitido pela Sala Stampa não tinha caído bem — especialmente para Alessandro Ricci, maior repórter investigativo do jornal e autor de um *best-seller* sobre a Ordem. Ricci via evidências de uma conspiração. Mas, bem, ele sempre via. Ainda assim, não havia como negar que a morte de Niklaus Janson era um desastre com potencial de ameaçar as ambições de Richter no conclave que se aproximava.

Ele passou para os jornais alemães. Estavam cheios de reportagens e fotografias do bombardeio no mercado de Hamburgo. A chanceler, encurralada, tinha ordenado que a polícia antiterrorista

DANIEL SILVA

ficasse de guarda em frente a todas as principais estações ferroviárias, aos aeroportos, aos prédios governamentais e às embaixadas estrangeiras. Mesmo assim, o ministro do Interior da Alemanha previa que outro ataque era provável, possivelmente, nos próximos dias. Uma nova pesquisa de opinião mostrou um crescimento repentino no apoio a Axel Brünner e seus nacionais-democratas anti-imigração. Brünner e a chanceler agora estavam presos num empate estatístico.

Richter deixou os jornais de lado e se levantou de sua cama Biedermeier com dossel. Seu apartamento tinha 280 metros quadrados, maior do que qualquer alojamento do Vaticano ocupado pelos príncipes mais sêniores da Igreja. O resto das mobílias luxuosas do quarto — a cômoda, o armário, a escrivaninha, algumas mesas e os espelhos emoldurados — também eram antiguidades Biedermeier resplandecentes. Os quadros eram todos de Velhos Mestres italianos e holandeses, incluindo obras de Ticiano, Veronese, Rembrandt, Van Eyck e Van der Weyden. Eram apenas uma pequena parte da extensa coleção da Ordem, a maioria delas adquirida para motivos de investimento. A coleção estava escondida num cofre embaixo da Paradeplatz, no centro de Zurique, junto com boa parte da vasta fortuna pessoal do bispo Richter.

Ele entrou no luxuoso complexo do banheiro. Incluía um chuveiro com quatro duchas, uma Jacuzzi grande, uma sauna a vapor, uma sauna seca e um sistema audiovisual embutido. Ao som dos *Concertos de Brandemburgo*, de Bach, ele se banhou, fez a barba e suas necessidades. Depois, vestiu não sua bata com borda magenta de sempre, mas um terno sob medida. Então, colocou um sobretudo e um cachecol e desceu.

O padre Graf o esperava no pátio, ao lado de uma elegante limusine Mercedes-Maybach. Era um sacerdote magro e atlético de 42 anos, com um rosto angular, cabelo loiro bem penteado e olhos azul-claros. Como o bispo Richter, tinha ascendência austríaca nobre. Aliás, o sangue que fluía pelas veias dos dois era do mais azul. Ele também estava vestido com roupas sociais, em vez de clericais. Levantou o olhar de seu celular quando Richter se aproximou e, em alemão, deu bom-dia.

A porta traseira do Maybach se abriu. Richter entrou no banco de trás. O padre Graf se juntou a ele. O carro passou pelo formidável portão de segurança de pedra e aço e virou na rua. Os pinheiros-mansos estavam recortados contra a primeira luz siena da madrugada. Richter achou quase bonito. O padre Graf estava de novo olhando seu telefone.

— Algo interessante nas notícias esta manhã? — perguntou Richter.

— A Polizia di Stato divulgou a identidade do jovem morto a tiros em Florença.

— Alguém que conhecemos?

O padre levantou o olhar.

— Sabe o que teria acontecido se Niklaus por acaso cruzasse aquela ponte?

— Ele teria dado a carta do Papa Acidental a Gabriel Allon.

— Richter hesitou. — Por isso mesmo você deveria ter pegado a carta do escritório papal.

— Era trabalho de Albanese. Não meu.

Richter franziu o cenho.

— Ele é um cardeal e membro da Ordem, Markus. Tente demonstrar o mínimo respeito.

— Se não fosse a Igreja, ele seria pedreiro.

Richter examinou seu reflexo no espelho.

— O *bollettino* do pedreiro nos deu um espaço valioso para respirar. Mas é uma questão de tempo até a imprensa descobrir onde Niklaus estava trabalhando na noite da morte do Santo Padre e que ele era membro da Ordem.

DANIEL SILVA

— Em seis dias, não vai ter importância.

— Seis dias é uma eternidade. Especialmente para um homem como Gabriel Allon.

— No momento, estou mais preocupado com nosso velho amigo Alessandro Ricci.

— Eu também. As fontes dele dentro da cúria são impecáveis. Pode ter certeza de que ele está em contato com nossos inimigos.

— Talvez eu também devesse dar uma palavrinha com ele.

— Ainda não, Markus. Mas, enquanto isso, fique de olho.

Richter olhou pela janela e fez uma careta.

— Meu Deus, esta cidade é mesmo atroz.

— Vai ser diferente depois de assumirmos o poder, Excelência.

De fato, pensou o bispo Richter. Muito diferente.

O Gulfstream G550 da Ordem estava esperando na pista em frente ao Signature Flight Support no aeroporto Ciampino. Ele levou o bispo Richter e o padre Graf a Salzburgo, onde entraram num helicóptero executivo para um voo curto cruzando a fronteira alemã. Andreas Estermann, ex-oficial de inteligência alemão que servia como chefe de segurança e operações da Ordem, estava esperando no heliponto do complexo em frente a Berchtesgaden, seu cabelo loiro-acinzentado esvoaçando com o vento das pás. Ele pressionou os lábios no anel da mão direita estendida do bispo Richter, e então gesticulou na direção de uma Mercedes sedã.

— Precisamos nos apressar, Excelência. O senhor foi o último a chegar.

O carro os levou sem percalços pelo vale privado até o chalé, uma cidadela moderna construída em pedra e vidro na base das montanhas imponentes. Uma dezena de outros veículos se enfileirava pela entrada de carros, observada por um pequeno batalhão

A ORDEM

de seguranças armados. Todos usavam jaquetas de esqui pretas com o logo do Wolf Group, um conglomerado baseado em Munique.

Estermann entrou com o bispo Richter e o padre Graf, e subiram um lance de escada. À esquerda, havia uma antessala cheia de assessores e seguranças de terno escuro. O bispo Richter tinha entregado seu sobretudo ao padre Graf e seguido Estermann para o grande salão.

Tinha 18 por 15 metros, com uma única janela enorme na direção norte através de Obersalzberg. Nas paredes, estavam penduradas tapeçarias Gobelin e várias pinturas a óleo, incluindo o que parecia ser *Vênus e Amor*, de Bordone. Um busto de Richard Wagner franzia a sobrancelha a Richter de seu poleiro em cima de um pedestal. O relógio carrilhão, encimado por uma água heráldica em estilo romano, dizia que eram 9 horas. Richter, como sempre, chegara exatamente no horário.

Ele examinou os outros com intolerância. Eram, sem exceção, um grupo nada atraente, patifes e vigaristas, cada um deles. Mas eram também um mal necessário, um meio para um fim. Os trabalhistas e sociais-democratas seculares eram a causa da situação calamitosa da Europa. Só essas criaturas estavam preparadas para empreender o trabalho duro necessário para desfazer os 75 anos de tagarelices liberais pós-guerra.

Havia, por exemplo, Axel Brünner. Seu terno chique e óculos sem aro não conseguiam esconder o fato de ele ser ex-skinhead e brigão de rua cuja fama se justifica apenas pela relação sanguínea distante com o infame nazista que reunira os judeus de Paris. Estava conversando com Cécile Leclerc, sua graciosa contraparte da França, que herdara a opinião anti-imigrantes do pai, um idiota de Marselha.

Richter sentiu uma respiração com bafo quente de café e, ao se virar, viu-se apertando a pata oleosa do primeiro-ministro italiano,

DANIEL SILVA

Giuseppe Saviano. A próxima mão que pegou era de Peter van der Meer, católico de Amsterdã de cabelo platinado e pele rebocada que prometera livrar seu país de todos os muçulmanos até 2025, um objetivo admirável, embora inteiramente inatingível. Jörg Kaufmann, chanceler austríaco que adorava as câmeras, cumprimentou o bispo Richter como a um velho amigo, o que de fato era. Richter presidira o batismo e a primeira comunhão de Kaufmann, além de seu recente casamento com a modelo mais famosa da Áustria, união que Richter aprovava com consideráveis reservas.

Presidindo o zoológico, estava Jonas Wolf, vestindo um suéter de gola alta e calças de flanela. Sua juba grisalha estava penteada para longe do rosto, que era dominado por um nariz aquilino. Um rosto para estampar numa moeda, pensou Richter. Talvez um dia, quando os invasores muçulmanos tivessem sido expulsos e a Igreja Católica Romana estivesse outra vez em ascensão.

Às 9h05, Wolf assumiu seu lugar na cabeceira da mesa de reuniões, que tinha sido colocada perto da janela alta. Andreas Estermann tinha ficado com o assento à direita de Wolf; o bispo Richter, com o da esquerda. A pedido do alemão, Richter liderou a assembleia numa recitação do Pai Nosso.

— E dê-nos força e determinação para completar nossa missão sagrada — entoou Richter, concluindo. — Fazemos isso em seu nome, por meio de nosso Senhor Jesus Cristo, que vive e reina convosco na unidade do Espírito Santo, um Deus, para sempre.

— Amém — veio a resposta da mesa.

Jonas Wolf abriu uma pasta de couro. A sessão estava aberta.

Os picos montanhosos estavam desaparecendo na escuridão quando Wolf finalmente bateu o martelo para fechar a sessão. Uma fogueira foi acessa, coquetéis foram servidos e Richter, que só bebia

A ORDEM

água mineral em temperatura ambiente, sabe-se lá por quê, viu-se envolvido com Cécile Leclerc, que insistia em dirigir-se a ele em seu impenetrável alemão com sotaque francês. Richter conseguia decifrar uma entre quatro ou cinco palavras, o que era uma bênção. Como seu pai, Cécile não era uma intelectual. De alguma forma, tinha conseguido um diploma em direito de uma instituição de ensino de elite em Paris. Ainda assim, era fácil imaginá-la atrás do balcão de uma *boucherie* provençal com um avental ensanguentado amarrado em sua cintura ampla.

Portanto, Richter ficou aliviado quando Jonas Wolf, talvez percebendo o desconforto, interrompeu-os como um dançarino num salão de baile e perguntou se podiam dar uma palavrinha em particular. Seguidos por Andreas Estermann, eles atravessaram os cômodos desabitados do chalé até a capela de Wolf. Era do tamanho de uma igreja de paróquia típica. Nas paredes, estavam pendurados quadros de Velhos Mestres alemães e holandeses. Acima do altar, havia uma magnífica *Crucificação* de Lucas Cranach, o Velho.

Wolf se ajoelhou e levantou-se cambaleando.

— No geral, uma sessão produtiva, não acha, Excelência?

— Devo admitir, fiquei um pouco distraído com o cabelo de Van der Meer.

Wolf assentiu com empatia.

— Falei com ele sobre isso. Ele insiste que faz parte do seu *branding*.

— *Branding*?

— É uma palavra moderna usada para descrever a imagem de alguém nas redes sociais. — Wolf fez um gesto na direção de Estermann. — Andreas é nosso especialista nesse tipo de coisa. Está convencido de que o cabelo de Van der Meer é um ativo político.

— Ele parece a Kim Novak em *Um corpo que cai*. E aquele penteado ridículo! Como diabos ele coloca os fios no lugar?

DANIEL SILVA

— Aparentemente, exige muito tempo e esforço. Ele compra caixas de spray de cabelo. É o único homem na Holanda que não sai quando chove.

— Transmite uma ideia de vaidade e profunda insegurança. Nossos candidatos devem estar acima de qualquer crítica.

— Nem todos podem ser tão polidos quanto Jörg Kaufmann. Brünner também tinha seus problemas. Por sorte, as bombas em Berlim e Hamburgo deram um impulso muito necessário à campanha dele.

— As novas pesquisas são animadoras. Mas ele consegue vencer?

— Se houver outro ataque — disse Wolf —, a vitória dele estará garantida.

Ele se sentou no primeiro banco. Richter se juntou a ele. Seguiu-se um silêncio amigável. Richter podia se desesperar com a ralé lá em cima, mas realmente admirava Jonas Wolf, um dos poucos que eram membro da Ordem há mais tempo do que Richter. Era seu leigo mais proeminente, um segundo superior-geral em tudo, menos nome. Havia mais de uma década, Richter e ele estavam engajados numa cruzada clandestina para transformar a Europa Ocidental e a Igreja de Roma. Às vezes, até eles ficavam surpresos com a velocidade com que tinham sido bem-sucedidos. A Itália e a Áustria já eram deles. Agora, a Chancelaria Federal alemã estava a seu alcance, assim como o Palácio Apostólico. A tomada do poder estava quase completa. Homens menores serviriam como seus porta-estandartes públicos, mas seriam Jonas Wolf e o bispo Hans Richter da Ordem de Santa Helena a sussurrar no ouvido deles. Pensavam em si mesmos em termos apocalípticos. A civilização ocidental estava morrendo. Só eles podiam salvá-la.

Andreas Estermann era o terceiro membro de sua santíssima trindade. Era o homem insubstituível do Projeto. Estermann distribuía o dinheiro, trabalhava com partidos locais para refinar suas

A ORDEM

plataformas e encontrar candidatos apresentáveis, e supervisionava uma rede de agentes recrutados de serviços de inteligência e forças policiais da Europa Ocidental. Num armazém cheio de computadores nos arredores de Munique, ele estabelecera uma unidade de guerra de informações que inundava as redes sociais diariamente com histórias falsas ou enganosas sobre a ameaça representada pelos imigrantes muçulmanos. A unidade cibernética de Estermann também tinha a habilidade de hackear telefones e quebrar redes de computador, o que produzia montanhas de material comprometedor valioso.

No momento, Estermann estava andando em silêncio de um lado para o outro do lado direito da nave. O bispo Richter via que algo o atormentava. Foi Jonas Wolf quem explicou. Na noite anterior, o arcebispo Donati e Gabriel Allon tinham viajado ao cantão de Friburgo, onde se encontraram com Stefani Hoffmann.

— Achei que ela tinha dito a você que não sabia de nada.

— Tive a distinta impressão de que ela não estava falando a verdade — respondeu Estermann.

— O menino Janson estava em posse de uma carta quando foi morto?

— Nossos amigos na Polizia di Stato dizem que não. O que quer dizer que provavelmente está nas mãos do arcebispo Donati.

O bispo Richter soltou um suspiro pesado.

— Não haverá ninguém capaz de me livrar deste padre turbulento?

— Eu desaconselharia — disse Estermann. — A morte de Donati sem dúvida atrasaria o início do conclave.

— Então, em vez disso, talvez devêssemos matar o amigo dele.

Estermann parou de andar.

— Mais fácil falar do que fazer.

— Onde estão agora?

DANIEL SILVA

— De volta à Roma.

— Fazendo o quê?

— Somos bons, bispo Richter. Mas não tão bons.

— Posso dar-lhe um conselho?

— É claro, Excelência.

— Melhorem. E rápido.

22

ROMA

A entrada principal dos Arquivos Secretos do Vaticano ficava localizada no lado norte do Pátio Belvedere. Apenas historiadores e pesquisadores credenciados recebiam acesso, e só após um escrutínio completo presidido pelo próprio *prefetto*, o cardeal Domenico Albanese. Visitantes não tinham permissão para ir além da *sala di studio*, uma sala de leitura mobiliada com duas longas fileiras de antigas escrivaninhas de madeira, recentemente modernizadas com tomadas para laptops. Com raras exceções, apenas membros da equipe desciam ao Depositório de Manuscritos, ao qual se chegava por um elevador apertado na Sala do Índice. Nem Donati tinha estado ali. Por mais que tentasse, não conseguia imaginar uma circunstância, uma desculpa razoável que lhe permitiria entrar no depositório desacompanhado, quanto mais com o diretor-geral do serviço secreto de inteligência de Israel ao seu lado.

Foi por isso que Gabriel e Donati foram direto à Embaixada Israelense após seu retorno a Roma. Lá, desceram para uma sala de comunicações seguras conhecida como Sagrada entre os Sagrados, onde Gabriel conduziu uma videoconferência com Uzi Navot e Yuval Gershon, diretor da Unidade 8200. Navot ficou chocado

DANIEL SILVA

com a operação que Gabriel tinha em mente. Gershon, porém, não acreditava em sua sorte. Depois de quebrar a rede de dados da Guarda Pontifícia Suíça, agora lhe pediam para tomar controle do fornecimento de energia e do sistema de segurança dos Arquivos Secretos do Vaticano. Para um guerreiro cibernético, era uma missão dos sonhos.

— É possível? — perguntou Gabriel.

— Está brincando, né?

— Quanto tempo vai levar?

— Umas 48 horas, para garantir.

— Posso dar 24. Mas doze seria melhor.

Estava anoitecendo quando Gabriel e Donati finalmente saíram do complexo israelense no banco de trás de um carro da embaixada. Após deixar Donati na Cúria Jesuíta, o motorista levou Gabriel para o esconderijo perto do topo da escadaria da Piazza di Spagna. Exausto, ele entrou na cama desfeita e caiu num sono sem sonhos. Seu telefone o acordou às sete da manhã seguinte. Era Yuval Gershon.

— Eu me sentiria melhor se fizéssemos alguns testes, mas estamos prontos quando quiser.

Gabriel tomou banho e se vestiu, depois caminhou pela fria manhã romana até o Borgo Santo Spirito. Donati o encontrou na entrada da Cúria Jesuíta e o levou para seu quarto.

Eram 8h30.

— Não pode estar falando sério.

— Prefere se vestir de freira?

Gabriel olhou a roupa disposta na cama: um terno clerical, uma camisa preta com colarinho romano. Ele tinha usado muitos disfarces durante sua longa carreira, mas nunca se escondido atrás do manto de um padre.

A ORDEM

— Quem devo ser?

Donati lhe entregou um passe do Vaticano.

— Padre Franco Benedetti?

— Tem certo charme, não acha?

— É porque é um nome judeu.

— Donati também é.

Gabriel franziu a sobrancelha para a fotografia.

— Não me pareço em nada com ele.

— Sorte sua. Mas não se preocupe, os guardas suíços provavelmente nem vão se dar ao trabalho de checar.

Gabriel não discordava. Enquanto restaurava a *Deposição de Cristo,* de Caravaggio, para os Museus Vaticanos, ele tinha recebido um passe que lhe dava acesso aos laboratórios de conservação. O guarda suíço na Porta de Santa Ana raramente dava mais que um olhar superficial antes de admiti-lo no território da cidade-estado.

A maioria dos membros da grande comunidade religiosa de Roma quase nunca se dava ao trabalho de mostrar suas credenciais. Annona, nome do supermercado do Vaticano, funcionava como uma senha secreta.

Gabriel segurou o terno clerical na frente do corpo.

— Stefani Hoffmann tinha razão — disse Donati. — Você parece um padre, mesmo.

— Vamos torcer para ninguém pedir minha bênção.

Donati fez um gesto de desprezo com a mão.

— Não é difícil.

Gabriel foi ao banheiro e se trocou. Quando saiu, Donati endireitou o colarinho romano.

— Como se sente?

Gabriel colocou uma Beretta na cintura da calça, na altura da lombar.

— Bem melhor.

153

DANIEL SILVA

Donati pegou sua maleta ao sair e desceu com Gabriel para a rua. Caminharam até a Colunata de Bernini, depois viraram à direita. A Piazza Papa Pio XII estava lotada de caminhões-satélite e repórteres, incluindo uma correspondente da TV francesa que pressionou Donati por um comentário sobre o conclave que se aproximava. Ela desistiu quando o arcebispo lhe lançou um olhar frio curial.

— Impressionante — comentou Gabriel, baixinho.

— Tenho uma reputação.

Passaram embaixo do Passetto, a rota de fuga elevada usada pela última vez pelo Papa Clemente VII em 1527 durante o Saque de Roma, e caminharam em frente à fachada cor-de-rosa do quartel--general da Guarda Suíça. Um alabardeiro com um uniforme azul simples estava de guarda na Porta de Santa Ana. Donati cruzou a fronteira invisível sem diminuir o passo. Mostrando o passe do padre Benedetti, Gabriel fez o mesmo. Juntos, subiram a Via Sant'Anna na direção do Palácio Apostólico.

— Acha que aquele garoto suíço bonzinho está nos observando?

— Como uma águia — murmurou Donati.

— Quanto tempo até ele dizer a Metzler que você voltou à cidade?

— Se eu tivesse de chutar, ele já disse.

O cardeal Domenico Albanese, prefeito dos Arquivos Secretos do Vaticano e camerlengo da Sagrada Igreja Romana, estava zapeando pela cobertura da televisão global sobre o conclave pendente quando, de repente, acabou a luz em seu apartamento em cima da Galeria Lapidária. Não era uma ocorrência totalmente incomum. O Vaticano recebia a maior parte de sua eletricidade da grade notoriamente frágil de Roma. Consequentemente, os habitantes da cúria passavam boa parte de seu tempo no escuro, o que com certeza não seria surpresa para seus críticos.

A maioria dos cardeais mal notava os blecautes periódicos. Domenico Albanese, porém, era chefe de um império de segredos com controle de clima, boa parte subterrânea. A eletricidade era necessária para que a administração de seu reino corresse sem sobressaltos. Como era domingo, os Arquivos estavam oficialmente fechados, reduzindo, assim, a chance de um tesouro inestimável do Vaticano sair pela porta. Ainda assim, Albanese preferia pecar pela cautela. Ele tirou o telefone do gancho e ligou para a sala de controle dos Arquivos. Ninguém atendeu. Aliás, não houve som algum. Albanese chacoalhou o telefone. Só aí, percebeu que não havia sinal de chamada. Pelo jeito, o sistema telefônico do Vaticano também tinha caído.

Ele ainda estava de pijama. Por sorte, morava em cima do escritório. Um corredor particular com vista para o Pátio Belvedere o levou ao andar superior dos Arquivos Secretos. Não havia luz em lugar algum. Na sala de controle, dois seguranças estavam sentados olhando para uma parede de monitores de vídeo escuros. Toda a rede parecia congelada.

— Por que não ligaram a luz de emergência? — perguntou Albanese.

— Não está funcionando, Eminência.

— Tem alguém dentro dos Arquivos?

— A *sala di studio* e as Salas do Índice estão vazias. O Depositório de Manuscritos também.

— Desçam e deem uma olhada para garantir.

— Imediatamente, Eminência.

Convencido de que seu reino estava seguro, Albanese voltou ao seu apartamento e preparou seu banho de banheira matinal, sem saber dos dois homens caminhando pela Via Sant'Anna, passando

DANIEL SILVA

pela entrada do Banco Vaticano. Um deles tinha uma arma escondida embaixo de seu terno clerical mal ajustado e um telefone celular curiosamente grande no ouvido. Altamente seguro, o aparelho estava conectado a uma sala de operações no norte de Tel Aviv, onde uma equipe dos hackers mais formidáveis do mundo esperava seu próximo comando. Nem é preciso dizer, o reino de Albanese estava tudo, menos seguro. Inclusive, naquele exato momento, corria um perigo mortal.

Antes de chegar à entrada do Pátio Belvedere, Gabriel e Donati viraram à direita e caminharam pelo bairro comercial da Cidade do Vaticano até uma porta de serviço raramente usada na base do Museu Chiaramonti. Era adjacente a um complexo de ares-condicionados industriais que controlava o clima no Depositório de Manuscritos, vários metros abaixo dos pés deles.

Gabriel olhou diretamente para a lente da câmera de segurança.

— Consegue me ver?

— Bela roupa — respondeu Yuval Gershon.

— Abra logo a porta.

A fechadura fez um baque. Donati puxou o trinco e levou Gabriel a uma pequena antessala. Bem diante deles havia uma segunda porta e outra câmera de segurança. Gabriel deu o sinal, e Yuval Gershon a abriu remotamente.

Atrás dela, havia uma escada. Quatro lances para baixo, Gabriel e Donati chegaram a outra porta. Era o primeiro nível do Depositório de Manuscritos. Mais quatro lances os levaram ao segundo nível e a mais uma porta. Uma campainha soou, uma fechadura se abriu. Donati girou a maçaneta e, juntos, entraram.

23

ARQUIVOS SECRETOS DO VATICANO

A escuridão era impenetrável. Gabriel ligou a lanterna incomumente forte de seu telefone e ficou decepcionado com o que viu. À primeira vista, o Depositório de Manuscritos parecia o nível subterrâneo de uma biblioteca universitária comum. Havia até carrinhos com livros empilhados. Ele iluminou a lombada de um dos volumes. Era uma coleção de documentos diplomáticos e telegramas de tempos de guerra do secretariado de estado.

— Da próxima vez — prometeu Donati.

Um corredor vazio se estendia diante deles, com prateleiras em cinza-metalizado dos dois lados. Gabriel e Donati o seguiram até uma intersecção e viraram à direita. Após cerca de trinta metros, um compartimento de armazenamento de tela de arame trançada bloqueou o caminho deles.

Gabriel iluminou o interior. Os livros nas prateleiras de metal eram muito antigos. Alguns tinham o tamanho de uma monografia típica. Outros eram menores, cobertos por um couro craquelado. Nenhum parecia ter sido produzido por algo que não a mão humana.

— Acho que viemos ao lugar certo.

DANIEL SILVA

Estavam na parte mais a oeste do depositório, diretamente abaixo do Cortile della Pigna. Indo na frente de Gabriel, Donati passou por uma fileira de gabinetes e chegou a uma porta de metal sem marcação, verde-clara, guardada por uma câmera de segurança. Não havia placa indicando que tipo de material estava armazenado atrás dela. Os cadeados profissionais pareciam recém-instalados. Havia um para a fechadura e um segundo para a tranca. Ambos pareciam ter mecanismos de cinco pinos.

Gabriel entregou seu telefone para Donati. Então, pegou uma ferramenta fina de metal do bolso de seu terno emprestado e inseriu no mecanismo do cadeado.

— Tem alguma coisa que você *não consiga* fazer? — perguntou Donati.

— Não consigo abrir este cadeado, se você não parar de falar.

— Quanto tempo vai levar?

— Depende de quantas perguntas você pretende fazer.

Donati iluminou o cadeado. Gabriel girou a ferramenta com delicadeza dentro do mecanismo, testando a resistência, atento ao barulho de uma pena caindo.

— Nem precisam tentar — disse uma voz, calmamente. — Vocês não vão achar o que estão procurando.

Gabriel se virou. Na escuridão, não conseguia ver quem quer que estivesse ali. Donati direcionou a lanterna do telefone para o vazio. Ela iluminou um homem com uma batina. Não, pensou Gabriel. Não era uma batina. Era um robe.

O homem foi para a frente, sem fazer barulho, com seus pés enfiados em sandálias. Tinha altura e corpo idênticos aos de Gabriel, cerca de 1,72 metro, não mais de 73 quilos. O cabelo era preto e encaracolado; a pele, escura. Ele tinha um rosto antigo, como um ícone encarnado. Deu mais um passo à frente. Sua mão esquerda estava completamente enfaixada. A direita também. Ela segurava um envelope pardo.

A ORDEM

— Quem é você? — perguntou Donati.

O rosto dele não registrou mudança de expressão.

— Não me conhece? Sou o padre Joshua, Excelência.

Ele falava um italiano fluente, a língua do Vaticano, mas obviamente não era seu idioma nativo. O nome dele parecia não significar nada para Donati.

O homem levantou os olhos para o céu.

— É melhor não ficarem muito. O cardeal Albanese instruiu os seguranças a checarem o depositório. Eles estão a caminho.

— Como você sabe?

Ele baixou o olhar para a porta verde-clara.

— Infelizmente, o livro já se foi, Excelência.

— Você sabe o que era?

— Isto vai dizer tudo o que precisa saber. — O padre entregou o envelope a Donati. A aba estava selada com fita adesiva transparente. — Não abra até sair dos muros do Vaticano.

— O que é? — questionou Donati.

O padre levantou o olhar para o teto de novo.

— É hora de ir embora, Excelência. Eles estão chegando.

Só então Gabriel conseguiu ouvir as vozes. Ele pegou o telefone de Donati e apagou a luz. A escuridão era absoluta.

— Sigam-me — sussurrou o padre Joshua. — Conheço o caminho.

Eles caminharam em fila indiana, o padre na frente, Gabriel atrás de Donati. Viraram à direita, depois à esquerda, e um momento depois estavam de volta à porta pela qual haviam entrado no depositório. Ela se abriu com o toque do padre Joshua. Ele levantou a mão em despedida e, mais uma vez, fundiu-se com a penumbra.

DANIEL SILVA

Entraram na escada e subiram os oito lances. O telefone de Gabriel tinha perdido a conexão com a Unidade 8200.

Quando ele discou de novo, Yuval Gershon atendeu instantaneamente.

— Eu estava ficando preocupado.

— Consegue nos ver?

— Agora, sim.

Gershon destrancou as últimas duas portas ao mesmo tempo. Lá fora, a luz clara do sol romano ofuscou os olhos deles. Donati deslizou o envelope para dentro de sua maleta e reposicionou a senha.

— Talvez eu devesse carregar isso — disse Gabriel, quando saíram na direção da Via Sant'Anna.

— Minha hierarquia é superior à sua, padre Benedetti.

— É verdade, Excelência. Mas sou eu que tenho a arma.

Foi nesse instante que as luzes no apartamento do cardeal Domenico Albanese voltaram. Pingando, ele tirou do gancho seu telefone interno do Vaticano e ouviu o agradável som da linha de chamada. O oficial de plantão na sala de controle dos Arquivos atendeu ao primeiro toque. A rede de computadores estava sendo reiniciada, e as câmeras de segurança e portas automáticas mais uma vez funcionavam normalmente.

— Há alguma evidência de invasão?

— Nenhuma, Eminência.

Aliviado, Albanese colocou o telefone suavemente no gancho e tirou um momento para apreciar a vista da janela de seu escritório particular. Não tinha a grandiosidade da vista dos apartamentos papais — ele não conseguia ver a Praça de São Pedro nem o domo da basílica —, mas lhe permitia monitorar as idas e vidas na Porta de Santa Ana.

A ORDEM

No momento, a Via Sant'Anna estava deserta, exceto por um arcebispo alto e um padre mais baixinho com um terno clerical levemente mal ajustado. Estavam indo na direção do portão num passo de desfile militar.

O padre não portava nada, mas na mão direita do arcebispo havia uma bela maleta de couro. Albanese a reconheceu. Aliás, muitas vezes expressara admiração pela maleta. Reconheceu também o arcebispo.

Mas quem era o padre? Albanese só tinha um suspeito. Ele pegou o telefone e fez uma última ligação.

Católico devoto que ia diariamente à missa, o coronel Alois Metzler, comandante da Guarda Pontifícia Suíça, fazia o possível para evitar o escritório aos domingos. Mas como era o domingo anterior ao início de um conclave, uma empreitada das mais sagradas que seria observada por bilhões ao redor do mundo, ele estava em sua escrivaninha no quartel-general da Guarda Suíça quando o cardeal Albanese ligou. O camerlengo estava *molto agitato*. Num italiano frenético, em que Metzler era fluente, ainda que relutasse em falar, ele explicou que o arcebispo Luigi Donati e seu amigo Gabriel Allon tinham acabado de invadir os Arquivos Secretos e estavam, naquele momento, indo na direção da Porta de Santa Ana. Sob nenhuma circunstância, gritou o cardeal, deveriam ter permissão de sair do território da Cidade do Vaticano.

Verdade seja dita, Metzler não estava a fim de se meter com tipos como Donati e seu amigo de Israel, que ele já tinha visto em ação mais de uma vez. Mas, como o trono de São Pedro estava vazio, não havia escolha além de obedecer a uma ordem direta do camerlengo.

Levantando-se, ele correu pelo quartel até o lobby, onde um oficial de plantão estava sentado atrás de uma escrivaninha em forma de meia-lua, de olho numa fileira de monitores de vídeo. Num

DANIEL SILVA

deles, Metzler viu Donati marchando na direção da Porta de Santa Ana, com um padre a seu lado.

— Deus do céu — murmurou Metzler.

O *padre* era Allon.

Pela porta aberta do quartel, Metzler viu um jovem alabardeiro parado na Via Sant'Anna, mãos cruzadas nas costas. Gritou para a sentinela bloquear o portão, mas era tarde demais. Donati e Allon cruzaram a fronteira invisível num borrão negro e sumiram.

Metzler correu atrás deles. Agora, estavam caminhando rapidamente pela multidão de turistas na Via di Porta Angelica. Metzler chamou o nome de Donati. O arcebispo parou e virou-se. Allon continuou andando.

O sorriso de Donati o desarmou.

— O que foi, coronel Metzler?

— O cardeal Albanese acredita que você acaba de entrar nos Arquivos Secretos sem autorização.

— E como eu teria feito isso? Os Arquivos estão fechados hoje.

— O cardeal acredita que você teve ajuda de seu amigo.

— O padre Benedetti?

— Eu o vi no monitor, Excelência. Sei quem era.

— Está enganado, coronel Metzler. E o cardeal Albanese também. Agora, se me dá licença, estou atrasado para um compromisso.

Donati virou-se sem dizer outra palavra e foi na direção da Praça de São Pedro. Metzler falou para as costas dele:

— Seu passe do Vaticano não é mais válido, Excelência. De agora em diante, você para na Mesa de Autorização como todo mundo.

Donati levantou a mão em afirmação e continuou andando. Metzler voltou ao seu escritório e imediatamente ligou para Albanese.

O camerlengo estava *molto agitato*.

★ ★ ★

A ORDEM

Gabriel estava esperando por Donati perto do fim da Colonata. Juntos, voltaram à Cúria Jesuíta. No andar de cima, em seu quarto, Donati tirou o envelope de sua maleta e abriu a aba. Dentro, entre duas folhas de filme transparente para proteção, havia uma única página de texto manuscrito. A margem esquerda da página estava limpa e inteira, mas a direita estava desgastada e puída. Os caracteres eram romanos. A língua era latim. As mãos de Donati tremiam quando ele leu.

EVANGELIUM SECUNDUM PILATI...

O Evangelho segundo Pôncio Pilatos.

Parte Dois

ECCE HOMO

24

CÚRIA JESUÍTA, ROMA

Até o primeiro nome dele tinha se perdido nos anais do tempo — o nome pelo qual sua mãe e seu pai o chamaram no dia em que ele foi apresentado aos deuses e um amuleto dourado, uma *bulla*, fora pendurado em seu pequenino pescoço para afastar espíritos malignos. Mais para a frente em sua vida, ele teria respondido por seu cognome, o terceiro nome de um cidadão romano, marca hereditária usada para distinguir um braço da família dos outros. Ele tinha três sílabas, não duas, e não soava como a versão que o seguiria pelas eras até a infâmia.

O ano de seu nascimento é desconhecido, assim como o local. Uma escola de pensamento defende que ele era da Espanha governada pelos romanos — talvez Tarragona, na costa catalã, ou Sevilha, onde ainda hoje, perto da Plaza de Arguelles, há um elaborado palácio andaluz conhecido como Casa de Pilatos. Outra teoria, prevalente na Idade Média, imaginava que ele era filho ilegítimo de um rei alemão chamado Tyrus e uma concubina chamada Pila. Segundo a lenda, Pila não sabia o nome do homem que a engravidara, então, combinou o nome de seu pai com o seu e chamou o garoto de Pilatos.

DANIEL SILVA

O local de nascimento mais provável, porém, é Roma. Seus ancestrais provavelmente eram samnitas, uma tribo guerreira que habitava as montanhas rochosas ao sul da cidade. Seu segundo nome, Pôncio, sugeria que ele era descendente dos Pontii, um clã que produziu várias figuras militares romanas importantes. Seu cognome, Pilatos, significava "habilidoso com uma lança". Era possível que o próprio Pôncio Pilatos, com suas proezas militares, tenha merecido o nome. A explicação mais plausível é que ele fosse filho de um cavaleiro e membro da ordem equestre, a segunda camada da nobreza romana, logo abaixo da classe senatorial.

Se era esse o caso, ele deve ter desfrutado de uma criação romana confortável. A casa da família teria um átrio, um jardim colunado, água corrente e um banheiro particular. Haveria uma segunda habitação, uma *villa*, com vista para o mar. Ele viajaria pelas ruas de Roma não a pé, mas levado numa liteira por escravos. Ao contrário da maioria das crianças no início do primeiro milênio, não teria conhecido a fome. Não lhe teria faltado nada.

A educação seria rigorosa — várias horas de instrução por dia em leitura, escrita, matemática e, quando ele era mais velho, os pontos mais sutis do pensamento crítico e debate, habilidades que lhe serviriam bem mais para a frente. Ele teria cultivado seu físico com levantamento de pesos regular e se recuperado dos esforços com uma visita aos banhos. Como entretenimento, teria se deleitado com os espetáculos sanguinolentos dos jogos. É improvável que tenha chegado a ver o Anfiteatro Flaviano, o grande coliseu circular construído no vale entre os montes Célio, Esquilino e Palatino. O projeto foi financiado com os despojos do Templo em Jerusalém, que ele conhecia intimamente. Ele não testemunharia sua destruição no ano 70 d.C., embora certamente deva ter sabido que seus dias estavam contados.

A ORDEM

A nova e rebelde província de Judeia ficava a cerca de 2.200 quilômetros de Roma, uma jornada de três semanas ou mais pelo mar. Pôncio Pilatos, após servir vários anos como oficial júnior do exército romano, chegou lá no ano de 26 d.C. Não era um posto cobiçado; a Síria, ao norte, e o Egito, ao sul, eram bem mais importantes. Mas o que faltava à Judeia em estatura, ela mais do que compensava em problemas potenciais. Sua população nativa se considerava escolhida por seu Deus e superior a seus ocupantes pagãos e politeístas. Jerusalém, a cidade sagrada, era o único lugar do Império em que habitantes locais não precisavam se prostrar diante de uma imagem do imperador. Se Pilatos queria ser bem-sucedido, teria que lidar com cuidado com eles.

Ele sem dúvida tinha visto essas pessoas em Roma. Eram os habitantes barbados e circuncidados do Regio XIV, bairro abarrotado no lado oeste do Tibre que um dia ficaria conhecido como Trastevere. Havia talvez 4,5 milhões deles espalhados pelo Império. Tinham prosperado sob o governo romano, aproveitando a liberdade de comércio e movimento que o Império lhes dava. Em todo lugar em que se assentavam, eram ricos e muito admirados como povo temente a Deus que amava seus filhos, respeitava a vida humana e cuidava dos pobres, doentes, enviuvados e órfãos. Júlio César falava muito bem deles e lhes concedia importantes direitos de associação, o que lhes permitia idolatrar seu Deus, em vez do Deus de Roma.

Mas os que viviam nas ancestrais terras natais da Judeia, Samaria e Galileia eram menos cosmopolitas. Violentamente antirromanos, eles eram dilacerados por seitas, pelo menos 24, incluindo os puritanos essênios, que não reconheciam a autoridade do Templo. Um enorme complexo no topo do monte Moriá, em Jerusalém, era controlado por aristocratas saduceus que lucravam com sua associação à ocupação e trabalhavam de perto com o prefeito romano para garantir estabilidade.

DANIEL SILVA

Pilatos foi apenas o quinto nesse posto. Sua sede era em Cesareia, um enclave romano de mármore branco brilhante na costa mediterrânea. Havia um passeio público cheio de curvas à beira-mar, onde ele podia caminhar quando o clima estava bom, e templos romanos onde ele fazia sacrifícios aos seus deuses, não aos deles. Se tivesse vontade, Pilatos podia imaginar que nunca saíra de sua terra.

Não era tarefa dele reformar os habitantes da província — eles um dia se tornariam conhecidos como judeus — à imagem de Roma. Pilatos era coletor de impostos, facilitador de comércio e autor de infinitos relatórios ao imperador Tibério, que selava com cera e marcava com o anel de selo que usava no último dedo de sua mão esquerda. Roma, no geral, não se envolvia em cada faceta da cultura e sociedade nas terras que ocupava. Suas leis hibernavam durante períodos de tranquilidade e acordavam só quando havia uma ameaça à ordem.

Agitadores costumavam receber um aviso. E se fossem tolos o bastante para persistir, eram eliminados de forma ágil e brutal. O predecessor de Pilatos, Valério Grato, certa vez despachou duzentos judeus simultaneamente com o método preferido de execução em Roma: morte na cruz. Após uma revolta no ano 4 a.C., dois mil foram crucificados nos arredores de Jerusalém. A fé deles em um só Deus era tão poderosa que eles iam para a cruz sem medo.

Como prefeito, Pilatos era magistrado-chefe da Judeia, seu juiz e júri. Apesar disso, os judeus cuidavam de boa parte da administração civil e das forças de segurança da província por meio do Sinédrio, tribunal rabínico que se reunia diariamente — exceto em feriados religiosos e no Sabbath — no Salão das Pedras Talhadas, no lado norte do complexo do Templo. Pilatos tinha ordens do imperador Tibério de conceder aos judeus ampla liberdade para cuidar de suas próprias questões, especialmente no que dizia respeito à religião.

A ORDEM

Ele deveria permanecer nos bastidores sempre que possível, a mão escondida, o homem invisível de Roma.

Mas Pilatos, que tinha pavio curto e era vingativo, logo desenvolveu uma reputação de crueldade, roubo, incontáveis execuções e provocações desnecessárias. Houve, por exemplo, a decisão de afixar estandartes militares com o rosto do imperador nas paredes da Fortaleza Antônia, que tinha vista para o próprio Templo. Previsivelmente, os judeus reagiram com fúria. Milhares cercaram o palácio de Pilatos em Cesareia, onde seguiu-se um embate de uma semana. Quando os judeus deixaram claro que estavam preparados para morrer caso suas exigências não fossem atendidas, Pilatos cedeu, e os estandartes foram removidos.

Havia ainda o aqueduto sem dúvida impressionante de Pilatos, financiado por ele, ao menos, em parte, com dinheiro sagrado, corbã, roubado do tesouro do Templo. Mais uma vez, ele foi confrontado por uma grande multidão, dessa vez no Grande Pavimento, a plataforma elevada em frente à Cidadela de Herodes, que servia como sede de Pilatos em Jerusalém. Esparramado impassivelmente em sua cadeira curul, Pilatos aguentou em silêncio os xingamentos por um tempo, antes de ordenar que seus soldados desembainhassem as espadas. Alguns dos judeus desarmados foram cortados em pedaços. Outros foram pisoteados na confusão.

Por fim, havia os escudos folheados a ouro dedicados a Tibério que ele pendurou em seus apartamentos em Jerusalém. Os judeus exigiram que os escudos fossem removidos. E quando Pilatos se recusou, eles despacharam uma carta de protesto a ninguém menos que o próprio imperador. Ela chegou a Tibério durante suas férias em Capri, ou foi o que alegou o filósofo Fílon de Alexandria. Espumando de raiva com a gafe desnecessária do prefeito, Tibério ordenou que Pilatos removesse sem demora os escudos.

DANIEL SILVA

Ele ia a Jerusalém o mínimo possível, em geral, para supervisionar a segurança durante festivais judaicos. O Pessach, celebração da libertação dos judeus do cativeiro no Egito, era cheio de implicações tanto religiosas quanto políticas. Centenas de milhares de judeus de todo o Império — em alguns casos, vilarejos inteiros — iam para a cidade. As ruas ficavam lotadas de peregrinos e talvez um quarto de milhão de ovelhas balindo e esperando o sacrifício ritual. À espreita nas sombras, estavam os sicários, fanáticos judeus que usavam capas, matavam soldados romanos com suas adagas distintas e desapareciam nas multidões.

No centro desse pandemônio, ficava o Templo. Soldados romanos guardavam as celebrações de suas guarnições na Fortaleza Antônia; Pilatos, de sua câmara privada esplêndida na Cidadela de Herodes. Qualquer vislumbre de caos — um desafio ao governo romano ou às autoridades colaborativas do Templo — seria resolvido com crueldade, para que a situação não saísse do controle. Uma faísca, um agitador, e Jerusalém podia entrar em erupção.

Foi nessa cidade volátil — talvez no ano 33 d.C., ou talvez tão cedo quanto 27 ou tão tarde quanto 36 — que veio um galileu, um curador, um milagreiro, um pregador de parábolas que avisou que o reino dos céus estava ao alcance das mãos. Ele chegou, como profetizado, em cima de um jumento. É possível que Pilatos já soubesse desse galileu e tenha testemunhado sua entrada tumultuosa em Jerusalém. Havia tantas figuras messiânicas na Judeia do século I, homens que se chamavam de "o ungido" e prometiam reconstruir o reino de Davi. Pilatos via esses pregadores como ameaça direta ao governo romano e os extinguia sem dó. Invariavelmente, seus seguidores tinham o mesmo destino.

Historiadores discordam quanto à natureza do incidente que levou ao fim terreno do galileu. A maioria concorda que um crime foi cometido — talvez um ataque físico aos comerciantes de

A ORDEM

moeda no Pórtico Real, talvez um discurso verbal contra a elite do Templo. É possível que soldados romanos tenham testemunhado a perturbação e prendido o galileu na hora. Mas diz a tradição que ele foi preso por uma força composta por romanos e judeus no monte das Oliveiras após compartilhar uma refeição final de Pessach com seus discípulos.

O que aconteceu depois é ainda menos claro. Até os relatos tradicionais são cheios de contradições. Sugerem que, em algum momento após a meia-noite, o galileu foi levado à casa do sumo sacerdote, José Caifás, onde foi sujeito a um brutal interrogatório por uma parte do Sinédrio. Historiadores contemporâneos, porém, duvidam dessa versão da história. Afinal, era tanto Pessach quanto véspera do Sabbath, e Jerusalém estava explodindo com judeus de todo o mundo conhecido. Caifás, depois de um longo dia no Templo, provavelmente, não teria aprovado a intrusão no meio da noite. Além disso, o julgamento como foi descrito — conduzido ao ar livre, no pátio, à luz de uma fogueira — era estritamente proibido pelas leis de Moisés e, portanto, não pode ter acontecido.

De uma forma ou de outra, o galileu acabou nas mãos de Pôncio Pilatos, prefeito romano e magistrado-chefe da província. Diz a tradição que ele presidiu um tribunal público, mas não há registro sobrevivente desse procedimento. Um fato central, porém, é incontestável. O galileu foi morto por crucificação — método de execução romano reservado apenas para insurgentes —, possivelmente, bem em frente às muralhas da cidade, onde sua punição serviria de aviso. Pilatos talvez tenha testemunhado o sofrimento do homem de seus aposentos na Cidadela de Herodes. Mas, muito provavelmente, dada sua reputação temível, todo o episódio foi rapidamente esquecido, varrido por algum problema novo. Pilatos, afinal, era um homem ocupado.

DANIEL SILVA

Por outro lado, o prefeito também pode ter carregado uma memória do homem muito depois de ordenar sua execução, em especial durante os últimos anos de seu governo na Judeia, quando seguidores do galileu, que se chamava Jesus de Nazaré, deram os primeiros passos hesitantes na criação de uma nova fé. Traumatizados pelo que haviam testemunhado, eles se consolaram com relatos do ministério do galileu, relatos que acabariam sendo escritos em livros, panfletos preconizadores conhecidos como Evangelhos, que circulavam entre as primeiras comunidades de fiéis. E foi ali que o arcebispo Luigi Donati, em seu quarto na Cúria Jesuíta no Borgo Santo Spirito, em Roma, retomou o fio da meada.

25

CÚRIA JESUÍTA, ROMA

Marcos, não Mateus, foi o primeiro. Foi escrito no grego coiné coloquial entre 66 e 75 d.C., mais de trinta anos após a morte de Jesus, uma eternidade no mundo antigo. O evangelho circulou de forma anônima por vários anos antes de os Pais da Igreja o atribuírem a um companheiro do apóstolo Pedro, uma conclusão rejeitada pela maioria dos pesquisadores bíblicos contemporâneos, que defendem que a identidade do autor é desconhecida.

A plateia dele era uma comunidade de cristãos gentios vivendo em Roma, bem debaixo do chicote do imperador. É improvável que ele falasse a língua de Jesus ou seus discípulos, e, possivelmente, só tinha uma familiaridade passageira com a geografia e os costumes da terra em que se passava a história. Quando ele pegou sua caneta, quase todas as testemunhas em primeira mão tinham morrido ou sido mortas. Como fonte, usou uma tradição oral e talvez alguns fragmentos escritos. No capítulo quinze, um Pilatos sem culpa e benevolente é retratado como tendo aceitado as exigências de uma multidão romana de sentenciar Jesus à morte. As primeiras versões de Marcos terminavam abruptamente com a descoberta da tumba vazia de Jesus, um fim que muitos dos primeiros cristãos consideravam

DANIEL SILVA

anticlimático e insatisfatório. Versões tardias traziam dois fins alternativos. No chamado "Final longo", um Jesus ressuscitado aparece em formas diferentes para seus discípulos.

— O autor original de Marcos não compôs o fim alternativo — explicou Donati. — Foi provavelmente escrito centenas de anos após a morte dele. Aliás, o *Codex Vaticanus*, do século xiv, cópia mais antiga conhecida do Novo Testamento, contém o fim original da tumba vazia.

O Evangelho segundo Mateus, continuou Donati, foi composto depois, provavelmente entre 80 e 90 d.C., mas talvez até em 110, muito depois da cataclísmica Primeira Guerra Judaico-Romana e da destruição do Templo. A plateia de Mateus era uma comunidade de cristãos judeus que viviam na Síria ocupada pelos romanos. Ele se baseou fortemente em Marcos, pegando emprestado seiscentos versos. Mas acadêmicos acreditam que Mateus tenha expandido o trabalho de seu predecessor com a ajuda da fonte Q, uma coleção teórica de ditos de Jesus. O trabalho dele reflete a divisão acirrada entre cristãos judeus que aceitam Jesus como messias e judeus que não aceitam. A descrição da aparição de Jesus perante Pilatos é similar à de Marcos, com uma adição importante.

— Pilatos, o implacável prefeito romano, lava as mãos em frente à multidão de judeus reunida no Grande Pavimento e se declara inocente do sangue de Cristo. Ao que a multidão responde: "Que o sangue dele caia sobre nós e nossos filhos." É a frase mais importante já escrita num diálogo. Dois mil anos de perseguição e massacre de judeus pelas mãos dos cristãos podem ser creditadas a essas dez terríveis palavras.

— Por que elas foram escritas? — perguntou Gabriel.

— Como prelado católico apostólico romano e homem de grande fé pessoal, acredito que os Evangelhos tiveram inspiração divina. Isso dito, foram compostos por seres humanos bem depois

A ORDEM

dos acontecimentos e eram baseados em histórias da vida e do ministério de Jesus contadas por seus primeiros seguidores. Se houve, de fato, um tribunal de algum tipo, Pilatos sem dúvida falou poucas ou nenhuma das palavras que os escritores do Evangelho colocam na boca dele. O mesmo seria verdade, claro, sobre a multidão romana, se é que havia uma. *Que o sangue dele caia sobre nós e nossos filhos?* Eles realmente gritaram uma coisa tão esquisita e grotesca? E em uníssono? Onde estavam os seguidores de Jesus que foram com ele a Jerusalém desde a Galileia? Não havia dissidentes? — Donati fez que não. — Essa passagem foi um erro. Um erro sagrado, mas mesmo assim um erro.

— Mas foi um erro inocente?

— Um professor meu na Gregoriana costumava se referir a ela como a mais duradoura mentira. Em particular, claro. Se o fizesse abertamente, teria sido levado diante da Congregação da Doutrina da Fé e perdido a batina.

— A cena no Evangelho segundo Mateus é mentira?

— O autor de Mateus diria que escreveu a história como ouviu e acreditava ter acontecido. No entanto, não há dúvidas de que seu Evangelho, como o de Marcos, transferiu a culpa pela morte de Jesus dos romanos para os judeus.

— Por quê?

— Porque depois de poucos anos da Crucificação, o movimento de Jesus estava correndo grave perigo de ser reabsorvido pelo judaísmo. Se havia um futuro, estava nos gentios que viviam sob jugo romano. Os evangelistas e os Pais da Igreja tinham de tornar a nova fé aceitável ao Império. Não havia nada a fazer para mudar o fato de que Jesus morreu uma morte romana nas mãos das tropas romanas. Mas se pudessem sugerir que os judeus tinham forçado Pilatos...

— Problema resolvido.

Donati fez que sim.

DANIEL SILVA

— E, infelizmente, piora nos últimos Evangelhos. Lucas sugere que foram os judeus, não os romanos, que pregaram Jesus na cruz. João faz a acusação abertamente. É inconcebível para mim que os judeus crucificassem um dos seus. Podiam ter apedrejado Jesus por blasfêmia. Mas a cruz? Sem chance.

— Então, por que a passagem foi incluída no cânone cristão?

— É importante lembrar que os Evangelhos nunca pretenderam ser registros factuais. Eram teologia, não história. Eram documentos evangelizadores que colocaram a fundação de uma nova fé, uma fé que, no fim do século I, estava em sério conflito com aquela da qual nascera. Três séculos depois, quando os bispos da Igreja primitiva reuniram o Sínodo de Hipona, havia muitos evangelhos diferentes e outros textos circulando entre comunidades cristãs do norte da África e do leste do Mediterrâneo. Os bispos só canonizaram quatro, sabendo muito bem que continham inúmeras discrepâncias e inconsistências. Por exemplo, todos os Evangelhos canônicos dão um relato levemente diferente dos três dias anteriores à execução de Jesus.

— Os bispos também sabiam que estavam plantando as sementes de dois mil anos de sofrimento judeu?

— Uma pergunta apropriada.

— Qual é a resposta?

— No fim do século IV, a sorte tinha sido lançada. A recusa dos judeus em aceitar Jesus como seu salvador foi considerada uma ameaça mortal aos primórdios da Igreja. Como Jesus podia ser o único caminho verdadeiro para a salvação se o próprio povo que ouviu sua mensagem com seus próprios ouvidos se apegava a sua própria fé? Os primeiros teólogos cristãos debateram se os judeus deveriam ter permissão de existir. São João Crisóstomo, da Antióquia, pregava que sinagogas eram bordéis e antros de ladrões, que

A ORDEM

judeus não eram melhores que porcos e bodes, que tinham ficado gordos por ter comida demais, que deveriam ser marcados para o massacre. Não é surpresa que tenha havido numerosos ataques aos judeus da Antióquia e que sua sinagoga tenha sido destruída. Em 414, os judeus de Alexandria foram eliminados. Infelizmente, era só o começo.

Ainda vestindo seu terno clerical emprestado, Gabriel foi à janela e, abrindo as cortinas, olhou o Borgo Santo Spirito. Donati estava sentado à sua escrivaninha. Diante de si, ainda em sua proteção de plástico, estava a página do livro.

EVANGELIUM SECUNDUM PILATI...

— Para registrar — disse Donati, após um momento —, o Credo Niceno, escrito no Primeiro Concílio de Niceia, afirma inequivocamente que Jesus sofreu sob Pôncio Pilatos. Além do mais, a Igreja declarou em *Nostra Aetate*, 1965, que os judeus como povo não são coletivamente responsáveis pela morte de Jesus. E 23 anos depois disso, o papa Wojtyla publicou "Nós lembramos", seu comunicado sobre a Igreja e o Holocausto.

— Eu também lembro. Ele se esforçou para sugerir que dois mil anos da Igreja ensinando que judeus eram os assassinos de Deus não tinha absolutamente nada a ver com os nazistas e a solução final. Foi um acobertamento, Excelência. Uma salada de palavras curial.

— E foi por isso que meu mestre foi à bema da Grande Sinagoga de Roma e implorou pelo perdão dos judeus. — Donati hesitou. — Você se lembra disso também, não? Estava lá, se bem me recordo.

Gabriel pegou uma cópia da Bíblia na estante de Donati e abriu no capítulo 27 de Mateus.

— E isto? — Ele apontou a passagem relevante. — Sou pessoalmente culpado do assassinato de Deus ou os escritores dos quatro Evangelhos são culpados da calúnia mais perversa da história?

— A Igreja declarou que você não é.

DANIEL SILVA

— E agradeço à Igreja por tardiamente deixar isso claro. — Gabriel bateu na página com a ponta do dedo. — Mas o livro ainda diz que eu sou.

— A Escritura não pode ser mudada.

— O *Codex Vaticanus* sugere outra coisa. — Gabriel devolveu a Bíblia ao seu lugar na prateleira e voltou a estudar a rua. — E os outros Evangelhos? Os que os bispos rejeitaram no Sínodo de Hipona?

— Foram considerados apócrifos. Na maior parte, eram elaborações literárias dos quatro Evangelhos canônicos. *Fanfiction* antiga, por assim dizer. Havia livros como o Evangelho da Infância segundo Tomé, que focava no início da vida de Jesus. Havia evangelhos gnósticos, evangelhos judeu-cristãos, o Evangelho segundo Maria, até o Evangelho segundo Judas. Também havia um corpo significativo de apócrifos da Paixão, histórias dedicadas ao sofrimento e à paixão de Cristo. Uma se chamava Evangelho segundo Pedro. Pedro não o escreveu, claro. Era pseudepigrafia ou falsamente inscrito. O mesmo era verdade no caso do Evangelho segundo Nicodemos. Esse livro é mais conhecido como *Acta Pilati*.

Gabriel virou-se da janela.

— *Os atos de Pilatos?*

Donati fez que sim.

— Nicodemos era um membro do Sinédrio que morava num grande estado nos arredores de Jerusalém. Diz-se que era discípulo secreto de Jesus e confidente de Pilatos. Ele é mostrado em *Deposição de Cristo*, de Caravaggio, a figura com a vestimenta cor de siena agarrando as pernas de Jesus. Caravaggio deu a ele o rosto de Michelangelo, aliás.

— Jura? — perguntou Gabriel, ironicamente. — Eu nem imaginava.

Donati ignorou o comentário.

A ORDEM

— Datar *Os atos de Pilatos* é difícil, mas a maioria dos pesquisadores concorda que ele provavelmente foi escrito no fim do século IV. Supostamente, contém material composto pelo próprio Pilatos enquanto estava em Jerusalém. Era bem popular aqui na Itália nos séculos XV e XVI. Aliás, foi impresso 28 vezes durante esse período. — Donati levantou o telefone. — Para ler hoje, só precisa de um desses.

— Havia outros livros de Pilatos?

— Vários.

— Por exemplo?

— *As memórias de Pilatos*, o *Martírio de Pilatos* e o *Relato de Pilatos*, para mencionar alguns. *A entrega de Pilatos* descreve a aparição dele diante do imperador Tibério após ser chamado de volta a Roma. Deixe para lá que Tibério estava morto quando Pilatos chegou. Havia também a *Carta de Pilatos a Cláudio*, a *Carta de Pilatos a Herodes*, a *Carta de Herodes a Pilatos*, a *Carta de Tibérios a Pilatos*... — A voz de Donati foi sumindo. — Deu para entender.

— E o Evangelho segundo Pilatos?

— Não estou familiarizado com uma peça apócrifa de escrita cristã com esse nome.

— Há algum outro livro que você considera crível?

— Não — disse Donati. — São todos forjados. E todos tentam exonerar Pilatos da morte de Jesus ao mesmo tempo que comprometem os judeus.

— Igual aos Evangelhos canônicos? — Os sinos da Basílica de São Pedro bateram meio-dia. — O que acha que está acontecendo atrás das paredes do Vaticano?

— Se eu tivesse que chutar, o cardeal Albanese está desesperadamente procurando o padre Joshua. Temo pelo que acontecerá se ele o encontrar. Como camerlengo, Albanese tem uma autoridade enorme. Em termos práticos, a Ordem de Santa Helena está no

DANIEL SILVA

comando da Igreja Católica Romana. A questão é: ela pretende abrir mão de seu poder? Ou tem planos de mantê-lo?

— Ainda não podemos provar que a Ordem matou Lucchesi.

— Ainda não. Mas temos cinco dias para achar a prova. — Donati hesitou. — E o Evangelho segundo Pilatos, é claro.

— Por onde começamos?

— Pelo padre Robert Jordan.

— Quem é ele?

— Meu professor da Gregoriana.

— Ele ainda está em Roma?

Donati fez que não.

— Entrou para um monastério há alguns anos. Não usa telefone nem e-mail. Vamos ter que ir de carro até lá, mas não há garantia de que ele vá nos ver. Ele é brilhante. E difícil, infelizmente.

— Onde é o monastério?

— Numa cidadezinha de considerável importância religiosa na encosta do monte Subásio, na Úmbria. Com certeza já ouviu falar. Aliás, acho que você e Chiara não moravam muito longe de lá.

Gabriel se permitiu um breve sorriso. Fazia tempo que ele não ia a Assis.

26

ROMA–ASSIS

O Transporte exigia um mínimo de quatro horas para adquirir um carro não rastreável, então, Gabriel, depois de colocar suas próprias roupas, caminhou até uma loja da Hertz perto das muralhas do Vaticano e alugou um Corsa hatch. Ele foi seguido até lá por um homem de motocicleta sem muita destreza. Calça preta, sapatos pretos, casaco de náilon preto, capacete preto com visor de vidro escuro. O mesmo motociclista seguiu Gabriel de volta à Cúria Jesuíta, onde ele pegou Donati.

— É ele — disse Donati, olhando pelo retrovisor. — Definitivamente é o padre Graf.

— Acho que vou encostar e dar uma palavrinha com ele.

— Talvez fosse melhor só despistá-lo.

Ele tentou bastante, em especial, nas ruas engarrafadas do centro de Roma, mas, quando chegaram à *autostrada*, Gabriel estava confiante de não estar mais sendo seguido. A tarde tinha ficado nublada e fria. O humor de Gabriel também. Ele apoiou a cabeça na janela, a mão apoiada na parte de cima do volante.

— Foi algo que eu disse? — perguntou Donati, enfim.

— O quê?

DANIEL SILVA

— Você não diz uma palavra há dez minutos.

— Estava curtindo a beleza impressionante do interior italiano.

— Tente de novo — disse Donati.

— Eu estava pensando na minha mãe. E no número tatuado no braço dela. E nas velas que queimavam dia e noite na casinha onde eu cresci em Israel. Eram para meus avós, que foram mortos por gás ao chegar em Auschwitz e jogados nas fogueiras do crematório. O único túmulo deles eram aquelas velas. Eles eram cinzas ao vento. — Gabriel ficou em silêncio por um momento. — É nisso que eu estava pensando, Luigi. Estava pensando em como a história dos judeus poderia ter sido diferente se a Igreja não tivesse declarado guerra contra nós nos Evangelhos.

— Sua caracterização não é justa.

— Você sabe quantos judeus deveria haver no mundo? Duzentos milhões. Podíamos ser mais numerosos que as populações da Alemanha e da França juntas. Mas fomos dizimados várias vezes, culminando com o maior de todos os pogroms. — Em voz baixa, Gabriel completou: — Tudo por causa daquelas dez palavras.

— Devemos dizer que, durante a Idade Média, a Igreja interveio em várias ocasiões para proteger os judeus da Europa.

— Por que eles precisavam ser protegidos, para começar? — Gabriel respondeu a sua própria pergunta: — Precisavam de proteção por causa do que a Igreja estava ensinando. E também deve ser dito, Excelência, que muito depois dos judeus estarem emancipados na Europa Ocidental, continuaram em guetos na cidade controlada pelo papado. De onde os nazistas tiraram a ideia de fazer os judeus usarem a Estrela de Davi? Não precisaram ir além de Roma.

— É preciso distinguir o antijudaísmo religioso do antissemitismo racial.

— É uma distinção sem diferença alguma. As pessoas se ressentiam dos judeus porque eles eram lojistas e emprestavam dinheiro.

A ORDEM

E sabe por que eles eram lojistas e emprestavam dinheiro? Porque, por mais de um milênio, foram proibidos de fazer qualquer outra coisa. Mas ainda hoje, depois dos horrores do Holocausto, depois de todos os filmes, e livros, e memoriais, e tentativas de mudar corações e mentes, o ódio mais duradouro persiste. A Alemanha admite que não é capaz de proteger seus cidadãos judeus. Os semitas franceses estão se mudando para Israel em números recordes para escapar do antissemitismo. Nos Estados Unidos, neonazistas marcham abertamente enquanto judeus estão sendo mortos a tiros em suas sinagogas. Qual é a fonte desse ódio irracional? Será que é porque a igreja está há quase dois mil anos ensinando que nosso povo era coletivamente culpado de deicídio, que fomos os próprios assassinos de Deus?

— Sim — admitiu Donati. — Mas o que podemos fazer em relação a isso?

— Achar o Evangelho segundo Pilatos.

Ao sul de Orvieto, eles saíram da *autostrada* e foram na direção das montanhas e das florestas fechadas da Úmbria natal de Donati. Quando chegaram a Perúgia, o sol tinha feito um buraco nas nuvens. A leste, na base do monte Subásio, brilhava o distinto mármore vermelho de Assis.

— Lá está a Abadia de São Pedro. — Donati apontou a torre do campanário no extremo norte da cidade. — É habitada por um pequeno grupo de monges da Congregação Cassinense. Eles vivem de acordo com a Regra de São Bento. *Ora et labora*: orar e trabalhar.

— Parece um pouco com a descrição do trabalho de chefe do Escritório.

Donati riu.

— Os monges apoiam uma série de organizações locais, incluindo um hospital e um orfanato. Eles concordaram em alojar o padre Jordan na abadia quando ele se aposentou da Gregoriana.

DANIEL SILVA

— Por que Assis?

— Depois de quarenta anos como acadêmico e escritor jesuíta, ele ansiava por uma existência mais contemplativa. Mas pode ter certeza de que acha tempo para pesquisar e escrever. É uma das maiores autoridades do mundo em evangelhos apócrifos.

— E se ele não quiser nos receber?

— Tenho certeza de que você vai pensar em alguma coisa — comentou Donati.

Gabriel deixou o carro num estacionamento fora das muralhas da cidade e seguiu Donati pelo arco da Porta San Pietro. A abadia ficava alguns passos à frente, numa rua sombreada atrás das muralhas de pedra vermelha. A porta externa estava trancada. Donati tocou a campainha. Ninguém atendeu.

Ele checou o horário.

— Orações do meio da tarde. Vamos dar uma caminhada.

Saíram pela rua na direção contrária de um fluxo de turistas indo embora, Gabriel vestindo calça escura e um casaco de couro, Donati com sua batina de bordas magenta. Ele não atraía mais que um interesse passageiro. A Abadia de São Pedro não era o único monastério ou convento em Assis. Era uma cidade de religiosos.

Tinha se tornado cristã, explicou Donati, apenas dois anos após a Crucificação. São Francisco nascera em Assis no fim do século XII. Conhecido por suas roupas luxuosas e seus amigos ricos, ele encontrou um mendigo no mercado uma tarde e ficou tão tocado que deu ao homem tudo o que tinha nos bolsos. Depois de alguns anos, estava vivendo ele próprio como mendigo. Ele cuidava de doentes num leprosário, trabalhava como ajudante na cozinha de um monastério e, em 1209, fundou uma ordem religiosa que exigia que seus membros abraçassem uma vida de pobreza total e completa.

— Francisco é um dos santos mais amados da Igreja, mas não inventou a ideia de cuidar dos pobres. Estava incutida na cristandade desde o início. E neste momento, dois milênios depois, milhares de católicos romanos ao redor do mundo estão fazendo o mesmo a cada hora de cada dia. Acho que vale a pena preservar isso, você não?

— Uma vez eu disse a Lucchesi que nunca ia querer viver num mundo sem a Igreja Católica Romana.

— Disse? Ele nunca mencionou. — Eles chegaram à basílica. — Vamos entrar e ver os quadros?

— Da próxima vez — respondeu Gabriel, irônico.

Eram 15h15. Eles refizeram os passos até a abadia e, mais uma vez, Donati tocou a campainha. Um momento se passou antes de uma voz masculina responder. Ele falava italiano com um sotaque nitidamente britânico.

— Boa tarde. Posso ajudar?

— Vim para ver o padre Jordan.

— Infelizmente, ele não aceita visitantes.

— Acredito que abrirá uma exceção no meu caso.

— Seu nome?

— Arcebispo Luigi Donati. — Ele soltou o botão e deu um olhar lateral a Gabriel. — Ser membro tem seus privilégios.

A tranca se abriu. Um beneditino careca de hábito preto esperava nas sombras de um pátio interno.

— Perdão, Excelência. Queria que alguém tivesse nos avisado que o senhor estava vindo. — Ele estendeu a mão suave e pálida. — Eu sou o Simon, aliás. Siga-me, por favor.

Eles entraram na igreja de San Pietro por uma porta lateral, cruzaram a nave e emergiram em outro pátio interno. A porta seguinte dava na abadia em si. O monge os levou a uma sala comum mobiliada com vista para um jardim verde. Na verdade, pensou Gabriel, parecia mais uma pequena fazenda. Cercada por uma muralha alta, era invisível ao mundo.

DANIEL SILVA

O beneditino lhes pediu que ficassem confortáveis e saiu. Dez minutos se passaram antes de ele finalmente voltar. Estava sozinho.

— Sinto muito, Excelência. Mas o padre Jordan está rezando e não quer ser incomodado.

Donati abriu sua maleta e tirou o envelope pardo.

— Mostre isso a ele.

— Mas...

— Agora, Dom Simon.

Gabriel sorriu quando o monge saiu do cômodo.

— Parece que sua reputação o precede.

— Duvido que o padre Jordan fique tão facilmente impressionado.

Mais 15 minutos se passaram, e o monge britânico voltou. Dessa vez, estava acompanhado por um homem pequeno, moreno, com um rosto cansado e um punhado de cabelos brancos desgrenhados. O padre Robert Jordan vestia uma bata comum em vez do hábito preto dos beneditinos. Em sua mão direita, estava o envelope.

— Vim aqui para fugir de Roma. Agora, parece que Roma veio até mim. — O olhar de padre Jordan pousou em Gabriel. — Sr. Allon, presumo.

Gabriel permaneceu em silêncio.

O padre Jordan removeu a página do envelope e a segurou contra a luz da tarde que passava pela janela.

— É de papel, não pergaminho. Parece ser do século xv ou xvi.

— Vou acreditar em você — respondeu Donati.

O padre Jordan baixou a página.

— Estou buscando isto há mais de trinta anos. Onde diabos encontrou?

— Foi-me dado por um padre que trabalha nos Arquivos Secretos.

— O padre tem um nome?

A ORDEM

— Padre Joshua.

— Tem certeza?

— Por quê?

— Porque tenho certeza de que conheço todo mundo que trabalha nos Arquivos e nunca ouvi falar de alguém com esse nome. — O padre Jordan baixou o olhar para a página de novo. — Cadê o resto?

— Foi retirado do escritório papal na noite da morte do Santo Padre.

— Por quem?

— Pelo cardeal Albanese.

O padre Jordan levantou o olhar bruscamente.

— Antes ou depois de Sua Santidade morrer?

Donati hesitou antes de responder:

— Foi depois.

— Deus do céu — sussurrou o padre Jordan. — Temi que fosse dizer isso.

27

ABADIA DE SÃO PEDRO, ASSIS

O monge voltou com uma garrafa de cerâmica cheia de água, um pão integral da padaria do monastério e uma cumbuca de azeite de oliva produzido por uma cooperativa apoiada pela abadia. O padre Jordan explicou que tinha trabalhado lá no verão anterior, consertando o estrago feito em seu corpo por uma vida inteira ensinando e estudando. Era óbvio que, ultimamente, ele passava muito tempo ao ar livre; seu rosto bronzeado tinha cor de terracota. Seu italiano era animado, impecável. De fato, se não fosse o nome dele e seu inglês com sotaque americano, Gabriel teria suposto que Robert Jordan vivera a vida toda nos morros e vales da Úmbria.

Na verdade, ele tinha sido criado em Brookline, um confortável subúrbio de Boston. Um acadêmico jesuíta brilhante, trabalhara nas faculdades de Fordham e Georgetown antes de chegar à Pontifícia Universidade Gregoriana, onde dava aulas de história e teologia. Sua pesquisa privada, porém, focava os evangelhos apócrifos. Padre Jordan se interessava em particular pela Paixão apócrifa, especialmente os evangelhos e as cartas que diziam respeito a Pôncio Pilatos. Eram, disse ele, deprimentes de se ler, pois pareciam ter apenas um

A ORDEM

propósito — absolver Pilatos da morte de Jesus e colocar a culpa totalmente nas mãos dos judeus e seus descendentes. O padre Jordan acreditava que, intencionalmente ou não, os autores dos Evangelhos tinham errado em sua representação do julgamento e da execução de Jesus, um erro piorado pelos ensinamentos inflamados dos Pais da Igreja, de Orígenes a Agostinho.

Em meados dos anos 1980, ele ficou sabendo que não estava sozinho. Sem o conhecimento do superior-geral jesuíta ou seu reitor na Gregoriana, ele se uniu à Força-Tarefa de Jesus, um grupo de pesquisadores cristãos que tentava criar um retrato preciso do Jesus histórico. O grupo publicou suas descobertas num livro polêmico, que dizia que Jesus era um sábio e curandeiro espiritual itinerante que não havia nem caminhado sobre a água nem alimentado multidões milagrosamente com cinco filões de pão e dois peixes. Ele foi morto pelos romanos por ser uma perturbação pública — não por desafiar a autoridade da elite do Templo — e não ressuscitou dos mortos. O conceito da Ressurreição, concluiu a força-tarefa, era baseado em visões e sonhos dos seguidores mais próximos de Jesus, teoria proposta pela primeira vez em 1835 pelo teólogo protestante alemão David Friedrich Strauss.

— Quando o livro foi publicado, meu nome não apareceu no texto. Mesmo assim, fiquei aterrorizado de minha participação se tornar conhecida. Toda noite, eu esperava pela temida batida na porta do Santo Ofício da Inquisição.

Donati lembrou ao padre Jordan que o Santo Ofício, atualmente, era conhecido como Congregação para a Doutrina da Fé.

— Uma rosa com qualquer outro nome, padre Donati.

— Sou arcebispo, Robert.

O padre Jordan sorriu. Sua participação na força-tarefa, continuou, não abalara sua crença na divindade de Jesus nem nos

DANIEL SILVA

mandamentos centrais do cristianismo. Aliás, fortalecera sua fé. Ele nunca tinha acreditado que tudo no Novo Testamento — nem na Torá, aliás — havia acontecido como descrito, mas, mesmo assim, acreditava de todo o coração nas verdades centrais da Bíblia. Era por isso que tinha vindo a Assis, para ficar mais perto de Deus, viver sua vida como Jesus vivera a dele, sem o peso de propriedades ou posses.

Ele permanecera, porém, profundamente perturbado pelos relatos da Crucificação no Evangelho, que levaram a inúmeras mortes e incontáveis sofrimentos para o povo judeu. O trabalho da vida do padre Jordan tinha se tornado descobrir o que realmente acontecera naquele dia em Jerusalém. Ele estava convencido de que, em algum lugar, havia um relato em primeira mão. Não um documento apócrifo, mas um testemunho genuíno escrito por um participante nos procedimentos.

— Pôncio Pilatos? — perguntou Donati.

O padre Jordan fez que sim.

— Não estou sozinho em minha crença de que Pilatos escreveu sobre a Crucificação. Tertuliano, o próprio fundador do cristianismo latino, primeiro teólogo a usar a palavra trindade, estava convencido de que Pilatos enviara um relatório detalhado ao imperador Tibério. Ninguém menos que Justino Mártir compartilhava a opinião dele.

— Com todo o respeito a Tertuliano e Justino, eles não tinham como saber se isso era verdade.

— Concordo. Aliás, acredito que estavam errados em pelo menos um ponto central.

— Qual?

— Pilatos só escreveu sobre a Crucificação bem depois da morte de Tibério. — O padre Jordan baixou o olhar para a página. — Mas temo que estejamos nos adiantando. Para entender o que aconteceu, precisamos voltar no tempo.

192

A ORDEM

— Quanto? — perguntou Donati.

— Até o ano 36 d.C. Três anos após a morte de Jesus.

Que foi de onde o padre Jordan, na sala comum da Abadia de São Pedro na cidade sagrada de Assis, retomou o fio da meada.

28

ABADIA DE SÃO PEDRO, ASSIS

Foram os samaritanos que acabaram finalmente com Pilatos. Eles tinham sua própria montanha sagrada, o monte Gerizim, onde se dizia que Moisés havia colocado a Arca da Aliança após a chegada dos judeus na Terra Prometida. Ali, rebeldes judeus tinham derrotado os romanos de forma humilhante oitenta anos antes. Pilatos, num ato final de brutalidade, empatou o jogo. Números incontáveis foram massacrados ou crucificados, mas alguns sobreviveram. Eles informaram o governador romano da Síria da selvageria de Pilatos, e o governador contou a Tibério, que ordenou que ele voltasse a Roma de imediato. Sua década de reinado como prefeito da Judeia chegava ao fim.

Ele teve três meses para colocar sua vida em ordem, despedir-se e preparar seu sucessor. Sem dúvida, destruiu alguns de seus registros pessoais. Mas com certeza levou outros de volta à Roma, onde Tibério esperava para julgar sua conduta. O encontro prometia ser desagradável. O melhor que ele podia esperar era o exílio. O pior, a morte, pelas mãos do imperador ou pelas suas próprias. Ele não estava com pressa de voltar para casa.

Em dezembro do ano de 36 d.C., finalmente ele estava pronto para ir embora. Uma jornada marítima não era possível no auge do

A ORDEM

inverno, a temporada de tempestades, então, ele viajou pelas estradas romanas. A sorte, porém, sorriu para ele. Quando ele chegou, Tibério estava morto.

— É possível que Pilatos tenha comparecido diante do sucessor de Tibério — explicou o padre Jordan. — Mas não há registro. Além disso, o novo imperador, provavelmente, estava ocupado demais consolidando seu próprio poder para perder tempo com um prefeito em decadência de uma província distante. Talvez vocês já tenham ouvido falar dele. Chamava-se Calígula.

É nesse ponto, continuou o padre Jordan, que Pôncio Pilatos desaparece das páginas da história e entra no reino da lenda e do mito. Além dos relatos inventados dos evangelhos apócrifos, inúmeras histórias e fábulas circularam pela Europa durante a Idade Média. Segundo a *Lenda dourada*, um compêndio de histórias sobre a vida dos santos, Pilatos teve permissão de viver o resto de seus dias em relativa paz como exilado na Gália. O autor de um popular romance de cavalaria do século XIV discordava. Pilatos, dizia a lenda, foi jogado por seus inimigos em um poço perto de Lausanne, onde passou doze anos sozinho na escuridão, chorando inconsolável.

Boa parte da história o representou como uma alma imortal condenada a vagar pelo interior por toda a eternidade, as mãos encharcadas pelo sangue de Jesus. Uma lenda alegou que ele vivia numa montanha perto de Lucerna. A história era tão persistente que, no século XIV, o nome da montanha foi mudado para Pilatus. Dizia-se que, na Sexta-Feira da Paixão, Pilatos podia ser visto sentado na cadeira do julgamento no meio de um lago fedorento. Outras vezes, era visto empoleirado numa pedra, escrevendo. Richard Wagner escalou o monte Pilatus, em 1859, para ver por si mesmo. Nove anos depois, acompanhada por uma comitiva real, a rainha Vitória também o fez.

DANIEL SILVA

— Uma vez, eu mesmo subi — confessou Donati.

— E o viu?

— Não.

— Porque ele na verdade nunca esteve lá.

— Onde ele estava?

— A maioria dos Pais da Igreja acredita que ele cometeu suicídio pouco depois de voltar a Roma. Mas Orígenes, primeiro grande teólogo e filósofo da Igreja primitiva, estava convencido de que Pilatos teve permissão de viver o resto de sua vida em paz. Nessa questão, pelo menos, estou do lado de Orígenes. Isso dito, suspeito que talvez discordemos de como Pilatos passou sua aposentadoria.

— Você acredita que ele escreveu?

— Não, Luigi. Eu *sei* que Pôncio Pilatos escreveu um livro de memórias detalhado sobre seus anos caóticos como prefeito da província romana da Judeia, incluindo seu papel na execução mais portentosa na história humana. — O padre Jordan bateu com os dedos na folha coberta em plástico. — E foi usado como fonte do evangelho pseudepigráfico que leva seu nome.

— Quem era o autor real?

— Se eu fosse chutar, um romano altamente culto, fluente em latim e grego, com um conhecimento profundo da história judaica e das Leis de Moisés.

— Era gentio ou judeu?

— Provavelmente, gentio. Mas o importante é que era um cristão profundamente comprometido.

— Está sugerindo que Pilatos também virou cristão?

— Pilatos? Céus, não. Isso é uma bobagem apócrifa. Não tenho dúvidas de que ele continuou pagão até seu último suspiro. O Evangelho segundo Pilatos é uma obra de história, não de fé. Ao contrário dos autores dos Evangelhos canônicos, Pilatos tinha visto

A ORDEM

Jesus com seus próprios olhos. Sabia como ele era, como falava. Sobretudo, sabia exatamente por que Jesus foi morto. Afinal, foi ele quem o enviou à cruz.

— Por que ele escreveu sobre isso? — perguntou Gabriel.

— Uma boa pergunta, senhor Allon. Por que qualquer servidor público ou figura política escreveria sobre seu papel num acontecimento importante?

— Para ganhar dinheiro — comentou Gabriel.

— Não no século I. — O padre Jordan sorriu. — Além disso, Pilatos não precisava de dinheiro. Ele tinha usado sua posição de prefeito para enriquecer.

— Nesse caso — disse Gabriel —, imagino que ele quisesse contar seu lado da história.

— Correto — confirmou o padre Jordan. — Lembre-se, Pilatos era só alguns anos mais velho que Jesus. Se tivesse vivido mais 15 anos após a Crucificação, teria sabido que os seguidores do homem que executara em Jerusalém estavam nos primeiros estágios de formar uma nova religião. Se tivesse vivido até os 70 anos, algo não impossível no século I, teria sido difícil não notar a Igreja florescendo na própria Roma.

— Quando acha que Pilatos escreveu esse relato? — perguntou Donati.

— É impossível saber. Mas acredito que o livro que se tornou conhecido como Evangelho segundo Pilatos tenha sido escrito aproximadamente na mesma época que o de Marcos.

— O autor de Marcos saberia da existência dele?

— Possivelmente. Também é possível que o autor do Evangelho segundo Pilatos soubesse da existência do Evangelho segundo Marcos. Mas a pergunta mais relevante é: por que Marcos foi canonizado e o Evangelho de Pilatos, cruelmente suprimido?

— E a resposta?

DANIEL SILVA

— Porque o Evangelho de Pilatos traz um relato totalmente diferente dos últimos dias de Jesus em Jerusalém, que contradiz a doutrina e o dogma da Igreja. — O padre Jordan fez uma pausa. — Agora, faça a próxima pergunta óbvia, Luigi.

— Se o Evangelho segundo Pilatos foi suprimido e caçado até deixar de existir, como você o conhece?

— Ah, sim — disse o padre Jordan. — Essa é a parte realmente interessante da história.

29

ABADIA DE SÃO PEDRO, ASSIS

Para contar a história de como ficara sabendo da existência do Evangelho segundo Pilatos, o padre Jordan primeiro precisava explicar como o livro fora disseminado e como fora suprimido. Foi escrito pela primeira vez, disse ele, da mesma forma que os Evangelhos canônicos, em papiro, embora em latim em vez de grego. Ele acreditava que tinha sido copiado e recopiado talvez cem vezes nesse formato frágil e instável, e que circulava entre a seção da Igreja que falava latim. Perto do nascimento do segundo milênio, foi produzido pela primeira vez em forma de livro, quase com certeza num monastério na península italiana. Como a *Acta Pilati*, o Evangelho segundo Pilatos foi lido amplamente durante o Renascimento.

— A *Acta* foi traduzida para várias línguas e circulava no mundo cristão todo. Mas o Evangelho segundo Pilatos nunca foi traduzido de seu latim original. Portanto, seus leitores eram bem mais elitizados.

— Por exemplo? — perguntou Donati.

— Artistas, intelectuais, nobres e padres ou monges ousados dispostos a arriscar a ira de Roma.

DANIEL SILVA

Antes de Donati conseguir fazer sua próxima pergunta, seu telefone apitou com uma mensagem.

O padre Jordan o olhou em reprovação.

— Essas coisas não são permitidas aqui.

— Perdão, Robert, mas infelizmente vivo no mundo real.

Donati leu a mensagem, sem expressão. Então, desligou o telefone e perguntou ao padre Jordan quando o Evangelho segundo Pilatos tinha sido suprimido.

— Só no século XII, quando o papa Gregório IX lançou a Inquisição. Ele estava mais preocupado com a ameaça à ortodoxia pelos catares e valdenses, mas o Evangelho segundo Pilatos estava no topo de sua lista de heresias. Achei três referências ao livro nos arquivos da Inquisição. Só eu pareço tê-las notado.

— Suponho que Sua Santidade tenha dado o trabalho aos dominicanos.

— Quem mais?

— Eles por acaso guardaram alguma cópia?

— Acredite, eu perguntei.

— E?

O padre Jordan colocou a mão na página.

— Muito provavelmente, esta é a última. Mas, na época, eu estava convencido de que tinha de haver outra cópia em algum lugar, provavelmente, escondida na biblioteca ou nos arquivos de uma família nobre. Andei a Itália inteira por anos, batendo nas portas de velhos *palazzi* caindo aos pedaços, bebendo expresso e vinho com condes e condessas em decadência, até com alguns príncipes e *principessas*. E aí, numa tarde, num porão cheio de goteiras de um palácio antes maravilhoso em Trastevere, encontrei.

— O livro?

— Uma carta — disse o padre Jordan. — Escrita por um homem chamado Tedeschi. Ele entrava em detalhes relevantes sobre

A ORDEM

um livro interessante que tinha acabado de ler, chamado Evangelho segundo Pilatos. Havia citações diretas, incluindo uma passagem sobre a decisão de executar um homem chamado Jesus de Nazaré, um galileu agitador que começara uma confusão no Pórtico Real do Templo durante o Pessach.

— A família deixou você ficar com ela?

— Nem perguntei.

— Robert...

O padre Jordan deu um sorriso maroto.

— Onde está agora?

— A carta? Num lugar seguro, garanto.

— Quero ver.

— Não pode. Além do mais, contei tudo que você precisa saber. O Evangelho segundo Pilatos questiona o relato do Novo Testamento sobre o acontecimento seminal do cristianismo. Por esse motivo, é um livro dos mais perigosos.

O beneditino apareceu na porta.

— Infelizmente, tenho trabalho na cozinha à noite — explicou o padre Jordan.

— O que tem no cardápio?

— Sopa de pedra, acho.

Donati sorriu.

— Minha favorita.

— É a especialidade da casa. Estão convidados para se juntar a nós, se quiserem.

— Talvez na próxima.

O padre Jordan se levantou.

— Foi maravilhoso vê-lo novamente, Luigi. Se quiser escapar um dia, posso recomendá-lo ao abade.

— Meu mundo é lá fora, Robert.

DANIEL SILVA

O padre Jordan sorriu.

— Falou como um verdadeiro teólogo da libertação.

Donati esperou até estarem fora dos muros da abadia antes de ligar o telefone. Várias mensagens não lidas inundaram a tela. Todas da mesma pessoa: Alessandro Ricci, correspondente do *La Repubblica* para o Vaticano.

— Foi ele quem me escreveu enquanto estávamos conversando com o padre Jordan.

— Para falar o quê?

— Não disse, mas pelo jeito é urgente. Provavelmente, deveríamos ouvir o que ele tem a dizer. Ricci sabe mais dos bastidores da Igreja do que qualquer repórter no mundo.

— Esqueceu que eu sou o diretor-geral do serviço secreto de inteligência de Israel? — Donati não respondeu. Estava digitando furiosamente em seu telefone. — Ele estava mentindo, aliás.

— Alessandro Ricci? — perguntou Donati, distraído.

— O padre Jordan. Ele sabe mais sobre o Evangelho segundo Pilatos do que nos disse.

— Você sabe quando alguém está mentindo?

— Sempre.

— Como vive assim?

— Não é fácil — disse Gabriel.

— Ele estava falando a verdade sobre uma coisa, pelo menos.

— O quê?

Donati tirou os olhos do telefone.

— Não tem nenhum padre Joshua trabalhando nos Arquivos Secretos.

30

VIA DELLA PAGLIA, ROMA

Alessandro Ricci morava na ponta tranquila da Via della Paglia, num pequeno prédio residencial cor-de-rosa. Seu nome não aparecia no painel de interfone. O trabalho de Ricci lhe tinha rendido uma longa lista de inimigos, alguns dos quais o queriam morto. Donati apertou o botão correto, e foram admitidos na hora. Ricci esperava no patamar do segundo andar, vestido todo de preto. Seus óculos da moda também eram pretos. Estavam apoiados em sua careca, polida até ficar brilhante. Seu olhar estava fixo não no homem alto e bonito vestindo batina de arcebispo, mas na figura de altura mediana de jaqueta de couro a seu lado.

— Deus do céu, é você! O grande Gabriel Allon, salvador de *Il Papa*.

Ele os levou para dentro do apartamento. Ninguém teria dúvidas de que era a casa de um escritor, e divorciado. Não havia uma única superfície que não estivesse empilhada com livros e papéis. Ricci pediu desculpas pela bagunça. Tinha passado boa parte do dia na BBC, onde seu inglês de sotaque elegante era muito requisitado. Ele tinha de estar de volta ao Vaticano em duas horas para uma participação na CNN. Não tinha muito tempo para conversar.

DANIEL SILVA

— Uma pena — adicionou, com um olhar para Gabriel. —
Tenho algumas perguntas que gostaria de fazer a você.

Ricci liberou algumas cadeiras e imediatamente pegou um maço
amassado de Marlboro no bolso interno de sua jaqueta. Donati,
por sua vez, sacou seu elegante porta-cigarros de ouro. Seguiram-
-se os rituais familiares dos viciados em nicotina — o acender de
um isqueiro, a oferta de fogo, um momento ou dois de conversa
fiada. Ricci expressou seus pêsames pela morte de Lucchesi. Donati
perguntou da mãe de Ricci, que não estava bem.

— A carta de Sua Santidade significou tudo para ela, Excelência.

— Não o impediu de escrever uma matéria bem desagradável
sobre quanto o Vaticano estava gastando para reformar os apartamentos de certos cardeais da cúria.

— Errei alguma coisa?

— Nada.

A conversa passou para o conclave iminente. Ricci tentou tirar
algum ouro de Donati, algo que pudesse revelar mais tarde à sua
audiência americana. Não precisava ser nada devastador, explicou.
Uma fofoca suculenta seria o bastante. Donati não o atendeu.
Alegou estar ocupado demais resolvendo suas coisas para prestar
muita atenção ao sucessor de Lucchesi. Com isso, Ricci sorriu. Era
o sorriso de um repórter que sabia algo.

— Por isso estava em Florença na quinta passada para achar o
guarda suíço desaparecido?

Donati não se deu ao trabalho de negar.

— Como você sabe?

— A Polizia tem fotos suas na Ponte Vecchio. — Ricci olhou
para Gabriel. — Suas também.

— Por que não tentaram entrar em contato comigo? — perguntou Donati.

204

— O Vaticano pediu para não entrarem. E, por algum motivo, a Polizia concordou em deixá-lo fora disso.

Donati apagou seu cigarro.

— O que mais você sabe?

— Sei que estava jantando com Veronica Marchese na noite da morte do Santo Padre.

— Onde ouviu uma coisa dessas?

— Por favor, arcebispo Donati. Sabe que não posso divulgar...

— Onde? — perguntou Donati, em tom sério.

— Uma fonte próxima ao camerlengo.

— O que quer dizer que veio diretamente de Albanese.

O repórter ficou em silêncio, praticamente confirmando as suspeitas de Donati.

— Por que não fez uma reportagem? — questionou.

— Já escrevi, mas queria lhe dar uma chance de comentar antes de apertar o botão de publicar.

— Comentar o quê, exatamente?

— Por que estava jantando com a esposa de um mafioso falecido na noite da morte do Santo Padre? E por que estava a alguns metros de Niklaus Janson quando ele foi assassinado na Ponte Vecchio?

— Infelizmente, não posso ajudá-lo, Alessandro.

— Então, deixe que *eu* o ajude, Excelência.

Cuidadosamente, Donati perguntou:

— Como?

— Conte o que realmente aconteceu aquela noite no Palácio Apostólico, e vou garantir que ninguém descubra onde o senhor estava.

— Está me chantageando?

— Eu nem sonharia com uma coisa dessas.

— Um velho morreu em sua cama — disse Donati, após um momento. — Foi isso que aconteceu.

DANIEL SILVA

— Lucchesi foi assassinado. E o senhor sabe disso. É por isso que veio aqui hoje.

Donati demorou-se em se levantar.

— Você deveria estar ciente de que está sendo usado.

— Sou repórter, estou acostumado.

Donati fez um aceno de cabeça para Gabriel segui-lo.

— Antes de ir embora — disse Ricci —, tem mais uma coisa que deveria saber. Há algumas horas, falei a uma audiência global de televisão que achava que o cardeal José Maria Navarro seria o próximo Sumo Pontífice da Igreja Católica Romana.

— Uma escolha ousada de sua parte.

— Eu não estava sendo sincero, Excelência.

— Com certeza, não foi a primeira vez. — Donati imediatamente se arrependeu de suas palavras. — Perdão, Alessandro. O dia foi longo. Não precisa se levantar. Saímos sozinhos.

— Não vai me pedir para nomear o próximo papa, Excelência?

— Você não tem como…

— É o cardeal Franz von Emmerich, arcebispo de Viena.

Donati fez uma careta.

— Emmerich? Ele não está na lista de ninguém.

— Está na única lista que importa.

— De quem?

— A que está no bolso do bispo Hans Richter.

— Ele está planejando roubar o papado? É isso que está dizendo?

Ricci fez que sim.

— Como?

— Com dinheiro, Excelência. De que outro jeito? O dinheiro faz o mundo girar. E a Ordem de Santa Helena também.

31

VIA DELLA PAGLIA, TRASTEVERE

Alessandro Ricci começou lembrando Donati que, durante o último ano do papado de Wojtyla, tinha publicado um best-seller sobre a Ordem de Santa Helena, que, apesar do estado de seu apartamento, tinha-o tornado um homem rico. Não rico para fazer grandes investimentos, ele apressou-se a completar, mas com dinheiro o bastante para cuidar de sua mãe e de um irmão que nunca trabalhou um dia na vida. O polonês não tinha gostado do livro. Nem o bispo Hans Richter, que concordara em ser entrevistado para o projeto. Era a última vez em que ele se submeteria a ser interrogado por um jornalista.

Donati se deu ao luxo de um sorriso às custas do bispo Richter.

— Você *foi* bem indelicado com ele.

— O senhor leu?

Donati deliberadamente tirou outro cigarro de seu porta-cigarros.

— Continue.

O livro, explicou Ricci, explicitava a relação próxima da Ordem com Hitler e os nazistas durante a Segunda Guerra Mundial. Também explorava suas finanças. A Ordem nem sempre fora tão

DANIEL SILVA

rica. Aliás, durante a depressão dos anos 1930, o fundador, padre Ulrich Schiller, foi forçado a perambular pela Europa de chapéu na mão, buscando doações de patrocinadores ricos. Mas enquanto o continente ia na direção da guerra, o padre Schiller desenvolveu um método bem mais lucrativo de encher seus cofres. Extorquiu dinheiro e bens valiosos de judeus ricos em troca de promessas de proteção.

— Uma das vítimas do padre Schiller morava aqui em Trastevere. Tinha várias fábricas ao norte. Em troca de registros de batismo falsos para si e sua família, ele deu à Ordem várias centenas de milhares de liras em dinheiro, além de inúmeros quadros de Velhos Mestres italianos e uma coleção de livros raros.

— Por acaso lembra o nome dele? — quis saber Gabriel.

— Por que pergunta? — respondeu Ricci, demonstrando o ouvido aguçado de um jornalista experiente.

— Curiosidade, só isso. Histórias sobre arte me intrigam.

— Está tudo no meu livro.

— Você não teria um exemplar por aí, teria?

Ricci inclinou a cabeça na direção de uma parede de livros.

— Chama-se *A Ordem*.

— Cativante. — Gabriel foi até a estante e olhou para os dois lados.

— Segunda prateleira, perto do fim.

Gabriel pegou o livro e voltou ao seu lugar.

— Capítulo quatro — disse Ricci. — Ou talvez seja o cinco.

— Qual dos dois?

— Cinco. Definitivamente, cinco.

Gabriel folheou as páginas do livro enquanto seu autor retomava a palestra sobre as finanças da Ordem de Santa Helena. No fim da guerra, explicou, a Ordem tinha queimado suas reservas de dinheiro. Sua sorte mudou com a eclosão da Guerra Fria, quando o papa Pio XII, cruzado anticomunismo, despejou dinheiro no padre Schiller e nos seus sacerdotes da direita. O papa João XXIII colocou a Ordem num orçamento apertado. Mas, no início dos anos 1980, ela não era só financeiramente independente, mas muito rica. Alessandro Ricci não conseguira determinar a fonte da virada financeira da Ordem — para alívio de seu editor avesso a riscos, que temia um processo.

Mas Ricci estava confiante de saber a identidade do principal benfeitor da Ordem. Era um bilionário alemão recluso chamado Jonas Wolf.

— Wolf é um católico tradicional que celebra a Missa Tridentina em latim diariamente em sua capela particular. Também é dono de um conglomerado alemão conhecido como Wolf Group. A companhia é obscura, para dizer o mínimo. Mas, na minha opinião, é a Ordem de Santa Helena Ltda. Foi Jonas Wolf quem forneceu o dinheiro para comprar o papado.

— E tem certeza de que é Emmerich? — perguntou Donati.

— Absoluta. Na noite do próximo sábado, no máximo, Franz von Emmerich estará no balcão da Basílica de São Pedro vestido de branco. O verdadeiro papa, porém, será o bispo Hans Richter. — Ricci fez que não, enojado. — Parece que a Igreja, afinal, não mudou tanto. Lembre-me, Excelência. Quanto Rodrigo Borgia deu a Sforza para garantir o papado em 1492?

— Se a memória me serve, foram quatro mulas carregadas de prata.

— É uma ninharia em comparação com o que Wolf e Richter pagaram.

Donati fechou os olhos e apertou a ponte do nariz.

— Quanto custou a ele?

— Os italianos ricos não foram baratos. Os prelados mais pobres do Terceiro Mundo conseguiram algumas centenas de milhares

DANIEL SILVA

cada um. A maioria estava mais do que disposta a aceitar dinheiro da Ordem. Mas alguns foram chantageados para aceitar.

— Como?

— Como *prefetto* dos Arquivos Secretos, o cardeal Albanese tinha acesso a uma grande quantidade de segredos sujos, a maioria de natureza sexual. Disseram-me que o bispo Richter os usou de forma bem cruel.

— Como os subornos foram pagos?

— A Ordem os considera doações, Excelência. Não subornos. O que quer dizer que é tudo perfeitamente permitido, no que diz respeito à Igreja. Aliás, acontece o tempo todo. Lembra o cardeal dos Estados Unidos que foi pego num escândalo de abuso sexual? Estava espalhando dinheiro pela cúria como ração de galinha numa tentativa de salvar sua carreira. Não era dinheiro pessoal, claro. Tinha sido doado pelos paroquianos de sua arquidiocese.

— Quem é sua fonte? — perguntou Donati. — E nem tente se esconder atrás de alguma integridade jornalística galante.

— Vamos só dizer que minha fonte tem conhecimento em primeira mão do esquema de Richter.

— Ele recebeu uma oferta de pagamento?

Ricci fez que sim.

— Mostrou alguma prova?

— A oferta foi feita verbalmente.

— O que explica por que você não mandou imprimir.

— Imprimir? Está sendo datado, Excelência.

— Trabalho para a instituição mais antiga do planeta. — Donati amassou seu cigarro como se estivesse jurando nunca mais fumar.

— E, agora, você acha que vou contar tudo o que sei para você escrever sua matéria e causar tumulto no conclave?

— Se eu não relatar o que sei, o bispo Richter e seu amigo Jonas Wolf vão controlar a Igreja. É isso que quer?

A ORDEM

— Você por acaso é católico praticante?

— Não vou à missa há vinte anos.

— Então, por favor, poupe-me de hipocrisia. — Donati foi pegar seu porta-cigarros, mas parou. — Preciso de até quinta à noite.

— Não posso segurar tanto tempo. Preciso publicar no máximo amanhã.

— Se fizer isso, vai cometer o maior erro de sua carreira.

Ricci olhou seu relógio.

— Tenho de voltar ao Vaticano para minha participação na CNN. Tem certeza de que não tem algo para mim?

— O Espírito Santo vai determinar a identidade do próximo pontífice romano.

— Até parece. — Ricci virou-se para Gabriel, que ainda não tinha tirado os olhos do livro. — Achou o que estava procurando, senhor Allon?

— Sim — confirmou Gabriel. — Acredito que sim. — Ele levantou o livro. — Alguma chance de eu poder ficar com ele?

— Infelizmente, é meu último exemplar. Mas ainda está disponível para compra.

— Sorte sua. — Gabriel devolveu-o a Ricci. — Tenho um pressentimento de que vai voltar para a lista dos mais vendidos.

32

TRASTEVERE, ROMA

Por um bom tempo depois de saírem do apartamento de Alessandro Ricci, Gabriel e Donati vagaram pelas ruas de Trastevere — Regio xiv, como Pilatos teria conhecido — aparentemente sem direção ou destino. O humor de Donati estava tão sóbrio quanto sua batina. Esse era o Luigi Donati, pensou Gabriel, que fizera tantos inimigos dentro da Cúria Romana. O filho da puta cruel do papa, um implacável homem de preto, com um chicote e uma cadeira. Mas ele também era um homem de enorme fé, amaldiçoado, como Gabriel, por um senso inabalável de certo e errado. Não tinha medo de sujar as mãos. Também não oferecia sempre a outra face. Aliás, quando tinha a oportunidade, em geral, preferia devolver o favor.

Uma *piazza* retangular se abriu diante deles. De um lado, havia uma gelateria. Do outro, a Igreja de Santa Maria della Scala. Apesar do tardio da hora, as portas estavam abertas. Vários jovens romanos, homens e mulheres na casa dos 20 anos, estavam sentados nos degraus, sorrindo, gargalhando. Pareceram temporariamente animar Donati.

— Preciso fazer uma coisa.

A ORDEM

Eles entraram na igreja. A nave estava iluminada por velas e cheia de talvez mais de cem jovens católicos, a maioria envolvida em discussões animadas. Dois cantores de *folk* estavam dedilhando violões ao pé do altar e, nos corredores laterais, meia dúzia de padres sentada em cadeiras dobráveis oferecendo orientação espiritual e ouvindo confissões.

Donati analisou a cena com óbvia aprovação.

— É um programa que Lucchesi e eu criamos há alguns anos. Uma ou duas vezes por semana, abrimos igrejas históricas e oferecemos aos jovens um lugar para passar uma ou duas horas livres das distrações do mundo externo. Como vê, não há muitas regras. Acender uma vela, fazer uma oração, achar um novo amigo. Alguém que esteja interessado em mais do que postar fotos nas redes sociais. Mas não os desencorajamos de compartilhar suas experiências na internet, se o espírito os inspirar. — Ele baixou a voz. — Até a Igreja precisa se adaptar.

— É extraordinário.

— Não estamos tão mortos quanto nossos críticos gostam de pensar. Esta é minha Igreja em ação. Esta é a Igreja do futuro. — Donati fez um gesto na direção de um banco vazio. — Fique à vontade. Não vou demorar.

— Aonde você vai?

— Quando perdi Lucchesi, perdi meu confessor.

Donati foi para o corredor lateral e sentou-se diante de um jovem padre atordoado. Quando a estranheza inicial do encontro passou, o mais novo adotou uma expressão séria ao ouvir o ex- -secretário particular do papa aliviando sua alma. Gabriel só podia se perguntar quais transgressões seu velho amigo poderia ter cometido enquanto vivia enclausurado no Palácio Apostólico. Ele sempre tivera um pouco de inveja do sacramento católico da confissão. Era bem

DANIEL SILVA

menos complexo do que a provação de jejum e expiação de um dia inteiro que os judeus haviam criado para si.

Donati estava inclinado para a frente, cotovelos nos joelhos. Gabriel olhava para a frente, na direção da pequena cruz dourada, o instrumento da brutalidade romana, acima do baldaquino. O imperador Constantino alegava tê-la visto no céu acima da ponte Mílvia, e a tornara símbolo da nova fé. Para os judeus da Europa medieval, porém, a cruz era algo a temer. Tinha sido estampada em vermelho nas túnicas dos cruzados, que massacraram os ancestrais de Gabriel na Renânia a caminho de Jerusalém. E tinha estado pendurada no pescoço de muitos dos assassinos que jogavam milhões nas chamas de Treblinka, Sobibor, Chelmno, Belzec, Majdanek e Auschwitz, ações pelas quais não receberam uma palavra de reprovação de seu líder espiritual em Roma.

Que o sangue dele caia sobre nós e nossos filhos...

Após aceitar a absolvição do jovem padre, Donati cruzou a nave e ajoelhou-se ao lado de Gabriel, com a cabeça baixa em oração. Por fim, fez o sinal da cruz e, tirando os joelhos do chão, sentou-se no banco.

— Orei por você também. Achei que mal não faria.

— É bom saber que você ainda tem senso de humor.

— Pode acreditar, está por um fio. — Donati olhou para os dois cantores. — Que música é *essa* que estão tocando?

— Está perguntando para mim?

Donati riu baixinho.

— Sabe — disse Gabriel —, era para eu estar de férias com minha esposa e meus filhos.

— Você pode tirar férias a qualquer hora.

— Na verdade, não posso.

Donati não respondeu.

A ORDEM

— Tem uma forma relativamente fácil de sair dessa — falou Gabriel. — Seja a segunda fonte do artigo de Ricci. Conte tudo a ele. Deixe ele jogar na imprensa. Não tem como a Ordem seguir em frente nessas circunstâncias.

— Você subestima o bispo Richter. — Donati lançou um olhar ao redor da nave. — E isto aqui? Como esses jovens vão se sentir com a Igreja?

— Melhor um escândalo temporário do que Emmerich como Sumo Pontífice.

— Talvez. Mas isso nos tiraria uma oportunidade valiosa de garantir que o próximo papa termine o trabalho que meu mestre começou. — Donati olhou de lado para Gabriel. — Você não acredita mesmo nessa bobagem de o Espírito Santo escolher o papa, né?

— Eu nem sei o que é o Espírito Santo.

— Não se preocupe, não é o único.

— Você tem um candidato em mente? — perguntou Gabriel.

— Meu mestre e eu demos chapéus vermelhos a vários homens que seriam ótimos papas. Só preciso de acesso aos cardeais eleitores antes de eles entrarem na Capela Sistina para dar seu primeiro voto.

— Na sexta à tarde?

Donati fez que não.

— Sexta é tarde demais. Precisaria ser na quinta à noite, no mais tardar. É quando os cardeais serão trancados na Casa Santa Marta.

— Eles não vão estar isolados?

— Em teoria. Mas, na verdade, é bem poroso. No entanto, não há garantia de que o reitor do Sagrado Colégio vá permitir que eu fale com eles. A não ser que eu tenha prova sólida e irrefutável da conspiração da Ordem. — Donati deu um tapinha no ombro de Gabriel. — Acho que isso não é tão difícil para um homem na sua posição.

— Foi exatamente o que você disse sobre Niklaus Janson.

DANIEL SILVA

— Foi? — Donati sorriu. — Também gostaria que me trouxesse provas de que a Ordem assassinou meu mestre. E o livro, é claro. Não podemos esquecer o Evangelho segundo Pilatos.

Gabriel olhou para a cruz dourada acima do baldaquino.

— Não se preocupe, Excelência. Não esquecemos.

33

EMBAIXADA DE ISRAEL, ROMA

Gabriel deixou Donati na Cúria Jesuíta e foi para a Embaixada israelense. No andar de baixo, trancou a primeira página do Evangelho segundo Pilatos num cofre do Escritório e ligou para Yuval Gershon, da Unidade 8200, de um telefone seguro no Sagrado dos Sagrados. Passava da meia-noite em Tel Aviv. Gershon estava na cama.

— O que foi agora? — perguntou, cansado.

— Um conglomerado alemão chamado Wolf Group.

— Alguém em específico?

— Herr Wolf.

— Qual profundidade?

— Proctológica.

Gershon exalou no bocal de seu telefone.

— E eu achando que ia ser algo sensato.

— Vou chegar ao pedido insensato em um minuto.

— Está procurando algo específico?

Gabriel recitou várias palavras-chaves e nomes. Um dos nomes era o dele próprio. Outro, de um oficial militar romano que

DANIEL SILVA

servira como prefeito de Judeia de aproximadamente 26 a dezembro de 36 d.C.

— O Pôncio Pilatos? — perguntou Gershon.

— Quantos Pôncios Pilatos você conhece, Yuval?

— Suponho que isso tenha algo a ver com nossa visita aos Arquivos Secretos.

Gabriel fez que sim. Também insinuou que, dentro dos Arquivos, tinha recebido a página de um documento muito interessante.

— De quem?

— Um sacerdote chamado padre Joshua.

— Estranho.

— Por quê?

— Porque você e o arcebispo Donati eram os únicos dentro do Depositório de Manuscritos.

— Nós falamos com ele.

— Se você diz. O que mais?

— O Instituto para as Obras de Religião, mais conhecido como Banco do Vaticano. Acabei de mandar uma lista de nomes por e-mail. Quero saber se algum deles andou recebendo grandes pagamentos.

— Defina grandes.

— Seis dígitos ou mais.

— De quantos nomes estamos falando?

— Cento e dezesseis.

Gershon xingou baixinho.

— Está esquecendo que tenho fotos de você vestido de padre?

— Vou recompensá-lo, Yuval.

— Quem são esses caras?

— Os cardeais que vão eleger o próximo papa.

Gabriel desligou e telefonou para Yossi Gavish, chefe da divisão analítica do Escritório. Nascido em Golder's Green, educado

A ORDEM

em Oxford, ele ainda falava hebraico com um sotaque britânico forte.

— Padre Gabriel, suponho?

— Cheque sua caixa de entrada, meu filho.

Um momento se passou.

— É adorável, chefe. Mas quem é ele?

— Membro leigo de algo chamado Ordem de Santa Helena, mas tenho um pressentimento de que pode ser um de nós. Mostre no prédio e mande para a Estação de Berlim.

— Por que Berlim?

— Ele fala alemão com sotaque da Bavária.

— Temi que você fosse dizer isso.

Gabriel desligou e fez mais uma chamada. Chiara atendeu, a voz pesada de sono.

— Onde você está? — quis saber ela.

— Em um lugar seguro.

— Quando vem para casa?

— Logo.

— O que isso quer dizer?

— Que tenho que achar algo primeiro.

— É bom?

— Lembra quando Eli e eu achamos as ruínas do Templo de Salomão?

— Como esquecer?

— Isso pode ser melhor.

— Posso fazer algo para ajudar?

— Feche os olhos — pediu Gabriel. — Quero ouvir você dormir.

★ ★ ★

DANIEL SILVA

Gabriel passou a noite num catre dentro da estação e, às 7h30 da manhã seguinte, ligou para o general Cesare Ferrari. Informou ao general que precisava do laboratório formidável do Esquadrão da Arte para testar um documento. Não disse o que era o documento nem onde o tinha encontrado.

— Por que precisa dos nossos laboratórios? Os seus são os melhores do mundo.

— Não tenho tempo de mandar para Israel.

— De que testes estamos falando?

— Análise de papel e tinta. Também quero que determine a idade.

— É antigo, esse documento?

— Vários séculos — disse Gabriel.

— Tem certeza de que é papel, não pergaminho?

— Foi o que me disseram.

— Tenho uma reunião de equipe no *palazzo* às 10h30. — O *palazzo* era a elegante sede cor de creme do Esquadrão da Arte na Piazza di Sant'Ignazio. — Mas se você conseguir chegar no salão dos fundos do Caffè Greco às 9h15, pode me encontrar desfrutando de um cappuccino e um *cornetto*. E, por sinal — disse ele antes de desligar —, também tenho algo para mostrar a você.

Gabriel chegou alguns minutos adiantado. O general Ferrari estava sozinho no salão dos fundos. De sua antiga maleta de couro, tirou uma pasta parda e, da pasta, oito grandes fotos que dispôs na mesa. A última mostrava Gabriel tirando a carteira do bolso de Niklaus Janson.

— Desde quando o comandante do Esquadrão da Arte pode ver fotos de vigilância de uma investigação de assassinato?

— O chefe da Polizia queria que você desse uma olhada nelas. Esperava que conseguisse identificar o assassino.

220

O general colocou outra foto na mesa. Um homem com capacete de moto e jaqueta de couro, braço direito estendido, uma arma na mão. Uma mulher próxima tinha notado a arma e abriu a boca para gritar. Gabriel só desejava ter visto também. Niklaus Janson talvez ainda estivesse vivo.

Gabriel examinou a roupa do atirador.

— Imagino que não tenha uma foto sem o capacete.

— Infelizmente, não. — Ferrari devolveu as fotos à pasta parda. — Talvez você devesse me mostrar esse seu documento.

Estava trancado numa maleta de aço inox. Gabriel tirou-o e passou-o sem dizer nada para o outro lado da mesa. O general analisou através da cobertura de plástico protetora.

— Evangelho segundo Pilatos? — Ele levantou o olhar para Gabriel. — Onde conseguiu isso?

— Nos Arquivos Secretos do Vaticano.

— Eles *deram* a você?

— Não exatamente.

— O que isso quer dizer?

— Quer dizer que Luigi e eu invadimos os Arquivos e pegamos.

O general Ferrari baixou o olhar de novo para o documento.

— Suponho que tenha algo a ver com a morte do Santo Padre.

— Assassinato — disse Gabriel em voz baixa.

A expressão do general Ferrari não mudou.

— Você não parece muito surpreso com a notícia, Cesare.

— Supus que o arcebispo Donati estivesse suspeitando das circunstâncias da morte do Santo Padre quando me pediu para entrar em contato com você em Veneza.

— Ele mencionou um guarda suíço desaparecido?

— Talvez. E uma carta desaparecida também. — O general levantou a página. — É este o documento que Lucchesi queria que você visse?

DANIEL SILVA

Gabriel fez que sim.

— Neste caso, não é preciso testar. O Santo Padre não teria tentando te dar se não fosse genuíno.

— Eu me sentiria melhor sabendo quando foi escrito e de onde vieram o papel e a tinta.

O general o levantou à luz de um lustre.

— Tem razão, definitivamente é papel.

— De quando pode ser?

— Os primeiros moinhos na Itália foram estabelecidos em Fabriano no fim do século XIII e, durante o século XV, o papel substituiu gradualmente o pergaminho na encadernação. Havia moinhos em Florença, Treviso, Milão, Bolonha, Parma e sua amada Veneza. Devemos conseguir determinar se ele foi produzido em uma delas. Mas não é algo que pode ser feito com rapidez.

— Quanto tempo vai levar?

— Para fazer o trabalho direito... várias semanas.

— Vou precisar dos resultados um pouco antes disso.

O general suspirou.

— Se não fosse por você — disse Gabriel —, eu ainda estaria em Veneza com a minha família.

— Eu? — O general fez que não. — Fui só o mensageiro. Foi Pietro Lucchesi quem o convocou. — Ele olhou a pasta parda. — Pode ficar com essas fotos. Uma pequena lembrança de sua breve visita ao nosso país. Não se preocupe com a Polizia. Vou pensar em algo para dizer a eles. Sempre penso.

Com isso, o general foi embora. Gabriel checou seu telefone e viu que tinha recebido uma mensagem de Christoph Bittel, seu amigo do serviço de segurança suíço.

Me ligue assim que puder. É importante.

Gabriel discou.

Bittel respondeu de imediato.

— Pelo amor de Deus, por que raios demorou tanto?

— Por favor, diga que ela está bem.

— Stefani Hoffmann? Está ótima. Estou ligando para falar sobre o homem naquele seu esboço.

— O que tem ele?

— Não é algo que dê para discutirmos ao telefone. Quando consegue chegar a Zurique?

34

CAPELA SISTINA

De dentro da Capela Sistina, veio o clamor nada sagrado de um martelo. O cardeal Domenico Albanese subiu os dois degraus rasos e entrou. Uma rampa de madeira recém-instalada se inclinava na direção da abertura na *transenna*, a tela de mármore que dividia a capela em dois. À sua frente, estendia-se um piso temporário de madeira coberto por um carpete marrom-claro. Doze mesas longas estavam montadas nas extremidades da capela, duas fileiras de três de cada lado, cobertas de feltro castanho, com saias plissadas magenta.

No centro do espaço, havia uma pequena mesa ornada com pernas curvadas finas. Por enquanto, a mesa estava vazia. Mas na sexta-feira à tarde, quando os cardeais eleitores entrassem em procissão na capela para iniciar o conclave, haveria uma Bíblia aberta na primeira página do Evangelho segundo Mateus. Cada cardeal, incluindo Albanese, colocaria a mão sobre o Evangelho e faria um juramento de sigilo. Também juraria não conspirar com "qualquer grupo de pessoas ou indivíduos" que desejassem intervir na eleição do próximo pontífice romano. Quebrar um juramento tão sagrado seria um pecado grave. Um pecado cardeal, pensou Albanese.

A ORDEM

O som das marteladas interrompeu seus pensamentos. Os operários estavam construindo uma plataforma de câmeras perto das lareiras. A primeira hora do conclave — a procissão de abertura, a cantoria de "Veni Creator Spiritus", o juramento — seria televisionada. Depois disso, o mestre de celebrações litúrgicas pontifícias anunciaria "extra omnes", e as portas seriam fechadas e trancadas por fora.

Lá dentro, uma primeira cédula seria entregue, ainda que só para ter uma noção de como estaria a sala. Os escrutinadores e os revisores fariam a conferência, checando e rechecando a contagem. De acordo com o *hype* pré-conclave, o cardeal José Maria Navarro emergiria como favorito inicial. As cédulas seriam queimadas na mais antiga das duas lareiras. A segunda lareira soltaria, ao mesmo tempo, uma nuvem quimicamente reforçada de fumaça negra. E, assim, os fiéis reunidos na Praça de São Pedro — e os infiéis postados diante de seus notebooks no centro de imprensa — ficariam sabendo que a Igreja de Roma continuava sem pontífice.

A liderança do cardeal Navarro diminuiria na segunda cédula. E, na terceira, um novo nome emergiria: cardeal Franz von Emmerich, arcebispo de Viena e membro secreto da Ordem de Santa Helena. Na quinta cédula, Emmerich seria invencível. Na sexta, o papado seria dele. Não, pensou Albanese de repente. O papado seria da Ordem.

Eles não planejavam perder tempo em desfazer as modestas reformas instauradas por Lucchesi e Donati. Todo o poder seria centralizado no Palácio Apostólico. Todos os dissidentes seriam cruelmente reprimidos. Não se falaria mais em mulheres no sacerdócio nem em permitir que padres se casassem. Também não haveria encíclicas sinceras sobre mudança climática, os pobres, os direitos de trabalhadores e imigrantes e os perigos da ascensão da extrema direita na Europa Ocidental. Aliás, o novo secretário de estado

DANIEL SILVA

criaria laços próximos entre a Santa Sé e os líderes autoritários de Itália, Alemanha, Áustria e França — todos católicos doutrinários que funcionariam como baluartes contra o secularismo, o socialismo democrático e, claro, o islã.

Albanese foi na direção do altar. Atrás, ficava o *Juízo final*, de Michelangelo, com seu ciclone rodopiante de almas subindo ao céu ou caindo nas profundezas do inferno. Ele nunca deixava de mexer com Albanese. Era o motivo para ele ter virado padre, o medo de que sofreria por toda a eternidade no vazio do submundo.

Esse medo, após ficar dormente em Albanese por muitos anos, surgira de novo. Era verdade que o bispo Richter o tinha absolvido de seu papel no assassinato de Pietro Lucchesi. Mas em seu coração, Albanese não acreditava que um pecado tão mortal pudesse ser perdoado. Sim, fora o padre Graf a fazer a ação. Mas Albanese fora cúmplice antes e depois do fato. Tinha feito seu papel de forma impecável, com uma exceção. Não conseguira encontrar a carta — a carta que Lucchesi estava escrevendo a Gabriel Allon sobre o livro que achara nos Arquivos Secretos. A única explicação era que o garoto Janson tinha pegado. O padre Graf também o matara. Dois assassinatos. Duas marcas nefandas na alma de Albanese.

Mais motivo ainda para o conclave seguir precisamente como planejado. O trabalho de Albanese era garantir que os cardeais eleitores que tinham aceitado o dinheiro da Ordem dessem seus votos a Emmerich na hora certa. Um movimento repentino e decisivo na direção do austríaco levantaria suspeitas de adulteração. O apoio a ele tinha de ser construído gradualmente, cédula a cédula, para que nada parecesse estranho. Quando Emmerich estivesse de branco, a Ordem não estaria ameaçada de exposição. O Vaticano era uma das últimas monarquias absolutas do mundo, uma ditadura divina. Não haveria investigação nem exumação do corpo do Pontífice morto. Seria quase como se nunca tivesse acontecido.

A ORDEM

A não ser, pensou Albanese, que houvesse outro acontecimento inesperado como o da manhã anterior nos Arquivos Secretos. Gabriel Allon e o arcebispo Donati tinham sem dúvida achado algo. O quê, Albanese não sabia. Só sabia que, depois de sair dos Arquivos, Gabriel e Donati tinham viajado a Assis, onde se encontraram com certo padre Roberto Jordan, principal especialista da Igreja nos evangelhos apócrifos. Depois, haviam voltado a Roma, onde se encontraram com Alessandro Ricci, principal especialista do mundo na Ordem de Santa Helena. Não era um sinal muito encorajador.

— Verdadeiramente magnífico, não é?

Albanese virou-se, alarmado.

— Perdão — disse o bispo Richter. — Não quis incomodá-lo.

Albanese dirigiu-se a seu superior-geral com uma formalidade fria e distante.

— Bom dia, Excelência. O que o traz à Sistina?

— Disseram-me que poderia achar o camerlengo aqui.

— Algum problema?

— Nenhum. Aliás, tenho boas notícias.

— Quais são?

Richter sorriu.

— Gabriel Allon acaba de ir embora de Roma.

36
ZURIQUE

Eram 16h30 quando Gabriel chegou a Zurique. Foi de taxi até a Paradeplatz, a Praça de São Pedro dos bancos suíços, e de lá caminhou ao longo da elegante Bahnhofstrasse, até a ponta norte da Zürichsee. Uma BMW sedã parou ao lado dele no General-Guisan--Quai. Ao volante, estava Christoph Bittel. Careca e de óculos, ele parecia só mais um gnomo indo para casa nos subúrbios à beira do lago depois de um longo dia tabulando as riquezas escondidas dos sheiks árabes e oligarcas russos.

Gabriel entrou no banco do carona.

— Onde estávamos?

— O homem no esboço. — Bittel entrou no trânsito da hora do rush. — Desculpe ter demorado tanto para fazer a conexão. Faz alguns anos desde que o vi pela última vez.

— Como ele se chama?

— Estermann — informou Bittel. — Andreas Estermann.

Como Gabriel suspeitava, Estermann era profissional. Por trinta anos, trabalhara para a BfV, serviço de segurança interna da Alemanha.

A ORDEM

Não era surpresa que o BfV mantivesse ligações próximas com seu serviço irmão na Suíça, o NDB. No início de sua carreira, Bittel tinha viajado a Colônia para informar seus colegas alemães sobre atividades de espionagem soviética em Berna e Genebra. Estermann era seu contato.

— Quando a reunião acabou, ele me convidou para um drinque. O que era estranho.

— Por quê?

— Estermann não toca em álcool.

— Ele tem algum problema?

— Ele tem muitos problemas, mas álcool não é um deles.

Nos anos que se seguiram ao primeiro encontro, Bittel e Estermann se encontraram de tempos em tempos, como costuma acontecer com aqueles que praticam a arte da espionagem. Nenhum deles era o que se podia descrever como personagem de ação. Não eram agentes, eram pouco mais que policiais. Conduziam investigações, escreviam relatórios e iam a inúmeras conferências em que o principal desafio era ficar de olhos abertos. Almoçavam e jantavam juntos quando seus caminhos se cruzavam. Estermann muitas vezes encaminhava inteligência a Bittel fora dos canais normais. Bittel o compensava quando possível, mas sempre com aprovação do andar de cima. Seus superiores consideravam Estermann um ativo valioso.

— Aí, os aviões bateram no World Trade Center e tudo mudou. Especialmente, Estermann.

— Como assim?

— Ele tinha ido da contrainteligência para o contraterrorismo alguns anos antes do Onze de Setembro, assim como eu. Alegava estar de olho na célula de Hamburgo desde o início. Jurava que teria sido capaz de impedir o plano se seus superiores tivessem deixado que ele fizesse seu trabalho direito.

DANIEL SILVA

— Algo disso era verdade?

— Que ele podia ter evitado sozinho o pior ataque terrorista da história? — Bittel fez que não. — Talvez Gabriel Allon pudesse. Mas Andreas Estermann, não.

— Em que sentido ele mudou?

— Ficou incrivelmente amargo.

— Com quem?

— Muçulmanos.

— Al-Qaeda?

— Não só a al-Qaeda. Estermann se ressentia de todos os muçulmanos, principalmente, os que moravam na Alemanha. Ele não conseguia separar os jihadistas radicais dos marroquinos ou turcos pobres que vinham à Europa em busca de uma vida melhor. Piorou depois do ataque ao Vaticano. Ele perdeu qualquer perspectiva. Passei a achar difícil aguentar a companhia dele.

— Mas manteve o relacionamento?

— Somos um serviço pequeno. Estermann era um multiplicador da força. — Bittel sorriu. — Como você, Allon.

Ele virou no estacionamento de uma marina na orla oeste do lago. No fim do quebra-mar, havia um café. Eles se sentaram ao ar livre, no clima tempestuoso de fim de tarde. Bittel pediu duas cervejas e respondeu a várias mensagens que recebera no caminho desde o centro de Zurique.

— Desculpe. Estamos um pouco nervosos no momento.

— Com o quê?

— Os bombardeios na Alemanha. — Bittel olhou para Gabriel por cima do telefone. — Você por acaso não sabe quem estava por trás dele, sabe?

— Meus analistas acham que estamos lidando com uma nova rede.

— Bem o que precisávamos.

A ORDEM

A garçonete chegou com as bebidas deles. Era uma mulher com cabelo preto como o de um corvo de, talvez, 25 anos, muito bonita, iraquiana, quem sabe refugiada da Síria. Quando ela colocou a garrafa de cerveja na frente de Gabriel, ele a agradeceu em árabe. Seguiu-se uma breve troca de gentilezas. Então, sorrindo, a mulher se retirou.

— Do que estavam falando? — perguntou Bittel.

— Ela estava se perguntando por que estamos sentados aqui ao ar livre perto do lago em vez de lá dentro, onde está quentinho.

— O que você respondeu?

— Que somos oficiais de inteligência que não gostam de falar em lugares inseguros.

Bittel fez uma careta e bebeu um pouco de sua cerveja.

— Que bom que Estermann não o viu falando assim com ela. Ele não aprova ser educado com imigrantes muçulmanos. Também não aprova falar a língua deles.

— O que ele acha de judeus?

Bittel cutucou o rótulo de sua cerveja.

— Pode falar, Bittel. Não vou ficar magoado.

— Ele é um pouco antissemita.

— Que chocante.

— Essas coisas tendem a andar juntas.

— Quais?

— Islamofobia e antissemitismo.

— Você e Estermann chegaram a discutir religião?

— Infinitamente. Em especial, depois do ataque ao Vaticano. Ele é um católico devoto.

— E você?

— Eu sou de Nidwalden. Fui criado num lar católico, casei com uma garota católica numa cerimônia celebrada pela Igreja, e todos os nossos três filhos foram batizados.

DANIEL SILVA

— Mas?

— Não vou à missa desde que estourou o escândalo de abuso sexual.

— Segue os ensinamentos do Vaticano?

— Por que eu deveria seguir se eles não seguem?

— Suponho que Estermann discorde.

Bittel assentiu.

— Ele é membro leigo de uma ordem extremamente conservadora baseada aqui na Suíça.

— A Ordem de Santa Helena.

Os olhos de Bittel se estreitaram.

— Como você sabe?

Gabriel hesitou em responder.

— Imagino que Estermann tenha convidado você para entrar.

— Ele parecia um evangelista. Disse que eu podia ser membro secreto, que ninguém ia saber, só o bispo dele. Também disse que tinha várias pessoas como nós na Ordem.

— Nós?

— Agentes de inteligência e pessoas de segurança. Empresários e políticos proeminentes também. Ele disse que entrar para a Ordem faria maravilhas para minha carreira pós-NDB.

— Como você lidou com isso?

— Disse que não estava interessado e mudei de assunto.

— Quando foi a última vez em que falou com ele?

— Faz cinco anos, pelo menos. Provavelmente, quase seis.

— Qual foi a ocasião?

— A aposentadoria de Estermann do BfV. Ele queria me dar seus novos contatos. Aparentemente, tirou a sorte grande. Está trabalhando para uma grande firma alemã baseada em Munique.

— O Wolf Group?

— Como você...

A ORDEM

— Palpite — disse Gabriel.

— Estermann me falou para ligar para ele quando eu estivesse pronto para sair do NDB. Tem um escritório do Wolf Group aqui em Zurique. Ele disse que ia valer a pena.

— Você por acaso não tem o celular dele, tem?

— Claro. Por quê?

— Quero que aceite a oferta. Diga que vai estar em Munique na quarta à noite. Diga que quer falar sobre seu futuro.

— Mas não posso ir a Munique na quarta.

— Ele não precisa saber disso.

— O que tem em mente?

— Drinques. Algum lugar tranquilo.

— Já falei, ele não bebe. É um homem de Coca Diet. Sempre uma Coca Diet. — Bittel tamborilou pensativo na mesa. — Tem um lugar na Beethovenplatz chamado Café Adagio. Muito chique. Discreto, também. A questão é: o que vai acontecer quando ele chegar lá?

— Vou fazer algumas perguntas.

— Sobre o quê?

— A Ordem de Santa Helena.

— Por que está interessado na Ordem?

— Eles assassinaram um amigo meu.

— Quem é o amigo?

— Sua Santidade, o papa Paulo VII.

A expressão de Bittel não deixou transparecer qualquer sentimento, muito menos, surpresa.

— Agora sei por que você queria que eu ficasse de olho na tal Hoffmann.

— Mande a mensagem, Bittel.

Os dedos dele pairaram sobre o telefone.

DANIEL SILVA

— Sabe o que vai acontecer se eu for relacionado a isso de alguma maneira?

— O Escritório vai perder um parceiro valioso. E eu vou perder um amigo.

— Não tenho certeza de que quero ser seu amigo, Allon. Todos eles parecem acabar mortos. — Bittel digitou a mensagem e clicou em enviar. Cinco longos minutos se passaram antes de o telefone dele apitar com uma resposta. — Marcado. Seis da tarde na quarta, no Café Adagio. Estermann está animado.

Gabriel olhou para as águas escuras do lago.

— Somos dois.

36

MUNIQUE

Exceto por alguns dias em setembro de 1972, Munique nunca fora muito importante para o Escritório. Ainda assim, mesmo que por razões sentimentais, a Governança mantinha uma grande *villa* murada no bairro boêmio de Schwabing, não muito longe do Jardim Inglês. Eli Lavon chegou às 10h15 da manhã seguinte. Melancólico, ele analisou os móveis antigos e pesados na sala de estar formal.

— Não acredito que estamos de volta aqui. — Ele olhou para Gabriel e franziu a sobrancelha. — Você deveria estar de férias.

— Sim, eu sei.

— O que aconteceu?

— Uma morte na família.

— Meus pêsames.

Lavon jogou sua mala de mão de qualquer jeito num sofá. Ele tinha cabelo ralo, despenteado e um rosto tão comum e esquecível que até o retratista mais talentoso teria dificuldade de capturá-lo em óleo sobre tela. Parecia ser um dos oprimidos pela vida. Na verdade, era um predador natural capaz de seguir um oficial de inteligência altamente treinado ou um terrorista experiente por qualquer rua do

DANIEL SILVA

mundo sem atrair uma faísca de interesse. Atualmente, era chefe da divisão do Escritório conhecida como Neviot. Seus agentes incluíam artistas de vigilância, batedores de carteira, ladrões e pessoas especializadas em plantar câmeras escondidas e dispositivos de escuta atrás de portas fechadas.

— Vi uma foto sua interessante outro dia. Você estava vestido de padre e entrando nos Arquivos Secretos do Vaticano com seu amigo Luigi Donati. Senti muito por não poder estar junto. — Lavon sorriu. — Achou algo interessante?

— Pode-se dizer que sim.

Lavon levantou a mãozinha minúscula.

— Conte mais.

— Provavelmente, deveríamos esperar os outros chegarem.

— Estão a caminho. *Todos.* — O isqueiro de Lavon se acendeu. — Imagino que tenha algo a ver com o falecimento lamentável de Sua Santidade, o papa Paulo VII.

Gabriel fez que sim.

— Imagino que Sua Santidade não tenha morrido de causas naturais.

— Não — disse Gabriel. — Não morreu.

— Temos um suspeito?

— Uma ordem católica baseada no cantão de Zug.

Lavon olhou para Gabriel em meio a uma nuvem de fumaça.

— A Ordem de Santa Helena?

— Você já ouviu falar dela?

— Infelizmente, lidei com a Ordem numa outra vida.

Durante um hiato longo do Escritório, Lavon tinha administrado uma pequena agência investigativa em Viena chamada Wartime Claims and Inquiries. Operando com um orçamento minúsculo, ele tinha rastreado milhões de dólares de ativos saqueados durante o Holocausto. Foi embora de Viena após uma bomba destruir seu

A ORDEM

escritório e matar duas de suas funcionárias, ambas jovens. O responsável, um ex-oficial da SS chamado Erich Radek, tinha morrido numa cela de prisão israelense. Fora Gabriel que o colocara lá.

— Era um caso envolvendo uma família vienense chamada Feldman — explicou Lavon. — O patriarca era Samuel Feldman, um rico exportador têxtil de alta qualidade. No outono de 1937, com nuvens de tempestade se reunindo sobre a Áustria, dois padres da Ordem foram ver Feldman em seu apartamento no Primeiro Distrito. Um deles era o fundador da ordem, padre Ulrich Schiller.

— E o que o padre Schiller queria de Samuel Feldman?

— Dinheiro. O que mais?

— O que ele oferecia em troca?

— Certificados de batismo. Feldman estava desesperado, então, deu ao padre Schiller uma soma substancial em dinheiro e outros bens, incluindo vários quadros.

— E quando os nazistas chegaram a Viena em março de 1938?

— O padre Schiller e os certificados de batismo prometidos desapareceram. Feldman e a maior parte de sua família foram deportados ao distrito de Lublin, na Polônia, onde foram assassinados pelo Einsatzgruppen. Uma criança sobreviveu à guerra se escondendo em Viena, uma filha chamada Isabel. Ela me procurou depois da revelação do escândalo bancário suíço e me contou a história.

— O que você fez?

— Marquei um horário para ver o bispo Hans Richter, superior-geral da Ordem de Santa Helena. A gente se encontrou no priorado medieval de Menzingen. Uma figura nojenta, o bispo. Houve momentos em que precisei lembrar a mim mesmo que estava falando com um clérigo católico romano. Nem preciso dizer, saí de mãos abanando.

— Você deixou para lá?

DANIEL SILVA

— Eu? Claro que não. E, depois de um ano, achei mais quatro casos da Ordem solicitando doações de judeus em troca de promessas de proteção. O bispo Richter não quis me receber de novo, então, entreguei meu material a um repórter investigativo italiano chamado Alessandro Ricci. Ele achou mais alguns casos, incluindo um judeu romano rico que deu à Ordem vários quadros e livros raros valiosos em 1938. O nome dele me escapa.

— Emanuele Giordano.

Lavon olhou Gabriel por cima da brasa de seu cigarro.

— Como é possível que você conheça esse nome?

— Encontrei com Alessandro Ricci ontem à noite em Roma. Ele me contou que a Ordem de Santa Helena está planejando roubar o conclave e eleger um de seus membros como próximo papa.

— Conhecendo a Ordem, tenho certeza de que envolve dinheiro.

— Envolve.

— Foi por isso que mataram o papa?

— Não — disse Gabriel. — Eles o mataram porque ele queria me dar um livro.

— Que tipo de livro?

— Lembra quando achamos as ruínas do Templo de Salomão?

Lavon esfregou o peito, distraído.

— Como poderia esquecer?

Gabriel sorriu.

— Isto é melhor.

O Escritório, como a Igreja Católica Romana, era guiado por doutrinas e dogmas antigos. Sagrados e invioláveis, eles ditavam que membros de uma grande equipe operacional viajassem ao seu destino por rotas diferentes. As exigências da situação, porém, exigiam que

A ORDEM

todos os oito membros da equipe fossem a Munique no mesmo voo da El Al. Ainda assim, eles escalonaram sua chegada à casa segura, ainda que só para evitar atrair atenção indesejada dos vizinhos.

O primeiro a chegar foi Yossi Gavish, chefe britânico do departamento de Pesquisa, sempre vestido de tweed. Depois dele, vieram Mordecai e Oded, dois agentes de campo pau para toda obra, e um garoto chamado Ilan, que sabia fazer os computadores funcionarem. Aí, chegaram Yaakov Rossman e Dina Sarid. Yaakov era chefe de Operações Especiais. Dina era uma base de dados humana sobre terrorismo palestino e islâmico que tinha um dom bizarro de ver conexões que os outros deixavam passar. Ambos falavam alemão fluente.

Mikhail Abramov entrou em torno de meio-dia. Alto e esguio, com uma pele pálida e olhos como gelo glacial, ele tinha imigrado da Rússia para Israel na adolescência e entrado para a Sayeret Matkal, unidade de operações especiais de elite do IDF. Muitas vezes descrito por Gabriel como alguém sem consciência, ele tinha assassinado vários grandes mentores do terrorismo do Hamas e da Jihad Islâmica Palestina. No momento, executava missões similares em nome do Escritório, embora seus extraordinários talentos não se limitassem ao tiro. Um ano antes, ele tinha levado uma equipe para Teerã e roubado todos os arquivos nucleares do Irã.

Ao seu lado, estava Natalie Mizrahi, que, por acaso, também era sua esposa. Nascida e educada na França, fluente no dialeto argelino árabe, ela havia trocado uma promissora carreira médica pela vida perigosa de agente secreta de campo do Escritório. Sua primeira missão lhe levou a Raqqa, capital do breve califado do Estado Islâmico, onde ela interceptou a rede externa de terroristas do EI. Se não fosse por Gabriel e Mikhail, a operação teria sido sua última.

Como os outros membros da equipe, Natalie só tinha a mais vaga ideia do motivo de sua convocação a Munique. Agora, à meia-luz da sala de estar formal, ela ouvia com atenção Gabriel contar

DANIEL SILVA

a história de umas férias merecidas em família que não se concretizaram. Chamado a Roma pelo arcebispo Luigi Donati, ele ficara sabendo que o papa Paulo VII, um homem que tinha contribuído tanto para desfazer o legado terrível de antissemitismo da Igreja Católica, morrera em circunstâncias misteriosas.

Embora cético de que o Santo Padre tinha sido assassinado, Gabriel, mesmo assim, aceitara começar uma investigação informal, que o levara a Florença, onde ele testemunhou a morte brutal de um guarda suíço até então desaparecido, e depois a um chalé nos arredores de Friburgo, onde uma carta interrompida caíra de um quadro emoldurado de Jesus no Jardim do Getsêmani.

A carta dizia respeito a um livro descoberto por Sua Santidade nos Arquivos Secretos do Vaticano. Um livro supostamente baseado nas memórias do prefeito romano da Judeia que condenara Jesus à morte por crucificação. Um livro que contradizia os relatos da morte de Jesus contidos nos Evangelhos canônicos, relatos que eram a origem de milhares de anos de antissemitismo, por vezes assassino.

O livro estava desaparecido, mas os homens que o haviam pegado estavam escondidos à vista de todos. Eram membros de uma ordem católica reacionária e secreta fundada no sul da Alemanha por um padre que admirava muito a política da extrema direita europeia, em especial o nacional-socialismo. Os descendentes espirituais desse padre, cujo nome era Ulrich Schiller, planejavam roubar o conclave papal que se aproximava e eleger um dos seus como próximo Sumo Pontífice da Igreja Católica Romana. Como chefe do Escritório, Gabriel tinha determinado que esse acontecimento não seria interessante para o estado de Israel nem para o 1,5 milhão de judeus da Europa. Portanto, sua intenção era ajudar seu amigo Luigi Donati a roubar de volta o conclave.

Fazer isso exigiria prova inegável da trama da Ordem. O tempo urgia. Gabriel precisava da informação no máximo até quinta-feira

240

A ORDEM

à noite, véspera do conclave. Por sorte, tinha identificado dois importantes membros leigos envolvidos na conspiração. Um era um empresário recluso alemão chamado Jonas Wolf. O outro era um ex--oficial do BfV chamado Andreas Estermann.

Estermann chegaria ao Café Adagio, na Beethovenplatz, às seis da tarde da quarta-feira. Estaria no aguardo de um oficial de inteligência chamado Christoph Bittel. Encontraria, em vez disso, o Escritório. Imediatamente após seu sequestro, seria levado ao esconderijo de Munique para um interrogatório. Gabriel decretou que não seria uma caça às bruxas. Estermann ia simplesmente assinar um comunicado que a equipe já tinha preparado, uma lista de pormenores detalhando a trama da Ordem para roubar o conclave. Um profissional aposentado, ele não ia ceder facilmente. Seria preciso ter algo para convencê-lo. A equipe também teria de achar isso. Tudo num período de apenas trinta horas.

Eles não deram uma palavra de protesto nem fizeram qualquer pergunta. Em vez disso, abriram seus notebooks, estabeleceram links seguros com Tel Aviv e começaram a trabalhar. Duas horas depois, enquanto uma neve suave embranquecia os gramados do Jardim Inglês, dispararam seu primeiro tiro.

37

MUNIQUE

O e-mail que chegou no telefone de Andreas Estermann alguns
segundos depois parecia ter sido enviado por Christoph Bittel.
Mas, na verdade, tinha sido de um hacker de 22 anos da Unidade
8200 em Tel Aviv, formado pelo MIT. Ficou no aparelho de Estermann por quase vinte minutos, o bastante para Gabriel temer o
pior. Finalmente, Estermann abriu e clicou no anexo, uma foto de
uma reunião de espiões alemães e suíços em Berna dez anos antes.
Ao fazê-lo, ele iniciou um ataque sofisticado de malware que instantaneamente controlou o sistema operacional do telefone. Dentro
de minutos, estava exportando um ano de e-mails, mensagens,
dados de GPS, metadados de telefone e histórico de navegação
na internet, tudo sem o conhecimento de Estermann. A Unidade
mandou o material seguramente de Tel Aviv até o esconderijo, com
uma transmissão ao vivo do microfone e da câmera. Eles podiam
examinar até as entradas de calendário de Estermann, passadas e
futuras. Na quarta à noite, ele só tinha um compromisso: drinques
no Café Adagio, às 18 horas.

Os contatos de Estermann continham os números de celular
privados do bispo Hans Richter e seu secretário particular, padre

A ORDEM

Markus Graf. Os dois sucumbiram a ataques de malware lançados pela Unidade 8200, assim como o cardeal camerlengo Domenico Albanese e o cardeal arcebispo Franz von Emmerich, de Viena, o homem selecionado pela Ordem para ser o próximo papa.

No resto dos contatos de Estermann, a equipe achou evidências do assombroso alcance da Ordem. Era como se uma versão eletrônica do caderno de contatos de couro do padre Schiller tivesse caído no colo deles. Eram números de telefone privados e endereços de e--mail do chanceler austríaco Jörg Kaufmann; do primeiro-ministro italiano Giuseppe Saviano; de Cécile Leclerc, da Frente Popular da França; de Peter van der Meer, do Parido da Liberdade holandês; e, claro, de Axel Brünner, dos Nacionais-Democratas de extrema direita da Alemanha. Uma análise dos metadados do telefone revelou que Estermann e Brünner tinham se falado cinco vezes só na última semana, período que coincidia com a repentina subida de Brünner nas pesquisas de opinião alemãs.

Felizmente, para a equipe, Estermann conduzia boa parte de sua correspondência pessoal e profissional por mensagens de texto. Para comunicações sensíveis, ele usava um serviço que prometia criptografia e privacidade completas, uma promessa que a Unidade 8200 quebrara havia muito tempo. A equipe podia não só ver as mensagens atuais dele em tempo real, como também revisar as deletadas. O nome de Gabriel aparecia de forma proeminente em várias conversas, assim como o de Luigi Donati. Aliás, Donati tinha aparecido no sistema de alerta inicial da Ordem horas depois da morte do Santo Padre. A Ordem estivera ciente da chegada de Gabriel a Roma e de sua presença em Florença. Tinha ficado sabendo de sua visita à Suíça pelo padre Erich, da aldeia de Rechthalten. O telefone mostrou que Estermann tinha visitado a Suíça também. Dados de GPS confirmavam que ele passara 49 minutos no Café du Gothard em Friburgo no sábado seguinte à morte do Santo

DANIEL SILVA

Padre. Depois, tinha dirigido até Bonn, onde desligara o telefone por um período de duas horas e 57 minutos.

Se havia uma luz no fim do túnel, era a limpeza da vida pessoal de Estermann. O time não achou provas de uma amante nem um gosto por pornografia. O consumo de notícias de Estermann era amplo, mas decididamente pendendo para a direita. Vários dos sites alemães que ele visitava diariamente trabalhavam com histórias falsas e enganosas que inflamavam a opinião pública contra imigrantes muçulmanos e a esquerda. Fora isso, ele não tinha hábitos bizarros de navegação.

Mas nenhum homem é perfeito, e poucos não têm ao menos uma fraqueza. A de Estermann, no fim, era dinheiro. Uma análise de suas mensagens criptografadas revelou que ele estava em contato regular com certo Herr Hassler, proprietário de um banco particular no principado de Liechtenstein. Uma análise dos registros de Herr Hassler, conduzida sem o consentimento dele, revelou a existência de uma conta no nome de Estermann. A equipe tinha encontrado várias contas espalhadas pelo mundo, mas a que ficava no minúsculo Liechtenstein era diferente.

— A beneficiária é a esposa de Estermann, Johanna — disse Dina Sarid.

— Qual é o saldo atual? — perguntou Gabriel.

— Pouco mais de um milhão e meio.

— Quando foi aberta?

— Há cerca de três meses. Ele fez 16 depósitos. Cada um de exatos cem mil euros. Na minha opinião, ele está tirando dos pagamentos que faz aos cardeais.

— E o Banco do Vaticano?

— As contas de doze dos cardeais eleitores receberam grandes transferências nas últimas seis semanas. Quatro de mais de um

A ORDEM

milhão. O resto era de cerca de oitocentos mil. Todas podem ser rastreados até Estermann.

Mas a fonte primária do dinheiro era o conglomerado secreto baseado em Munique que Alessandro Ricci descrevera em seu livro como Ordem de Santa Helena. Eli Lavon, investigador financeiro mais experiente da equipe, ficou incumbido de invadir as defesas da empresa. Eram formidáveis, não havia nenhuma surpresa nisso. Afinal, ele já tinha medido forças com a Ordem antes. Vinte anos antes, estava numa séria desvantagem. Nesse momento, tinha consigo a Unidade 8200, além de Jonas Wolf.

O empresário alemão se mostrou tão elusivo quanto a empresa que levava seu nome, começando pela sua biografia. Até onde Lavon conseguiu determinar, Wolf tinha nascido em *algum* lugar da Alemanha, em *algum* momento da Segunda Guerra Mundial. Havia estudado na Universidade de Heidelberg — disso, Lavon tinha certeza — e obtido um Ph.D. em matemática aplicada. Havia adquirido sua primeira empresa, uma firma química pequena, em 1970, com dinheiro emprestado de um amigo. Depois de dez anos, expandira para transporte marítimo, manufatura e construção. E, no meio dos anos 1980, era um homem extraordinariamente rico.

Wolf comprou uma antiga mansão graciosa no distrito de Maxvorstadt, em Munique, e um vale no alto do Obersalzberg, a nordeste de Berchtesgaden. Sua intenção era criar um refúgio baronial para sua família e seus descendentes. Mas quando sua esposa e seus dois filhos morreram num acidente de avião em 1988, o recanto montanhoso de Wolf virou sua prisão. Uma ou duas vezes por semana, ele viajava de helicóptero à sede do Wolf Group ao norte de Munique. Mas, na maior parte do tempo, ficava em Obersalzberg, cercado por seu pequeno exército de guarda--costas. Ele não dava uma entrevista havia mais de vinte anos, desde o lançamento de uma biografia não autorizada que o acusava de armar o acidente de avião que matou sua família. Repórteres que tentavam abrir os porões fechados de seu passado enfrentavam ruína financeira ou, no caso de uma jornalista investigativa britânica enxerida, violência física. O envolvimento de Wolf na morte da repórter — atropelada por um motorista que fugiu da cena enquanto ela pedalava pelo interior, perto de Devon — foi muito comentado, mas nunca provado.

Para Eli Lavon, a história da ascensão espetacular de Jonas Wolf soava boa demais para ser verdade. Havia, para começar, o empréstimo que ele recebera para comprar sua primeira empresa. Lavon tinha um palpite, com base em sua experiência, de que o credor de Wolf era uma empresa baseada no cantão de Zug conhecida como Ordem de Santa Helena. Além disso, Lavon tinha a opinião — de novo, simplesmente, um palpite baseado em informações — de que o Wolf Group era maior do que se dizia.

Como era uma companhia inteiramente particular que nunca recebera empréstimo de um único banco alemão, as opções de Lavon para investigação financeira eram limitadas. O telefone de Estermann, porém, abria muitas portas dentro da rede de computadores da firma, que, sem isso, poderiam permanecer fechadas, até para os detetives cibernéticos da Unidade 8200. Pouco depois das oito daquela noite, eles entraram na base de dados pessoal de Jonas Wolf e acharam as chaves do reino, um documento de duzentas páginas detalhando as holdings globais da empresa e a renda surreal que elas geravam.

— Dois bilhões e meio de puro lucro só no ano passado — anunciou Lavon. — E para onde acha que vai tudo isso?

Naquela noite, a equipe deixou seu trabalho de lado tempo o bastante para uma refeição familiar tradicional. Mikhail Abramov e Natalie Mizrahi estavam ausentes, porém, pois jantaram no Café

A ORDEM

Adagio, na Beethovenplatz. Ficava localizado no porão de um prédio amarelo no flanco nordeste da praça. De dia, servia comida de bistrô, mas, à noite, era um dos bares mais populares da região. Mikhail e Natalie anunciaram que a comida era medíocre, mas julgaram bem alta a probabilidade de sucesso de sequestrar um cliente.

— Três estrelas na escala Michelin — comentou Mikhail quando eles voltaram para a casa. — Se Estermann for sozinho ao Café Adagio, vai sair nos fundos de uma van.

A equipe aceitou a entrega do veículo em questão, uma van Mercedes, às nove da manhã seguinte, junto com dois Audi A8 sedãs, duas lambretas BMW, um conjunto de placas falsas da Alemanha, quatro revólveres Jericho .45, uma submetralhadora Uzi Pro compacta e uma Beretta 9mm com cabo de nogueira.

Nesse ponto, a tensão no esconderijo pareceu subir vários graus. Como muitas vezes acontecia, o humor de Gabriel piorava conforme a hora zero se aproximava. Mikhail lembrou-lhe de que um ano antes, num armazém num distrito comercial monótono de Teerã, uma equipe de 16 membros tinha aberto com maçarico 32 cofres e tirado várias centenas de disquetes e milhões de páginas de documentos. A equipe tinha então carregado o material num caminhão de carga e dirigido até a orla do mar Cáspio, onde um barco a aguardava. A operação havia chocado o mundo e provado mais uma vez que o Escritório era capaz de atacar quando desejasse, até na capital de seu inimigo mais implacável.

— E quantos iranianos você precisou matar para sair vivo do país?

— Detalhes, detalhes — disse Mikhail, dando de ombros. — A questão é: podemos fazer isso de olhos fechados.

— Preferiria que você fizesse de olhos abertos. Vai aumentar substancialmente nossas chances de sucesso.

DANIEL SILVA

Ao meio-dia, Gabriel conseguiu se convencer de que estavam fadados a fracassar, que ele passaria o resto da vida numa cela de prisão alemã por crimes numerosos demais para lembrar, um fim ignóbil para uma carreira com a qual todas as outras seriam comparadas. Eli Lavon diagnosticou, com precisão, a fonte do desespero de Gabriel, pois estava sofrendo do mesmo mal. Era Munique, pensou Lavon. E o livro.

Ele nunca estava longe do pensamento deles, especialmente, dos de Lavon. Não havia um membro da equipe cuja vida não tivesse sido alterada pelo ódio mais duradouro. Quase todos tinham perdido parentes nas fogueiras do Holocausto. Alguns só tinham nascido porque um membro da família tinha conseguido sobreviver. Como Isabel Feldman, única filha sobrevivente de Samuel Feldman, que entregara uma pequena fortuna em dinheiro e bens à Ordem de Santa Helena em troca de certificados de batismo falsos e promessas de proteção igualmente falsas.

Outra dessas mulheres era Irene Frankel. Nascida em Berlim, ela fora deportada a Auschwitz no outono de 1942. Seus pais foram enviados à câmara de gás na chegada, mas Irene Frankel foi embora de Auschwitz na Marcha da Morte em janeiro de 1945. Chegou no novo estado de Israel em 1948. Lá, conheceu um homem de Munique, um escritor e intelectual que tinha fugido para a Palestina antes da guerra. Na Alemanha, seu nome era Greenberg, mas em Israel ele tinha assumido o nome Allon. Depois de se casar, eles juraram ter seis filhos, um para cada milhão assassinado, mas o útero dela aguentou apenas um. Ela o chamou de Gabriel, o mensageiro de Deus, intérprete das visões de Daniel.

Às 14 horas, todos eles perceberam que fazia vários minutos que ninguém o via ou ouvia sua voz. Uma rápida busca no esconderijo não revelou rastro dele, e uma ligação ficou sem ser atendida.

A ORDEM

A Unidade 8200 confirmou que o aparelho estava ligado e se movendo pelo Jardim Inglês em ritmo de caminhada. Eli Lavon estava confiante de saber para onde ele estava indo. O filho de Irene Frankel queria ver onde aquilo tinha acontecido. Lavon não podia culpá-lo. Ele estava sofrendo do mesmo mal.

38

MUNIQUE

Em julho de 1935, dois anos e meio depois de tomar o controle da Alemanha, Adolf Hitler formalmente declarou Munique "a Capital do Movimento". As ligações da cidade com o nacional-
-socialismo eram inegáveis. O Partido Nazista foi formado em Munique nos turbulentos anos após a derrota alemã na Primeira Guerra Mundial. E foi em Munique, no outono de 1923, que Hitler liderou o fracassado Putsch da Cervejaria, que resultou em seu breve encarceramento na Prisão de Landsberg. Lá, ele escreveu o primeiro volume de *Mein Kampf*, manifesto divagante no qual descrevia os judeus com germes que precisavam ser exterminados. Durante seu primeiro ano como chanceler, em que ele transformou a Alemanha numa ditadura totalitária, o livro vendeu mais de um milhão de cópias.

Nos quinze anos cataclísmicos da era nazista, Hitler viajou com frequência a Munique. Ele mantinha um apartamento grande, cheio de obras de arte, na Prinzregentenplatz, número 16, e encomendou a construção de um prédio de escritórios pessoal com vista para a Köningsplatz. Conhecido como Führerbau, incluía espaços de residência para Hitler e seu vice, Rudolf Hess, e um

A ORDEM

salão central cavernoso com escadas de pedra gêmeas que levavam a uma sala de reuniões. O primeiro-ministro britânico Neville Chamberlain assinou o Acordo de Munique no Führerbau em 30 de setembro de 1938. Ao voltar a Londres, previu que o acordo podia trazer "paz aos nossos tempos". Um ano depois, a Wehrmacht invadiu a Polônia, mergulhando o mundo numa guerra e iniciando a cadeia de acontecimentos que levaria à destruição dos judeus europeus.

Muito da Munique central foi arrasada por dois ataques de bombas devastadores por parte dos Aliados em abril de 1944, mas, de alguma forma, o Führerbau sobreviveu. Imediatamente depois da guerra, os Aliados o usaram como armazém de obras de arte saqueadas. Hoje, era lar de uma respeitada escola de música e teatro em que pianistas, violoncelistas, violinistas e atores aperfeiçoavam sua arte em salas antes frequentadas por assassinos. Bicicletas ladeavam a fachada de chumbo e, aos pés da escada principal, ficavam postados dois policiais entediados de Munique. Nenhum dos dois prestou qualquer atenção ao homem de altura e constituição medianas que parou para ler uma agenda de recitais públicos futuros.

Ele seguiu em frente, passando pela Alte Pinakothek, museu de arte de primeira linha de Munique, e virou à esquerda na Hessstrasse. Levou dez minutos para ele ver de longe, pela primeira vez, a moderna torre acima do Parque Olímpico. A antiga Vila Olímpica ficava ao norte, não muito longe da sede da BMW e de um conglomerado alemão altamente lucrativo conhecido com Wolf Group. Ele achou a Connollystrasse e a seguiu até o prédio residencial atarracado de três andares no número 31.

O prédio há muito tinha sido convertido em residência estudantil, mas, no início de setembro de 1972, fora habitado por membros da equipe olímpica de Israel. Às 4h30 do dia 5 de setembro, oito

DANIEL SILVA

terroristas palestinos vestidos com uniforme de treino escalaram uma cerca desprotegida. Carregando malas de mão cheias de rifles Kalashnikov, pistolas semiautomáticas Tokarev e granadas de mão de fabricação soviética, usaram uma chave roubada para destrancar a porta do apartamento 1. Dois israelenses, o técnico de luta Moshe Weinberg e o levantador de peso Yossef Romano, foram assassinados durante os primeiros momentos do cerco. Nove outros foram feitos reféns.

Durante o resto do dia, com uma audiência global de televisão assistindo, horrorizada, autoridades alemãs negociaram com dois terroristas fortemente disfarçados — um conhecido como Issa, e o outro, como Toni — enquanto, do outro lado da rua, os Jogos Olímpicos continuavam. Finalmente, às dez da noite, os reféns foram levados de helicóptero à base aérea de Fürstenfeldbruck, onde a polícia alemã tinha concebido uma operação falha de resgate. Terminou com a morte dos nove israelenses.

Horas após o massacre, a primeira-ministra israelense Golda Meir ordenou que um lendário agente do Escritório chamado Ari Shamron "mandasse os garotos". A operação ganhou o codinome de Ira de Deus, escolhido por Shamron para dar à sua empreitada o verniz de punição divina. Um dos garotos era um talentoso pintor da Academia Bezalel de Artes e Design chamado Gabriel Allon. Outro era Eli Lavon, um promissor arqueólogo bíblico. No léxico hebreu da equipe, Lavon era um *ayin*, um rastreador. Gabriel, um *aleph*, assassino. Por três anos, eles perseguiram suas presas pela Europa Ocidental e pelo Oriente Médio, matando à noite e à luz do dia, vivendo com medo de a qualquer momento serem presos pelas autoridades locais e acusados de assassinato. No total, doze homens morreram por suas mãos. Gabriel matou pessoalmente seis dos terroristas com uma pistola Beretta .22. Sempre que possível, ele atirava onze vezes em suas vítimas, uma para cada judeu morto em Munique. Quando finalmente voltou a Israel, suas têmporas estavam grisalhas. Lavon ficou com inúmeros transtornos ligados ao estresse, incluindo um estômago notoriamente frágil que até hoje o incomodava.

Ele se aproximou de Gabriel sem fazer barulho e se juntou a ele na frente da Connollystrasse, número 31.

— Eu não faria isso se fosse você, Eli. Tem sorte de eu não ter te dado um tiro.

— Tentei fazer um pouco de barulho.

— Tente mais da próxima vez.

Lavon levantou o olhar para a varanda do apartamento 1.

— Vem sempre aqui?

— Na verdade, não venho há um tempo.

— Quanto tempo?

— Cem anos — disse Gabriel, distante.

— Eu venho sempre que estou em Munique. E sempre penso na mesma coisa.

— Em quê, Eli?

— Nossa equipe olímpica nunca deveria ter sido designada a este prédio. Era isolado demais. Falamos para os alemães que isso nos preocupava algumas semanas antes do início dos Jogos Olímpicos, mas eles nos garantiram que os atletas estariam seguros. Infelizmente, não nos disseram que a inteligência alemã já tinha recebido de um informante palestino a dica de que a equipe israelense era um alvo.

— Devem ter esquecido.

— Por que eles não nos avisaram? Por que não tomaram atitudes para proteger nossos atletas?

— Me diga você.

— Eles não nos disseram — disse Lavon — porque não queriam que nada estragasse a festa de revelação pós-guerra deles, ainda por cima uma ameaça contra os descendentes das mesmas pessoas que

DANIEL SILVA

eles tinham tentado exterminar só trinta anos antes. Lembre-se, a inteligência e os serviços de segurança alemães foram fundados por homens como Reinhard Gehlen. Homens que tinham trabalhado para Hitler e os nazistas. Homens da direita que odiavam o comunismo e os judeus em igual medida. Não é surpresa que tenham atraído alguém como Andreas Estermann. — Ele se virou para Gabriel. — Você notou o último cargo que ele teve antes de se aposentar?

— Chefe do departamento Dois, a divisão de contraextremismo.

— Então, por que estava passando tanto tempo no telefone com gente como Axel Brünner? E por que tem o celular privado de todos os líderes de extrema direita na Europa? — Lavon hesitou. — E por que desligou o telefone por três horas em Bonn na outra noite?

— Talvez tenha uma namorada lá.

— Estermann? Ele é um coroinha.

— Um coroinha doutrinário.

Lavon levantou o olhar mais uma vez para a fachada do prédio. Uma luz estava acesa na janela do apartamento 1.

— Já imaginou como nossa vida teria sido diferente se isso não tivesse acontecido?

— Munique?

— Não — respondeu Lavon. — *Tudo*. Dois mil anos de ódio. Seríamos tão numerosos quanto as estrelas no céu e os grãos de areia na praia, como Deus prometeu a Abraão. Eu estaria morando num grande apartamento no Primeiro Distrito de Viena, seria líder na minha área, um homem de distinção. Passaria minhas tardes tomando café e comendo strudel no Café Sacher e minhas noites ouvindo Mozart e Haydn. De vez em quando, iria visitar uma galeria de arte e ver obras de um famoso pintor de Berlim chamado Gabriel Frankel, filho de Irene Frankel, neto de Viktor Frankel, talvez o maior pintor alemão do século xx. Quem sabe?

A ORDEM

Talvez eu até fosse rico o bastante para comprar uma ou duas das obras dele.

— Infelizmente, não é assim que a vida funciona, Eli.

— Acho que não. Mas seria demais pedir que eles parassem de nos odiar? Por que o antissemitismo está crescendo de novo na Europa? Por que não é seguro ser judeu neste país? Por que a vergonha do Holocausto passou? Por que isso nunca acaba?

— Dez palavras — disse Gabriel.

Um silêncio caiu entre eles. Foi Lavon quem o quebrou.

— Onde você acha que está?

— O Evangelho segundo Pilatos?

Lavon assentiu.

— Virou fumaça numa chaminé.

— Que apropriado. — O tom de Lavon era estranhamente ressentido. Ele começou a acender um cigarro, mas parou. — Nem precisa dizer que foram os nazistas que aniquilaram os judeus da Europa. Mas eles não podiam ter executado a Solução Final se o cristianismo não tivesse primeiro arado a terra. Os executores bem dispostos de Hitler tinham sido condicionados por séculos dos ensinamentos da Igreja sobre os males dos semitas. Católicos austríacos compunham uma porção desproporcional dos oficiais dos campos da morte, e as taxas de sobrevivência dos judeus eram bem menores em países católicos.

— Mas milhares de católicos arriscaram a vida para nos proteger.

— De fato. Escolheram agir por si próprios, em vez de esperar encorajamento de seu papa. Como resultado, salvaram a Igreja do abismo moral. — Os olhos de Lavon examinaram a Vila Olímpica. — É melhor voltarmos ao esconderijo. Vai escurecer em breve.

— Já está escuro — disse Gabriel.

Lavon finalmente acendeu seu cigarro.

DANIEL SILVA

— Por que acha que ele desligou o telefone por três horas naquela noite?

— Estermann?

Lavon assentiu.

— Não sei — respondeu Gabriel. — Mas pretendo perguntar a ele.

— Talvez devesse perguntar também sobre o Evangelho segundo Pilatos.

— Não se preocupe, Eli. Vou perguntar.

Quando Gabriel e Lavon voltaram ao esconderijo, os membros da equipe de captura estavam reunidos na sala de estar, vestidos para uma noite num café da moda na Beethovenplatz. Não havia sinal externo de nervosismo, exceto por Mikhail batendo os dedos de forma incessante no braço de sua poltrona. Ele estava ouvindo atentamente à voz de Andreas Estermann, que falava aos membros de sua equipe sênior sobre a necessidade de aumentar a segurança em todas as instalações do Wolf Group, em especial nas fábricas químicas. Aparentemente, Estermann tinha recebido um alerta de um velho contato na BfV, um alerta que a equipe escutou. O sistema, pelo jeito, estava dando um alerta.

Às 17h15, o esconderijo também estava em alerta. Os membros da equipe de captura saíram da mesma forma que tinham chegado — intermitentemente, sozinhos ou em duplas, para não atrair atenção dos vizinhos. Às 17h45, todos tinham chegado aos seus pontos de encontro seguros.

A presa saiu da sede do Wolf Group 17 minutos depois. Gabriel acompanhou o progresso dele num notebook aberto, uma luz azul piscando num mapa do centro de Munique, cortesia do telefone comprometido. Ele já tinha mostrado quase tudo que Gabriel precisava saber para evitar que a Ordem de Santa Helena roubasse o conclave. Ainda assim, havia uma ou duas questões que Andreas Estermann tinha de esclarecer. Se ele tivesse algum bom senso, não ofereceria resistência. Gabriel estava perigosamente de mau humor. Eles, afinal, estavam em Munique. A Capital do Movimento. A cidade onde outrora caminharam assassinos.

39

BEETHOVENPLATZ, MUNIQUE

A norte da estação ferroviária central de Munique, o trânsito parou de repente. Era outro ponto de controle policial. Havia vários ao redor da cidade, principalmente perto de centros de transporte e em praças e mercados onde se congregava um grande número de pedestres. O país inteiro estava à flor da pele, preparando-se para o próximo ataque. Até o BfV, antigo empregador de Andreas Estermann, estava convencido de que outro atentado era inevitável. Estermann pensava igual. Aliás, tinha razão para acreditar que o próximo ataque aconteceria já na manhã seguinte, provavelmente, em Colônia. Se fosse bem-sucedido, a destruição física e a contagem de mortes rasgariam a alma do país, tocariam um antigo nervo. Seria o Onze de Setembro da Alemanha. Nada seria igual deste momento em diante.

Estermann checou o horário em seu iPhone, depois xingou baixinho. Imediatamente pediu perdão a Deus. As escrituras da Ordem proibiam todas as formas de profanidade, não só as que envolviam o nome de Deus. Estermann não fumava nem bebia álcool, e jejuns regulares e exercícios lhe ajudavam a controlar o peso, apesar de um fraco pela cozinha tradicional alemã. A esposa

A ORDEM

dele, Johanna, também era membro da Ordem. Assim como os seis filhos deles. O tamanho da família era incomum na Alemanha moderna, onde as taxas de natalidade tinham caído abaixo do nível de reposição.

Estermann checou o horário de novo. *18h04...* Discou o número de Christoph Bittel, mas não recebeu resposta. Então, mandou uma mensagem de texto explicando que tinha saído do escritório mais tarde do que o planejado e estava preso no trânsito. Bittel respondeu na mesma hora. Aparentemente, também estava atrasado, o que não era de seu feitio. Bittel costumava ser pontual como um relógio suíço.

Finalmente, o trânsito andou. Estermann viu o motivo da parada. A polícia estava revistando uma van de entregas em frente à entrada da estação. Os passageiros, dois jovens árabes ou turcos, estavam na calçada de pernas abertas. Estermann sentiu um grande prazer na situação deles. Quando era criança, em Munique, ele raramente via um estrangeiro, em especial, de pele escura ou negra. Isso mudara nos anos 1980, quando as porteiras se abriram. Doze milhões de imigrantes hoje residiam na Alemanha, 15 por cento da população. A esmagadora maioria era muçulmana. A não ser que as tendências atuais fossem revertidas, alemães nativos logo seriam minoria em sua própria terra.

Estermann virou na Goethestrasse, uma rua tranquila ladeada de antigos prédios residenciais elegantes, e entrou com facilidade numa vaga perto do meio-fio dez minutos depois das seis. Ele perdeu três minutos adicionais comprando uma ficha da máquina automática e mais dois caminhando até o Café Adagio. Era uma sala com iluminação baixa com algumas mesas dispostas em torno de uma plataforma, onde, mais tarde, um trio de jazzistas americanos se apresentaria. Estermann não gostava de jazz. Também não gostava muito da clientela do Café Adagio. Numa mesa escura no

DANIEL SILVA

canto, duas mulheres — pelo menos, Estermann achava que eram mulheres — estavam se beijando. A algumas mesas de distância, havia dois homens. Um tinha um rosto duro, cheio de buracos. O outro era magro como um palito. Pareciam da Europa Oriental, talvez judeus. Pelo menos, não eram gays. Estermann odiava os gays ainda mais do que os judeus e os muçulmanos.

Bittel não estava em lugar algum. Estermann sentou-se numa mesa o mais longe possível dos outros clientes. Depois de um tempo, uma garota tatuada de cabelo roxo se aproximou. Olhou para Estermann por um momento como se esperasse que ele falasse a palavra secreta.

— Coca Diet.

A garçonete se retirou. Estermann checou seu telefone. Onde diabos estava Bittel? E por que, em nome de Deus, ele tinha escolhido um lugar como o Café Adagio?

O desconforto de Andreas Estermann era tão transparente que Gabriel esperou mais dez minutos antes de informar ao alemão que, devido a uma emergência de trabalho, Christoph Bittel não conseguiria encontrá-lo para um drinque como planejado. O rosto de Estermann, visto pela lente da câmera de seu telefone comprometido, se contorceu numa careta. Ele mandou uma resposta grossa, jogou uma nota de cinco euros na mesa e saiu para a rua com raiva. Espumando, foi batendo os pés pela calçada da Goethestrasse até seu carro, onde sua raiva crescente explodiu.

Um homem estava sentado no capô, com as botas no para-choque e uma garota entre suas pernas. A pele pálida dele estava luminosa sob a luz da lâmpada. A da garota era muito escura, como uma árabe. As mãos dela estavam nas coxas do homem. Sua boca estava na dele.

A ORDEM

Estermann só teria uma memória limitada do que aconteceu depois. Houve uma troca de palavras, seguida por uma troca de golpes. Estermann deu um único soco enlouquecido, mas recebeu várias cotoveladas e joelhadas compactas e aplicadas com cautela.

Incapacitado, ele caiu na calçada. De algum lugar, uma van se materializou. Estermann foi jogado nos fundos como um morto de guerra. Sentiu uma dor aguda no pescoço e na mesma hora sua visão começou a falhar. A última coisa que ele lembrou antes de perder a consciência foi o rosto da mulher. Era árabe, ele tinha certeza. Estermann odiava árabes. Quase tanto quanto odiava judeus.

40

MUNIQUE

Não havia, gostavam de dizer os praticantes da espionagem, operação secreta perfeita. O melhor que um planejador cuidadoso pode fazer é limitar as chances de fracasso e exposição — ou, pior, de prisão e processo. Às vezes, o planejador aceita de bom grado um pequeno risco quando há vidas em risco ou a causa é justa. E, às vezes, tem de se conformar com o fato de que alguma medida de acaso ou providência determinará se o navio chega seguro ao porto ou se espatifa nas pedras.

Gabriel fez exatamente essa barganha com os deuses operacionais naquela noite em Munique. Sim, ele tinha atraído Andreas Estermann ao Café Adagio para o que este achava ser um encontro com um antigo colega. Mas foi Estermann, não Gabriel e sua equipe, que escolheu o lugar de sua abdução. Felizmente, Estermann escolheu bem. Não havia câmera de trânsito para registrar seu desaparecimento nem testemunha, fora um dachshund na janela de um prédio residencial adjacente.

Noventa minutos depois, após uma breve parada no interior de Munique para uma troca de placas, a van retornou ao esconderijo perto do Jardim Inglês. Amarrado e vendado, Andreas Estermann

A ORDEM

foi transferido para uma cela improvisada no porão. Em geral, Gabriel o teria deixado ali por um ou dois dias pensando em seu destino, privado de visão, som e sono. Em vez disso, às 22h30, ele instruiu Natalie a apressar a volta de Estermann à consciência. Ela injetou nele um estimulante leve com mais uma coisinha para aliviar a tensão. Algo para distorcer o senso de realidade dele. Algo para soltar a língua.

Consequentemente, Estermann não ofereceu resistência quando Mordecai e Oded o prenderam a uma cadeira de metal fora da cela. Do outro lado da mesa, com Yaakov Rossman e Eli Lavon ao seu lado, estava Gabriel. Atrás dele, um telefone Solaris montado num tripé. Vendado, Estermann não sabia disso. Só sabia que estava muito encrencado. A questão diante dele, porém, podia ser facilmente resolvida. A única coisa que se exigia era sua assinatura numa declaração. Uma lista detalhada. Nomes e números.

Às 22h34, o inquisidor de Estermann falou pela primeira vez. A câmera capturou a expressão na parte do rosto do alemão não escondido pela venda. Depois, o vídeo seria analisado por especialistas do Boulevard Rei Saul. Todos concordavam sobre uma coisa. Era uma expressão de alívio profundo.

Embora amaldiçoado com uma memória impecável, Gabriel por vezes achava difícil lembrar-se direito do rosto de sua mãe. Dois dos autorretratos dela estavam pendurados no quarto dele em Jerusalém. Toda noite, antes de pegar no sono, ele a via como ela mesma se vira, uma figura atormentada representada à moda dos expressionistas alemães.

Como muitas jovens sobreviventes do Holocausto, ela tinha dificuldade com as demandas de cuidar de uma criança. Tinha tendência à melancolia e a mudanças violentas de humor. Não

DANIEL SILVA

conseguia demonstrar prazer em ocasiões festivas nem ingeria comidas gordurosas ou bebia. Sempre usava um pano ao redor do braço, por cima dos números desbotados tatuados em sua pele. *29395*... Ela se referia a eles como sua marca de fraqueza judaica. Seu emblema de vergonha judaica.

A pintura, como a maternidade, era para ela uma provação. Gabriel costumava sentar-se aos pés dela, esboçando em seu bloco, enquanto ela trabalhava no cavalete. Para se distrair, ela costumava contar histórias de sua infância em Berlim. Falava com Gabriel em alemão, com um sotaque berlinense forte. Era a primeira língua de Gabriel, e até hoje o idioma de seus sonhos. Seu italiano, embora fluente, trazia o traço fraco mas inconfundível da entonação de um forasteiro. Mas o alemão, não. Não importava aonde ele ia no país, ninguém supunha que ele fosse qualquer coisa que não falante nativo da língua com que tinha sido criado no centro de Berlim.

Andreas Estermann claramente também supôs que isso fosse verdade, o que suscitou sua expressão equivocada de alívio. Ela rapidamente desapareceu quando Gabriel explicou por que ele tinha sido trazido. Gabriel não se identificou, embora tenha deixado implícito que era um membro secreto da Ordem de Santa Helena que tinha sido chamado por Herr Wolf e o bispo Richter para investigar certas irregularidades financeiras que recentemente lhes tinham sido apontadas.

Essas irregularidades diziam respeito à existência de uma conta bancária no principado de Liechtenstein. Gabriel recitou o saldo atual e as datas nas quais os depósitos haviam sido feitos. Então, leu em voz alta as mensagens trocadas por Estermann com seu banqueiro particular, Herr Hassler, para que Estermann não tentasse se safar.

Depois, Gabriel voltou sua atenção à fonte do dinheiro que Estermann havia desviado da Ordem. Era dinheiro, disse, que deveria ter sido entregue aos cardeais eleitores que concordaram em

A ORDEM

votar no candidato da Ordem no conclave que se aproximava. À menção do nome do prelado, Estermann se assustou e falou pela primeira vez. Com uma única objeção, confirmou tanto a existência da trama quanto o nome do cardeal que a Ordem tinha selecionado para ser o próximo papa.

— Como você sabe que é Emmerich?

— O que quer dizer? — perguntou Gabriel.

— Só alguns de nós sabemos da operação do conclave.

— Eu sou um deles.

— Mas eu saberia quem você é.

— Por que imagina isso?

— Sei os nomes de todos os membros secretos da Ordem.

— Obviamente — disse Gabriel —, não sabe.

Sem receber mais protesto, Gabriel voltou ao assunto dos pagamentos. Aparentemente, vários prelados tinham informado ao cardeal Albanese que a soma de dinheiro acordada não aparecera em suas contas.

— Mas isso não é possível! O padre Graf me disse na semana passada que todos os cardeais tinham recebido o dinheiro.

— O padre Graf está trabalhando comigo nessa questão. Ele o enganou a pedido meu.

— Maldito.

— A Ordem proíbe esse tipo de linguajar, Herr Estermann. Especialmente, no que diz respeito a um padre.

— Por favor, não conte ao bispo Richter.

— Não se preocupe, vai ser nosso segredinho. — Gabriel hesitou. — Mas só se me disser o que fez com o dinheiro que deveria entregar aos cardeais eleitores.

— Transferi para as contas deles, como Herr Wolf e o bispo Richter me instruíram a fazer. Nunca roubei um único euro.

— Por que os cardeais mentiriam?

DANIEL SILVA

— Não é óbvio? Estão tentando nos extorquir a pagar mais.

— E a conta em Liechtenstein?

— É uma conta operacional.

— Por que a beneficiária é sua esposa?

Estermann ficou em silêncio por um momento.

— Herr Wolf e o bispo Richter sabem da conta?

— Ainda não — disse Gabriel. — E, se fizer tudo o que eu mandar, nunca saberão.

— O que você quer?

— Quero que ligue para Herr Hassler de manhã cedo e diga--lhe para transferir esse dinheiro para mim.

— Sim, claro. O que mais?

Gabriel disse a ele.

— Todos os 42 nomes? Vamos ficar aqui a noite toda.

— Você precisa ir a algum lugar?

— Minha mulher está me esperando para jantar.

— Infelizmente, você perdeu o jantar há muito tempo.

— Pode pelo menos remover a venda e essas amarras?

— Os nomes, Herr Estermann. Agora.

— Quer em alguma ordem específica?

— Que tal alfabética?

— Ajudaria se eu tivesse meu telefone.

— Você é profissional. Não precisa do seu telefone.

Estermann virou a cabeça para o teto e inspirou.

— Cardeal Azevedo.

— Tegucigalpa?

— Só tem um Azevedo no Colégio Cardinalício.

— Quanto você pagou a ele?

— Um milhão.

— Onde está o dinheiro?

— No Banco do Panamá.

A ORDEM

— Depois?

Estermann inclinou a cabeça.

— Ballantine, da Filadélfia.

— Quanto?

— Um milhão.

— Onde está o dinheiro?

— No Banco do Vaticano.

— Depois?

O último nome na lista de Estermann era o cardeal Péter Zikov, arcebispo de Eztergom-Budapeste, um milhão de euros, pagos em sua conta pessoal no Banco Popolare da Hungria. No total, 42 dos 116 cardeais eleitores que escolheriam o sucessor do papa Paulo VII tinham recebido dinheiro em troca de seus votos. O custo total da operação era pouco menos de cinquenta milhões de dólares. Cada centavo tinha saído dos cofres do Wolf Group, conglomerado global também conhecido como Ordem de Santa Helena Ltda.

— E são só esses nomes? — provocou Gabriel. — Tem certeza de que não deixou alguém de fora?

Estermann fez que não vigorosamente.

— Os outro 18 cardeais que votarão em Emmerich são membros da Ordem. Não receberam pagamento além de seus estipêndios mensais. — Ele hesitou. — E tem o arcebispo Donati, é claro. Dois milhões de euros. Depositei o dinheiro depois que ele e o israelense invadiram os Arquivos Secretos.

Gabriel deu uma olhada para Lavon.

— E tem certeza de que não depositou esse dinheiro numa conta que eu não conheço?

— Não — disse Estermann. — Está na conta pessoal de Donati no Banco do Vaticano.

DANIEL SILVA

Gabriel virou uma página nova em seu caderno, apesar de não ter se dado ao trabalho de escrever um único nome ou número.

— Vamos repassar, que tal? Só para garantir que ninguém ficou de fora.

— Por favor — implorou Estermann. — Estou com uma dor de cabeça horrível por causa das drogas que vocês me deram.

Gabriel olhou para Mordecai e Oded, e, em alemão, instruiu-os a devolver Estermann à cela. Na sala de estar do andar de cima, Lavon e ele revisaram a gravação num notebook.

— Aquele terno clerical que você usou para entrar nos Arquivos Secretos outro dia deve ter te influenciado. Por um segundo, acreditei que você fosse membro da Ordem.

Gabriel avançou a gravação e deu PLAY.

Dois milhões de euros. Depositei o dinheiro depois que ele e o israelense invadiram os Arquivos Secretos...

Gabriel clicou PAUSE.

— Bem inteligente da parte deles, não acha?

— Obviamente, eles não pretendem cair sem lutar.

— Nem eu.

— O que tem em mente?

— Vou dar uma palavrinha com ele. — Gabriel hesitou. — Frente a frente.

— Você tem tudo de que precisa — disse Lavon. — Vamos sair daqui antes de algum policial alemão bonzinho bater na porta e perguntar se sabemos algo sobre o desaparecimento de um executivo sênior do Wolf Group.

— Não podemos soltá-lo até a fumaça branca sair da chaminé da Capela Sistina.

— Então, vamos amarrá-lo numa árvore em algum lugar dos Alpes a caminho de Roma. Com alguma sorte, ninguém vai encontrá-lo até as geleiras derreterem.

268

A ORDEM

Gabriel fez que não.

— Quero saber por que ele tem o número privado de todos os líderes de extrema direita na Europa Ocidental. E quero aquele livro.

— Ele virou fumaça numa chaminé. Você mesmo disse.

— Igual aos meus avós.

Gabriel se virou sem uma palavra sequer e desceu para o porão. Lá, instruiu Mordecai e Oded a tirar Estermann da cela. Mais uma vez, o alemão não ofereceu resistência ao ser amarrado à cadeira. À 0h42, a venda foi removida. A câmera do telefone Solaris captou a expressão no rosto de Estermann. Mais tarde, no Boulevard Rei Saul, todos concordariam sobre uma questão: era um dos melhores momentos de Gabriel.

41

MUNIQUE

Natalie deu a Estermann um pouco de ibuprofeno para a cabeça e um prato de comida turca que tinha sobrado. Ele engoliu os tabletes de analgésico, mas esnobou a comida. Ignorou igualmente a taça de Bordeaux que ela colocara diante dele.

— Ela parece árabe — disse ele, quando Natalie saiu.

— Na verdade, é francesa. Os pais e ela tiveram de imigrar para Israel para fugir do antissemitismo lá.

— Ouvi falar que está muito ruim.

— Quase tanto quanto na Alemanha.

— São os imigrantes que causam os problemas, não os alemães étnicos.

— Não é bonito pensar assim. — Gabriel olhou para a taça intocada. — Beba um pouco. Vai se sentir melhor.

— Álcool é proibido pela Ordem. — Estermann franziu o cenho. — Eu imaginaria que você soubesse disso. — Ele baixou o olhar para seu prato sem entusiasmo. — Será que você não teria alguma comida alemã?

— Seria bem difícil, considerando que não estamos mais na Alemanha.

A ORDEM

Estermann adotou um sorriso de superioridade.

— Morei em Munique a maior parte da minha vida. Conheço o cheiro, os sons. Se eu tivesse de chutar, estamos no centro da cidade, bem perto do Jardim Inglês.

— Coma sua comida, Estermann. Você vai precisar da sua força.

Ele embrulhou dois pedaços de cordeiro grelhado num pão sírio *bazlama* e deu uma primeira mordida hesitante.

— Não foi tão ruim, foi?

— Onde você pediu?

— Um delivery pequeno perto da estação central da cidade.

— É onde todos os turcos moram, sabe.

— Na minha experiência, esses costumam ser os melhores lugares para comprar comida turca.

Estermann comeu um dos dolmas.

— É bem bom, na verdade. Mesmo assim, não é o que eu escolheria para minha última refeição.

— Por que tão pessimista, Estermann?

— Nós dois sabemos como isso vai terminar.

— O fim — disse Gabriel — ainda não foi escrito.

— E o que preciso fazer para sobreviver a esta noite?

— Responder a todas as minhas perguntas.

— E caso contrário?

— Vou ficar tentado a desperdiçar uma bala perfeitamente boa em você.

Estermann baixou a voz.

— Eu tenho filhos, Allon.

— Seis — falou Gabriel. — Um número muito judeu.

— Mesmo? Nunca soube.

Estermann olhou para a taça de vinho.

— Beba um pouco — disse Gabriel. — Vai se sentir melhor.

— É proibido.

DANIEL SILVA

— Viva um pouco, Estermann.

Ele pegou a taça.

— Com certeza, é o que pretendo.

A história de Andreas Estermann começava, imagine só, com o Massacre de Munique. O pai dele também tinha sido policial. Um policial de verdade, adicionou ele. Não do tipo secreto. Nas primeiras horas da manhã de 5 de setembro de 1972, ele foi acordado com a notícia de que guerrilheiros palestinos tinham sequestrado vários atletas israelenses na Vila Olímpica. Continuou dentro do posto de comando durante as negociações que duraram o dia todo e testemunhou a tentativa de resgate em Fürstenfeldbruck. Apesar do fracasso, o pai de Estermann foi recompensado com a maior condecoração de seu departamento por seus esforços naquele dia. Jogou numa gaveta e nunca mais olhou.

— Por quê?

— Achou que tinha sido um desastre.

— Para quem?

— Para a Alemanha, claro.

— E os israelenses inocentes que foram assassinados naquela noite?

Estermann deu de ombros.

— Imagino que seu pai tenha achado que era o que mereciam.

— Imagino que sim.

— Ele era apoiador dos palestinos?

— Até parece.

O pai, continuou Estermann, era membro da Ordem de Santa Helena, bem como o padre da paróquia deles. Estermann entrou quando era aluno da Universidade Ludwig Maximilian, de Munique. Três anos depois, durante uma fase especialmente gelada da Guerra Fria, ele entrou para o BfV. Segundo qualquer medida objetiva, ele tinha uma bela carreira, apesar do fracasso em acabar com a célula de Hamburgo. Em 2008, deixou a divisão de contraterrorismo e assumiu o comando do departamento 2, que monitorava neonazistas e outros extremistas de direita.

— Um pouco a raposa cuidando do galinheiro, não acha?

— Um pouco — admitiu Estermann, com um sorriso malicioso.

Ele vigiava os piores dos piores, seguiu e ajudou os procuradores federais a prender alguns. Mas, na maior parte, trabalhava para aumentar o desvio do país à direita, protegendo partidos políticos e grupos extremistas do escrutínio, especialmente, no que dizia respeito à fonte de seu financiamento. No geral, seu tempo como diretor do departamento 2 tinha sido um grande sucesso. A extrema direita alemã explodiu em tamanho e influência durante seu mandato. Ele se aposentou do BfV em 2014, com três anos de antecedência, e no dia seguinte foi trabalhar como chefe de segurança do Wolf Group.

— A Ordem de Santa Helena Ltda.

— Você obviamente leu o livro de Alessandro Ricci.

— Por que você saiu mais cedo da BfV?

— Eu tinha feito tudo o que podia lá de dentro. Além disso, em 2014, estávamos próximos de atingir nossos objetivos. O bispo Richter e Herr Wolf decidiram que o projeto exigia toda a minha atenção.

— O Projeto?

Estermann fez que sim.

— O que era?

— Uma reação a um incidente ocorrido no Vaticano no outono de 2006. Talvez você se lembre. Aliás — disse Estermann —, acho que você estava lá no dia.

* * *

DANIEL SILVA

Sem necessidade, ele lembrou Gabriel dos detalhes horrendos. O ataque ocorrera alguns minutos após o meio-dia, durante uma Audiência Geral de quarta-feira na Praça de São Pedro. Três homens-bomba, três foguetes lançadores de granada RPG-7: um insulto calculado ao conceito cristão de Trindade, que o islã considerava politeísmo, *shirk*. Mais de setecentas pessoas foram mortas no pior ataque terrorista desde o Onze de Setembro. Entre os mortos, estavam o comandante da Guarda Suíça, quatro cardeais da cúria, oito bispos e três monsenhores. O Santo Padre também teria morrido, se Gabriel não tivesse protegido o corpo dele dos escombros.

— E o que Lucchesi e Donati fizeram? — perguntou Estermann. — Pediram diálogo e reconciliação.

— Imagino que a Ordem tivesse uma ideia melhor.

— Terroristas islâmicos tinham acabado de atacar o coração da cristandade. O objetivo deles era transformar a Europa Ocidental numa colônia do califado. Vamos só dizer que o bispo Richter e Jonas Wolf não estavam a fim de negociar os termos da rendição do cristianismo. Aliás, ao discutir o plano deles, tomaram emprestada uma famosa frase dos judeus.

— Qual?

— Nunca mais.

— Fico lisonjeado — disse Gabriel. — E o plano?

— Os radicais islâmicos tinham declarado guerra contra a Igreja e a civilização ocidental. Se a Igreja e a civilização ocidental não conseguissem reunir a força para lutar contra ele, a Ordem faria isso por elas.

Fora Jonas Wolf, continuou ele, que escolhera chamar a operação de Projeto. O bispo Richter tinha argumentado a favor de algo bíblico, algo com atração e peso históricos. Mas Wolf insistira em insipidez em vez de grandiosidade. Queria uma palavra que soasse

A ORDEM

inofensiva, que pudesse ser usada num e-mail ou numa conversa telefônica sem levantar suspeita.

— E a natureza do Projeto? — perguntou Gabriel.

— Era para ser uma versão do século XXI da Reconquista.

— Suponho que suas ambições não fossem limitadas à Península Ibérica.

— Não — confirmou Estermann. — Nosso objetivo era apagar a presença islâmica da Europa Ocidental e recolocar a Igreja no seu lugar apropriado de ascendência.

— Como?

— Da mesma forma que nosso fundador, padre Schiller, declarou uma guerra bem-sucedida contra o comunismo.

— Juntando-se com fascistas?

— Apoiando a eleição de políticos tradicionalistas no coração predominantemente católico romano da Europa Ocidental. — As palavras dele tinham a secura de um relatório de política. — Políticos que dariam os passos difíceis, mas necessários, para reverter tendências demográficas atuais.

— Que tipo de passos?

— Use sua imaginação.

— Estou tentando. E só consigo ver vagões de gado e chaminés.

— Ninguém está falando disso.

— Foi você que usou a palavra *apagar*, Estermann. Não eu.

— Sabe quantos imigrantes muçulmanos tem na Europa? Em uma geração, duas no máximo, a Alemanha vai ser um país islâmico. A França e a Holanda, também. Imagine como vai ser a vida dos judeus.

— Por que não nos deixa fora disso e me explica como vai se livrar de 25 milhões de muçulmanos?

— Encorajando-os a ir embora.

— E se não forem?

275

DANIEL SILVA

— Deportações serão necessárias.

— Todos?

— Cada um.

— Qual é seu papel nisso? Você é Adolf Eichmann ou Heinrich Himmler?

— Sou o chefe de operações. Eu canalizo dinheiro da Ordem para nossos partidos políticos escolhidos e lidero nosso serviço de inteligência e segurança.

— Imagino que tenham uma divisão cibernética.

— E ótima. Entre a Ordem e os russos, pouco do que um europeu ocidental médio lê na internet hoje em dia é verdade.

— Estão trabalhando com eles?

— Os russos? — Estermann fez que não. — Mas é muito frequente que tenhamos os mesmos interesses.

— O chanceler da Áustria gosta bastante do Kremlin.

— Jörg Kaufmann? É nossa estrela. Até o presidente dos Estados Unidos, que não gosta de ninguém, adora ele.

— E Giuseppe Saviano?

— Graças à Ordem, ele saiu do nada para ganhar a última eleição.

— Cécile Leclerc?

— Uma verdadeira guerreira. Ela me disse que pretende construir uma ponte entre Marselha e o norte da África. Nem é preciso dizer que o trânsito só vai fluir em uma direção.

— Sobra Axel Brünner.

— Os bombardeios deram a ele um belo empurrão nas pesquisas.

— Você não saberia nada sobre eles, saberia?

— Meus velhos amigos no BfV estão convencidos de que a célula está baseada em Hamburgo. É uma verdadeira bagunça, Hamburgo. Muitas mesquitas radicais. Brünner vai limpar tudo isso quando estiver no poder.

A ORDEM

Gabriel sorriu.

— Graças a você, a única forma de Brünner conseguir ver o interior da Chancelaria Federal é se conseguir um emprego de faxineiro.

Estermann ficou em silêncio.

— Vocês estavam à beira de conseguir tudo o que queriam. Mas arriscaram tudo assassinando um velho com problemas cardíacos. Por que matá-lo? Por que não simplesmente esperar que ele morresse?

— Esse era o plano.

— O que mudou?

— O velho achou um livro nos Arquivos Secretos — disse Estermann. — E, aí, tentou entregar a você.

42

MUNIQUE

Foi no início de outubro, após a volta do Santo Padre de um fim de semana longo em Castel Gandolfo, que a Ordem percebeu que tinha um problema. Com a saúde declinando, talvez sentindo que o fim estava próximo, ele tinha iniciado uma revisão dos documentos mais sensíveis do Vaticano, em especial, aqueles relacionados à Igreja primitiva e aos Evangelhos. De particular interesse a Sua Santidade eram os evangelhos apócrifos, livros que os Pais da Igreja tinham excluído do Novo Testamento.

O cardeal Domenico Albanese, *prefetto* dos Arquivos Secretos, cuidadosamente curava a lista de leitura do Santo Padre, escondendo material que não queria que o Pontífice visse. Mas, muito por acaso, visitando o escritório papal com vários outros cardeais da cúria, ele notou um pequeno livro de vários séculos de idade, encadernado num couro vermelho rachado, na mesa ao lado da escrivaninha do Santo Padre. Era uma escrita cristã apócrifa dos primórdios, que deveria estar trancada na *collezione*. Quando Albanese perguntou ao Santo Padre como ele tinha obtido o livro, Sua Santidade respondeu que lhe tinha sido dado por certo padre Joshua, um nome que Albanese não reconheceu.

A ORDEM

Alarmado, Albanese imediatamente informou seu superior-
-geral, bispo Hans Richter, que, por sua vez, entrou em contato com
o chefe de segurança e inteligência da Ordem, Andreas Estermann.
Várias semanas depois, no meio de novembro, Estermann ficou
sabendo que o Santo Padre tinha começado a trabalhar numa carta
— uma carta que pretendia dar ao homem que o salvara durante o
ataque ao Vaticano.

— E, assim — disse Estermann —, o destino dele foi selado.

— Como vocês sabiam da carta?

— Plantei um transmissor no escritório papal há anos. Ouvi o
Santo Padre contar a Donati que estava escrevendo a você.

— Mas Lucchesi não contou a Donati *o que* estava me escrevendo.

— Ouvi o papa contar a outra pessoa. Nunca consegui determinar com quem ele estava falando. Aliás, não consegui ouvir a
voz da outra pessoa.

— Por que a Ordem estava tão preocupada com a perspectiva
de Lucchesi me dar o livro?

— Incontáveis motivos.

— Tinham medo de que fosse questionar a precisão histórica
dos Evangelhos.

— Obviamente.

— Mas vocês também estavam preocupados com a origem do
livro. Ele foi dado à Ordem em 1938 por um judeu romano rico
chamado Emanuele Giordano, junto com uma grande soma de
dinheiro e várias obras de arte. O *signore* Giordano não fez essa
contribuição por bondade de seu coração. A Ordem estava condu-
zindo um belo esquema de extorsão nos anos 1930. O alvo eram
judeus, a quem prometiam proteção e certificados de batismo que
salvariam a vida deles em troca de dinheiro e bens. Aquele dinheiro

DANIEL SILVA

foi o capital de risco do Wolf Group. Eu teria exposto tudo isso se
Lucchesi houvesse colocado o livro em minhas mãos.

— Nada mal, Allon. Sempre ouvi dizer que você era bom.

— Como o Evangelho segundo Pilatos acabou nos Arquivos
Secretos?

— O padre Schiller entregou a Pio XII em 1954. Sua Santidade
deveria ter queimado, mas, em vez disso, escondeu nos Arquivos. Se
o padre Joshua não tivesse encontrado, Lucchesi ainda estaria vivo.

— Como o padre Graf o matou?

A pergunta surpreendeu Estermann. Depois de um momento
de hesitação, ele levantou os dois primeiros dedos da mão direita e
moveu o dedão como se apertasse o êmbolo de uma seringa.

— O que tinha nela?

— Fentanil. Aparentemente, o velho lutou bastante. O padre
Graf deu a injeção através da batina e tapou a boca dele com a mão
enquanto ele morria. Uma das tarefas do camerlengo é supervisionar a preparação do corpo do Santo Padre para o enterro. Albanese
garantiu que ninguém notasse o pequeno buraco na coxa direita.

— Acho que eu vou fazer um buraco no padre Graf da próxima
vez que o vir.

Gabriel dispôs uma fotografia na mesa. Um homem de capacete de motocicleta na Ponte Vecchio em Florença, braço direito
estendido, uma arma na mão.

— Ele atira muito bem.

— Eu mesmo o treinei.

— Niklaus deixou que ele entrasse nos apartamentos papais na
noite do assassinato?

Estermann fez que sim.

— Ele sabia o que o padre Graf planejava fazer?

— Santo Niklaus? — Estermann fez que não. — Ele amava o
Santo Padre e Donati. O padre Graf o manipulou para ele abrir a

A ORDEM

porta. Ouvi Niklaus entrando no escritório alguns minutos depois da saída do padre Graf. Foi quando ele pegou a carta da mesa.

Gabriel a colocou na mesa, ao lado da fotografia.

— Onde você encontrou?

— Estava no bolso dele quando ele morreu.

— O que diz?

— Que é melhor você me dizer o que aconteceu com o Evangelho segundo Pilatos depois de Albanese tirá-lo do escritório.

— Ele deu para o bispo Richter.

— E o que o bispo Richter fez?

— Fez o que o padre Schiller e Pio XII deviam ter feito há muito tempo.

— Ele o destruiu?

O alemão fez que sim.

Gabriel tirou a Beretta das costas.

— Como quer que esta história termine?

— Quero ver meus filhos de novo.

— Resposta correta. Agora, vamos tentar uma segunda vez. — Gabriel apontou a Beretta para a cabeça de Estermann. — Onde está o livro?

Houve uma discussão acalorada, mas nenhuma operação do Escritório estaria completa sem isso. Yaakov Rossman nomeou-se porta-voz da oposição. A equipe, argumentou, já tinha realizado o quase impossível. Reunida às pressas numa cidade em alerta máximo, tinha conseguido fazer um ex-oficial de inteligência alemão desaparecer sem deixar rastros. Com um interrogatório habilidoso, ele havia entregado as informações necessárias para evitar que a Igreja Católica caísse nas mãos de uma ordem maligna, reacionária, com ligações com a extrema direita europeia. Além disso, a árvore

DANIEL SILVA

proverbial tinha caído na floresta operacional sem fazer som. Era melhor não forçar a sorte com uma aposta final arriscada, disse Yaakov. Melhor colocar Estermann no gelo e fugir tranquilamente para o Aeroporto de Munique.

— Não vou embora sem aquele livro — disse Gabriel. — E Estermann vai pegar para mim.

— Por que acha que ele vai concordar com isso?

— Porque é melhor que a alternativa.

— E se ele estiver mentindo? — questionou Yaakov. — E se estiver enviando você numa caçada inútil?

— Não está. Além do mais, é fácil comprovar a história dele.

— Como?

— O telefone.

O telefone a que Gabriel se referia pertencia ao padre Markus Graf. Gabriel ordenou que a Unidade 8200, que tinha conseguido acessar o aparelho após descobrir seu número, checasse os dados de GPS armazenados no sistema operacional. Pouco depois das cinco da manhã no horário de Munique, Yuval Gershon ligou de volta com as descobertas da unidade. Os dados de GPS confirmavam a história de Estermann.

Nesse ponto, o debate acabou. Havia, porém, um pequeno problema de transporte.

— Se as coisas derem errado lá — disse Eli Lavon —, você não vai conseguir voltar a Roma hoje.

— Não sem um avião particular — concordou Gabriel.

— E onde vai arrumar um avião?

— De repente, podemos roubar.

— Talvez crie confusão.

— Nesse caso — disse Gabriel —, vamos pegar emprestado.

★ ★ ★

A ORDEM

Martin Landesmann, financista e filantropo suíço, notoriamente só dormia três horas por noite. Portanto, quando atendeu seu telefone às 5h15, soava alerta e cheio de vitalidade empreendedora. Sim, disse, os negócios iam bem. Muito bem, aliás. Não, respondeu com uma risada sem graça, não estava vendendo componentes nucleares aos iranianos de novo. Por causa de Gabriel, tudo isso estava no passado de Landesmann.

— E você? — perguntou ele, com sinceridade. — Como estão os negócios ultimamente?

— O caos internacional é uma indústria em crescimento.

— Sempre estou procurando oportunidades de investimento.

— Financiamento não é um problema, Martin. Preciso é de um avião.

— Vou levar o jato executivo Boeing para Londres no fim da manhã, mas o Gulfstream está disponível.

— Então, vamos ter que nos virar com ele.

— Onde e quando?

Gabriel disse.

— Destino?

— Tel Aviv, com uma breve parada no Aeroporto de Ciampino, em Roma.

— Para onde mando a cobrança?

— Coloque na minha conta.

Gabriel desligou e ligou para Donati em Roma.

— Eu estava começando a achar que nunca mais ia ter notícias suas — disse ele.

— Não se preocupe, tenho tudo de que você precisa.

— É muito ruim?

— Doze na escala bispo Richter. Mas temo que haja uma complicação envolvendo alguém próximo ao papa anterior. Prefiro não discutir ao telefone.

DANIEL SILVA

— Quando você chega aqui?

— Preciso resolver uma ou duas pendências antes de ir. E nem pense em pôr o pé para fora da Cúria Jesuíta até eu chegar aí.

Gabriel desligou.

— Diga uma coisa — falou Lavon. — Como é ser você?

— Exaustivo.

— Por que não dorme por algumas horas enquanto arrumamos tudo?

— Adoraria. Mas tenho mais uma pergunta para nosso novo ativo.

— Qual?

Gabriel disse a ele.

— São duas perguntas.

Sorrindo, Gabriel levou o telefone de Estermann para o andar de baixo. O alemão estava bebendo café na mesa de interrogatório, observado por Mikhail e Oded. Estava com a barba por fazer e um hematoma na bochecha direita. Com uma lâmina de barbear e um pouco de maquiagem, ficaria novo em folha.

Cansado, ele observou Gabriel sentar-se na cadeira em frente.

— O que foi agora?

— Vamos arrumar você. Aí, vamos dar um passeio.

— Onde?

Gabriel olhou inexpressivo para Estermann.

— Você não vai conseguir passar pelos guardas no ponto de controle.

— Não vou precisar. Você vai fazer isso por mim.

— Não vai funcionar.

— Para o seu bem, é bom que funcione. Mas, antes de sairmos, quero que me responda a mais uma pergunta. — Gabriel colocou o telefone de Estermann na mesa. — Por que você foi a Bonn depois de falar com Stefani Hoffman? E por que desligou seu telefone por duas horas e 57 minutos?

A ORDEM

— Eu não fui a Bonn.

— Seu telefone diz que foi. — Gabriel bateu na tela. — Diz que você saiu do Café du Gothard às 14h34 e chegou à periferia de Bonn em torno de 19h15, um tempo muito bom, devo dizer. Nesse ponto, você desligou seu telefone. Quero saber por quê.

— Já disse, eu não fui a Bonn.

— Aonde você foi?

O alemão hesitou.

— Eu estava em Grosshau. É uma pequena aldeia agrícola alguns quilômetros a oeste.

— O que tem em Grosshau?

— Um chalé na floresta.

— Quem mora lá?

— Um homem chamado Hamid Fawzi.

— Quem é ele?

— Uma criação de minha unidade cibernética.

— É por causa dele que bombas estão explodindo na Alemanha?

— Não — disse Estermann. — É por minha causa.

43

COLÔNIA, ALEMANHA

Gerhardt Schmidt não era conhecido por trabalhar muitas horas. Tipicamente, chegava à sede do BfV em Colônia um ou dois minutos antes da reunião de equipe sênior das dez da manhã e, se não houvesse alguma emergência, estava no banco de trás de sua limusine oficial no máximo às 17 horas. Na maioria das noites, parava em um dos melhores bares da cidade para um drinque. Mas só um. Tudo com moderação, era o lema pessoal de Schmidt. Seria gravado em seu túmulo.

As bombas em Berlim e Hamburgo tinham se provado prejudiciais à agenda diária salubre de Schmidt. Naquele dia, ele já estava em sua mesa no indigno horário de oito da manhã, quando, em geral, ainda estaria na cama com café e jornais. Consequentemente, quando seu telefone de linha segura vibrou com uma ligação de Tel Aviv às 8h15, ele estava lá para atender.

Ele esperava ouvir a voz de Gabriel Allon, lendário diretor-geral do serviço de inteligência de Israel. Em vez dele, era Uzi Navot, vice de Allon, que desejou um bom dia a Schmidt em alemão perfeito. Schmidt tinha um respeito hesitante por Allon, mas

A ORDEM

detestava Navot. Por muitos anos, o israelense trabalhara disfarçado na Europa, liderando redes e recrutando agentes, incluindo três que trabalhavam para o BfV.

Depois de alguns segundos, porém, Schmidt arrependeu-se profundamente de algum dia ter dito uma palavra mal-educada — aliás, de ter tido qualquer pensamento insultante — sobre o homem do outro lado da linha. Aparentemente, os israelenses, como muitas vezes acontecia, tiveram acesso a uma informação de inteligência mágica, dessa vez em relação à nova célula causando o caos na Alemanha. Navot foi previsivelmente evasivo sobre como tinha conseguido a informação. Era um mosaico, alegou, uma mescla de fontes humanas e interceptações eletrônicas. Vidas estavam em risco. O relógio estava correndo.

Qualquer que fosse a fonte da informação, era altamente específica. Dizia respeito a uma propriedade em Grosshau, uma aldeia agrícola minúscula localizada à beira da densa floresta alemã conhecida como Hürtgenwald. A propriedade era de algo chamado OSH Holdings, uma firma baseada em Hamburgo. Havia duas estruturas, uma fazenda tradicional alemã e um anexo feito de metal corrugado. A fazenda estava praticamente vazia. No anexo, porém, havia um caminhão Mitsubishi de carga leve com duas dúzias de tambores de fertilizante de nitrato de amônio, nitrometano e Tovex, os ingredientes de uma bomba ANNM.

O caminhão estava registrado em nome de certo Hamid Fawzi, um refugiado originário de Damasco, que tinha ido morar em Frankfurt após a Síria entrar em guerra civil. Ou era o que alegava em suas redes sociais, que atualizava com frequência. Engenheiro de formação, Fawzi trabalhava como especialista em TI para uma consultoria alemã também de propriedade da OSH Holdings. A esposa dele, Asma, usava um véu cobrindo o rosto inteiro sempre

DANIEL SILVA

que saía do apartamento deles. Tinham dois filhos, uma menina chamada Salma e um menino chamado Mohammad.

Segundo a inteligência de Navot, um único agente chegaria à propriedade naquela manhã às 10 horas. Ele não sabia dizer se seria Hamid Fawzi. Tinha bastante certeza, porém, do alvo: o imensamente popular mercado de Natal de Colônia, que acontecia na catedral histórica.

Gerhardt Schmidt tinha uma longa lista de perguntas que queria fazer a Navot, mas só havia tempo para expressar sua profunda gratidão. Depois de desligar, ele imediatamente telefonou para o ministro do Interior, que, por sua vez, telefonou para a chanceler e para o colega de Schmidt na Bundespolizei. Os primeiros oficiais chegaram à fazenda às 8h30. Alguns minutos depois das 9 horas, uniram-se a eles quatro equipes da GSG 9, unidade tática e de contraterrorismo de elite da Alemanha.

Os oficiais não tentaram entrar no anexo, que estava trancado com um cadeado pesado. Em vez disso, esconderam-se na floresta ao redor e esperaram. Às 10 horas em ponto, uma perua Volkswagen Passat chegou sacolejando pela entrada esburacada da propriedade. O homem ao volante estava de óculos escuros e um gorro de vigia de lã. Tinha luvas nas mãos.

Ele estacionou seu Volkswagen em frente à casa da fazenda e caminhou até o anexo. Os oficiais da GSG 9 esperaram ele abrir o cadeado antes de sair da cobertura das árvores. Assustado, o homem colocou a mão dentro do casaco, aparentemente buscando uma arma, mas sabiamente parou quando viu o tamanho da força diante dele. Foi uma surpresa para os oficiais da GSG 9, que tinham sido treinados para esperar que terroristas jihadista lutassem até a morte.

Os oficiais se surpreenderam uma segunda vez quando, depois de algemar o homem, tiraram os óculos e o gorro dele. Loiro e de

A ORDEM

olhos azuis, ele parecia ter saído de um pôster de propaganda nazista. Uma busca rápida mostrou que ele estava em posse de uma pistola Glock 9mm, três celulares, vários milhares de euros em dinheiro e um passaporte austríaco emitido em nome de Klaus Jäger. A Bundespolizei imediatamente contatou sua irmã em Viena, que conhecia bem Jäger. Era um ex-policial austríaco demitido por envolver-se com conhecidos neonazistas.

Foi nesse ponto, às 10h30, que a história saiu no site do *Die Welt*, jornal mais respeitado da Alemanha. Com base numa fonte anônima, a matéria afirmava que a Bundespolizei, agindo com informações obtidas pelo chefe da BfV, Gerhardt Schmdit, tinha prendido um dos homens responsáveis pelos atentados em Berlim e Hamburgo. Ele não era membro do Estado Islâmico, como anteriormente se suspeitava, mas um conhecido neonazista ligado a Axel Brünner e o Partido Nacional-Democrata, de extrema direita. Os ataques, reportou o *Die Welt*, faziam parte de uma trama cínica para aumentar o apoio a Brünner antes da eleição geral.

Em minutos, a Alemanha entrou em um caos político. Gerhardt Schmidt, porém, de repente, tornou-se o homem mais popular do país. Após uma ligação com a chanceler, ele telefonou para Uzi Navot em Tel Aviv.

— *Mazel tov*, Gerhardt. Acabei de ver as notícias.

— Não sei como vou lhe pagar.

— Com certeza, vai pensar em algo.

— Só tem um problema — disse Schmidt. — Preciso saber o nome de sua fonte.

— Não vou dizer nunca. Mas, se eu fosse você, investigaria a fundo a OSH Holdings. Suspeito que vai levá-lo a um lugar interessante.

— Qual?

289

DANIEL SILVA

— Não quero estragar a surpresa.

— Allon e você sabiam que Brünner e a extrema direita estavam por trás dos bombardeios?

— A extrema direita? — Navot soava incrédulo. — Quem imaginaria uma coisa dessas?

44

BAVÁRIA, ALEMANHA

A fonte da inteligência incrivelmente precisa de Uzi Navot saiu de Munique às 10h15 no porta-malas de um Audi sedã. Permaneceu lá, amarrado e amordaçado, até o carro chegar à aldeia bávara de Irschenberg, onde foi colocado no banco de trás, ao lado de Gabriel. Juntos, ouviram as primeiras notícias na ARD, enquanto o carro começava a subida para o Obersalzberg.

— Algo me diz que o pequeno *boom* de Brünner acaba de terminar. — Gabriel baixou o olhar para o telefone de Estermann, que estava vibrando. — Falando no diabo. É a terceira vez que ele liga.

— Ele provavelmente pensa que estou por trás da matéria que você plantou no *Die Welt*.

— Por que ele pensaria isso?

— A operação do atentado foi altamente compartimentalizada. Eu era uma de quatro pessoas que sabiam que os ataques faziam parte dos esforços da Ordem para ajudá-lo a vencer a eleição geral.

— Isso é que é *fake news* — comentou Gabriel.

— Foi você quem engendrou a matéria no *Die Welt*.

— Mas tudo que eu disse a eles era verdade.

DANIEL SILVA

No banco do passageiro, Eli Lavon riu baixinho antes de acender um cigarro. Mikhail, que falava pouco alemão, concentrou-se em dirigir.

— Eu realmente preferia que seu associado apagasse esse cigarro — protestou Estermann. — E o outro precisa mesmo bater os dedos assim? É muito irritante.

— Prefere que ele bata em você?

— Ele já fez isso bastante ontem à noite. — Estermann mexeu a mandíbula de um lado para o outro. — Wolf provavelmente está se perguntando por que não falei com ele.

— Você vai falar, em mais ou menos uma hora. Algo me diz que ele vai ficar aliviado em vê-lo.

— Eu não teria tanta certeza.

— Quantos guardas vai haver no ponto de controle?

— Eu já disse.

— Sim, eu sei. Mas me diga de novo.

— Dois — falou Estermann. — Ambos vão estar armados.

— Me lembre o que acontece quando alguém chega.

— Os guardas ligam para Karl Weber, chefe de segurança. Se os convidados forem esperados, Weber permite que o carro prossiga. Se não estiverem na lista, ele checa com Wolf. Durante o dia, ele costuma estar em seu escritório. Fica no segundo andar do chalé. O evangelho está no cofre.

— Qual é a senha?

— 87, 94, 98.

— Não é exatamente difícil de lembrar, né?

— Foi Wolf que pediu.

— Motivos sentimentais?

— Eu não saberia. Herr Wolf é muito fechado no que diz respeito à sua vida pessoal. — Estermann apontou na direção dos Alpes. — Lindo, né? Não tem montanhas assim em Israel.

A ORDEM

— Isso é verdade — admitiu Gabriel. — Mas também não tem pessoas como você.

Hoje, é comum políticos de todas as cores ideológicas encherem os bolsos escrevendo — ou contratando alguém para escrever — um livro. Alguns são memórias, outros são apelos para agir sobre questões importantes para ele. Os exemplares que não são vendidos em atacado para apoiadores, em geral, ficam acumulando poeira em armazéns ou nas salas de estar de jornalistas que ganham exemplares da editora com a esperança de que murmurem algo favorável na TV por assinatura ou nas redes sociais. O único vencedor nesse jogo é o político, que costuma embolsar um grande adiantamento. Ele diz a si mesmo que merece o dinheiro devido ao enorme sacrifício pessoal e financeiro que fez trabalhando no governo.

No caso de Adolf Hitler, o livro que o tornou rico foi escrito uma década antes de sua ascensão ao poder. Ele usou uma parte dos direitos autorais para comprar o Haus Wachenfeld, modesto chalé de férias nas montanhas acima de Berchtesgaden. Encomendou uma ambiciosa reforma em 1935, baseada num esboço rudimentar que fez numa prancha emprestada de Albert Speer, seu ministro de armamentos e produção de guerra. O resultado foi Berghof, uma residência descrita por Speer como "nada prática para a recepção de visitantes oficiais".

Com o crescimento do poder e da paranoia de Hitler, cresceram também as pegadas nazistas em Obersalzberg. Empoleirado no cume do Kehlstein ficava o Ninho da Águia, um chalé usado por oficiais sêniores do partido para reuniões e ocasiões sociais; e a uma distância que podia ser percorrida a pé de Berghof ficava a luxuosa casa de chá em que Hitler passava tardes com Eva Braun e Blondi, seu amado pastor-alemão. Várias centenas de bombardeiros RAF

DANIEL SILVA

Lancaster atacaram o complexo em 25 de abril de 1945, infligindo danos pesados ao Berghof. O governo alemão demoliu a casa de chá nos anos 1950, mas o Ninho da Águia é até hoje uma atração turística popular, assim como a aldeia de Berchtesgaden.

Andreas Estermann observou a neve caindo nas bonitas ruas de paralelepípedo.

— É a primeira tempestade da temporada.

— Mudança climática — respondeu Gabriel.

— Você não acredita mesmo nessa bobagem, né? É um padrão climático, só isso.

— Talvez você devesse ler algo que não o *Der Stürmer* de vez em quando.

Franzindo a sobrancelha, Estermann apontou para as lojas e os cafés saídos de cartões-postais.

— Acho que vale a pena defender isso, não? Imagine como seria essa cidade com um minarete.

— Ou uma sinagoga?

Estermann não se deixou abalar pela ironia de Gabriel.

— Não tem judeus aqui em Obersalzberg, Gabriel.

— Não mais.

Gabriel olhou por cima do ombro. Diretamente atrás deles estava o segundo Audi sedã. Yaakov estava dirigindo, Yossi e Oded, no banco de trás. Dina e Natalie seguiam na van Mercedes. Gabriel ligou para o número de Natalie e pediu para ela esperar na aldeia.

— Por que não podemos ir com vocês?

— Porque as coisas podem ficar feias.

— E Deus sabe que nunca estivemos numa situação feia antes.

— Pode enviar uma reclamação para o RH amanhã de manhã.

Gabriel desligou e instruiu Mikhail a virar à esquerda no fim da rua. Eles aceleraram pela margem de um rio cor de granito, passando por pequenos hotéis e chalés de férias.

294

— Estamos a menos de três quilômetros de lá — disse Estermann.

— Lembra o que vai acontecer se você tentar alertá-lo?

— Você vai me jogar num buraco fundo.

Gabriel devolveu o telefone de Estermann.

— Faça a ligação no viva-voz.

Estermann discou. O telefone tocou sem ser atendido.

— Ele não está atendendo.

— Tenho uma sugestão.

— Qual?

— Ligue de novo.

45

OBERSALZBERG, BAVÁRIA

Jonas Wolf não via televisão com regularidade. Considerava-a o verdadeiro ópio das massas e a fonte da caminhada do Ocidente para o hedonismo, o secularismo e o relativismo moral. Naquela manhã, porém, tinha ligado as notícias em seu confortável escritório às 11h15, esperando ver os primeiros relatos de um grande atentado terrorista na catedral histórica de Colônia. Em vez disso, ficara sabendo que um caminhão-bomba tinha sido descoberto num complexo remoto no oeste da Alemanha e que um ex-policial austríaco com conhecidas ligações com a extrema direita tinha sido preso. O *Die Welt* conectava o homem com os bombardeios em Berlim e Hamburgo e, mais preocupante, a Axel Brünner e ao Partido Nacional-Democrata. Os ataques supostamente faziam parte de uma operação implacável de Brünner e da extrema direita para inflamar o eleitorado alemão na véspera das eleições.

Por enquanto, pelo menos, o nome de Wolf não tinha sido mencionado na cobertura do escândalo que se desdobrava. Ele duvidava que fosse escapar do escrutínio por muito tempo. Como a Bundespolizei tinha ficado sabendo do complexo em Grosshau para começar? E como o repórter do *Die Welt* tinha conectado os bombardeios à campanha de Brünner tão rápido? Wolf só tinha um suspeito.

Gabriel Allon...

Foi por esse motivo que Wolf não atendeu à primeira ligação recebida do iPhone de Andreas Estermann. Não era hora, pensou, de falar com um cúmplice que estava ligando de um aparelho celular. Mas quando Estermann ligou uma segunda vez, Wolf levou, hesitante, o telefone ao ouvido.

A voz de Estermann estava uma oitava acima do normal. Era a voz, pensou Wolf, de um homem obviamente tenso. Aparentemente, um membro da Ordem que ainda trabalhava para o BfV tinha alertado Estermann que ele e Wolf estavam prestes a ser presos em conexão com os bombardeios. Estermann estava se aproximando da propriedade com vários de seus homens. Queria que Wolf estivesse lá embaixo quando chegasse. Já tinha instruído a Platinum Flight Services, operadora com base fixa no Aeroporto de Salzburg, a preparar um dos Gulfstreams para partir. Um plano de voo para Moscou tinha sido enviado. Eles estariam no ar em menos de uma hora. Wolf deveria levar seu passaporte e o máximo de dinheiro que conseguisse enfiar numa única maleta.

— E o evangelho, Herr Wolf. O que quer que faça, não o deixe para trás.

A ligação ficou muda. Um grupo de repórteres tinha encurralado Brünner em frente à sede do partido em Berlim. Sua negação de envolvimento no bombardeio tinha a credibilidade de um assassino dizendo ser inocente enquanto segurava uma faca ensanguentada.

Wolf tirou o som da TV. Então, pegou o telefone e ligou para Otto Kessler, gerente-geral da Platinum Flight Support. Depois de uma troca de gentilezas, Wolf perguntou se seu avião estava pronto para partir.

— Que avião, Herr Wolf?

DANIEL SILVA

— Um homem de minha empresa deveria ter lhe telefonado.

Kessler garantiu a Wolf que ninguém havia lhe contatado.

— Mas você não vai ter dificuldades de conseguir uma vaga para partir. Só tem mais uma aeronave particular saindo hoje à tarde.

— E de quem seria? — perguntou Wolf, indiferente.

— Martin Landesmann.

— O Martin Landesmann?

— O avião é dele, mas não tenho certeza se ele vai estar a bordo. Estava vazio quando chegou.

— Para onde vai?

— Tel Aviv, com uma breve parada em Roma.

Gabriel Allon...

— E para que horas está marcada a partida de Landesmann? — perguntou Wolf.

— Duas da tarde, se o tempo permitir. A previsão é de mais neve à tarde. Estamos esperando uma paralização completa no solo em torno das 16 horas.

Wolf desligou e imediatamente discou o número do bispo Richter no *palazzo* da Ordem no Janículo em Roma.

— Imagino que tenha visto as notícias, Excelência.

— Uma evolução preocupante — respondeu Richter, com seu típico eufemismo.

— Infelizmente, está prestes a piorar.

— Quanto?

— A Alemanha está perdida. Pelo menos, por enquanto. Mas o papado ainda está a nosso alcance. Você deve fazer tudo em seu poder para manter nosso amigo da Sociedade de Jesus longe dos cardeais.

— Ele tem dois milhões de motivos para ficar de boca fechada.

— Dois milhões e um — disse Wolf.

A ORDEM

Ele desligou o telefone e contemplou a paisagem do rio pendurada na parede de seu escritório. Pintada pelo Velho Mestre alemão Jan van Goyen, pertencera outrora a um rico empresário judeu vienense chamado Samuel Feldman. Feldman a tinha dado ao padre Schiller, fundador da Ordem, em troca de um conjunto de certificados de batismo falsos para si e sua família. Infelizmente, os certificados não haviam chegado a tempo de evitar a deportação de Feldman e os seus para o distrito de Lublin, na Polônia ocupada pela Alemanha, onde foram assassinados.

Escondido atrás da paisagem, estava o cofre de Wolf. Ele girou a fechadura — *87, 94, 98* — e abriu a pesada porta de aço inoxidável. Dentro, havia dois milhões de euros em dinheiro, cinquenta barras de ouro, uma pistola Luger de setenta anos e a última cópia remanescente do Evangelho segundo Pilatos.

Wolf pegou apenas o evangelho. Colocou o livro em sua mesa e abriu no relato do prefeito romano sobre a prisão e execução de um agitador galileu chamado Jesus de Nazaré. Ignorando o conselho do bispo Richter, Wolf tinha lido a passagem na noite em que o padre Graf trouxera o livro de Roma. Para sua lástima, tinha lido muitas vezes desde então. Felizmente, seus olhos seriam os últimos a vê-la.

Ele levou o livro até a janela de seu escritório. Dava para a frente do chalé e a estrada longa que cortava seu vale particular. Ao longe, quase encoberto pela neve que caía, estava a Untersberg, montanha em que Frederick Barbarossa esperara seu lendário chamado para levantar-se e restaurar a glória da Alemanha. Wolf tinha ouvido o mesmo chamado. A pátria-mãe estava perdida. *Pelo menos, por enquanto…* Mas talvez ainda houvesse uma chance de salvar sua Igreja.

A previsão é de mais neve à tarde. *Estamos esperando uma paralização completa no solo em torno das quatro…*

DANIEL SILVA

Wolf checou o horário. Então, ligou para Karl Weber, seu chefe de segurança. Como sempre, Weber atendeu ao primeiro toque.

— Sim, Herr Wolf?

— Andreas Estermann vai chegar a qualquer minuto. Está esperando que eu o encontre lá fora, na entrada, mas, infelizmente, houve uma mudança de planos.

Mikhail virou na estrada particular de Wolf e subiu por uma floresta densa de abetos e bétulas. Após um momento, as árvores se abriram e um vale apareceu diante deles, com montanhas erguendo-se dos três lados. Nuvens caíam sobre os picos mais altos.

Estermann deu um pulo involuntário quando Gabriel sacou sua Beretta.

— Não se preocupe, não vou atirar em você. A não ser, claro, que me dê uma mínima desculpa para isso.

— A guarita dos guardas fica do lado esquerdo da estrada.

— E?

— Eu estou sentado do lado do carona. Se houver uma troca de tiros, posso ficar no fogo cruzado.

— O que aumenta minhas chances de sobrevivência.

Atrás deles, Yaakov piscou o farol.

— Qual é o problema dele? — perguntou Mikhail.

— Imagino que ele queira nos ultrapassar antes de chegarmos ao ponto de controle.

— O que quer que eu faça, chefe?

— Você consegue dirigir e atirar ao mesmo tempo?

— O papa é católico?

— Não tem papa algum agora, Mikhail. É por isso que estamos prestes a ter um conclave.

300

A ORDEM

A guarita apareceu diante deles, coberta pela neve. Dois seguranças com jaquetas de esqui pretas estavam no meio da estrada, cada um segurando uma submetralhadora HK MP5. Não pareceram preocupados com os dois carros se aproximando em alta velocidade. Também não deram qualquer indicação de estar planejando sair do caminho.

— Devo atropelá-los? — perguntou Mikhail.

— Por que não?

Mikhail baixou as duas janelas do lado do carona e pisou no acelerador. Os dois seguranças correram para a proteção da guarita. Um acenou cordialmente enquanto os carros passavam.

— Parece que seu truque funcionou, Allon. Eles deviam parar todos os carros.

Mikhail fechou as janelas. À esquerda deles, do outro lado de um campo coberto de neve, um helicóptero executivo Airbus estava em seu ponto, com a tristeza de um brinquedo abandonado. O chalé de Wolf surgiu um momento depois. Uma figura só estava parada na entrada de carros. Sua jaqueta de esqui preta era idêntica às usadas pelos homens no ponto de controle. Suas mãos estavam vazias.

— Esse é Weber — explicou Estermann. — Tem uma nove milímetros embaixo da jaqueta.

— Ele é destro ou canhoto?

— Que diferença faz?

— Pode determinar se ele vai continuar vivo daqui a trinta segundos.

Estermann franziu o cenho.

— Acho que é destro.

Mikhail freou e saiu com a Uzi Pro na mão. Atrás deles, Yaakov e Oded, ambos armados com pistolas Jericho, pularam do segundo carro.

301

DANIEL SILVA

Gabriel esperou até terem tirado a arma de Weber e se uniu a eles. Calmamente, aproximou-se do segurança alemão, dirigindo-se a ele com o sotaque berlinense de sua mãe.

— Herr Wolf devia estar nos esperando. É urgente irmos imediatamente para o aeroporto.

— Herr Wolf pediu que eu o levasse para dentro.

— Onde ele está?

— Lá em cima — respondeu Weber. — No salão nobre.

46

OBERSALZBERG, BAVÁRIA

A escadaria era ampla, reta e coberta por um tapete vermelho vivo. Weber foi na frente, mãos ao alto, a Uzi Pro de Mikhail apontando para sua lombar. Gabriel estava no meio de Eli Lavon e Estermann. O alemão sem dúvida estava desconfortável.

— Algo o está incomodando, Estermann?

— Você vai ver em um minuto.

— Talvez fosse melhor me dizer agora. Não sou muito fã de surpresas.

— Herr Wolf geralmente não recebe visitantes no salão nobre.

No topo das escadas, Weber virou à direita e os levou a uma antessala. Parou em frente a um par de portas duplas ornamentadas.

— Só tenho autorização de vir até aqui. Herr Wolf está esperando lá dentro.

— Quem mais está aí? — perguntou Gabriel.

— Só Herr Wolf.

Gabriel apontou a Beretta para a cabeça de Weber.

— Tem certeza disso?

Weber fez que sim.

Gabriel apontou a Beretta para uma das poltronas.

DANIEL SILVA

— Sente-se.

— Não é permitido.

— Agora, é.

Weber sentou-se. Oded se acomodou na cadeira em frente, com a Jericho .45 no joelho.

Gabriel olhou para Estermann.

— O que está esperando?

Estermann abriu a porta e entrou na frente.

Era um espaço cavernoso, de cerca de 18 por 15 metros. Uma parede era quase inteiramente ocupada por uma janela panorâmica. As outras três estavam cobertas por tapeçarias Gobelin e o que pareciam ser quadros de Velhos Mestres. Havia um armário monumental de louças classicista, um enorme relógio encimado por uma águia e um busto de Wagner que parecia ser obra de Arno Becker, arquiteto e escultor alemão amado por Hitler e pela elite nazista.

Havia duas áreas para se sentar, uma perto da janela e outra em frente à lareira. Gabriel cruzou o cômodo e juntou-se a Jonas Wolf perto do fogo. O centro das chamas era vulcânico. Em cima das brasas, havia um livro. Só sobrara a capa de couro.

— Imagino que queimar livros seja natural para alguém como você.

Wolf ficou em silêncio.

— Não está armado, está, Wolf?

— Com uma pistola.

— Poderia pegar para mim, por favor?

Wolf pôs a mão embaixo de seu blazer de cashmere.

— Devagar — alertou Gabriel.

Wolf apresentou a arma. Era uma velha Luger.

— Faça-me um favor e jogue-a naquela cadeira ali.

A ORDEM

Wolf fez o que ele mandou.

Gabriel olhou para os restos queimados do livro.

— É o Evangelho segundo Pilatos?

— Não, Allon. *Era* o Evangelho segundo Pilatos.

Gabriel colocou o cano da Beretta na nuca de Wolf. De alguma forma, conseguiu não apertar o gatilho.

— Importa-se se eu der uma olhada?

— Fique à vontade.

— Pode pegar para mim, por favor?

Wolf não fez movimento algum.

Gabriel girou o cano da Beretta.

— Não me faça pedir duas vezes.

Wolf esticou as mãos para os instrumentos da lareira.

— Não — disse Gabriel.

Agachado, Wolf colocou a mão no inferno. Um pé nas suas costas foi o bastante para jogá-lo de cabeça nas chamas. Quando ele conseguiu sair, sua cabeleira grisalha era uma memória.

Gabriel fingiu indiferença aos gritos de dor dele.

— O que diz, Wolf?

— Nunca li — engasgou ele.

— Acho difícil acreditar.

— Era heresia!

— Como sabe, se não leu?

Gabriel foi até um dos quadros, um nu reclinado à moda de Ticiano. Ao lado, havia outro nu, de Bordone, um dos pupilos de Ticiano, além de uma paisagem de Spitzweg e ruínas romanas de Panini. Nenhum dos quadros, porém, era genuíno. Todos cópias do século xx.

— Quem fez esse trabalho para você?

— Um restaurador de arte alemão chamado Gunther Haas.

DANIEL SILVA

— É um picareta.

— Ele me cobrou uma pequena fortuna.

— Ele sabia onde esses quadros estavam durante a guerra?

— Nunca discutimos o assunto.

— Duvido que Gunther se importaria muito. Sempre foi um pouco nazista.

Gabriel olhou para Eli Lavon, que parecia estar concentrado numa disputa de quem piscava primeiro com o busto de Wagner. Um momento depois, ele colocou a mão no grande armário de madeira em que o busto estava.

— Era aqui que ficavam escondidos os alto-falantes do sistema de projeção. — Ele apontou para a parede acima. — E a tela ficava atrás dessa tapeçaria. Ele podia levantar sempre que queria mostrar um filme aos convidados.

Gabriel desviou de uma longa mesa retangular e parou diante da enorme janela.

— E essa janela podia ser abaixada, certo, Eli? Infelizmente, quando fez a planta de Berghof, ele colocou a garagem diretamente abaixo do salão. Quando o vento estava favorável, o fedor de gasolina era insuportável. — Gabriel olhou por cima do ombro para Wolf. — Com certeza, você não cometeu o mesmo erro.

— Tenho uma garagem separada — vangloriou-se Wolf.

— Onde fica o botão da janela?

— Na parede à direita.

Gabriel ligou o interruptor, e o vidro deslizou sem fazer som. A neve entrou no salão. Estava mais forte. Ele viu um avião subindo lentamente pelo céu acima de Salzburgo, depois olhou discretamente para seu relógio de pulso.

— É melhor ir, Allon. Aquele Gulfstream que você pegou emprestado de Martin Landesmann está marcado para sair para Roma às 14 horas. — Wolf conjurou um sorriso arrogante. — Leva pelo menos 42 minutos para chegar até o aeroporto.

— Na verdade, eu estava pensando em ficar para ver a Bundespolizei algemar você. A extrema direita alemã nunca vai se recuperar disso, Wolf. Acabou.

— Foi o que disseram de nós após a guerra. Mas, agora, estamos por todo lado. Na polícia, nos serviços de inteligência e de segurança, nos tribunais.

— Mas não na Chancelaria do Reich. Nem no Palácio Apostólico.

— Aquele conclave é meu.

— Não mais. — Gabriel afastou-se da janela e analisou o salão. Estava começando a enjoá-lo. — Isso tudo deve ter dado muito trabalho.

— As mobílias foram a parte mais difícil. Tudo teve que ser feito sob medida com base em fotografias antigas. O salão é exatamente como era, com exceção daquela mesa. Costumava ter um vaso de flores no centro. Eu uso para colocar fotografias que me são caras.

Elas estavam em porta-retratos de prata e arrumadas com esmero. Wolf com sua linda esposa. Wolf com seus dois filhos. Wolf ao leme de um veleiro. Wolf cortando o laço cerimonial de uma nova fábrica. Wolf beijando o anel do bispo Richter, superior-geral da venenosa Ordem de Santa Helena.

Uma foto era maior que as outras, com uma moldura mais ornamentada. Era uma imagem de Adolf Hitler sentado à mesa original com um garoto de dois ou três anos no joelho. A janela retrátil estava aberta. Hitler estava cansado e grisalho. O garoto parecia assustado. Só o homem vestido com o uniforme de oficial sênior da SS parecia contente. Sorrindo, ele estava parado com as mãos na cintura e a cabeça para trás em óbvio deleite.

DANIEL SILVA

— Imagino que reconheça o Führer — disse Wolf.

— Reconheço o oficial da SS também. — Gabriel contemplou Wolf por um momento. — A semelhança é impressionante.

Gabriel colocou a fotografia de volta na mesa. Outro avião estava subindo para o céu acima de Salzburgo. Ele olhou seu relógio de pulso. Era quase uma da tarde. Tempo suficiente, pensou, para uma última história.

47

OBERSALZBERG, BAVÁRIA

Eli Lavon reconheceu o pai de Wolf. Era Rudolf Fromm, assassino burocrático do departamento IVB4 do Escritório Principal de Segurança do Reich, divisão da SS que executava a Solução Final. Fromm era austríaco de nascença e católico romano de religião, assim como sua esposa, Ingrid. Eram ambos de Linz, a cidade ao longo do Danúbio onde Hitler nasceu. Wolf era o único filho dos dois. Seu nome real era Peter — Peter Wolfgang Fromm. A fotografia é de 1945, durante a última visita de Hitler a Berghof. A mãe de Wolf estava conversando fora da câmera com Eva Braun quando foi tirada. Exausto, com a mão tremendo incontrolavelmente, Hitler se recusou a posar para outra.

Um mês após a visita, com o Exército Vermelho se aproximando de Berlim, Rudolf Fromm tirou seu uniforme da SS e escondeu-se. Conseguiu evitar a captura e, em 1948, com ajuda de um padre da Ordem de Santa Helena, foi para Roma. Lá, adquiriu um cartão de identificação da Cruz Vermelha e uma passagem num navio que ia de Gênova para Buenos Aires. O filho de Fromm continuou em Berlim com a mãe até 1950, quando ela se enforcou no esquálido

DANIEL SILVA

apartamento de um quarto deles. Sozinho no mundo, ele foi acolhido pelo mesmo padre da Ordem que ajudara seu pai.

Entrou no seminário da Ordem em Bergen e estudou para ser padre. Aos 18, porém, recebeu a visita do padre Schiller, que lhe disse que Deus tinha outros planos para o filho brilhante e belo de um criminoso de guerra nazista. Ele saiu do seminário com um novo nome e entrou na Universidade de Heidelberg, onde estudou matemática. O padre Schiller lhe deu dinheiro para comprar sua primeira empresa em 1964 e, dentro de alguns anos, ele era um dos homens mais ricos da Alemanha, a personificação do milagre econômico do pós-guerra no país.

— Quanto dinheiro o padre Schiller lhe deu?

— Acredito que tenham sido cinco milhões de marcos alemães. — Wolf desabou em uma das poltronas perto do fogo. — Ou talvez tenham sido dez. Para ser sincero, não lembro. Faz muito tempo.

— Ele disse de onde vinha o dinheiro? Que a Ordem tinha extorquido judeus apavorados como Samuel Feldman em Viena e Emanuele Giordano em Roma? — Gabriel ficou em silêncio por um momento. — Esta é a parte em que você me diz que nunca ouviu falar neles.

— Para quê?

— Imagino que uma parte do dinheiro tenha sido usada para ajudar homens como seu pai a escapar.

— Bem irônico, né? — Wolf sorriu. — Meu pai cuidou pessoalmente do caso de Feldman. Um membro da família conseguiu escapar da rede. Uma filha, acredito. Muitos anos depois da guerra, ela contou sua história triste a um investigador particular judeu em Viena. O nome dele me escapa.

— Acho que era Eli Lavon.

— Sim, é isso. Ele tentou extorquir o bispo Richter. — Wolf riu amargamente. — Uma enorme tolice. Teve o que merecia.

310

A ORDEM

— Imagino que esteja se referindo à bomba que destruiu o escritório dele em Viena.

Wolf fez que sim.

— Duas funcionárias dele morreram. Ambas judias, claro.

Gabriel olhou para seu velho amigo. Nunca o vira cometer um ato de violência. Mas tinha certeza de que se Eli Lavon recebesse uma arma carregada, teria usado para matar Jonas Wolf.

O alemão estava inspecionando as queimaduras em sua mão direita.

— Ele era um personagem bem tenaz, esse Lavon. O estereótipo do judeu casmurro. Passou vários anos tentando achar meu pai. Nunca conseguiu, claro. Ele vivia bem confortavelmente em Bariloche. Eu o visitava a cada dois ou três anos. Como nossos nomes eram diferentes, ninguém jamais suspeitou que fôssemos parentes. Ele se tornou bastante devoto na velhice. Estava muito satisfeito.

— Não tinha arrependimentos?

— Pelo quê? — Wolf fez que não. — Meu pai tinha orgulho do que fez.

— Imagino que você também tenha.

— Muito — admitiu Wolf.

Gabriel sentiu como se uma faca tivesse sido enfiada em seu coração. Acalmou-se antes de falar de novo:

— Em minha experiência, a maioria dos filhos de criminosos de guerra nazistas não compartilha do fanatismo de seus pais. Veja, não que amem os judeus, mas nem sonham em terminar o trabalho que seus pais começaram.

— Você obviamente precisa sair mais, Allon. O sonho está bem vivo. Não é só mais um grito de guerra vazio numa marcha pró--Palestina. Precisa ser cego para não ver aonde tudo isso está levando.

— Eu vejo muito bem, Wolf.

DANIEL SILVA

— Mas nem o grande Gabriel Allon pode evitar. Não tem um país na Europa Ocidental onde seja seguro ser semita. Vocês também já não são mais bem-vindos nos Estados Unidos, a segunda terra dos judeus. Os nacionalistas brancos norte-americanos são contra a imigração e a diluição de seu poder político, mas o verdadeiro foco de seu ódio são os judeus. É só perguntar para o camarada que atirou naquela sinagoga na Pensilvânia. Ou para aqueles jovens bons que carregaram suas tochas naquela cidade universitária na Virgínia. Quem você acha que eles estavam imitando, com seus cortes de cabelo e saudações nazistas?

— Gosto não se discute.

— Seu senso de humor judeu deve ser sua característica menos atraente.

— É a única coisa me impedindo de explodir seus miolos agora. — Gabriel voltou à área em frente à lareira. Pegou o atiçador e mexeu nas brasas. — O que dizia, Wolf?

— Bem que você queria saber.

Gabriel deu meia-volta e bateu o instrumento pesado de ferro com toda a sua força no cotovelo esquerdo de Wolf. O osso quebrando foi audível.

Wolf se contorceu de dor.

— Maldito!

— Ah, Wolf. Você consegue pensar em algo bem melhor que isso.

— Sou muito mais duro do que Estermann. Pode me espancar com esse negócio, mas eu nunca vou contar o que tinha naquele livro.

— Do que você tem medo?

— A Igreja Católica Romana não pode estar errada. E com certeza não pode estar deliberadamente errada.

A ORDEM

— Porque, se a Igreja estivesse errada, seu pai também estaria errado. Não haveria justificativa religiosa para os atos dele. Ele teria sido só mais um maníaco genocida.

Gabriel largou o atiçador no chão. De repente, estava exausto. Só queria ir embora da Alemanha e nunca mais voltar. Seria forçado a ir sem o Evangelho segundo Pilatos. Mas decidiu que não sairia de mão abanando.

Ele baixou o olhar para Wolf. O alemão estava segurando seu cotovelo quebrado.

— Talvez você ache difícil acreditar, mas as coisas estão prestes a piorar muito para você.

— Não tem jeito de chegarmos a algum acordo?

— Só se você me der o Evangelho segundo Pilatos.

— Eu queimei, Allon. Não existe mais.

— Nesse caso, acho que não há acordo. Você, porém, talvez queira considerar fazer pelo menos uma boa ação antes de ser preso. Pense como se fosse um *mitzvah*.

— O que tem em mente?

— Não seria certo eu sugerir algo. Tem de vir do seu coração, Wolf.

Wolf fechou os olhos, com dor.

— No meu escritório, você vai achar uma bela paisagem fluvial, de mais ou menos quarenta por sessenta centímetros. Foi pintada por um Velho Mestre holandês menor chamado...

— Jan van Goyen.

Gabriel e Wolf se viraram na direção da voz. Era de Eli Lavon.

— Como sabe disso? — perguntou Wolf, espantado.

— Há alguns anos, uma mulher de Viena me contou uma história triste.

— Você é...

— Sim — disse Lavon. — Sou.

DANIEL SILVA

— Ela ainda está viva?

— Acredito que sim.

— Então, por favor, dê a ela o quadro. Atrás dele, vocês acharão meu cofre. Peguem o quanto de dinheiro e ouro puderem carregar. A senha é...

Gabriel forneceu-a a ele:

— 87, 94, 98.

Wolf olhou com raiva para Estermann.

— Tem alguma coisa que você *não* tenha contado a ele?

Foi Gabriel quem respondeu:

— Ele não sabia por que você escolheu uma senha tão peculiar. A única explicação é que tenha sido o número de seu pai na SS. Oito, sete, nove, quatro, nove, oito. Ele deve ter entrado em 1932, alguns meses antes de Hitler tomar o poder.

— Meu pai sabia para onde estavam indo os ventos.

— Você deve ter tido muito orgulho dele.

— Talvez seja hora de ir embora, Allon. — Wolf conseguiu dar um sorriso horrendo. — Dizem que a tempestade vai piorar muito.

Gabriel tirou a pintura de seu esticador, enquanto Eli Lavon guardava os maços de notas e as barras de ouro brilhantes em uma das caras malas de titânio de Wolf. Quando o cofre estava limpo, ele colocou a Luger dentro, junto com a HK 9mm que tinham pegado de Karl Weber.

— Que pena não podermos enfiar Wolf e Estermann aí dentro também. — Lavon fechou a porta e girou a fechadura. — O que vamos fazer com eles?

— Imagino que possamos levá-los para Israel.

— Prefiro ir a pé até Israel do que voar com tipos como Jonas Wolf.

A ORDEM

— Pensei por um minuto que você ia matá-lo.

— Eu? — Lavon fez que não. — Nunca fui chegado a violência. Mas gostei de ver você batendo nele com aquele atiçador.

O telefone de Gabriel vibrou. Era Uzi Navot ligando do Boulevard Rei Saul.

— Está planejando ficar para jantar? — perguntou ele.

Gabriel não conseguiu evitar uma risada.

— Pode esperar? Estamos meio ocupados no momento.

— Achei que você deveria saber que acabei de receber uma ligação do meu novo melhor amigo, Gerhardt Schmidt. A Bundespolizei está a caminho para prender Wolf. Talvez queira desocupar o local antes de eles chegarem.

Gabriel desligou.

— Hora de ir.

Lavon fechou a mala e, com ajuda de Gabriel, colocou-a de pé sobre as rodas.

— Que bom que vamos voar de avião particular. Esse negócio deve pesar pelo menos setenta quilos.

Juntos, levaram a mala para a sala ao lado. Estermann e Karl Weber estavam cuidando dos ferimentos de Wolf, observados por Mikhail e Oded. Yossi inspecionava uma das tapeçarias Gobelin. Yaakov estava em frente à janela aberta, ouvindo o lamento distante das sirenes.

— Definitivamente, estão ficando mais altas — disse ele.

— É porque estão a caminho daqui. — Gabriel chamou Mikhail e Oded e foi na direção da porta.

Wolf o chamou do outro lado do salão.

— Quem você acha que vai ser?

Gabriel parou.

— Do que está falando, Wolf?

DANIEL SILVA

— Do conclave. Quem vai ser o próximo papa?

— Dizem que Navarro já está encomendando móveis para o *appartamento*.

— Sim — falou Wolf, sorrindo. — É o que dizem.

Parte Três

EXTRA OMNES

48

CÚRIA JESUÍTA, ROMA

Luigi Donati era um homem de muitas virtudes e característi-cas admiráveis, mas paciência não era uma delas. Ele era por natureza um homem que andava de um lado para o outro e girava canetas, que não tolerava tranquilamente perguntas idiotas nem pequenos atrasos. Roma o testava diariamente, bem como a vida atrás dos muros do Vaticano, onde quase todos os encontros com os burocratas maledicentes da cúria o levavam a um profundo estado de distração. Todas as conversas dentro do Palácio Apostólico eram codificadas, cuidadosas e carregadas de ambição e medo de um passo em falso que pudesse acabar com uma carreira promissora. Raramente alguém dizia o que realmente pensava e ninguém nun-ca, *nunca* colocava nada por escrito. Era perigoso demais. A cúria não recompensava a ousadia nem a criatividade. A inércia era seu chamado sagrado.

Mas, pelo menos, Donati nunca ficava entediado. E com exceção das seis semanas que passara na Clínica Gemelli se recuperando de um ferimento à bala, nunca tinha ficado sem poder. No momento, porém, estava as duas coisas. Junto com sua já mencionada falta de paciência, era uma combinação letal.

DANIEL SILVA

Seu velho amigo Gabriel Allon era o culpado. Nos três dias desde que fora embora de Roma, Donati só tivera notícias dele uma vez, às 5h20 daquela manhã. "Tenho tudo de que precisa", prometera Gabriel. Infelizmente, não dissera a Donati o que tinha descoberto. Só que era doze na escala bispo Richter — um trocadilho bem inteligente, Donati precisava admitir — e que havia uma complicação adicional envolvendo alguém próximo ao papa anterior. Uma complicação que não podia ser discutida por telefone.

Pelas onze horas subsequentes, Donati não ouviu um pio sequer de seu amigo. Portanto, passou um dia totalmente desagradável atrás dos muros da Cúria Jesuíta. As notícias da Alemanha, embora chocantes, pelo menos eram uma distração. Donati assistiu a elas com alguns de seus colegas na televisão da sala comum. A polícia alemã tinha evitado que um caminhão-bomba atacasse a catedral de Colônia. Os supostos terroristas não eram do Estado Islâmico, mas uma organização neonazista sombria com ligações com o político de extrema direita Axel Brünner. Um membro da célula, cidadão austríaco, tinha sido preso, assim como o próprio Brünner. Às 16h30, o ministro do Interior alemão anunciou que dois outros homens implicados no escândalo haviam sido achados mortos numa propriedade em Obersalzberg. Ambos pela mesma arma, no que parecia um caso de assassinato e suicídio. A vítima assassinada era um ex-oficial de inteligência alemão chamado Andreas Estermann. O suicida era o bilionário recluso Jonas Wolf.

— Meu Deus — sussurrou Donati.

Nesse momento, o Nokia dele vibrou com uma ligação. Ele tocou no botão de atender e levou o aparelho ao ouvido.

— Desculpe — disse Gabriel. — O trânsito nesta cidade é um pesadelo.

320

A ORDEM

— Viu as notícias da Alemanha?

— Maravilhoso, não?

— Era isso que você queria dizer com resolver uma ou duas pendências?

— Sabe o que dizem sobre mente vazia.

— Por favor, diga que você...

— Não puxei o gatilho, se é o que está pensando.

Donati suspirou.

— Onde você está?

— Esperando que você abra a porta.

Gabriel ficou parado na entrada, emoldurado pelo batente da porta. Os últimos três dias não tinham feito bem a sua aparência. Verdade seja dita, ele parecia um trapo. Donati o levou para seu quarto no andar de cima e passou a corrente na porta. Checou o horário. Eram 16h39.

— Você mencionou algo sobre doze na escala bispo Richter. Talvez queira ser um pouco mais específico.

Gabriel o informou enquanto olhava pelas venezianas para a rua. Foi um relatório rápido, mas completo e apenas levemente censurado. Detalhava o plano da Ordem de apagar o islã da Europa Ocidental, as circunstâncias do assassinato de Sua Santidade, o papa Paulo VII, e a sala macabra em que Jonas Wolf, filho de um criminoso de guerra nazista, queimara o último exemplar do Evangelho segundo Pilatos. O controle do papado era central para as ambições políticas ambiciosas da Ordem. Quarenta e dois cardeais eleitores tinham aceitado dinheiro em troca de seus votos no conclave. Outros dezoito eram membros secretos da Ordem que planejavam escolher em suas cédulas o Sumo Pontífice que representaria o bispo Richter: o cardeal Franz von Emmerich, arcebispo de Viena.

DANIEL SILVA

— E a melhor parte é que gravei tudo em vídeo. — Gabriel olhou de soslaio por cima do ombro. — É específico o bastante para você?

— São só sessenta votos. Eles precisam de 78 para garantir o papado.

— Estão contando com o impulso para levar Emmerich ao topo.

— Você sabe os nomes de todos os 42 cardeais?

— Posso listá-los em ordem alfabética, se quiser. Também sei quanto cada um recebeu e onde o dinheiro foi depositado. — Gabriel soltou a veneziana e se virou. — E infelizmente, só piora.

Ele bateu na tela de seu telefone. Um momento depois, o aparelho emitiu o som de dois homens falando alemão.

Ele tem dois milhões de motivos para ficar de boca fechada.

Dois milhões e um...

— Bispo Richter e Jonas Wolf, presumo?

Gabriel fez que sim.

— Qual são os dois milhões de motivos para eu não contar ao conclave o que sei sobre a trama da Ordem?

— É a quantia que Wolf e Richter colocaram em sua conta no Banco do Vaticano.

— Querem que pareça que eu sou tão corrupto quanto eles?

— Obviamente.

— E o *um*?

— Ainda estou trabalhando nisso.

Os olhos de Donati se acenderam de raiva.

— E pensar que desperdiçaram dois milhões numa trama tão óbvia.

— Talvez você possa fazer bom uso.

— Não se preocupe, vou fazer.

Donati ligou para Angelo Francona, reitor do Colégio Cardinalício. Ele não atendeu.

322

A ORDEM

O arcebispo checou o horário de novo. Eram 16h45.

— Acho que deveria me dar os nomes.

— Azevedo de Tegucigalpa — começou Gabriel. — Um milhão. Banco do Panamá.

— Depois?

— Ballantine, da Filadélfia. Um milhão. Banco do Vaticano.

— Depois?

No mesmo momento, o cardeal Angelo Francona estava parado como uma sentinela perto da mesa da recepção da Casa Santa Marta. No piso de mármore branco aos seus pés estava uma maleta grande de alumínio cheia de várias dezenas de celulares, tablets e notebooks, todos cuidadosamente rotulados com os nomes dos proprietários. Por motivos de segurança, a central telefônica da hospedaria continuava ativa, mas os telefones, televisões e rádios tinham sido removidos de 128 quartos e suítes. O *telefonino* de Francona estava no bolso de sua batina, no silencioso, mas ainda funcionando. Ele planejava desligar no instante em que o último cardeal passasse pela porta. Naquele ponto, os homens que selecionariam o próximo Sumo Pontífice romano estariam efetivamente isolados do mundo externo.

No momento, 112 dos 116 cardeais elegíveis por voto estavam seguros sob o teto da Casa Santa Marta. Vários estavam pelo lobby, incluindo Navarro e Gaubert, os dois principais candidatos a suceder Lucchesi. Na última checagem, o cardeal camerlengo Domenico Albanese estava em sua suíte no andar superior. Uma enxaqueca. Ou era o que ele dizia. Francona também sentia uma dor de cabeça pré-conclave se instalando.

Só uma vez antes ele tinha participado da eleição de um papa. Foi no conclave que chocou o mundo católico escolhendo um

DANIEL SILVA

patriarca diminuto e pouco conhecido de Veneza para suceder Wojtyla, o Grande. Francona fazia parte do grupo de liberais que tinha pesado o conclave a favor de Lucchesi. Infelizmente, o papado dele seria lembrado pelo ataque terrorista à basílica e o escândalo de abusos sexuais que deixou a Igreja à beira do colapso moral e financeiro.

Portanto, o conclave que começaria na tarde seguinte teria de ser inteiramente acima de qualquer suspeita. Já havia uma nuvem pairando sobre ele, colocada lá pelo assassinado do pobre guarda suíço em Florença. Havia mais nessa história, Francona tinha certeza. Sua tarefa agora era presidir um conclave sem escândalo, que produzisse um pontífice capaz de curar as feridas da Igreja, unir suas facções e levá-la ao futuro. Ele queria que tudo acabasse tão rápido quanto possível. Em segredo, temia que tudo estivesse saindo do controle e qualquer coisa pudesse acontecer.

As portas duplas de vidro da hospedaria se abriram, e o cardeal Franz von Emmerich, doutrinário arcebispo de Viena, entrou no lobby como se levado por uma esteira mecânica particular. A mala que ele arrastava era do tamanho de um baú. Na mesa da recepção, ele pegou a chave de um quarto com as freiras e, relutante, entregou seu iPhone a Francona.

— Imagino que eu não tenha tido a sorte de ficar com uma das suítes.

— Infelizmente, não, cardeal Emmerich.

— Nesse caso, espero que cheguemos logo a uma decisão.

O austríaco foi na direção dos elevadores. Sozinho mais uma vez, Francona checou seu telefone e ficou surpreso de ver três ligações perdidas. Todas eram da mesma pessoa. Não havia mensagens, o que não era o estilo dele.

Francona hesitou, com o dedo indicador flutuando sobre a tela. Era heterodoxo, mas, em termos estritos, não era uma violação das regras que governavam a conduta do conclave, como dispostas no *Universi Dominici Gregis.*

Francona hesitou por mais um precioso minuto antes de discar o número e levar o telefone ao ouvido. Alguns segundos depois, fechou os olhos. Estava saindo do controle, pensou. Qualquer coisa podia acontecer. *Qualquer coisa...*

A conversa durou três minutos e 47 segundos. Donati foi seletivo no que revelou. Na verdade, focou apenas na questão imediata, que era a trama da reacionária Ordem de Santa Helena de tomar o papado e arrastar a Europa Ocidental para as eras sombrias de seu passado fascista.

— Emmerich? — Francona estava incrédulo. — Mas foram você e Lucchesi que deram o chapéu vermelho a ele.

— Em retrospecto, um erro.

— Quantos cardeais eleitores estão envolvidos?

Donati respondeu.

— Meu Deus! Você pode provar?

— Doze dos cardeais pediram para a Ordem depositar o dinheiro no Banco do Vaticano.

— Você esteve xeretando as contas, não é?

— A informação me foi dada.

— Pelo seu amigo israelense?

— Angelo, por favor! Não temos tempo.

Francona de repente pareceu sem fôlego.

— Está bem, Eminência?

— A notícia é um choque grande, só isso.

— Tenho certeza que sim. A questão é: o que vamos fazer com isso?

DANIEL SILVA

Houve um silêncio. Por fim, Francona disse:

— Dê-me os nomes dos cardeais. Vou discutir isso com eles em particular.

— Você é um homem bom e decente, cardeal Francona. — Donati hesitou. — Decente demais para algo assim.

— O que está sugerindo?

— Deixe que *eu* fale com os cardeais. Todos. Ao mesmo tempo.

— A Casa Santa Marta está fechada a todos, com exceção dos cardeais eleitores e da equipe.

— Acho que você vai ter que abrir uma exceção. Senão, minha única escolha será procurar um fórum público.

— A mídia? Você não ousaria.

— Espere só.

Donati praticamente conseguia ouvir Francona tentando acalmar-se.

— Dê-me uns minutos para pensar. Eu ligo quando tiver tomado minha decisão.

A ligação foi encerrada às 16h52. Passavam dez minutos das cinco quando o telefone de Donati enfim tocou de novo.

— Pedi para os cardeais virem à capela antes do jantar. Tome cuidado com os modos. Lembre-se, você não é mais o secretário particular. Vai ser um arcebispo titular numa sala toda vermelha. Eles não terão obrigação de ouvi-lo. Aliás, eu esperaria uma recepção bem hostil.

— Quando?

— Encontro você na Piazza Santa Marta às 17h20. Se atrasar um só minuto...

— Espere!

— O que foi agora, Luigi?

— Não tenho mais um passe do Vaticano.

A ORDEM

— Então, acho que vai ter que encontrar alguma outra forma de passar pelos guardas suíços no Arco dos Sinos.

Francona desligou sem mais palavras.

Donati abriu seus contatos, rolou até a letra M e ligou.

— Atenda o telefone — sussurrou. — Atenda a porcaria do telefone.

49

VILLA GIULIA, ROMA

Desde que tinha assumido o controle do Museu Nacional Etrusco da Itália, Veronica Marchese trabalhava de forma incansável para aumentar o número alarmantemente baixo de visitas à instituição. Numa cidade como Roma, não era tarefa fácil. As hordas de mochileiros suados que afluíam ao Coliseu e à Fontana di Trevi raramente chegavam até a Villa Giulia, o elegante *palazzo* do século XVI na fronteira norte dos Jardins Borghese que abrigava a melhor coleção do mundo de arte e artefatos etruscos, incluindo várias peças notáveis da coleção pessoal do falecido marido da diretora. Carlo tinha contribuído postumamente com o museu de outras formas. Uma pequena parcela de sua fortuna obtida de modo ilícito havia financiado uma reformulação do antiquado site do museu. Ele também tinha pago por uma campanha impressa global cara e um baile de gala luxuoso ao qual foram várias celebridades italianas dos esportes e do entretenimento. A estrela da noite, porém, fora o arcebispo Luigi Donati, o secretário papal incrivelmente belo e tema de um recente perfil lisonjeiro na revista *Vanity Fair*. Veronica o tinha cumprimentado naquela noite como se ele fosse um estranho e

A ORDEM

fingido não notar as jovens impossivelmente lindas babando em cima dele.

Imagine se tivessem visto a versão de Luigi Donati que se enfiara numa escavação arqueológica na Úmbria numa tarde tranquila da primavera de 1992 — o homem alto e barbudo de jeans rasgados, sandálias gastas e um moletom da Universidade Georgetown. Ele o usava com frequência, o moletom, pois tinha poucas outras posses, exceto por uma coleção de livros puídos. Ficavam empilhados no chão vazio ao lado da cama que eles dividiam numa pequena *villa* nos morros perto de Perúgia. Por alguns gloriosos meses, ele foi só dela. Forjaram um plano. Ele deixaria o sacerdócio e se tornaria um advogado civil, lutando por causas perdidas. Eles se casariam e teriam muitos filhos. Tudo isso mudou quando ele conheceu Pietro Lucchesi. Com o coração partido, Veronica entregou-se a Carlo Marchese, e a tragédia estava completa.

A queda de Carlo do domo da Basílica de São Pedro permitira que Veronica e Donatti reacendessem uma pequena parte de seu relacionamento. Em segredo, ela esperava que, com o falecimento de Lucchesi, pudesse retomar o resto. Percebia agora que era só uma fantasia tola inteiramente indecorosa para uma mulher de sua idade e seu status. O destino e as circunstâncias tinham conspirado para mantê-los separados. Estavam destinados a jantar educadamente toda quinta à noite, como personagens de um romance vitoriano. Iam envelhecer, mas não juntos. Tão solitário, pensou. Tão terrivelmente triste e solitário. Mas era a punição que ela merecia por entregar seu coração a um padre. Luigi tinha feito um juramento bem antes de entrar naquela escavação no monte Cucco. A outra mulher em sua vida era a Noiva de Cristo, a Igreja Católica Romana.

Eles só tinham se falado uma vez desde a noite em que jantaram com Gabriel Allon e a esposa dele, Chiara. A conversa tinha

DANIEL SILVA

acontecido naquela manhã, enquanto Veronica dirigia para o trabalho. Luigi contara os acontecimentos com sua opacidade curial de sempre. Mesmo assim, as palavras a tinham chocado. Pietro Lucchesi fora assassinado nos apartamentos papais. A reacionária Ordem de Santa Helena estava por trás. Planejava tomar controle da Igreja no próximo conclave.

— Você estava em Florença quando...

— Sim. E você tinha razão. Janson estava envolvido com o padre Graf.

— Talvez da próxima vez você me ouça.

— *Mea culpa. Mea maxima culpa.*

— Imagino que eu não vá vê-lo hoje à noite.

— Infelizmente, tenho planos.

— Tome cuidado, arcebispo Donati.

— E você também, *signora* Marchese.

Como parte da campanha dela para aumentar as visitas ao museu, Veronica tinha estendido o horário de abertura. O Museu Nacional Etrusco agora ficava aberto até as oito da noite. Mas, às cinco da tarde de uma quinta-feira fria e lúgubre de dezembro, suas salas de exposição estavam silenciosas como tumbas. As equipes administrativa e curatorial tinham ido embora, bem como a secretária de Veronica. Ela só tinha como companhia Maurizio Polini — a *Sonata de piano em Dó menor* de Schubert, o sublime segundo movimento. Luigi e ela costumavam ouvi-lo repetidamente na *villa* perto de Perúgia.

Às 17h15, ela arrumou a bolsa e vestiu o sobretudo. Ia encontrar uma amiga para um drinque na Via Veneto. O único tipo de encontro que ela tinha hoje em dia. Depois, iam jantar numa *osteria* longe do burburinho, o tipo de lugar conhecido apenas por romanos. Eles serviam *cacio e pepe* na tigela na qual a massa era preparada. Veronica pretendia comer cada fio deleitável, depois limpar o interior da

330

A ORDEM

tigela com um pedaço de pão dormido. Quem dera Luigi estivesse do outro lado da mesa.

No térreo, ela parou na frente da cratera de Eufrônio. Atração principal do museu, era amplamente considerada uma das mais belas obras de arte já criadas. Gabriel, lembrou ela, tinha outra opinião.

Você não gosta de vasos gregos?

Não foi isso que eu disse.

Não era de surpreender que Luigi gostasse tanto dele. Tinham o mesmo senso de humor fatalista.

Ela desejou boa-noite aos seguranças e, recusando a oferta de acompanharem-na, saiu para o fim de tarde gelado. Seu carro estava estacionado na vaga reservada, a alguns metros da entrada, uma Mercedes conversível chamativa, cinza-metálico. Um dia, ela conseguiria convencer Luigi a entrar. Ela o levaria contra sua vontade a uma pequena *villa* nos morros próximos a Perúgia. Eles compartilhariam uma garrafa de vinho e ouviriam Schubert. Ou, talvez, o *Trio de piano n. 1 em Ré menor*, de Mendelssohn. *O tom da paixão reprimida...* Estava logo abaixo da superfície, dormente, mas não extinto, aquele desejo terrível. Um toque da mão dela seria o bastante. Eles seriam jovens de novo. O mesmo plano, trinta anos atrasado. Luigi deixaria o sacerdócio, eles se casariam. Mas sem filhos. Veronica era velha demais e não queria dividi-lo com ninguém. Seria um escândalo, claro. O nome dela seria arrastado na lama. A única escolha deles seria a reclusão. Uma ilha caribenha, talvez. Graças a Carlo, dinheiro não era problema.

Era indecoroso, Veronica lembrou a si mesma ao destrancar a Mercedes com o controle remoto. Ainda assim, não havia mal em só *pensar* nisso. A não ser, claro, que ela ficasse tão distraída que não notasse o homem caminhando na direção do carro dela. Tinha 30 e poucos anos, com cabelo loiro bem penteado. Veronica relaxou quando viu o quadrado branco de um colarinho romano abaixo do queixo.

DANIEL SILVA

— *Signora* Marchese?

— Sim? — respondeu ela, de forma automática.

Ele tirou a arma de baixo do casaco e abriu um sorriso lindo. Não era de se admirar que Niklaus Janson tivesse se apaixonado por ele.

— O que você quer? — perguntou ela.

— Quero que deixe a bolsa e as chaves no chão.

Veronica hesitou, antes de soltar a chave e a bolsa.

— Muito bem. — O sorriso do padre Graf desapareceu. — Agora, entre no carro.

50

PRAÇA DE SÃO PEDRO

O coronel Alois Metzler, comandante da Guarda Suíça Pontifícia, estava esperando aos pés do obelisco grego quando Gabriel e Donati chegaram à Praça de São Pedro. Depois de correr por todo o Borgo Santo Spirito, ambos estavam sem fôlego. Metzler, porém, parecia ter acabado de posar para seu retrato oficial. Ele tinha trazido consigo dois assassinos à paisana para proteção. Tendo trabalhado com a Guarda Suíça em inúmeras ocasiões, Gabriel sabia que cada um estava carregando uma pistola Sig Sauer 226 9mm. Aliás, Metzler, também.

Ele dirigiu seu olhar misterioso para Gabriel e sorriu.

— O que aconteceu, padre Allon? Renunciou a seus votos? — A próxima pergunta foi para Donati. — Sabe o que aconteceu depois que você e seu amigo fizeram aquela gracinha nos Arquivos?

— Suspeito que Albanese tenha ficado um pouco nervoso.

— Ele me disse que eu seria demitido quando o conclave terminasse.

— O camerlengo não tem autorização para dispensar o comandante da Guarda Suíça. Só o secretário de estado pode fazer isso. Com a aprovação do Santo Padre, é claro.

DANIEL SILVA

— O cardeal deixou implícito que ia ser o próximo secretário de estado. Parecia bem confiante, na verdade.

— E ele contou quem seria o próximo papa também? — Sem receber resposta, Donati apontou para o Arco dos Sinos. — Por favor, coronel Metzler. O cardeal Francona está me esperando.

— Sinto muito, Excelência. Mas infelizmente, não posso deixá-lo entrar.

— Por que não?

— Porque o cardeal Albanese me alertou de que você ia tentar entrar nas áreas restritas da cidade-estado. Disse que cabeças iam rolar se você conseguisse passar. Ou algo assim.

— Pergunte-se duas coisas, coronel Metzler. Como ele sabia que eu viria? E do que tem tanto medo?

Metzler bufou com força.

— A que horas o cardeal Francona lhe espera?

— Daqui a quatro minutos.

— Então, você tem dois minutos para me dizer exatamente o que está acontecendo.

Como todos os cardeais eleitores que entraram na Casa Santa Marta naquela noite, Domenico Albanese entregara seu telefone ao reitor do Sagrado Colégio. Não ficou, porém, sem aparelho celular. Tinha escondido outro naquela semana em sua suíte. Era um modelo barato e descartável. Irrastreável, pensou com malícia.

Ele estava segurando o telefone na mão esquerda. Com a direita, abriu a cortina de gaze na janela da sala de estar. Quis o destino que ela tivesse vista para a pequena *piazza* em frente à hospedaria, onde o cardeal Angelo Francona estava andando de um lado para o outro. Claramente, o reitor esperava alguém. Alguém, pensou

A ORDEM

Albanese, que sem dúvida estava tentando passar pelos guardas suíços no Arco dos Sinos.

Às 17h25, Francona checou seu telefone e começou a ir na direção da entrada da hospedaria. Parou, de repente, quando um dos guardas suíços apontou para os três homens correndo através da *piazza*. Um deles era o oficial comandante da sentinela, coronel Alois Metzler. Estava acompanhado por Gabriel Allon e pelo arcebispo Luigi Donati.

Albanese soltou a cortina e ligou.

— E então? — perguntou o bispo Richter.

— Ele conseguiu passar.

A conexão ficou muda. Instantaneamente, duas batidas firmes na porta chacoalharam o quarto de Albanese. Assustado, ele deslizou o telefone para seu bolso antes de abrir a porta. Parado no corredor estava o arcebispo Thomas Kerrigan, de Boston, vice-reitor do Colégio Cardinalício.

— Aconteceu alguma coisa, Eminência?

— O reitor pede sua presença na capela.

— Por que motivo?

— Ele convidou o arcebispo Donati para falar aos cardeais eleitores.

— Por que não fiquei sabendo?

Kerrigan sorriu.

— Acabou de ficar.

Donati entrou com o cardeal Francona no lobby. O primeiro rosto que viu foi o de Kevin Brady, de Los Angeles. Brady era uma alma gêmea da doutrina. Ainda assim, parecia atordoado com a presença de Donati. Trocaram um aceno de cabeça tenso, antes de Donati olhar para o chão de mármore.

335

DANIEL SILVA

Francona agarrou o braço dele.

— Excelência! Não acredito que entrou com isso aqui.

Donati não tinha percebido que seu telefone estava tocando. Ele pegou do bolso da batina e checou a tela. O nome no identificador de chamadas o chocou.

Padre Brunetti...

Era o pseudônimo que Donati tinha colocado para Veronica Marchese em seus contatos. Segundo a regra do relacionamento deles, ela estava proibida de telefonar para ele. Então, por que diabos estava ligando agora?

Donati apertou RECUSAR.

Instantaneamente, o telefone tocou de novo.

Padre Brunetti...

— Desligue, por favor, Luigi.

— É claro, Eminência.

Donati colocou o dedão no botão de desligar, mas hesitou.

Ele tem dois milhões de motivos para ficar de boca fechada.

Dois milhões e um...

Donati aceitou a ligação. Calmo, perguntou:

— O que você fez com ela?

— Nada, ainda — respondeu o padre Markus Graf. — Mas, se você não der meia-volta e sair daí, vou matá-la. Devagar, Excelência. De uma forma bem dolorosa.

Domenico Albanese observou de cima enquanto Luigi Donati saía correndo da entrada da Casa Santa Marta. O telefone estava em suas mãos, a tela acesa com as brasas da ligação do padre Graf. Frenético, ele agarrou Allon pelos ombros, como se implorando por ajuda. Então, virou-se e examinou as janelas do andar de cima da hospedaria. Ele sabe, pensou Albanese. Mas o que ia fazer? Salvar a mulher que outrora amara? Ou salvar a Igreja?

A ORDEM

Quinze segundos se passaram. Então, Albanese teve sua resposta.

Ele tocou a tela do telefone descartável.

O bispo Richter atendeu imediatamente.

— Temo que o fim tenha chegado, Excelência.

— É o que vamos ver.

A ligação foi desligada.

Albanese escondeu o telefone na escrivaninha e saiu para o corredor. Como Luigi Donati cinco andares abaixo, ele estava organizando seus pensamentos, separando mentiras e verdade. Sua Santidade tinha o peso da Igreja em seus ombros, lembrou a si mesmo. Mas, na morte, era leve como uma pluma.

51

VIA DELLA CONCILIAZIONE

— Por que não me procurou desde o início? — perguntou Alois Metzler.

— Você teria concordado em nos ajudar?

— Com uma investigação particular sobre a morte do Santo Padre? Sem chance.

Metzler estava ao volante de uma Mercedes E-Class com placa do Vaticano. Virou na Via della Conciliazione e seguiu na direção do rio, com uma luz vermelha giratória piscando no teto.

— Para constar — disse Gabriel —, só concordei em encontrar Niklaus Janson.

— Foi você quem deletou o arquivo pessoal dele da base de dados?

— Não — respondeu Gabriel. — Quem fez isso foi Andreas Estermann.

— Estermann? O ex-oficial da BfV?

— Você o conhece?

— Ele tentou me convencer a entrar para a Ordem de Santa Helena há alguns anos.

— Você não é o único. Sinceramente, estou um pouco decepcionado dele também não ter me pedido para entrar. Aliás, ele foi

A ORDEM

ao cantão de Friburgo ver Stefani Hoffmann alguns dias depois de Niklaus desaparecer.

— Janson era membro da Ordem?

— Na verdade, um fantoche.

Metzler atravessou o Tibre dirigindo perigosamente rápido. Gabriel checou suas mensagens. Logo depois de sair da Casa Santa Marta, ele tinha ligado para Yuval Gershon na Unidade 8200 e pedido que ele determinasse a localização do telefone do padre Graf. Por enquanto, não havia resposta.

— Para onde quer que eu vá? — perguntou Metzler.

— Para o Museu Nacional Etrusco. Fica...

— Eu sei onde fica, Allon. Eu moro aqui, sabia?

— Achei que vocês, helvécios, odiassem sair do seu quartel da Guarda Suíça, organizadinho dentro da Cidade do Vaticano.

— Odiamos, mesmo. — Metzler apontou para uma pilha de lixo não coletado. — Olhe este lugar, Allon. Roma é uma zona.

— Mas a comida é incrível.

— Prefiro a comida suíça. Nada melhor que uma *raclette* perfeita.

— Queijo emmental derretido em cima de batatas cozidas? Essa é sua ideia de gastronomia?

Metzler virou à direita na Viale delle Belle Arti.

— Já notou que toda vez que você chega perto do Vaticano, algo dá errado?

— Eu deveria estar de férias.

— Você se lembra da visita papal a Jerusalém?

— Como se fosse ontem.

— O Santo Padre realmente amava você, Allon. Não tem muita gente que pode dizer que foi amada por um papa.

A Villa Giulia apareceu à direita deles. Metzler entrou no pequeno estacionamento de equipe. A bolsa de Veronica estava jogada nos paralelepípedos. Sua Mercedes conversível chamativa tinha sumido.

DANIEL SILVA

— Ele devia estar esperando quando ela saiu — disse Metzler.
— A questão é: para onde a levou?

O telefone de Gabriel vibrou com uma mensagem. Era de Yuval Gershon.

— Não muito longe, na verdade.

Ele recuperou a bolsa de Veronica e subiu de volta no carro.

— Para que lado? — perguntou Metzler.

Gabriel apontou para a direita. Metzler virou no boulevard e pisou no acelerador.

— É verdade o que dizem sobre Donati e ela? — perguntou ele.

— São velhos amigos. Só isso.

— Padres não têm permissão de ter amigas com a aparência de Veronica Marchese. Elas são um problema.

— O padre Graf também é.

— Acha mesmo que ele vai matá-la?

— Não — disse Gabriel. — Não se eu matá-lo antes.

52

CASA SANTA MARTA

A Capela de Santa Marta tinha sido espremida num terreno retangular minúsculo entre o flanco sul da hospedaria e o muro externo de cor cáqui do Vaticano. Era clara, moderna e bastante comum, com um piso polido que sempre lembrava Donati de um jogo de gamão. Nunca antes ele a tinha visto tão cheia. Embora não pudesse ter certeza, parecia que todos os 116 cardeais eleitores estavam presentes. Cada uma das cadeiras de madeira polida estava ocupada, deixando vários outros príncipes da Igreja, incluindo o cardeal camerlengo, que chegara tarde, sem escolha que não se agrupar no fundo como passageiros atrasados de uma companhia aérea.

O reitor Francona tinha assumido o púlpito. De uma única folha de papel, estava lendo uma série de anúncios — problemas de governança, questões relacionadas à segurança, o cronograma dos ônibus de traslado entre a Casa e a Capela Sistina. O microfone estava desligado. A voz dele era frágil, as mãos estavam tremendo. As de Donati também.

Vou matá-la. Devagar, Excelência. De uma forma bem dolorosa.

Era real ou uma armadilha? Ela ainda estava viva ou já estava morta? Será que ele tinha cometido o pior erro de sua vida entrando

DANIEL SILVA

nesse covil de víboras e deixando-a à própria sorte? Ou tinha cometido esse erro havia muito tempo, quando voltara à Igreja em vez de casar-se com ela? Não era tarde demais, pensou. Ainda havia tempo para abandonar esse navio afundando e fugir com ela. Haveria um escândalo, claro. O nome dele seria arrastado na lama. A única escolha deles seria a reclusão. Uma ilha caribenha, talvez. Ou uma pequena *villa* nos morros próximos a Perúgia. Sonatas de piano de Schubert, alguns livros jogados no chão de azulejos vazio, Veronica usando apenas o velho moletom de Georgetown dele. Por alguns gloriosos meses, ela fora só dele.

A voz de Francona trouxe Donati de volta ao presente. Por enquanto, ele ainda não tinha explicado a presença de Donati na Casa Santa Marta na véspera do conclave. Estava claro, porém, que a plateia de Francona não pensava em mais nada. Quarenta e dois deles tinham aceitado o dinheiro da Ordem em troca de seus votos. Era um crime contra um conclave, a passagem sagrada das chaves de São Pedro de um papa ao próximo. Por enquanto, pelo menos, ainda era um crime em andamento.

Devagar, Excelência. De uma forma bem dolorosa...

Não eram todos irremediavelmente corruptos, pensou Donati. Aliás, muitos eram homens bons e decentes de oração e reflexão, mais do que capazes de liderar a Igreja no futuro. O cardeal Navarro, o favorito, seria um ótimo papa, assim como Gaubert ou Duarte, arcebispo de Manilla, embora Donati não estivesse convencido de que a Igreja estivesse pronta para um papa asiático.

Estava, porém, pronta para um americano. Kevin Brady, de Los Angeles, era a escolha óbvia. Jovem e telegênico, ele falava espanhol fluente, com o dom da oratória de um irlandês. Tinha errado em relação a alguns padres abusivos, mas, na maior parte, emergira do escândalo mais limpo do que a maioria. A pior coisa que Donati podia fazer era revelar o segredo dele a todo mundo.

A ORDEM

Seria o beijo da morte. Isso, ele pretendia reservar para o cardeal Franz von Emmerich, de Viena.

Francona dobrou seu papel no meio duas vezes, como se fosse uma cédula do conclave. Donati percebeu que ainda não tinha decidido o que ia dizer aos homens reunidos diante de si, esses altos sacerdotes da Igreja. Admitidamente, homilias não eram seu forte. Ele era um homem de ação, não de palavras, um padre das ruas e dos *barrios*, um missionário.

Um defensor de causas perdidas...

Francona fez um ruído como se limpasse sua garganta.

— E, agora, um último assunto. O arcebispo Donati pediu permissão para falar com vocês sobre uma questão da maior urgência. Após cuidadosa consideração, concordei...

Foi Domenico Albanese que se opôs, em voz bem alta.

— Reitor Francona, isto é muito incomum. Como camerlengo, devo protestar.

— A decisão de deixar o arcebispo Donati falar é inteiramente minha. Tendo dito isso, o senhor não tem obrigação de ficar. Se pretende sair, por favor, faça isso agora. Vale para todos.

Ninguém se mexeu, incluindo Albanese.

— Isso não constitui interferência externa no conclave, reitor Francona?

— O conclave só começa amanhã à tarde. Quanto à questão da interferência, o senhor saberia melhor do que eu, Eminência.

Albanese ferveu de raiva, mas silenciou. Francona afastou-se do púlpito e, com um aceno de cabeça, convidou Donati para tomar seu lugar. Em vez disso, ele caminhou lentamente na direção da primeira fileira de cadeiras e parou à frente do cardeal Kevin Brady.

— Boa tarde, meus irmãos em Cristo.

Voz alguma devolveu seu cumprimento.

53

VILLA BORGHESE

Nos meses sombrios e solitários depois da volta de Luigi Donati ao sacerdócio, Veronica Marchese sonhava com frequência com jovens vestidos inteiramente de preto. Ocasionalmente, vinham como amantes, mas, na maioria das vezes, submetiam-na a todo tipo de tortura física e emocional. Nunca, pensou, um deles a levara com uma arma apontada pelos Jardins da Villa Borghese. O padre Markus Graf tinha superado todas as expectativas.

Ela estava precisando desesperadamente de um cigarro. Os dela estavam na bolsa que ela soltara no estacionamento do museu, junto com seu telefone, sua carteira, seu notebook e quase tudo o mais que alguém precisaria para sobreviver na sociedade moderna. Não tinha importância; ela logo estaria morta. Supunha haver lugares piores para morrer do que os Jardins da Villa Borghese. Ela só desejava que o padre caminhando ao seu lado fosse Luigi Donati, não esse neonazista com roupa clerical da Ordem de Santa Helena.

Ele era bem bonito, porém. Isso, ela tinha de admitir. A maioria dos padres era. Ela só podia imaginar como ele devia ser aos 13 ou 14 anos. Segundo os rumores, o bispo Richter costumava convidar noviciados a seus aposentos para instruções particulares. Por algum

A ORDEM

motivo, isso nunca tinha vazado. Mesmo para os padrões da Igreja, a Ordem era boa em guardar segredos.

Ela seguiu em frente na escuridão. Os pinheiros ladeando a trilha empoeirada balançavam com o vento frio de início da noite. Os jardins fechavam ao pôr do sol. Não havia vivalma à vista.

— Você não teria um cigarro, teria?

— São proibidos.

— E fazer sexo com os guardas suíços do Palácio Apostólico? Também é proibido? — Veronica olhou de canto de olho por cima do ombro. — Você não foi muito discreto, padre Graf. Eu contei para o arcebispo sobre Janson e você, mas ele não acreditou em mim.

— Teria sido sábio acreditar.

— Como você o matou?

— Atirei nele numa ponte em Florença. Três vezes. Uma pelo Pai, uma pelo Filho e a última pelo Espírito Santo. Seu namorado viu tudo. Estava com Allon e a esposa dele. Ela é ainda mais bonita que você.

— Eu estava falando do Santo Padre.

— Sua Santidade morreu de um ataque cardíaco enquanto seu secretário particular estava na cama com a amante.

— Não somos amantes.

— Como vocês passam suas noites? Lendo as escrituras? Ou guarda isso para depois do arcebispo estar satisfeito?

Veronica mal conseguia acreditar que essas palavras tinham saído da boca de um padre ordenado. Decidiu devolver o favor.

— E como você passa suas noites, padre Graf? Ele ainda o procura? Ou prefere...

O golpe na nuca, dado com o cano do revólver, veio sem aviso. A dor foi de outro mundo. Cegou-a. Com a ponta do dedo, ela encostou no couro cabeludo. Estava quente e molhado.

— Pelo jeito, toquei num ponto fraco.

DANIEL SILVA

— Continue falando. Vai ser mais fácil matar você.

— Se houvesse um Deus, ele soltaria no mundo uma praga que matasse só os membros da Ordem de Santa Helena.

— Seu marido era um de nós. Sabia disso?

— Não. Mas não me surpreende. Carlo sempre foi meio fascista. Em retrospecto, era a característica mais encantadora dele.

Tinham chegado à Piazza di Siena. Construída no fim do século XVIII, fora batizada em homenagem à cidade natal do clã Borghese. Veronica, nas raras ocasiões em que estava inspirada para fazer exercícios, corria uma ou duas voltas na trilha oval empoeirada antes de cair em si e acender um cigarro. Como a maioria dos italianos, ela não acreditava nos benefícios que a atividade física regular trazia para a saúde. Sua rotina diária costumava consistir numa caminhada agradável ao Doney para um cappuccino e um *cornetto*.

Com um cutucão com o cano da arma, o padre Graf a dirigiu para o centro da esplanada. Os ciprestes ladeando o perímetro eram silhuetas. As estrelas estavam incandescentes. Sim, pensou ela, de novo. Havia lugares piores para morrer do que a Piazza di Siena nos Jardins da Villa Borghese. Quem dera fosse Luigi. *Quem dera...*

O telefone do padre Graf tocou como um sino de ferro. A tela iluminou o rosto dele enquanto lia a mensagem.

— Recebi um indulto?

Sem dizer uma palavra sequer, ele colocou o telefone no bolso de seu casaco.

Veronica levantou o olhar aos céus.

— Acho que estou tendo uma visão.

— O que está vendo?

— Um homem vestido de branco.

— Quem é ele?

— Aquele que Deus escolheu para salvar essa sua Igreja.

— É sua Igreja também.

— Não mais — afirmou ela.

— Quando foi sua última confissão?

— Antes de você nascer.

— Então, talvez devesse me contar seus pecados.

— Por quê?

— Para eu poder absolver você antes de matá-la.

— Tenho uma ideia melhor, padre Graf.

— Qual é?

— Conte-me os seus.

54

CASA SANTA MARTA

Pietro Lucchesi, certa vez, deu um conselho valioso a Donati sobre falar em público. Quando em dúvida, disse ele, comece com uma citação de Jesus. A passagem que Donati escolheu para recitar era do capítulo 19 do Evangelho segundo Mateus. *E lhes digo ainda: é mais fácil passar um camelo pelo buraco de uma agulha do que um rico entrar no Reino de Deus.* As palavras mal tinham saído de sua boca quando Domenico Albanese se opôs de novo.

— Todos conhecemos os Evangelhos, Excelência. Talvez você possa ir direto ao ponto.

— Estou me perguntando o que Jesus acharia se estivesse hoje aqui entre nós.

— Ele *está* entre nós! — Era Tardini, de Palermo, 79 anos, uma relíquia tradicionalista que tinha recebido seu chapéu vermelho de Wojtyla. Aceitara um milhão de euros da Ordem de Santa Helena em troca de seu voto no conclave. O dinheiro estava em sua conta no Banco do Vaticano. — Mas nos diga, Excelência. O que Jesus está pensando?

— Acredito que Jesus não reconheça esta Igreja. Acredito que esteja horrorizado com a opulência de nossos palácios e as obras de

A ORDEM

arte valiosas penduradas em nossas paredes. Acredito que ele esteja tentado a mudar uma ou duas coisas.

— Até recentemente, o senhor vivia num palácio. Seu mestre também.

— Fazíamos isso porque a tradição exigia. Mas também vivíamos de forma bem simples. — Donati olhou para o cardeal Navarro. — Não concorda, Eminência?

— Concordo, Excelência.

— E o senhor, cardeal Gaubert?

Sempre diplomático, o ex-secretário de estado assentiu uma vez, mas não disse uma palavra que fosse.

— E o senhor? — perguntou Donati a Albanese. — Como caracterizaria as acomodações do Santo Padre?

— Modestas. Humildes, até.

— E o senhor sabe bem. Afinal, foi o último a visitar os apartamentos papais na noite em que meu mestre morreu.

— Fui — respondeu Albanese, com a solenidade apropriada.

— Esteve lá duas vezes naquela noite, não?

— Só uma, Excelência.

— Tem certeza, Albanese?

Um murmúrio se iniciou e logo morreu.

— Não é algo que esquecerei — respondeu Albanese, num tom calmo.

— Porque foi o senhor que achou o corpo. — Donati hesitou. — No escritório papal.

— Na capela.

— Sim, claro. Devo ter me confundido.

— É compreensível, Excelência. O senhor não estava lá naquela noite. Estava jantando com uma velha amiga, se não estou enganado. Omiti o fato de que era uma mulher em meu *bollettino* para não envergonhá-lo. Talvez tenha sido um erro.

DANIEL SILVA

Duarte, de Manila, de repente, ficou de pé, como se tivesse sido atingido. Lopes, do Rio de Janeiro, também. Ambos estavam apelando ao mesmo tempo em suas línguas nativas para Francona acabar com o derramamento de sangue. Francona parecia paralisado com a indecisão.

Donati levantou a voz para ser ouvido.

— Já que o cardeal Albanese mencionou meu paradeiro na noite da morte de meu mestre, sinto-me na obrigação de falar do assunto. Sim, eu estava jantando com uma amiga. O nome dela é Veronica Marchese. Eu a conheci quando estava em dúvida de minha fé e me preparando para deixar o sacerdócio. Deixei-a quando conheci Pietro Lucchesi, e voltei à Igreja. Somos bons amigos. Nada mais.

— Ela é viúva de Carlo Marchese — disse Albanese. — E o senhor, Excelência, é um padre católico romano.

— Minha consciência está limpa, Albanese. E a sua?

Albanese apelou a Francona.

— Está ouvindo como ele fala comigo?

Francona olhou para Donati.

— Por favor, continue, Excelência. Seu tempo está acabando.

— Deus seja louvado — murmurou Tardini.

Donati ponderou seu relógio de pulso. Era um presente de Veronica, único objeto de valor que ele possuía.

— Chegou a meu conhecimento — disse ele, após um momento — que vários dos senhores são membros secretos da Ordem de Santa Helena. — Ele olhou para o cardeal Esteban Velázquez, de Buenos Aires, e, em espanhol fluente, perguntou: — Não é, Eminência?

— Eu não saberia — respondeu Velázquez na mesma língua.

Donati virou-se para o arcebispo da Cidade do México.

— O que acha, Montoya? Quantos membros secretos da Ordem estão hoje conosco? Dez? Uma dúzia? — Donati hesitou. — Ou 18?

A ORDEM

— Todos nós, eu diria. — Era Albanese de novo. — Com exceção do cardeal Brady, é claro. — Ele aproveitou uma onda de risos nervosos. — Pertencer à Ordem de Santa Helena não é pecado, Excelência.

— Mas seria pecado aceitar dinheiro em troca de, digamos, um voto num conclave.

— Um pecado grave — concordou Albanese. — Por isso, é preciso ter extrema cautela antes de fazer tal acusação. Também é preciso ter em mente que provar um caso desses seria quase impossível.

— Não quando o delito é flagrante. Quanto à cautela, não tenho tempo para isso. Portanto, em meus últimos momentos, gostaria de dizer-lhes o que sei e o que pretendo fazer se minhas exigências não forem cumpridas.

— Exigências? — Tardini estava incrédulo. — Quem é o senhor para fazer exigências? Seu mestre está morto. O senhor é um nada.

— Eu sou o homem — falou Donati — que tem o futuro dos senhores na palma da mão. Sei quanto receberam, quando receberam e onde está o dinheiro.

Tardini ficou de pé com dificuldade, o rosto da cor da batina.

— Não vou tolerar isto!

— Por favor, sente-se antes de se machucar. E ouça o resto do que tenho a dizer.

Tardini continuou de pé por um momento antes de se sentar com instabilidade na cadeira, ajudado pelo arcebispo Colombo, de Nápoles.

— Há séculos — continuou Donati — esta nossa Igreja vê inimigos e ameaças para onde olha. Ciência, secularismo, humanismo, pluralismo, relativismo, socialismo, americanismo. — Donati parou, depois completou, baixinho: — Os judeus. Mas o inimigo, senhores, está muito mais perto. Ele está nesta sala hoje. E estará

DANIEL SILVA

na Sistina amanhã à tarde quando entregarem sua primeira cédula. Quarenta e dois dos senhores sucumbiram à tentação e aceitaram dinheiro dele em troca de seus votos. Doze foram tão completamente corruptos, tão descarados, que depositaram esse dinheiro nas suas contas no Banco do Vaticano. — Donati sorriu para Tardini. — Não é verdade, Eminência?

Foi Colombo que saiu em defesa de Tardini.

— Exijo que retire agora mesmo sua acusação caluniosa!

— Eu tomaria cuidado se fosse o senhor, Colombo. O senhor aceitou dinheiro também, embora seu pagamento tenha sido consideravelmente menor do que o recebido pelo velho e astuto Tardini.

Albanese agora estava andando pelo corredor central.

— E o senhor, arcebispo Donati? Quanto recebeu?

— Dois milhões de euros. — Donati esperou o pandemônio se acalmar antes de seguir em frente. — Caso algum de vocês esteja se perguntando, não sou membro da Ordem de Santa Helena. Aliás, a Ordem e eu estivemos em lados opostos quando fui missionário na província de Morazán, em El Salvador. Ela ficou do lado da junta e dos esquadrões da morte. Eu trabalhei com os pobres e os desabrigados. Também não sou cardeal eleitor e com direito a voto. Então, a única explicação para o depósito em minha conta é que foi uma tentativa inútil de comprometer-me.

— O senhor comprometeu a si mesmo — disse Albanese — quando foi para a cama com aquela puta!

— É seu telefone que está tocando, Albanese? É melhor atender. Com certeza, o bispo Richter está ansioso para saber o que está acontecendo nesta capela.

Albanese rugiu uma negação, que foi abafada pelo tumulto na sala. A maioria dos cardeais agora estava de pé. Donati levantou a mão apaziguadora, sem efeito. Ele precisou gritar para ser ouvido.

A ORDEM

— E pensar em quantos pobres poderíamos ter vestido e alimentado com esse dinheiro. Ou quantas crianças poderiam ter sido vacinadas. Ou quantas escolas poderíamos ter construído. Meu Deus, eu poderia ter cuidado da minha aldeia inteira por um ano com essa quantia.

— Então, talvez, você devesse doá-la — sugeriu Albanese.

— Ah, pretendo. Toda. — Donati olhou para Tardini, que tremia de raiva. — E o senhor, Eminência? Vai fazer o mesmo?

Tardini soltou um palavrão siciliano.

— E o senhor, Colombo? Vai entrar em nossa angariação de fundos para ajudar os pobres e doentes? Imagino que sim. Aliás, antecipo um ano excepcional para as caridades católicas. Isso porque todos os senhores vão entregar o dinheiro que receberam da Ordem. Cada centavo. Senão, vou destruir um por um. — Seu olhar parou friamente em Albanese. — Devagar. De uma forma bem dolorosa.

— Eu não recebi um centavo sequer.

— Mas estava lá naquela noite. Foi você quem encontrou o corpo do Santo Padre. — Donati hesitou. — No escritório.

O cardeal Duarte parecia à beira de lágrimas.

— Arcebispo Donati, o que está dizendo?

Um silêncio desceu sobre a sala. Era como o silêncio, pensou Donati, da gruta sob o altar da Basílica de São Pedro, onde o corpo de Pietro Lucchesi estava dentro de três caixões, com um pequeno furo infligido em sua coxa direita.

— O que estou dizendo é que meu mestre nos foi levado cedo demais. Havia muito mais trabalho a ser realizado. Ele estava longe de ser perfeito, mas era um homem bom e decente de oração e fé, um homem pastoral que fazia seu melhor para liderar a Igreja em tempos turbulentos. E se os senhores não escolherem alguém como ele quando entrarem no conclave, alguém que animará os católicos no primeiro mundo e no terceiro, alguém que liderará a Igreja para

DANIEL SILVA

o futuro em vez de arrastá-la para o passado... — Donati abaixou a voz. — Vou destruir este templo. E quando eu acabar, não sobrará pedra sobre pedra.

— O diabo está entre nós — disse Tardini, fervendo de raiva.

— Não discordo do senhor, Eminência. Mas foram o senhor e seus amigos da Ordem que abriram a porta para ele.

— É *você* que está ameaçando destruir a fé.

— Não a fé, Eminência. Só a Igreja. Tenha certeza, eu preferiria vê-la em ruínas do que nas mãos imundas da Ordem da Santa Helena.

— E depois? — perguntou Tardini. — O que faremos quando nossa Igreja estiver destruída?

— Vamos recomeçar, Eminência. Vamos nos encontrar nas casas e compartilhar refeições simples de pão e vinho. Vamos recitar os salmos e contar histórias dos ensinamentos de Jesus e de sua morte e ressurreição. Vamos construir uma nova Igreja. Uma Igreja que ele reconheceria. — Donati olhou para o cardeal Francona. — Obrigado, reitor. Acho que falei o suficiente.

55

VILLA BORGHESE

O carro de Veronica Marchese estava estacionando de qualquer jeito contra a barricada no fim da estrada de acesso, com a porta do lado do carona levemente entreaberta e as chaves no chão. Gabriel as colocou no bolso e sacou a Beretta.

— Não tem mesmo outra maneira? — perguntou Metzler.

— O que tem em mente? Uma negociação entre cavalheiros?

— É um padre.

— Ele matou o Santo Padre. Se eu fosse você...

— Eu não sou como você, Allon. Vou deixar meu Deus ser o juiz do padre Graf.

— Ele é meu Deus também. Mas essa é, provavelmente, uma discussão para outra hora. — Gabriel baixou o olhar para seu telefone. O aparelho do padre Graf estava a cerca de duzentos metros para o leste, no centro da Piazza di Siena. — Fique aqui com o carro. Vou levar só um minuto.

Gabriel avançou com a cobertura das árvores. Após alguns passos, ele chegou à fachada Tudor do Globe Theatre Roma, reprodução do lendário teatro onde Shakespeare estreou muitas de suas obras mais amadas. Cercada pelos pinheiros altos, a construção

DANIEL SILVA

parecia completamente fora de lugar, como um iglu no deserto de Negev.

Adjacente ao teatro estava a Piazza di Siena. Gabriel seria capaz de pintá-la de memória, mas, na escuridão, não conseguia discernir uma imagem sequer. Em algum lugar, havia duas pessoas — uma mulher desesperadamente apaixonada por um padre e um padre que assassinara um papa. E pensar que mal faziam cinco horas desde que ele tinha deixado a sala de horrores hitleriana de Jonas Wolf, em Obersalzberg. Ele *era* uma pessoa normal, garantiu a si mesmo.

De repente, lembrou-se da trilha oval. A trilha que ele precisava cruzar para chegar ao centro da *piazza*. Era fato comprovado que um homem, mesmo com a compleição e a agilidade dele, não podia andar sobre o cascalho sem fazer som. Gabriel imaginou que fosse por isso que o padre Graf a tinha levado para lá. Talvez, afinal, fosse necessária uma negociação de cavalheiros. Não seria difícil estabelecer contato. Gabriel tinha o número de telefone do padre Graf.

O aplicativo de mensagens instantâneas no Solaris de Gabriel permitia-lhe enviar mensagens anônimas. Protegendo sua tela com cuidado, ele digitou uma breve mensagem em italiano coloquial sobre um jantar no La Carbonara no Campo de Fiori. Então, ele clicou em ENVIAR. Alguns segundos depois, a luz acendeu como um fósforo no centro da *piazza*. Era surpreendentemente clara — clara o bastante para Gabriel determinar o alinhamento e a orientação deles. O padre Graf segurava o celular na mão esquerda, a mais próxima de Gabriel. Veronica e ele estavam um de frente para o outro. Como a agulha de uma bússola, o padre estava virado para o norte.

Gabriel foi na direção oposta por uma trilha de asfalto. Então, seguiu de fininho para o leste, por uma fileira de pinheiros, até estar quase no mesmo nível dos dois.

A ORDEM

Ele mandou outra mensagem anônima ao padre.

Alôôôôôô...

Mais uma vez, a luz se acendeu no centro da *piazza*. Só a posição de Gabriel tinha mudado. Ele agora estava diretamente atrás do padre Graf. Estavam separados por cerca de trinta metros de grama e a trilha oval de terra e cascalho. A grama, Gabriel podia cruzar com o silêncio de um gato doméstico. A trilha, porém, era um detonador. Era larga demais para cruzar com um salto, a não ser que se fosse um atleta olímpico, o que Gabriel, definitivamente, não era. Ele era um homem de idade avançada que tinha fraturado duas vértebras da lombar havia pouco tempo.

Ainda era muito bom de tiro, porém. Especialmente com uma Beretta 92 FS. Ele só precisava iluminar o alvo com mais uma mensagem. Então, o padre Markus Graf, assassino de um papa, deixaria de existir. Talvez pudesse se encontrar diante de um tribunal celestial onde seria punido por seus crimes. Se sim, Gabriel esperava que Deus estivesse de péssimo humor quando fosse a vez do padre Graf no banco dos réus.

Ele compôs outra breve mensagem — Onde você está? — e lançou no éter. Dessa vez, talvez por causa da direção do vento, ele ouviu o som de sino do telefone do padre Graf. Vários segundos se passaram antes de um clarão iluminar a cena no centro da *piazza*. Infelizmente, a posição das duas figuras tinha mudado. Ambas agora estavam viradas para o norte. Veronica estava ajoelhada. O padre Graf estava com uma arma apontada para a nuca dela.

O sacerdote se virou quando ouviu o barulho do cascalho sob os pés de Gabriel. Instantaneamente, houve outra explosão de luz no centro da *piazza*. O flash de um disparo. Uma bala superaquecida cortou o ar a alguns centímetros do ombro esquerdo de Gabriel.

DANIEL SILVA

Mesmo assim, ele correu na direção de seu alvo, a Beretta na mão esticada. Havia lugares piores para morrer, pensou ele, do que a Piazza di Siena. Ele só esperava que Deus estivesse de bom humor quando fosse sua vez no banco dos réus.

Donati esperou até sair da Casa Santa Marta para ligar seu telefone. Não tinha recebido ligações nem mensagens durante sua fala aos cardeais. Tentou o número de Veronica. Ninguém atendeu. Ele começou a ligar para Gabriel, mas parou. Agora, não era a hora.

Os dois guardas suíços na entrada da hospedaria estavam olhando para o horizonte, sem saber do pandemônio que Donati havia deixado atrás de si. Meu Deus, o que ele tinha feito? Acendera o fósforo, pensou. Caberia ao cardeal Francona presidir um conclave em chamas. Só Deus sabia que tipo de papa sairia dali. Donati não ligava muito no momento, desde que o próximo pontífice não fosse um fantoche do bispo Hans Richter.

A fachada sul da basílica estava banhada de luz. Donati notou que uma das portas laterais estava entreaberta. Entrando, ele cruzou o transepto esquerdo até o baldaquino de Bernini, e caiu de joelhos no chão frio de mármore. Nas grutas abaixo estava seu mestre, com um pequeno buraco na coxa direita. De olhos fechados, Donati rezou com um fervor que não sentia havia muitos anos.

Mate-o, ele estava pensando. Devagar. De uma forma bem dolorosa.

A noite era aliada de Gabriel, pois o deixava invisível. O padre Graf, porém, traía sua exata localização cada vez que, indisciplinadamente, puxava o gatilho. Gabriel não tomou ação evasiva alguma, não fez mudanças em sua direção. Em vez disso, avançou na direção de seu

A ORDEM

alvo o mais rápido que suas pernas podiam levá-lo, como Shamron
o tinha treinado no outono de 1972.

Onze vezes, uma para cada judeu morto em Munique...

Ele perdera a conta de quantos tiros o padre Graf havia dispara-
do. Estava confiante de que ele próprio, também. A Beretta continha
15 balas de 9mm. Gabriel, porém, só precisava de uma. A que ele
pretendia colocar na testa do padre quando tivesse certeza de que
não atingiria Veronica. Ela ainda estava de joelhos, as mãos cobrindo
os ouvidos, a boca aberta, mas o único som que Gabriel conseguia
ouvir era o de tiros. Um truque da acústica da *piazza* fazia parecer
que eles vinham de todas as direções de uma vez.

Gabriel estava a cerca de vinte metros de Graf, perto o bastante
para conseguir vê-lo claramente sem ajuda dos clarões dos disparos.
O que significava que Graf podia ver Gabriel também. Não dava
para esperar nem se aproximar mais. Um policial talvez tivesse parado e virado levemente de lado para reduzir sua visibilidade. Mas
um assassino do Escritório treinado pelo grande Ari Shamron, não.
Ele continuou seu avanço inclemente, como se pretendesse bater
no alvo com a bala.

Finalmente, o braço dele foi para cima, e ele colocou a mira da
Beretta no rosto do padre Graf. Mas um segundo antes de Gabriel
conseguir fazer a pressão necessária no gatilho, uma porção da face
do sacerdote explodiu. Depois de um momento, Alois Metzler
emergiu da escuridão com uma pistola SIG Sauer 226 na mão.

Ele baixou a arma e olhou para Veronica.

— Melhor tirá-la daqui antes de a Polizia chegar. Eu cuido de
tudo.

— Eu diria que já cuidou.

Metzler contemplou o padre morto.

— Não se preocupe, Allon. O sangue dele estará nas minhas
mãos.

56

VIA GREGORIANA, ROMA

Às 10h15 da manhã seguinte, Gabriel foi acordado por uma briga na rua abaixo de sua janela. Por um momento, não conseguiu se lembrar do nome da rua nem da localização. Também não tinha memória das circunstâncias nas quais tinha chegado a seu lugar de descanso, um sofá pequeno e horrivelmente desconfortável.

Era o sofá, lembrou com repentina lucidez, da sala de estar do velho esconderijo do Escritório perto do topo das escadarias da Piazza di Spagna. Veronica Marchese tinha se oferecido para dormir nele. Mas, numa mostra imprudente de cavalheirismo, Gabriel insistira para ela ficar com o quarto. Eles ficaram acordados até depois das duas da manhã dividindo uma garrafa de tinto da Toscana, que o deixara com uma ligeira dor de cabeça. Combinava bem com a dor em sua lombar.

Suas roupas estavam no chão ao lado do sofá. Vestido, ele foi para a cozinha e colocou água mineral na chaleira elétrica. Depois de pôr uma colher de café na prensa francesa, entrou no banheiro para confrontar seu reflexo no espelho. Se ele fosse uma pintura, poderia apagar os danos. O melhor que podia esperar era uma pequena melhoria antes da chegada de Chiara. Por sugestão de Gabriel,

A ORDEM

ela e as crianças estavam vindo a Roma para o início do conclave. Donati lhes tinha convidado para ver a cerimônia de abertura ao vivo pela televisão da Cúria Jesuíta. Ele tinha pedido para Veronica juntar-se a eles. A tarde prometia ser interessante.

Gabriel encheu a prensa francesa de água e leu os jornais italianos em seu telefone enquanto esperava o café ficar pronto. Os acontecimentos chocantes da Alemanha interessavam pouco aos editores em Roma e Milão. Só o conclave importava. Os *vaticanisti* continuavam convencidos de que o papado estava nas mãos de Navarro. Um previu que Pietro Lucchesi seria o último papa italiano. Não havia qualquer menção a um padre morto de uma ordem católica reacionária ou a um tiroteio nos Jardins da Villa Borghese envolvendo uma proeminente diretora de museu italiana. De alguma forma, Alois Metzler tinha conseguido encobrir. Pelo menos, por enquanto.

Gabriel levou seu café para a sala de estar e ligou a televisão. Quinze mil católicos, religiosos e leigos estavam apertados na Basílica de São Pedro para a missa pré-conclave *Pro Eligendo Romano Pontifice*. Outros dois mil assistiam nas televisões gigantes na praça em frente. O reitor Angelo Francona era o celebrante. Disposto diante dele em quatro fileiras semicirculares de cadeiras estava o Colégio Cardinalício inteiro, incluindo os que eram velhos demais para participar do conclave que começaria em poucas horas. Donati estava sentado diretamente atrás deles. Com suas vestes corais, ele parecia a epítome do prelado católico romano. Sua expressão era séria, determinada. Gabriel não desejaria ser o alvo daquele olhar austero.

— O que acha que ele está pensando?

Gabriel virou-se e sorriu para Veronica Marchese. Ela estava usando um pijama de algodão de Chiara. Uma das mãos no quadril. A outra cutucava o ouvido direito.

DANIEL SILVA

— Ainda não consigo ouvir.

— Seu ouvido foi exposto a vários tiros sem proteção. Vai levar alguns dias.

A mão dela foi para a nuca.

— Como está se sentindo?

— Um pouco de cafeína talvez ajude. — Ela olhou desejosa para o café dele. — Tem o bastante para mim?

Ele foi para a cozinha e serviu uma xícara. Ela deu um gole e fez uma careta.

— Está tão ruim assim?

— Talvez possamos caminhar até o Caffè Greco mais tarde. — Ela olhou para a televisão. — Eles sabem muito bem como dar um show, né? Nunca daria para imaginar que tem algo errado.

— É melhor assim.

— Não tenho tanta certeza.

— Você quer que o mundo saiba o que aconteceu na Piazza di Siena ontem à noite?

— Tem algo nos jornais?

— Nem um pio.

— Quanto tempo vai ficar em segredo?

— Imagino que dependa da identidade do próximo papa.

A câmera parou de novo em Donati.

— Lindo Luigi — disse Veronica. — Ele odiou aquela reportagem na *Vanity Fair*, mas depois disso ele virou uma estrela dentro da Igreja.

— Você deveria ter visto os garçons no Piperno.

— Que sorte você tem, Gabriel. Só uma vez, eu gostaria de almoçar com ele em público numa tarde romana perfeita. — Ela o olhou de soslaio. — Ele fala de mim?

— Incessantemente.

— Mesmo? E o que ele diz?

— Que você é uma boa amiga.

— E você acredita nisso?

— Não — disse Gabriel. — Acho que você está perdidamente apaixonada por ele.

— É tão óbvio assim? — Ela sorriu triste. — E Luigi? O que ele sente por mim?

— Você teria que perguntar a ele.

— Perguntar o quê, exatamente? Ainda está apaixonado por mim, arcebispo? Quer renunciar a seus votos e casar-se comigo antes de ser tarde demais?

— Você nunca perguntou?

Ela fez que não.

— Por quê?

— Porque tenho medo de qual seria a resposta. Se ele disser não, vou ficar arrasada. E se disser sim...

— Vai se sentir a pior pessoa do mundo.

— Você é muito perspicaz.

— Exceto no que diz respeito a problemas amorosos.

— Você tem um casamento perfeito.

— Sou casado com uma mulher perfeita. Não confunda uma coisa com a outra.

— E se estivesse no meu lugar?

— Diria a Luigi como me sinto. Antes que seja tarde.

— Quando?

— Que tal hoje ainda?

— Na Cúria Jesuíta? Não consigo imaginar outro lugar onde eu gostaria menos de estar — disse Veronica. — E vão todos ficar me olhando boquiabertos.

— Na verdade, duvido muito disso.

Ela ficou pensativa.

— O que se deve vestir para uma festa do conclave?

DANIEL SILVA

— Roupa branca, acredito.

— Sim — falou Veronica. — Acho que tem razão.

Ao fim da missa, os cardeais eleitores fizeram uma fila para sair da basílica e voltaram à Casa Santa Marta para almoçar. Alois Metzler ligou para Gabriel do lobby barulhento. O padre Graf, disse, estava no gelo num necrotério de Roma. Permaneceria lá até a conclusão do conclave, quando seu corpo seria descoberto nos morros nos arredores de Roma, um aparente suicídio. O nome de Veronica não estaria em relatório algum. Nem o de Gabriel.

— Nada mal, Metzler.

— Sou um cidadão suíço que trabalha para o Vaticano. Esconder a verdade é natural para mim.

— Alguma notícia do bispo Richter?

— Ele foi embora de Roma ontem à noite em seu avião particular. Aparentemente, está escondido no priorado da Ordem no cantão de Zug.

— Qual é o clima na Casa Santa Marta?

— Se passarmos pelo conclave sem mais um cadáver — disse Metzler, antes de desligar — vai ser um milagre.

Nesse ponto, já eram quase 12h30. O conversível chamativo de Veronica estava estacionado em frente ao prédio. Gabriel dirigiu até o *palazzo* da Via Veneto e esperou no térreo até ela ter tomado banho e se trocado. Quando ela reapareceu, estava vestida com um elegante terninho creme e um colar trançado de ouro.

— Eu estava errado — disse Gabriel. — Todo mundo na Cúria Jesuíta definitivamente vai ficar encarando boquiaberto.

Ela sorriu.

— Não podemos chegar de mãos vazias.

— Luigi pediu para levarmos um vinho.

Veronica desapareceu na cozinha e voltou com quatro garrafas de *pinot grigio* gelado. Até Roma Termini, levava cinco minutos de carro. Eles estavam esperando do lado de fora da estação na rotatória.

— Tem razão — comentou Veronica. — Você é casado com a mulher perfeita.

— Sim — concordou Gabriel. — Sou muito sortudo.

57

CÚRIA JESUÍTA, ROMA

Havia duas televisões grandes de tela plana na sala de jantar da Cúria Jesuíta, uma em cada ponta da sala. Entre elas, havia cerca de cem padres com batinas pretas e ternos clericais, além de um grupo de estudantes da Pontifícia Universidade Gregoriana. O ruído barítono de vozes masculinas baixou por um breve instante quando um grupo de convidados leigos — duas crianças pequenas, duas mulheres lindas e o chefe do serviço de inteligência secreto de Israel — entrou na sala.

Donati tinha tirado sua roupa de coro e estava de novo vestido com o equivalente Vaticano de roupa social. Estava preso no que parecia uma conversa séria com um homem de cabelos prateados que Veronica identificou como superior-geral da Sociedade de Jesus.

— O Papa Negro — adicionou ela.

— É como chamavam Donati.

— Só os inimigos dele ousavam chamá-lo assim. O padre Agular é o verdadeiro Papa Negro. É venezuelano, cientista político de formação e esquerdista. Um jornalista de uma revista conservadora norte-americana uma vez o rotulou de marxista, o que o padre Agular levou como elogio. Ele também é bem pró-Palestina.

A ORDEM

— Quanto ele sabe sobre Donati e você?

— O arquivo de Luigi foi limpo de qualquer referência ao nosso caso depois que ele virou secretário particular de Donati. Até onde os jesuítas sabem, nunca aconteceu. — Veronica fez um aceno de cabeça na direção de uma mesa cheia de bebidas sem álcool e garrafas de vinho tinto e branco. — Você se importa? Não sei se consigo fazer isso sóbria.

Gabriel adicionou as quatro garrafas de pinot grigio de Veronica à coleção de vinhos. Então, serviu três taças de uma garrafa aberta de Frascati em temperatura ambiente enquanto Chiara servia às crianças massa dos réchauds no bufê ao lado. Acharam uma mesa vazia perto de uma das televisões. Os cardeais eleitores tinham deixado a Casa Santa Marta e estavam reunidos na Capela Paulina, última parada antes de entrarem na Sistina para o início do conclave.

Veronica deu um gole tímido em seu vinho.

— Tem alguma coisa pior do que Frascati em temperatura ambiente?

— Consigo pensar em algumas.

Donati e um sorridente padre Agular se aproximaram da mesa. Levantando-se, Gabriel ofereceu a mão ao líder dos jesuítas antes de apresentar Chiara e as crianças.

— E esta é nossa amiga Veronica Marchese. — O tom de Gabriel estava incomumente animado. — A *dottora* Marchese é diretora do Museu Nacional Etrusco.

— Uma honra, *dottora*. — O padre Agular voltou-se para Gabriel. — Sigo os acontecimentos do Oriente Médio bem de perto. Será que podemos dar uma palavrinha antes de você ir embora?

— É claro, padre Agular.

O jesuíta contemplou a televisão.

— Quem acha que será?

— Dizem que Navarro.

DANIEL SILVA

— É hora de um padre que fale espanhol, não acha?

— Quem dera ele fosse jesuíta.

Rindo, o padre Agular se retirou.

Donati puxou uma cadeira entre Gabriel e Raphael, e sentou-se. Mal deu conta da presença de Veronica. Sussurrando, perguntou:

— Como ela está?

— O melhor que se poderia esperar.

— Preciso dizer, está maravilhosa.

— Devia ter visto depois que Metzler matou o padre Graf.

— Ele encobriu muito bem. Nem Alessandro Ricci sabe.

— Como conseguiu convencê-lo a não publicar a matéria sobre a trama contra o conclave?

— Prometendo dar tudo de que ele precisa para escrever uma continuação *best-seller* de *A Ordem*.

— Diga para ele deixar meu nome de fora.

— Você merece algum crédito. Afinal, salvou a Igreja Católica.

— Ainda não — disse Gabriel.

Donati olhou para a televisão.

— Vamos saber amanhã à noite. Segunda, no máximo.

— Por que não hoje?

— O voto desta tarde é em grande parte simbólico. A maioria dos cardeais vai colocar amigos ou benfeitores nas cédulas. Se tivermos um novo papa hoje, quer dizer que algo extraordinário aconteceu na Capela Sistina. — Donati olhou para Raphael. — É impressionante. Se ele tivesse têmporas grisalhas…

— Eu sei, eu sei.

— Ele pinta?

— Muito bem, na verdade.

— E Irene?

— Uma escritora, infelizmente.

Donati olhou para Veronica, que estava em uma piada interna com Chiara.

— Do que acha que estão falando?

— De você, suponho.

Donati franziu as sobrancelhas.

— Você não andou se metendo na minha vida pessoal, né?

— Um pouco. — Gabriel baixou a voz. — Ela tem uma coisa para falar com você.

— Ah, é? E o que é?

— Quer fazer uma pergunta antes que seja tarde demais.

— Já é tarde demais. Roma falou, meu amigo. O caso está fechado. — Donati deu um gole na taça de vinho de Gabriel e fez uma careta. — Tem algo pior do que Frascati em temperatura ambiente?

Pouco depois das três da tarde, os cardeais eleitores entraram na Capela Sistina. Com as câmeras os observando, cada um pôs a mão no Evangelho segundo Mateus e jurou, entre outras coisas, que não faria parte de tentativa alguma de forças externas de intervir na eleição do Pontífice romano. Domenico Albanese repetiu o juramento com uma solenidade exagerada e uma expressão beata. Os comentaristas da televisão elogiaram sua atuação no período do interregno. Um chegou a sugerir que ele corria por fora com chance de sair do conclave como próximo papa.

— Deus nos ajude — murmurou Donati.

Eram quase 17 horas quando o último cardeal fez seu juramento. Um momento depois, o Mestre de Cerimônias Litúrgicas Pontifícias, um italiano magro e de óculos chamado *monsignor* Guido Montini, parou diante do microfone e declarou suavemente: "Extra omnes." Cinquenta padres, prelados e leigos conectados ao Vaticano saíram

DANIEL SILVA

da capela, incluindo Alois Metzler, vestido com seu uniforme da era da Renascença e seu capacete de pluma branca.

— Que bom que ele não estava vestido assim ontem à noite — comentou Gabriel.

Donati sorriu quando o *monsignor* Montini fechou as portas duplas da Capela Sistina.

— E agora?

— Achamos uma garrafa de vinho gelado — falou Donati. — E esperamos.

58

CAPELA SISTINA

A primeira ordem do dia era a distribuição das cédulas. No topo de cada uma estavam as palavras ELIGO IN SUMMUM PONTI-FICEM: *elejo como Sumo Pontífice*. Depois, um sorteio para selecionar os escrutinadores, os três cardeais que tabulariam a contagem dos votos. Três revisores, que analisariam o trabalho dos escrutinadores, foram escolhidos em seguida, antes dos três *infirmarii*, que coletariam a cédula de qualquer cardeal doente demais para deixar sua cama na Casa Santa Marta. O cardeal Angelo Francona ficou aliviado por nenhum dos 42 cardeais implicados por Luigi Donati terem sido escolhidos para qualquer uma das nove posições. Embora não fosse matemático, ele sabia que as probabilidades disso eram astronômicas. Certamente, raciocinou, o Espírito Santo tinha intervindo para proteger o pouco que restava da integridade do conclave.

Com as preliminares completas, Francona se aproximou do microfone e mirou os 115 homens dispostos diante de si.

— Sei que foi um longo dia, mas sugiro que votemos.

Se fosse haver um colapso, aconteceria agora. Uma única objeção exigiria que o conclave fosse suspenso pela noite e os cardeais voltassem à Casa Santa Marta. Isso seria interpretado pelo resto do

DANIEL SILVA

mundo como sinal de intenso rancor e divisão dentro da Igreja. Em resumo, seria um desastre. Francona prendeu a respiração.

Houve silêncio na capela.

— Muito bem. Por favor, escreva o nome de seu candidato na sua cédula. E, lembre-se, se um voto não puder ser decifrado, não poderá ser contado.

Francona sentou-se em sua cadeira designada. O cartão estava diante dele, com um lápis ao lado. Ele pretendia seguir a tradição do conclave e dar um voto de cortesia na primeira cédula. Mas isso já não era possível. Não depois dos fogos de artifício da noite passada na Casa Santa Marta. Não era hora de bajular um velho amigo ou mecenas. O futuro da Igreja Católica Romana estava em jogo.

Elejo como Sumo Pontífice.

Francona levantou o olhar e contemplou os homens sentados ao seu redor. Quem poderia ser. *É você, Navarro? Ou você, Brady?* Não, pensou de repente. Francona acreditava com todo o seu coração que só havia um homem capaz de salvar a Igreja de si mesma.

Ele pegou o lápis e apoiou a ponta no cartão. Era costumeiro que os cardeais eleitores disfarçassem sua escrita e, portanto, seu voto. Francona, porém, escreveu o nome rápido e com seus floreios facilmente identificáveis. Então, dobrou sua cédula no meio duas vezes e voltou ao microfone.

— Alguém precisa de tempo adicional? Então, tudo bem. Vamos começar a votação.

O procedimento, como quase tudo o mais num conclave papal, era desenhado para reduzir a probabilidade de jogo sujo. A votação era conduzida em ordem de precedência. Como reitor do Sagrado Colégio, Francona era o primeiro.

Os escrutinadores estavam reunidos no altar, sobre o qual havia um cálice de ouro de tamanho exagerado coberto por um padrão

A ORDEM

prateado. Francona segurou sua cédula e recitou em voz alta mais um juramento.

— Invoco como testemunha Cristo Senhor, o qual há de me julgar, que meu voto é dado àquele que, segundo Deus, julgo que deva ser eleito.

Ele colocou a cédula na pátena e, pegando o prato com as duas mãos, inclinou-o alguns graus para a esquerda. A cédula deslizou fácil para o cálice. Era mais um sinal, pensou Francona, que o Espírito Santo estava de fato presente.

Ele recolocou a pátena e voltou ao seu lugar.

O processo era deliberadamente lento e moroso, em especial, quando feito por homens sedentários entre 60 e 70 e tantos anos, alguns dos quais andavam com auxílio de uma bengala. Até Kevin Brady, o energético angelino, levou trinta segundos para fazer seu juramento e manobrar a cédula com segurança para dentro do cálice. O mais ágil foi Albanese, que jogou a cédula no cálice como se limpando ossos do prato de jantar.

Eram quase 18h30 quando a contagem começou. Com a pátena no lugar, o primeiro escrutinador chacoalhou o cálice para misturar as cédulas. O terceiro, então, contou as cédulas não lidas para garantir que havia uma para cada um dos 116 eleitores. Para o alívio de Francona, os números batiam. Se não, ele teria que queimar as cédulas sem as tabular.

As cédulas estavam num segundo cálice, ligeiramente menor. Os escrutinadores o colocaram numa mesa diante do altar e se sentaram. O ritual arcano que se seguiu era quase tão antigo quanto a própria Igreja. O primeiro escrutinador pegava uma cédula e, depois de um momento de hesitação, fazia uma anotação pequena, mas significativa, na última página de uma lista impressa de nomes

DANIEL SILVA

diante dele. Então, entregava a cédula ao segundo escrutinador, que fazia o mesmo. O terceiro não conseguiu esconder sua surpresa ao ler o nome em silêncio. Um momento depois, tendo furado a cédula com uma agulha e um fio vermelho na palavra *Eligo*, ele leu alto o nome no microfone.

Um murmuro baixo passou pelo conclave. O nome surpreendeu Angelo Francona mais do que todos, pois era o que ele tinha escrito em sua cédula. Seu candidato não era ortodoxo, para dizer o mínimo. Certamente, fora sua cédula a ser tirada primeiro. Ele adicionou o nome a sua própria lista e colocou um tique ao lado.

O primeiro escrutinador tirou outra cédula. Assustado, lançou um olhar ansioso na direção de Francona antes de entregar ao segundo escrutinador. Este colocou uma marca de tique em sua lista de nomes e entregou a cédula ao terceiro escrutinador, que a empalou com sua agulha e fio. O nome que ele leu em voz alta no microfone era o mesmo da primeira cédula.

— Deus meu — sussurrou Angelo Francona.

Outro murmúrio varreu o conclave, como o tremor que uma aeronave que passa. Alguém mais devia ter tido a mesma ideia.

Os escrutinadores aceleraram o ritmo, dez cédulas num período de apenas quatro minutos, segundo o relógio de Francona. Três foram para Navarro, um para Tardini, um para Gaubert e cinco para o candidato zebra de Francona. Ele tinha recebido sete dos primeiros doze votos contabilizados, uma velocidade impressionante. Não podia continuar, pensou Francona.

Mas continuou. De fato, a zebra de Francona recebeu seis dos próximos dez votos contados e chocantes sete dos dez que se seguiram. Francona marcou cada um em sua lista. Seu candidato tinha recebido vinte dos primeiros 32 votos, pouco abaixo de uma maioria de dois terços.

Faltavam 84 a serem contabilizados. Quando o candidato de Francona recebeu metade dos próximos vinte votos tabulados, o cardeal Tardini exigiu que a primeira votação fosse anulada.

— Com que justificativa, Eminência? — Francona estava certo de não haver nenhuma. Olhou para os três escrutinadores. — Tire a próxima cédula, por favor.

Foi para o candidato de Francona, assim como quinze das vinte seguintes. Nesse ponto, o conclave irrompeu.

— Falem baixo, irmãos! — O tom de Francona era de reprimenda, um diretor de escola dando sermão numa sala cheia de alunos rebeldes. Ele olhou para os escrutinadores. — Próxima cédula.

O voto era para Albanese, dentre todos. Sem dúvidas, ele tinha votado em si mesmo. Não importava: o candidato de Francona conseguiu dezessete das próximas vinte cédulas. Ele recebera 63 dos 94 votos tabulados. Faltava contar 22 cédulas. Se o nome do candidato de Francona aparecesse em quinze delas, ele levaria o conclave.

Quatro cédulas consecutivas foram a seu favor, junto com seis das dez seguintes, levando a contagem dele para 73, só cinco a menos dos 78 exigidos para ser eleito. Depois disso, não havia dúvida. Quando os últimos votos foram contados, houve um pandemônio. Dessa vez, Angelo Francona não tentou restaurar o decoro, pois estava levantando o olhar para a representação de Michelangelo do momento da criação.

— O que fizemos? — sussurrou ele. — O que fizemos, em nome de Deus?

Os escrutinadores e revisores contaram as cédulas uma segunda vez e checaram de novo sua tabulação. Não havia erro. O impensável

DANIEL SILVA

acabara de acontecer. Era hora de contar para o resto do mundo, para não mencionar o homem que havia acabado de ser escolhido como líder espiritual de mais de um bilhão de católicos romanos.

Francona colocou as cédulas e as folhas de tabulação na mais antiga das lareiras e a acendeu. Então, ligou um interruptor na segunda lareira, inflamando cinco cargas do tamanho de caixas de lenços de papel contendo uma mistura de cloreto de potássio, lactose e resina de pinho. Alguns segundos depois, subiu um rugido dos milhares de peregrinos na Praça de São Pedro. Tinham visto a fumaça branca saindo da chaminé da capela.

Francona caminhou até as portas e deu duas batidas. Foram abertas instantaneamente pelo *monsignor* Guido Montini. Era óbvio pela expressão dele que o homem tinha ouvido a reação na praça.

— Traga-me um telefone — disse Francona. — Rápido.

59

CÚRIA JESUÍTA, ROMA

Naquele mesmo momento, na sala de jantar da Cúria Jesuíta, o arcebispo Luigi Donati estava vendo as imagens televisionadas da fumaça branca saindo da chaminé da Capela Sistina. Seu rosto estava pálido. A rapidez da decisão sugeria que os cardeais corruptos haviam ignorado seus alertas e votado em Emmerich. Se isso se provasse verdadeiro, Donati tinha toda a intenção de cumprir sua ameaça. Quando ele terminasse, não sobraria pedra sobre pedra. Ele construiria uma nova igreja. Uma que Jesus reconheceria.

Os colegas jesuítas de Donati, porém, estavam eletrizados com a seleção incomumente ágil de um novo papa. De fato, a comoção na sala era tão alta que ele não conseguia entender o que os comentadores estavam dizendo. Nem, aliás, conseguiu ouvir seu telefone Nokia, apoiado na mesa ao lado do de Gabriel. Quando ele finalmente o checou, ficou chocado de ver que tinha cinco ligações perdidas, todas nos últimos dois minutos.

— Deus meu.

— O que foi? — perguntou Gabriel.

— Você nunca vai adivinhar quem está tentando freneticamente falar comigo.

DANIEL SILVA

Donati teclou e levou o telefone rapidamente à orelha.

— Finalmente — disse o cardeal Angelo Francona.

— O que foi, reitor?

— Viu a fumaça?

— Sim, claro. Por favor, diga que não é...

— Tivemos um acontecimento inesperado.

— Obviamente, Eminência. Mas o que foi?

— Vai saber quando chegar aqui.

— Onde?

— Tem um carro esperando você lá embaixo. Nos vemos em alguns minutos.

A ligação ficou muda. Donati baixou o telefone e olhou para Gabriel.

— Posso estar errado, mas acredito que fui convocado à Capela Sistina.

— Por quê?

— Francona não quis me dizer, o que significa que não pode ser bom. Aliás, eu me sentiria melhor se você viesse comigo.

— Para a Capela Sistina? Você só pode estar brincando.

— Não é como se você nunca tivesse estado lá.

— Não durante um conclave. — Gabriel deu um puxão no colarinho de sua jaqueta de couro. — Além do mais, não estou vestido para a ocasião.

— O que se usa para um conclave? — perguntou Donati.

Gabriel olhou para Veronica e sorriu.

— Branco, acho.

Para evitar a multidão na Praça de São Pedro, o carro entrou no Vaticano pela entrada de veículos perto do Palácio do Santo Ofício. De lá, contornou os fundos da basílica até um pequeno pátio aos

A ORDEM

pés da Capela Sistina. O *monsignor* Guido Montini foi até a porta de Donati como um mensageiro de hotel. Parecia estar resistindo a um impulso de ajoelhar-se.

Montini precisou levantar a voz para ser ouvido por cima do badalo dos sinos da basílica.

— Boa noite, Excelência. Fui instruído a subir com o senhor. — Ele olhou para Gabriel. — Mas, infelizmente, seu amigo *signore* Allon terá de ficar aqui.

— Por quê?

Os olhos de Montini se arregalaram.

— O conclave, Excelência.

— Já acabou, não?

— Depende.

— Do quê?

— Por favor, Excelência. Os cardeais estão esperando o senhor. Donati gesticulou na direção de Gabriel.

— Ou ele vem comigo, ou não vou entrar.

— Sim, claro, Excelência. Se é o que deseja.

Donati trocou um olhar apreensivo com Gabriel. Juntos, subiram um estreito lance de escadas até a Sala Regia, a gloriosa antecâmara coberta de afrescos da Capela Sistina. Dois guardas suíços estavam postados de cada lado da entrada como suportes de livro. Gabriel hesitou, antes de entrar com Donati.

Os cardeais o esperavam na base do altar, ofuscados pelo *Juízo final*, de Michelangelo. Depois de passar pela porta da *transenna*, Donati parou abruptamente e virou-se.

— Não entende o que está acontecendo aqui?

— Sim — respondeu Gabriel. — Acredito que entendo.

DANIEL SILVA

— Ninguém em sã consciência ia querer isso. Vi com meus próprios olhos o preço que se paga. — Donati esticou a mão. — Por favor, tome as rédeas. Tire-me daqui antes que seja tarde demais.

— Já é tarde demais, Luigi. Roma falou.

A mão de Donati ainda estava suspensa entre eles. Ele a colocou no ombro de Gabriel e apertou com força surpreendente.

— Tente lembrar de mim como eu era, velho amigo. Porque, num momento, essa pessoa não vai mais existir.

— Ande, Luigi. Não os deixe esperando.

Donati olhou para os 116 homens esperando no altar.

— Não eles, Luigi. As pessoas na praça.

— O que eu vou dizer a eles? Meu Deus, eu nem tenho um nome. — Donati colocou os braços ao redor do pescoço de Gabriel e agarrou-se a ele como se estivessem se afogando. — Diga a ela que sinto muito. Diga que nunca quis que isso acontecesse.

Donati se afastou e endireitou os ombros. Repentinamente composto, ele atravessou a capela e parou logo em frente ao cardeal Francona.

— Imagino que tenha algo a me perguntar, Eminência.

Francona fez a pergunta em latim.

— *Acceptasne electionem de te canonice factam in Summum Pontificem?*
Aceita sua eleição canônica como sumo pontífice?

— Aceito — respondeu Donati, sem hesitar.

— *Quo nomine vis vocari?*
Por que nome deseja ser chamado?

Donati olhou para o teto de Michelangelo, como se buscando inspiração.

— Para dizer a verdade, não faço ideia.

O riso encheu a Capela Sistina. Era um bom começo.

60

CAPELA SISTINA

Era adequado que o primeiro ato oficial de Donati como papa fosse afixar sua assinatura num documento que residiria permanentemente no silêncio dos Arquivos Secretos do Vaticano. Preparado às pressas pelo *monsignor* Montini, ele registrava formalmente o novo nome de Donati e sua aceitação da posição de Sumo Pontífice. Ele assinou o documento na mesa em que os escrutinadores e revisores tinham tabulado os votos. Oitenta tinham ido para Donati na primeira cédula, um resultado chocante. Desde os dias de eleição por aclamação, um papa não era eleito tão rapidamente por uma margem tão ampla.

Donati retirou-se para a Sala das Lágrimas, onde um representante da família Gammarelli, dos alfaiates papais desde 1798, esperava com três batinas de linho e uma seleção de roquetes, mozetas, estolas e sapatos de seda vermelhos. Notoriamente, Pietro Lucchesi escolhera a menor das três batinas. Donati precisava da maior. Ele dispensou roquete, mozeta e estola, escolhendo usar sua cruz peitoral de prata em vez da pesada cruz de ouro que lhe foi oferecida. Também não escolheu um dos sapatos de seda vermelhos. Seu mocassim italiano, que ele mesmo havia polido

DANIEL SILVA

para aparecer diante dos cardeais na Casa Santa Marta, eram bons o bastante.

Gabriel não teve permissão de testemunhar o ritual de escolha de vestimentas de Donati. Permaneceu na Capela Sistina, onde os cardeais esperavam para cumprimentar o homem a quem tinham acabado de entregar as chaves do reino. O clima era elétrico, mas incerto. A acústica do lugar permitia que Gabriel ouvisse algumas das conversas. Era óbvio que muitos dos cardeais tinham dado os chamados votos de cortesia a Donati, sem perceber que uma imensa maioria de seus colegas pretendia fazer o mesmo. O consenso geral era que o Espírito Santo, não o bispo Richter e a Ordem de Santa Helena, tinha intervindo.

Nem todos na sala estavam felizes com o resultado, em especial, os cardeais Albanese e Tardini. Apenas 36 tinham votado em outro candidato, o que indicava que um número significativo dos 42 conspiradores havia apoiado a candidatura de Donati, talvez, com a esperança equivocada de que ele deixasse passar suas transgressões financeiras e lhes permitisse manter seus empregos atuais. Gabriel imaginou que o Colégio Cardinalício logo veria uma onda discreta de demissões e redistribuições. A mudança havia muito esperada estava chegando à Igreja Católica. Ninguém sabia operar as alavancas do poder do Vaticano melhor do que Luigi Donati. Mais importante, ele sabia onde estavam os corpos e a roupa suja. A Cúria Romana, guardiã do status quo, finalmente tinha encontrado um oponente à altura.

Por fim, Donati emergiu da Sala de Lágrimas com seu traje branco como neve e um solidéu na cabeça. Ele brilhava, como se iluminado por seu próprio holofote. A mudança em sua aparência era tão notável que até Gabriel mal o reconheceu. Já não era Luigi Donati, pensou ele. Era o sucessor de São Pedro, representante de Cristo na Terra.

A ORDEM

Era Sua Santidade.

Em alguns minutos, ele seria o homem mais famoso e reconhecido do mundo. Mas, primeiro, havia um último ritual, tão antigo quanto a própria Igreja. Um por um, em ordem de precedência, os cardeais fizeram fila para oferecer suas felicitações e jurar sua obediência, um lembrete de que o papa era não só um líder espiritual de um bilhão de católicos, mas um dos últimos monarcas absolutos do mundo. Ele escolheu receber os cardeais de pé, em vez de sentado em seu trono. A maioria das trocas foi calorosa, até exaltada. Várias foram frígidas e tensas. Tardini, desafiador até o fim, apontou e balançou a mão para o novo Sumo Pontífice, que repetiu o gesto para ele. Domenico Albanese caiu de joelhos e implorou por absolvição. Donati mandou-o se levantar e o dispensou com a mancha de assassino de um pontífice ainda em sua alma. Havia um monastério no futuro de Albanese, pensou Gabriel. Algum lugar frio e isolado, com comida ruim. Na Polônia, talvez. Ou, melhor ainda, no Kansas.

Havia um último precedente a ser quebrado naquela noite. Veio às 19h34, quando Donati convocou Gabriel com um aceno alegre. O novo papa o segurou pelos ombros. Gabriel nunca se sentiu menor.

— Parabéns, Vossa Santidade.

— Meus pêsames, você quer dizer. — O sorriso confiante dele deixou claro que ele já estava ficando confortável no novo papel. — Você acaba de ver algo que só um punhado de pessoas já testemunhou.

— Não sei se vou me lembrar de muita coisa.

— Nem eu. — Ele baixou a voz. — Não contou para ninguém, né?

— Nem uma vivalma.

DANIEL SILVA

— Nesse caso, nossos amigos na Cúria Jesuíta estão prestes a ter a surpresa da vida deles. — Ele pareceu gostar do pensamento. — Venha comigo ao balcão. Não é algo que você deva perder.

Ele foi para a Sala Regia e, seguido por boa parte do conclave, caminhou pela Sala das Bênçãos na direção da basílica. Ao contrário de seu mestre, Pietro Lucchesi, não precisaram mostrar-lhe o caminho. Na antecâmara atrás do balcão, ele fez solenemente o sinal da cruz quando as portas se abriram. O rugido da multidão na praça era ensurdecedor. Ele sorriu para Gabriel uma última vez enquanto o reitor cardeal sênior declarava: "*Habemus papam!*" *Temos um papa!* Então, ele entrou num clarão de luz azul ofuscante e se foi.

Sozinho com os cardeais, de repente, Gabriel sentiu-se deslocado. O homem antes conhecido como Luigi Donati pertencia a eles agora, não a ele. Sem ser escoltado, voltou à Capela Sistina. Então, desceu até o Portão de Bronze do Palácio Apostólico.

Lá fora, a Praça de São Pedro estava iluminada por velas e telefones celulares. Parecia que uma galáxia de estrelas tinha caído na Terra. Gabriel tentou ligar para o celular de Chiara, mas não havia sinal. Ele cortou caminho pelas pessoas até a Colunata de Bernini. A multidão estava delirando. A eleição de Donati era um terremoto.

Gabriel finalmente emergiu da Colunata na Piazza Papa Pio XII. Para chegar à Cúria Jesuíta, ele precisava conseguir passar para o outro lado. Logo desistiu. Um mar de humanidade se espalhava dos pés de Donati às margens do Tibre. Não havia nada que Gabriel pudesse fazer.

Ele percebeu, de repente, que Chiara e as crianças estavam chamando o nome dele. Levou um momento para encontrá-los. Exultantes, os pequenos apontavam para a basílica, como se o pai não estivesse ciente de que seu amigo estava no balcão. Os braços

A ORDEM

de Chiara estavam ao redor de Veronica Marchese, que chorava incontrolavelmente.

Gabriel tentou alcançá-los, mas não conseguiu. A multidão era impenetrável. Virando-se, ele viu um homem de branco flutuando por cima de um carpete de luz dourada em forma de chave. Era uma obra-prima, pensou. *Sua Santidade*, óleo sobre tela, artista desconhecido...

Parte Quatro

HABEMUS PAPAM

61

CANNAREGIO, VENEZA

Foi Chiara que secretamente informou ao primeiro-ministro que seu marido não estaria de volta à sua mesa no Boulevard Rei Saul na segunda de manhã. Enquanto estava supostamente de férias, ele tinha evitado um bombardeio em Colônia, golpeado duramente as ambições da extrema direita europeia e visto seu amigo próximo tornar-se Sumo Pontífice da Igreja Católica Romana. Precisava de alguns dias para se recuperar.

Ele passou os três primeiros praticamente confinado no apartamento com vista para o rio della Misericordia, pois Deus, em sua infinita sabedoria, tinha infligido em Veneza um dilúvio de magnitude bíblica. Quando combinado com vendavais e uma maré incomumente alta na lagoa, os resultados foram desastrosos. Todos os seis *sestieri* históricos da cidade sofreram enchentes catastróficas, incluindo São Marcos, onde a cripta da basílica inundou pela sexta vez em doze séculos. Em Cannaregio, a água subiu históricos dois metros num período de apenas três horas. Particularmente afetada foi a pequena ilha na qual os judeus da cidade haviam sido confinados, em 1516, por ordem do conselho governante de Veneza. O museu no Campo di Ghetto Nuovo foi inundado, assim como o térreo

DANIEL SILVA

da Casa Israelitica di Riposo. Ondas lambiam o baixo relevo do memorial do Holocausto, deixando os carabineiros sem escolha que não abandonar seu quiosque à prova de balas.

Como quase todo mundo na cidade, a família Allon escondeu-se atrás de barricadas e sacos de areia e tirou o melhor proveito possível. Raphael e Irene viram sua internação aquática como uma grande aventura; Gabriel, como uma bênção. Por três dias encharcados, eles leram livros em voz alta, jogaram jogos de tabuleiro, realizaram projetos de arte e assistiram a todos os DVDs da modesta biblioteca do apartamento, a maioria, duas vezes. Era um vislumbre de seu futuro. Na aposentadoria, Gabriel seria mais uma vez expatriado, um judeu da diáspora. Trabalharia quando lhe conviesse e dedicaria cada minuto de folga a seus filhos. O relógio desaceleraria, suas muitas feridas se curariam. Era aqui que a história acabaria, na cidade naufragante de igrejas e pinturas na ponte norte do Adriático.

Ele falava com Uzi Navot no início de cada manhã e no fim de cada tarde. E, é claro, seguia as notícias de Roma, onde Donati não perdeu tempo em desandar o caldo curial. Para começar, houve a decisão de não residir nos apartamentos papais do Palácio Apostólico, mas numa suíte simples na Casa Santa Marta. Seu primeiro Angelus, proferido para uma plateia de cerca de duzentos mil peregrinos atulhados na Praça de São Pedro, deixou pouca dúvida de que ele pretendia guiar a Igreja em uma nova direção.

Mas quem era esse homem que agora ocupava o trono de São Pedro? E quais eram as circunstâncias de sua eleição chocante e histórica? A autora da reportagem da *Vanity Fair* pulou de rede em rede, descrevendo o magnético arcebispo que tinha chamado de "Lindo Luigi". Vários perfis exploraram suas origens jesuítas e o período em que ele serviu como missionário em El Salvador destruído pela guerra. Supunha-se amplamente, embora nunca fosse provado, que, quando padre jovem, ele fora apoiador da controversa

A ORDEM

doutrina conhecida como teologia da libertação. Isso não cativava certos segmentos da direita política americana. Aliás, um conservador referiu-se a ele como Papa Che Guevara. Outro perguntou-se se a enchente de Veneza, onde ele trabalhara por vários anos, seria um sinal do desgosto de Deus com a escolha do conclave.

Cumprindo seus votos de confidencialidade, os cardeais eleitores se recusaram a discutir o que tinha se passado dentro da Capela Sistina. Nem Alessandro Ricci, o obstinado repórter investigativo do *La Repubblica*, parecia capaz de ultrapassar a armadura do conclave. Em vez disso, ele publicou um longo artigo sobre as conexões entre a extrema direita europeia e a Ordem de Santa Helena, a fraternidade católica reacionária sobre a qual ele tinha escrito um *best-seller*. Três das figuras implicadas nos bombardeios de falsa atribuição na Alemanha — Jonas Wolf, Andreas Estermann e Axel Brünner — eram também supostos membros secretos da Ordem, bem como o chanceler austríaco Jörg Kaufmann e o primeiro-ministro italiano Giuseppe Saviano.

Kaufmann imediatamente negou a reportagem. Porém, fora forçado a fazer um esclarecimento quando o *La Repubblica* publicou uma fotografia de seu casamento, oficiado pelo superior-geral da Ordem, bispo Hans Richter. De sua parte, Saviano chamou a matéria descaradamente de *fake news* e conclamou que os procuradores italianos acusassem o autor de traição. Informado de que tal crime não havia sido cometido, ele publicou um tuíte convocando seus apoiadores violentos *hooligans* para dar uma lição que Ricci nunca esqueceria. Depois de receber centenas de ameaças de morte, o jornalista fugiu de seu apartamento em Trastevere e escondeu-se.

O bispo Richter, isolado no priorado medieval da Ordem no cantão de Zug, recusou-se a comentar a matéria. Também não emitiu um comunicado quando advogados em Nova York entraram com uma ação coletiva no tribunal federal acusando a Ordem de

DANIEL SILVA

extorquir dinheiro e bens de judeus desesperados no fim dos anos 1930, em troca de promessas de falsos certificados de batismo e proteção dos nazistas. A principal requerente era Isabel Feldman, única filha sobrevivente de Samuel Feldman. Numa coletiva de imprensa com poucos presentes em Viena, ela mostrou um quadro — uma paisagem de rio do Velho Mestre Jan van Goyen — que seu pai entregara à Ordem em 1938. A tela, que tinha sido removida de seu esticador, fora devolvida a ela pelo famoso investigador do Holocausto Eli Lavon, cuja agenda não permitia comparecer à coletiva.

As circunstâncias exatas da recuperação do quadro não vieram a público, o que deu lugar a muita especulação infundada na imprensa austríaca. Um site que regularmente publicava histórias falsas ou enganosas chegou a acusar Lavon de ser agente israelense. A matéria por acaso estava correta, provando, assim, o argumento do rabino Jacob Zolli de que o inimaginável pode acontecer. Normalmente, Gabriel não teria se dado ao trabalho de responder. Mas, diante do clima atual de antissemitismo na Europa — e a sempre presente ameaça de violência pairando sobre a minúscula minoria judia da Áustria —, ele achou melhor emitir uma negativa por meio da Embaixada Israelense em Viena.

Estava menos disposto, porém, a repudiar a matéria de um tabloide britânico sobre sua presença na Capela Sistina na noite do histórico conclave, mesmo que só para irritar os russos e iranianos, que estavam paranoicos, com razão, com a amplitude de seu alcance. Mas quando a matéria pulou de veículo em veículo como uma epidemia, ele relutantemente instruiu a irascível porta-voz do primeiro-ministro a negar como "claramente um absurdo". O comunicado foi um clássico exemplo de negação sem negar. E por bons motivos. Várias fontes de dentro do Vaticano, incluindo o novo Sumo Pontífice e os 116 cardeais que o elegeram, sabiam que era verdade.

A ORDEM

Os filhos de Gabriel também. Por três dias abençoados, com a chuva caindo sem dar trégua sobre Veneza, ele os teve inteiramente para si. Jogos de tabuleiro, projetos de arte, filmes antigos em DVD. Às vezes, quando a combinação de luz e sombra era favorável, ele levantava a aba de um envelope com o brasão de armas de Sua Santidade, o papa Paulo VII, e tirava as três folhas do rico papel de carta. O cumprimento era informal. Só o primeiro nome. Não havia preliminares nem amabilidades.

Enquanto pesquisava nos Arquivos Secretos do Vaticano, encontrei um livro muito impressionante...

Finalmente, na manhã do quarto dia, as nuvens se abriram e o sol brilhou sobre toda a cidade. Após o café da manhã, Gabriel e Chiara vestiram as crianças com casacos impermeáveis e galochas, e, juntos, caminharam até o Campo di Ghetto Nuovo para ajudar na limpeza. Nada tinha sido poupado, especialmente a linda livraria do museu, que perdeu a maior parte de seu estoque. A cozinha e a sala comum da Casa Israelitica di Riposo estavam em ruínas, e as sinagogas portuguesa e espanhola sofreram severos danos. Mais uma vez, pensou Gabriel ao analisar a destruição, a calamidade caía sobre os judeus de Veneza.

Trabalharam até as 13 horas e foram almoçar num minúsculo restaurante escondido na Calle Masena. De lá, era uma caminhada curta até o primeiro dos dois apartamentos que Chiara, sem se dar ao trabalho de informar Gabriel, tinha marcado para verem naquele dia. Era amplo e arejado, e, talvez mais importante, seco como osso. A cozinha estava recém-reformada, assim como os três banheiros. Era caro, mas nada absurdo. Gabriel estava confiante de que conseguiria aguentar o peso financeiro adicional sem ter que vender bolsas Gucci falsificadas para os turistas de San Marco.

DANIEL SILVA

— O que acha? — perguntou Chiara.

— Bonito — disse Gabriel, evasivo.

— Mas?

— Por que não me mostra o outro apartamento?

Ficava localizado perto da parada de *vaporetto* de San Toma, no Grande Canal, um *piano nobile* totalmente reformado com um terraço particular e uma sala de pé-direito alto, iluminada, que Gabriel poderia usar como estúdio. Lá, ele trabalharia noite e dia em lucrativas encomendas particulares para pagar por tudo aquilo. Consolou-se sabendo que havia formas muito piores de um homem passar o outono de sua vida.

— Se vendermos o apartamento da rua Narkiss... — disse Chiara.

— Não vamos vender.

— Sei que vai ser difícil, Gabriel. Mas se vamos viver em Veneza, não preferiria viver aqui?

— E quem não preferiria? Mas alguém tem que pagar por isso.

— Alguém vai pagar.

— Você?

Ela sorriu.

— Quero ver a contabilidade dele.

— Aonde acha que vamos agora?

O escritório de Francesco Tiepolo ficava na Calle Larga XXII Marzo em San Marco. Na parede atrás da mesa dele, havia várias fotografias de seu amigo Pietro Lucchesi. Em uma delas, estava uma versão jovem do sucessor de Lucchesi.

— Imagino que tenha tido algo a ver com isso.

— Com o quê?

— Com a eleição do primeiro papa de fora do Colégio Cardinalício desde o século XIII.

394

A ORDEM

— Do século xiv — corrigiu Gabriel. — E fique tranquilo, foi o Espírito Santo quem escolheu o novo papa, não eu.

— Você anda passando tempo demais em igrejas católicas, meu amigo.

— São ossos do ofício.

A contabilidade de Tiepolo estava longe de imaculada, mas a situação era melhor do que Gabriel temia. A firma tinha poucas dívidas, e as despesas mensais eram baixas. Consistiam principalmente no aluguel do escritório em San Marco e de um armazém no continente. No momento, a empresa tinha mais trabalho do que conseguia fazer, e havia vários projetos futuros. Dois estavam marcados para começar após a data de aposentadoria de Gabriel, o que significava que Chiara conseguiria começar de imediato. Tiepolo insistiu que mantivessem o nome da firma e lhe pagassem cinquenta por cento do lucro anual. Gabriel concordou em manter o nome — não queria que seus muitos inimigos soubessem onde ele estava morando —, mas rejeitou a exigência de metade dos lucros da empresa, oferecendo, em vez disso, 25 por cento.

— Como vou sobreviver com uma quantia tão mísera?

— De alguma forma, vai conseguir.

Tiepolo olhou para Chiara.

— Que apartamento ele escolheu?

— O grande.

— Eu sabia! — Tiepolo bateu nas costas de Gabriel. — Sempre disse que você ia voltar para Veneza. E, quando morrer, vão enterrá-lo embaixo de um cipreste em San Michele, numa cripta enorme, adequada a um homem com suas conquistas.

— Ainda não estou morto, Francesco.

— Acontece com os melhores de nós. — Tiepolo olhou as fotografias na parede. — Até com meu querido amigo Pietro Lucchesi.

— E agora Donati é o papa.

395

DANIEL SILVA

— Tem certeza de que você não teve nada a ver com isso?

— Não — respondeu Gabriel, distante. — Foi ele.

— Quem? — perguntou Tiepolo, perplexo.

Gabriel apontou para a figura de manto e sandálias passando pela janela de Tiepolo.

Era o padre Joshua.

62

PIAZZA SAN MARCO

Gabriel saiu correndo para a rua. Como a maioria em San Marco, estava coberta por vários centímetros de água. Alguns turistas estavam andando à luz do crepúsculo. Ninguém parecia notar o homem de manto simples e sandálias.

— O que você está olhando?

Gabriel se virou e viu Chiara e as crianças paradas atrás dele. Apontou na direção da rua escura.

— O homem de manto encapuzado é o padre Joshua. Foi ele quem nos deu a primeira página do Evangelho segundo Pilatos.

Chiara apertou os olhos.

— Não vejo ninguém de capa.

Gabriel também não via. O padre tinha desaparecido.

— Talvez você esteja enganado — disse Chiara. — Ou talvez só tenha *pensado* que o viu.

— Uma alucinação, quer dizer?

Chiara ficou em silêncio.

— Espere aqui.

Gabriel saiu pela rua buscando um padre com cara de destituído entre as vitrines mais exclusivas do mundo. Por fim, passou por

DANIEL SILVA

um arco sob o Museo Correr e saiu na Piazza San Marco. O padre Joshua estava passando em frente ao Caffè Florian na direção do campanário. O sacerdote parecia mover-se por cima das águas da enchente, sem perturbar a superfície. Não tentou levantar a barra de suas vestes.

Gabriel correu atrás dele.

— Padre Joshua?

O padre parou aos pés do campanário.

Gabriel dirigiu-se a ele em italiano, idioma que ele tinha falado no Depositório de Manuscritos dos Arquivos Secretos.

— Não se lembra de mim, padre Joshua? Fui eu que...

— Eu sei quem você é. — O sorriso dele era benevolente. — É o que tem nome de arcanjo.

— Como sabe meu nome?

— Houve recriminações após sua visita aos Arquivos Secretos. Ouvi coisas.

— Você trabalha lá?

— Por que faria uma pergunta dessas?

— Seu nome não aparece no diretório de equipe. E, a não ser que eu esteja enganado, você não estava usando identificação naquele dia.

— Por que alguém como eu precisaria de identificação?

— Quem é você?

— Quem *você* acha que eu sou?

O italiano dele era lindo, mas colorido com um sotaque inconfundível.

— Você fala árabe? — perguntou Gabriel.

— Como você, falo muitas línguas.

— De onde você é?

— Do mesmo lugar que você.

— Israel?

398

— Da Galileia.

— Por que está em Veneza?

— Vim ver um amigo. — Ele notou Gabriel olhando para as mãos dele. — Carrego no corpo as marcas do Senhor Jesus — explicou ele.

Duas garotas passaram chutando água por eles. Olharam apreensivas para Gabriel, mas não pareceram notar o homem parado com água até os tornozelos, sandálias e um manto.

— Conseguiu encontrar o resto do evangelho? — perguntou ele.

— Não antes que fosse destruído.

— O Santo Padre teve medo de que isso fosse acontecer.

— Foi você quem deu a ele?

— É claro.

— Como conseguiu abrir a porta da *collezione* sem chave?

Ele deu um sorriso maroto.

— Não foi difícil.

— O Santo Padre mostrou o livro a mais alguém?

— Um jesuíta. — O padre Joshua franziu o cenho. — Por algum motivo, minha palavra não foi o suficiente. O jesuíta concordou comigo que o livro era autêntico.

— É americano, esse jesuíta?

— Sim.

— Sabe o nome dele?

— O Santo Padre se recusou a me falar. Disse que ia dar o evangelho a você quando o jesuíta terminasse.

— Terminasse o quê?

— Sua Santidade não disse.

— Onde você estava quando tiveram essa conversa?

— No escritório papal. Mas por que pergunta?

— Os homens que assassinaram o Santo Padre estavam ouvindo. Conseguiram ouvir a voz dele, mas não a sua.

DANIEL SILVA

A expressão do homem ficou mais sombria.

— Você deve se sentir muito culpado.

— Pelo quê?

— Pela morte dele.

— Sim — admitiu Gabriel. — Terrivelmente culpado.

— Não se sinta — falou o padre. — Não foi culpa sua.

Ele se virou para ir embora.

— Padre Joshua?

O padre parou.

— Quando você removeu a primeira página do evangelho?

Ele levantou a mão atada.

— Infelizmente, preciso ir. Que a paz do Senhor esteja sempre convosco. E com sua esposa e seus filhos também. Vá a eles, Gabriel. Estão procurando por você.

Com isso, ele atravessou as colunas de São Marcos e São Teodoro. Gabriel tirou rapidamente seu telefone e abriu a câmera, mas não conseguia ver o rastro do padre na tela. Correu para a estação de gôndola na Riva degli Schiavoni e olhou para os dois lados.

O padre Joshua tinha desaparecido.

Às 14 horas da tarde seguinte, Gabriel recebeu uma ligação do general Cesare Ferrari, do Esquadrão da Arte. Dizia ter vindo a Veneza para tratar de outro assunto e esperava que Gabriel tivesse um momento para responder a algumas perguntas antes de sua volta a Israel.

— Onde?

— Na sede regional dos carabineiros.

Em vez disso, Gabriel sugeriu o Harry's Bar. Chegou alguns minutos antes das 16 horas; o general, poucos minutos depois. Pediram Bellinis. O de Gabriel imediatamente lhe deu uma dor de cabeça. Ele bebeu mesmo assim. Estava delicioso. Além disso, era seu último dia de férias.

— O fim perfeito para um dia imperfeito — disse o general.

— O que foi agora?

— O orçamento do ano que vem.

— Achei que fascistas amavam patrimônio cultural.

— Só se tiver arrecadação tributária suficiente para pagar por isso.

— Pelo jeito, banir imigrantes não é bom para a economia, no fim das contas.

— É verdade que eles foram os responsáveis pela inundação aqui em Veneza?

— Foi o que li no *Russia Today*.

— E por acaso leu a matéria de Alessandro Ricci no *La Repubblica* hoje de manhã? — O general tirou uma azeitona verde enorme da tigela no centro da mesa. — A rádio peão acha que a coalizão de Saviano talvez não sobreviva.

— Que pena.

— Dizem que uma audiência particular com o incrivelmente popular novo papa faria maravilhas para a posição dele.

— Eu não teria muita esperança.

— Sua Santidade pode querer reconsiderar à luz do fato de que estava em Florença na noite que o guarda suíço foi morto. Se lembro bem, você também estava lá. E tem também aquele padre desaparecido da Ordem de Santa Helena. O nome dele me foge.

— Padre Graf.

— Você não saberia por acaso onde ele está, não é?

— Nem ideia — respondeu Gabriel, com sinceridade.

— Talvez algum dia você me diga como todas as peças dessa história se encaixam. — O general pediu mais dois Bellinis e examinou o interior do Harry's Bar. Fizeram um belo trabalho com a

DANIEL SILVA

restauração. Nem daria para imaginar que houvera uma enchente. — Ele olhou de soslaio para Gabriel. — Imagino que você vá se acostumar.

— Você obviamente andou falando com Francesco Tiepolo. Ferrari sorriu.

— Ele me contou que você vai trabalhar para sua esposa em breve.

— Ela ainda não aceitou minhas condições.

— Acha que ela me permitiria pegá-lo emprestado de vez em quando?

— Para quê?

— Meu negócio é recuperar quadros roubados. E você, meu amigo, é muito bom em encontrar coisas.

— Exceto pelo Evangelho de Pilatos.

— Ah, sim. O evangelho. — O general tirou uma pasta parda de sua maleta e colocou na mesa. — Aquela folha de papel que você me deu foi produzida por um moinho perto de Bolonha. Uma operação pequena. De um homem só, na verdade. Altíssima qualidade. Achamos inúmeros exemplos do trabalho dele em outros casos.

— Que tipo de casos?

— Falsificações. — Ferrari abriu a pasta e tirou a primeira página do evangelho. Ainda estava dentro do plástico de proteção. — Parece ter sido produzida durante a Renascença. Na verdade, foi produzida há poucos meses. O que significa que o Evangelho de Pilatos, o livro que levou ao assassinato de Sua Santidade, o papa Paulo VII, é uma fraude.

— Como conseguiu datar de forma tão precisa?

— O fabricante do papel está na minha folha de pagamentos. Fiz uma visita a ele depois que meu laboratório entregou as descobertas. — Ferrari bateu na página. — Fazia parte de uma grande encomenda de reprodução de papel da Renascença. Várias centenas

A ORDEM

de páginas, na verdade. O tamanho era apropriado para encadernação. Custou ao comprador uma pequena fortuna.

— Quem era ele?

— Um padre, na verdade.

— Esse padre tem nome?

— Padre Robert Jordan.

63

VENEZA—ASSIS

Gabriel tinha a intenção de voltar a Israel na manhã seguinte, no voo das 10 horas da El Al saindo do Aeroporto Marco Polo, em Veneza. Em vez disso, instruiu o departamento de Viagens a reservar quatro assentos no voo noturno de Roma. O carro, um Volkswagen Passat, ele mesmo resolveu. Saíram de Veneza às 7h30, trinta minutos depois do que ele queria, e chegaram a Assis pouco depois do meio-dia. Com Chiara e as crianças ao seu lado, ele tocou a campainha da Abadia de São Pedro. Sem receber resposta, tocou de novo.

Por fim, Dom Simon, o beneditino inglês, atendeu.

— Boa tarde. Posso ajudá-lo?

— Estou aqui para ver o padre Jordan.

— Ele o está esperando?

— Não.

— Seu nome?

— Gabriel Allon. Estive aqui com...

— Eu me lembro de você. Mas por que deseja ver o padre Jordan de novo?

Gabriel cruzou os dedos.

— Fui enviado pelo Santo Padre. Temo que seja uma questão relativamente urgente.

Houve um silêncio de vários segundos. Então, a tranca se abriu.

Gabriel sorriu para Chiara.

— Ser membro tem seus privilégios.

O monge os levou à sala comum com vista para o jardim verde da abadia. Dez minutos se passaram antes de ele voltar com o padre Jordan. O jesuíta americano não pareceu feliz por ver o amigo do novo pontífice romano.

Por fim, ele olhou para Dom Simon.

— Talvez possa levar a esposa e os filhos do *signore* Allon para conhecerem o lugar. É realmente muito bonito.

Chiara olhou de relance para Gabriel, que assentiu. Um momento depois, padre Jordan e ele estavam a sós.

— Está realmente aqui a pedido do Santo Padre? — perguntou o sacerdote.

— Não.

— Admiro sua sinceridade.

— Queria poder dizer o mesmo.

O padre Jordan foi até a janela.

— Quanto da história você conseguiu juntar?

— Sei que quase tudo que nos disse era mentira, a começar pelo seu nome. Também sei que recentemente você fez uma encomenda grande de reprodução de papel da Renascença, que usou para produzir um livro chamado Evangelho segundo Pilatos. A questão é: o evangelho era uma fraude? Ou era uma cópia do original?

— Você tem algum palpite?

— Estou apostando que era uma cópia.

DANIEL SILVA

O padre Jordan fez um gesto para que Gabriel se juntasse a ele na janela. Juntos, observaram Chiara e as crianças caminhando por um passeio no jardim ao lado do monge beneditino.

— Você tem uma família linda, senhor Allon. Sempre que vejo crianças judias, penso que são um milagre.

— E quando vê um padre jesuíta?

— Vejo o seu trabalho. — O padre Jordan deu um sorriso conspiratório. — Não deveria estar em Israel?

— Estamos a caminho do aeroporto.

— A que horas é seu voo?

— Às 18 horas.

O padre Jordan olhou para as duas crianças pequenas brincando no jardim.

— Nesse caso, senhor Allon, creio que tenha o tempo exato para uma última história.

Ele começou contestando Gabriel num ponto pequeno, mas não insignificante. Seu nome legal, disse, era mesmo Robert Jordan. Sua mãe e seu pai tinham mudado o sobrenome da família pouco depois de chegarem aos Estados Unidos, em 1939, como refugiados europeus. Escolheram uma versão anglicizada de seu sobrenome real, que era a palavra italiana para o rio que flui do norte da Galileia até o mar Morto.

— Giordano — disse Gabriel.

O padre Jordan assentiu.

— Meu pai era filho de um empresário romano rico chamado Emanuele Giordano. Um de três filhos — adicionou, incisivo. — Minha mãe era de uma antiga família chamada Delvecchio. O nome é bem comum entre judeus italianos. Devo admitir que achava meu próprio nome bem sem graça em comparação. Considerei mudar várias vezes, principalmente, quando me mudei para a Itália para dar aulas na Gregoriana.

— E como é que o filho de dois judeus se tornou padre católico?

— Meus pais nunca foram muito religiosos, mesmo quando moravam em Roma. Quando chegaram aos Estados Unidos, disfarçaram-se de católicos para mesclar-se com seus arredores. Não foi difícil para eles. Como romanos, estavam acostumados aos rituais do catolicismo. Mas eu era, mesmo. Fui batizado e recebi a primeira comunhão. Fui até coroinha em nossa paróquia. Só imagino o que meus pobres pais deviam pensar quando me viam lá com minhas vestes.

— Como reagiram quando você disse que queria se tornar sacerdote?

— Meu pai mal conseguia me olhar de bata e colarinho romano.

— Por que ele não lhe contou a verdade?

— Culpa, imagino.

— Por ter abandonado sua fé?

— Meu pai nunca abandonou sua fé — disse o padre Jordan. — Mesmo quando estava fingindo ser católico. Ele se sentia culpado porque ele e minha mãe sobreviveram à guerra. Não queriam que eu soubesse que seus parentes não tinham tido tanta sorte. Foram capturados na ronda de Roma em outubro de 1943 e enviados a Auschwitz, onde foram assassinados. Tudo sem uma palavra de protesto do Santo Padre, apesar de ter acontecido bem abaixo das janelas dele.

— E você se tornou padre católico.

— Imagine só.

— Quando ficou sabendo da verdade?

— Só em novembro de 1989, quando voltei a Boston para o funeral do meu pai. Depois da missa, minha mãe me deu uma carta que ele tinha escrito depois que eu fui para o seminário.

DANIEL SILVA

Obviamente, foi um choque e tanto. Não só eu era judeu como sobrevivente de uma família que perecera no Holocausto.

— Você considerou renunciar a seus votos?

— É claro.

— Por que não fez isso?

— Decidi que podia ser ao mesmo tempo cristão e judeu. Afinal, Jesus era judeu. Os doze apóstolos, cujas estátuas guardam o pórtico da basílica, também. Doze apóstolos — repetiu ele. — Um para cada uma das doze tribos de Israel. Os cristãos originais não se viam como fundadores de uma nova fé. Eram judeus que também eram seguidores de Jesus. Eu me via de maneira similar.

— Ainda acredita na divindade de Jesus?

— Não sei se alguma vez já acreditei. Mas eles também não acreditavam. Acreditavam que Jesus era um homem que fora exaltado aos céus, não um ser supremo enviado à Terra. Tudo isso veio bem depois, quando os Evangelhos tinham sido escritos e a Igreja primitiva decidiu-se pela ortodoxia cristã. Foi quando a grande rivalidade entre irmãos começou. Os Pais da Igreja declararam que a aliança entre Deus e seu povo escolhido tinha sido quebrada, que a velha lei tinha sido substituída pela nova. Deus tinha enviado seu filho para salvar o mundo, e os judeus o rejeitaram. Então, para garantir, manipularam espertamente um prefeito romano ingênuo e inocente a pregá-lo numa cruz. Para esse povo, os assassinos do próprio Deus, nenhuma punição era severa o bastante.

— Eram o seu povo — disse Gabriel.

— E foi por isso que a obra da minha vida foi curar as feridas entre judaísmo e cristianismo.

— Encontrando o Evangelho segundo Pilatos?

O padre Jordan fez que sim.

— Imagino que a carta de seu pai tenha feito referência a ele.

— Ele escreveu sobre isso com detalhes consideráveis.

— E a história que você contou a mim e a Donati outro dia? Sobre andar por toda a Itália buscando a última cópia do Evangelho segundo Pilatos?

— Era só isso. Uma história. Eu sabia que o padre Schiller tinha dado o livro a Pio XII e que Pio o tinha enterrado no fundo dos Arquivos.

— Como?

— Confrontei o padre Schiller pouco antes de ele morrer. No início, ele tentou negar a existência do livro. Mas quando mostrei a carta do meu pai, ele falou a verdade.

— Você contou a ele...

— Que eu era neto do judeu romano rico que tinha dado o livro à Ordem? — O padre Jordan fez que não. — Para minha eterna vergonha, não.

— Realmente tentou achá-lo? Ou também era uma história?

— Não era — disse o padre Jordan. — Busquei nos Arquivos por mais de vinte anos. Como não há referência ao evangelho nas Salas de Índice, era como procurar a famosa agulha num palheiro. Há cerca de dez anos, eu me forcei a parar. Aquele livro estava acabando com a minha vida.

— E então?

— Alguém o deu ao Santo Padre. E o Santo Padre decidiu dar a você.

64

ABADIA DE SÃO PEDRO, ASSIS

No início, ele achou que era uma piada. Sim, a voz no telefone soava como a do Santo Padre, mas com certeza não podia ser ele. Ele queria que o padre Jordan fosse aos apartamentos papais às 21h30 da noite seguinte. O padre Jordan não deveria contar a ninguém que tinha sido convocado. Nem chegar um minuto antes.

— Suponho que tenha sido numa quinta-feira — comentou Gabriel.

— Como você sabe?

Gabriel sorriu e, com um movimento de mão, convidou o padre Jordan a continuar. Ele chegou ao apartamento papal, contou, às 21h30 em ponto. Uma freira o escoltou até a capela particular. O Santo Padre o cumprimentou afetuosamente, recusando-se a permitir que ele beijasse o Anel do Pescador, e mostrou-lhe um livro incrível.

— Lucchesi conhecia sua conexão pessoal com o evangelho?

— Não — disse o sacerdote. — E eu nunca contei a ele. Era minha conexão pessoal com Donati que importava. O Santo Padre confiava em mim. Foi só um golpe de sorte.

— Imagino que ele tenha permitido que você lesse.

— Claro. Era por isso que eu estava lá. Ele queria minha opinião sobre a autenticidade.

— E?

— O texto era lúcido, por vezes burocrático e granular no detalhe. Não era obra de uma mente criativa. Era um importante documento histórico baseado em importantes recordações escritas ou orais de seu autor nominal.

— O que aconteceu depois?

— Ele me convidou para voltar na quinta seguinte. Mais uma vez, Donati estava ausente. Jantando com uma amiga, aparentemente. Fora dos muros. Foi quando o Santo Padre me contou que planejava dar o livro a você. — Ele hesitou, depois completou: — Sem informar ao *prefetto* dos Arquivos Secretos do Vaticano.

— Ele sabia que Albanese era membro secreto da Ordem de Santa Helena?

— Suspeitava.

— E foi por isso que Lucchesi pediu que você fizesse uma cópia do livro.

O padre Jordan sorriu.

— Bastante engenhoso, não acha?

— Você mesmo fez o trabalho ou utilizou os serviços de um profissional?

— Um pouco dos dois. Eu era um ilustrador e calígrafo bastante talentoso quando jovem. Não como você, é claro. Mas não era ruim. O profissional, que não será nomeado, cuidou de envelhecer artificialmente o papel e a encadernação. Foi uma obra extraordinária. O cardeal Albanese nunca saberia a diferença. A não ser que submetesse o volume a testes sofisticados.

— Mas qual versão do evangelho ele tirou dos apartamentos papais na noite do assassinato do Santo Padre?

DANIEL SILVA

— A cópia — respondeu o padre Jordan. — Eu tenho o original. O Santo Padre me deu para guardar caso algo lhe acontecesse.

— Esse livro agora pertence a mim.

— Pertencia ao meu avô antes de ser levado pela Ordem. Portanto, eu sou o proprietário de direito, assim como Isabel Feldman era a proprietária de direito daquele quadro que magicamente reapareceu no fim de semana passado. — O padre Jordan o analisou por um momento. — Imagino que você também tenha algo a ver com isso.

Gabriel não respondeu.

— Nunca acaba, né?

— O quê?

— A culpa por sobreviver. É passada de geração a geração. Como esses seus olhos verdes.

— Eram os olhos da minha mãe.

— Ela esteve em um dos campos?

— Auschwitz.

— Então, você também é um milagre. — O padre Jordan deu um tapinha no dorso da mão de Gabriel. — Infelizmente, há uma linha clara entre os ensinamentos da Igreja primitiva e as câmaras de gás e os crematórios de Auschwitz. Defender o contrário é entrar no que Tomás de Aquino chamava de *ignorantia affectata*. Uma ignorância intencional.

— Talvez você devesse acabar de uma vez com isso.

— E como eu faria uma coisa dessas?

— Me dando o livro.

O padre Jordan fez que não.

— Torná-lo público não vai resolver o que quer que seja. Aliás, considerando o clima atual aqui na Europa e nos Estados Unidos, pode piorar tudo.

— Está esquecendo que seu ex-aluno agora é o papa?

A ORDEM

— Sua Santidade tem problemas o bastante para resolver. A última coisa de que precisa é um desafio às crenças centrais do cristianismo.

— O que o livro diz?

O padre Jordan ficou em silêncio.

— Por favor — disse Gabriel. — Preciso saber.

Ele contemplou suas mãos banhadas de sol.

— Um elemento central das narrativas da Paixão é inegável. Um judeu da vila de Nazaré chamado Jesus foi morto pelo prefeito romano no feriado do Pessach ou perto dele, talvez no ano de 33 d.C. Boa parte do que estava escrito nos quatro Evangelhos precisa ser interpretado com os dois pés atrás. Os relatos são uma invenção literária ou, pior, um esforço deliberado por parte dos evangelistas e da Igreja inicial de implicar os judeus na morte de Jesus ao mesmo tempo que ilibava os culpados reais.

— Pôncio Pilatos e os romanos.

O padre Jordan fez que sim.

— Por exemplo?

— O julgamento diante do Sinédrio.

— Aconteceu mesmo?

— No meio da noite durante o Pessach? — O padre Jordan fez que não. — Uma reunião assim seria proibida pelas Leis de Moisés. Só um cristão vivendo em Roma podia conceber algo tão mirabolante.

— Caifás estava envolvido de alguma forma?

— Se estava, Pilatos não menciona.

— E o tribunal?

— Se quiser chamar assim — disse o padre Jordan. — Foi muito breve. Pilatos mal olhou para ele. Aliás, alegou não conseguir se lembrar da aparência física de Jesus. Fez apenas uma anotação

DANIEL SILVA

em seus arquivos e acenou com a mão, e os soldados seguiram em frente. Muitos outros bons judeus foram executados naquele dia. Para Pilatos, era só mais um dia de trabalho.

— Havia uma multidão presente?

— Claro que não.

— Qual era a acusação contra Jesus?

— O único crime punível por crucificação.

— Insurreição.

— É claro.

— Onde aconteceu o incidente?

— No Pórtico Real do Templo.

— E a prisão?

Os sinos de Assis badalaram 14 horas antes de o padre Jordan poder responder.

— Já contei demais. Além disso, sua família e você precisam pegar um avião. — Ele se levantou e estendeu a mão. — Deus o abençoe, senhor Allon. E boa viagem.

Passos no corredor. Um momento depois, Chiara e as crianças apareceram na porta, acompanhados do monge beneditino.

— Chegaram bem na hora — disse o padre Jordan. — Dom Simon os acompanhará até a porta.

O monge os levou até a rua e fechou rapidamente o portão. Gabriel ficou lá parado por um momento, a mão pairando sobre o interfone, até Irene finalmente dar um puxão em sua manga e olhar para o pai com o rosto da mãe dele.

— O que aconteceu, Abba? Por que está chorando?

— Estava pensando em algo triste, só isso.

— No quê?

A ORDEM

Em você, pensou Gabriel. *Eu estava pensando em você.*

Ele pegou a menina nos braços e a carregou pela Porta San Pietro até a garagem onde tinha deixado o carro. Depois de colocar o cinto de Raphael, olhou embaixo do carro com mais cuidado do que o normal antes de finalmente sentar-se ao volante.

— Tente ligar o motor — disse Chiara. — Ajuda.

A mão de Gabriel tremia quando ele apertou o botão.

— Talvez eu devesse dirigir.

— Estou bem.

— Tem certeza disso?

Ele saiu da vaga de ré e seguiu a rampa até a superfície. A única saída da cidade os fazia passar pela Porta San Pietro. Emoldurado pelo arco, como uma figura num Bellini, estava um padre de cabelo branco com uma bolsa antiga de couro na mão.

Gabriel pisou no freio e saiu. O padre Jordan lhe ofereceu a bolsa como se carregasse uma bomba.

— Tome cuidado, senhor Allon. Tudo está em jogo.

Gabriel abraçou o velho padre e correu de volta para o carro. Chiara abriu a sacola enquanto aceleravam pelas ladeiras do monte Subásio. Dentro, estava o último exemplar do Evangelho segundo Pilatos.

— Você consegue ler? — perguntou ele.

— Tenho um mestrado em história do Império Romano. Acho que consigo lidar com algumas linhas em latim.

— O que diz?

Ela leu as duas primeiras frases em voz alta.

— *Solus ego sum reus mortis ejus. Ego crimen oportet.*

— Traduza.

— Apenas eu sou responsável pela morte dele. Apenas eu devo aguentar a culpa. — Ela levantou o olhar. — Devo continuar?

DANIEL SILVA

— Não — disse ele. — É o suficiente.

Chiara guardou o livro de volta na bolsa.

— O que acha que pessoas normais fazem nas férias?

— Nós *somos* pessoas normais. — Gabriel riu. — Só temos amigos interessantes.

NOTA DO AUTOR

A *Ordem* é uma obra de entretenimento e deve ser lida apenas assim. Nomes, personagens, lugares e incidentes retratados na história são produto da imaginação do autor ou foram usados de forma fictícia. Qualquer semelhança com pessoas reais, vivas ou mortas, negócios, empresas, acontecimentos ou locais é mera coincidência.

Visitantes de Munique procurarão em vão pela sede de um conglomerado alemão conhecido como Wolf Group, pois esse complexo não existe. Também não encontrarão um restaurante e bar de jazz na Beethovenplatz chamado Café Adagio. Felizmente, não há partido político alemão de extrema direita conhecido como Nacional-Democrata, mas há vários parecidos, incluindo o Alternativa para a Alemanha, hoje terceiro maior partido do país, com 94 assentos no Bundestag. O chefe do BfV, Hans-Georg Maassen, enfrentou pedidos de demissão, em 2018, por acusações de ter visões políticas extremistas e estar trabalhando em segredo para ajudar a ascensão do Alternativa para a Alemanha ao poder.

Não há seção restrita dos Arquivos Secretos do Vaticano conhecida como *collezione*, pelo menos não que eu tenha descoberto durante minha pesquisa. Minhas mais profundas desculpas ao *prefetto* por desligar seu fornecimento de energia e seu sistema de segurança,

DANIEL SILVA

mas, infelizmente, não havia outra forma de Gabriel e Luigi Donati entrarem no Depositório de Manuscritos sem ser detectados. Eles não poderiam ter recebido a primeira página do Evangelho segundo Pilatos, pois esse livro não existe. Os outros evangelhos apócrifos mencionados em *A Ordem* são representados com precisão, bem como as palavras de figuras da Igreja primitiva como Orígenes, Tertuliano e Justino Mártir.

Foi o cardeal Tarcisio Bertone que empreendeu uma ambiciosa reforma de dois apartamentos no Palazzo San Carlo para criar um apartamento luxuoso de seiscentos metros quadrados com um terraço. Mas a habitação de Bertone era um casebre perto do palácio em Limburgo, Alemanha, que o bispo Franz-Peter Tebartz-van Elst, o "bispo do luxo", reformou a um suposto custo de quarenta milhões de dólares. Em maio de 2012, Ettore Gotti Tedeschi foi removido como presidente do Banco do Vaticano em conexão com o escândalo de dinheiro e sexo que ficou conhecido como Vatileaks. Um dossiê do Vaticano sobre a corrupção que corria solta entre oficiais sêniores da Igreja supostamente influenciou o conclave de 2013 que elegeu o papa Francisco. O secretário de estado do Vaticano condenou a cobertura pré-conclave da mídia sobre o escândalo como tentativa de interferir na seleção do Sumo Pontífice.

O ex-cardeal Theodore McCarrick, de Washington D.C., supostamente enviou mais de seiscentos mil dólares da conta de uma arquidiocese pouco conhecida para amigos e benfeitores no Vaticano, incluindo os papas João Paulo II e Bento XVI. O *The Washington Post* descobriu que vários dos burocratas do Vaticano que receberam dinheiro estavam diretamente envolvidos em avaliar alegações de conduta sexual imprópria contra McCarrick, que incluía acusações de ter solicitado sexo enquanto ouvia confissões. Um relatório da Conferência Episcopal da Suíça publicado em julho de 2018 descobriu um aumento assustador em *novas* acusações de assédio sexual contra padres suíços. Não é de surpreender que multidões de católicos suíços, incluindo meu fictício Christoph Bittel, tenham virado as costas para a Igreja.

Há de fato uma fraternidade católica baseada na aldeia suíça de Menzingen, mas não é a fictícia Ordem de Santa Helena. É a Sociedade de São Pio x ou SSPX, a ordem reacionária e antissemita fundada em 1970 pelo bispo Marcel-François Lefebvre. O bispo Lefebvre era filho de um industrial francês rico que apoiou a restauração da monarquia francesa. Durante a Segunda Guerra Mundial, o então padre Lefebvre apoiou abertamente o regime do marechal Philippe Pétain em Vichy, que colaborou com a SS na destruição dos judeus da França. Paul Touvier, oficial sênior da notória milícia de Vichy conhecida como Milice, encontrou refúgio num priorado da SSPX em Nice após a guerra. Preso em 1989, Touvier foi o primeiro francês a ser condenado por crimes contra a humanidade.

Não é surpresa que o bispo Lefebvre também tenha expressado apoio a Jean-Marie Le Pen, líder da Frente Nacional da França, partido de extrema direita, e negador condenado do Holocausto. *Monsieur* Le Pen compartilha essa distinção com Richard Williamson, um dos quatro padres da SSPX que Lefebvre elevou à hierarquia de bispo em 1988, desafiando uma ordem direta do papa João Paulo II. Williamson, que é britânico, referia-se rotineiramente aos judeus como "inimigos de Cristo" cujo objetivo era a dominação mundial. Enquanto servia como reitor do seminário norte-americano da SSPX em Winona, Minnesota, Williamson declarou: "Não houve um judeu morto na câmara de gás. São só mentiras, mentiras, mentiras." Ele foi expulso da Fraternidade Sacerdotal de São Pio x em 2012, mas não por suas visões antissemitas. A SSPX chamou sua remoção de "decisão dolorosa".

DANIEL SILVA

Quando morreu, em 1991, o bispo Lefebvre era um excluído da doutrina e uma espécie de vergonha. Mas, durante os anos 1930, enquanto as nuvens cinzas pairavam sobre os judeus da Europa, um prelado com opiniões similares às de Lefebvre teria estado no *mainstream* católico. A preferência da Igreja por monarquias e ditadores de direita a socialistas ou até liberais democratas foi documentada minuciosamente, junto com o chocante antissemitismo de muitos dos principais porta-vozes e articuladores de política do Vaticano. Enquanto alguns clérigos católicos apoiavam a eliminação física dos judeus da sociedade europeia, o jornal *L'Osservatore Romano*, do Vaticano, e o jornal jesuíta *La Civiltà* comemoraram leis — por exemplo, na Hungria — que purgavam judeus de profissões como direito, medicina, economia e jornalismo. Quando Benito Mussolini decretou restrições semelhantes na Itália em 1938, os homens do Vaticano mal conseguiram dar uma palavra de protesto. "A verdade terrível", escreveu a historiadora Susan Zuccotti em seu impressionante estudo do Holocausto na Itália, *Under His Very Windows*, "é que eles queriam os judeus em seu lugar".

Isso certamente era verdade em relação ao bispo Alois Hudal, reitor da igreja austro-alemã em Roma. Foi o bispo Hudal, não meu fictício padre Schiller, que escreveu um livro violentamente antissemita em 1936 que tentava reconciliar o catolicismo e o nacional-socialismo. No exemplar que enviou a Adolf Hitler, Hudal fez uma dedicatória elogiosa: "Ao arquiteto da grandiosidade alemã."

Cidadão austríaco que diziam ser obcecado por judeus, o bispo Hudal andava por Roma durante a guerra num carro com motorista que hasteava a bandeira da Grande Alemanha. Dois anos e meio depois da vitória dos Aliados, ele deu uma festa de Natal com centenas de criminosos de guerra nazistas que viviam em Roma sob sua proteção. Com a ajuda de Hudal, muitos encontrariam refúgio na América do Sul. Adolf Eichmann recebeu assistência do bispo

420

A ORDEM

Hudal, assim como Franz Stangl, comandante do campo de extermínio de Treblinka. Tudo com o conhecimento e o apoio tácito do papa Pio XII, que acreditava que esses monstros eram um ativo valioso na luta global contra o comunismo soviético.

Os críticos e defensores de Pio se engajaram numa briga de décadas devido ao fato de ele não ter condenado explicitamente o Holocausto e alertado os judeus da Europa sobre os campos de concentração. Mas seu apoio indefensável a procurados assassinos nazistas em massa é talvez a evidência mais clara de sua hostilidade inata em relação aos judeus. Pio opôs-se aos Julgamentos de Nuremberg, à criação do estado judeu e às tentativas pós-guerra de reconciliar o cristianismo com a fé da qual ele tinha nascido. Excomungou todos os comunistas na Terra em 1949, mas nunca tomou uma atitude similar em relação aos membros do Partido Nazista ou da assassina SS. Nem expressou remorso explícito com a morte de seis milhões de judeus no Holocausto.

O processo de reconciliação entre judeus e cristãos, portanto, teria de esperar a morte de Pio, em 1958. Seu sucessor, papa João XXIII, aplicou medidas extraordinárias para proteger judeus durante a Segunda Guerra Mundial, enquanto servia como núncio papal em Istambul, incluindo emitir passaportes falsos que salvaram vidas. Estava velho quando o Anel do Pescador foi colocado em seu dedo e, tristemente, seu papado foi breve. Pouco antes de sua morte, em 1963, perguntaram a ele se havia algo a ser feito sobre o devastador retrato de Pio XII na abrasadora peça de Rolf Hochhuth *O vigário*. "Fazer algo contra isso?", respondeu o incrédulo papa, supostamente. "O que se pode fazer contra a verdade?"

A culminação da tentativa de João XXIII de reparar as relações entre católicos e judeus após o Holocausto foi a declaração do Concílio Vaticano II, conhecido como *Nostra Aetate*. Combatido por muitos conservadores dentro da Igreja, ele declarou que os judeus não eram coletivamente responsáveis pela morte de Jesus nem eternamente amaldiçoados por Deus. A grande tragédia histórica, para começar, é que essa afirmação pública tenha precisado ser feita. Mas, por quase dois mil anos, a Igreja ensinou que os judeus, como povo, eram culpados de deicídio, o assassinato de Deus. "O sangue de Jesus", escreveu Orígenes, "cai não só sobre os judeus daquela época, mas sobre os judeus até o fim do mundo". O papa Inocente III concordava inteiramente. "As palavras deles — que o sangue dele caia sobre nós e nossos filhos — levaram culpa herdada para toda a nação, que os segue como uma maldição onde quer que vivam e trabalhem, quando nascem e quando morrem." Se essas palavras fossem ditas hoje, seriam com razão tidas como discurso de ódio.

A antiga acusação cristã de deicídio é universalmente considerada por acadêmicos como fundação do antissemitismo. Mesmo assim, o Concílio Vaticano II, ao emitir seu repúdio histórico, não pôde resistir a incluir as seguintes 15 palavras: "Sim, autoridades dos judeus e aqueles que seguiam seus líderes pressionaram pela morte de Cristo." Mas que fonte os bispos usaram para justificar uma declaração tão inequívoca sobre um acontecimento que se deu num canto remoto do Império Romano quase dois mil anos antes? A resposta, claro, é que confiavam nos relatos da morte de Jesus contidos nos quatro Evangelhos do Novo Testamento — a própria fonte da calúnia maldosa que estavam, por fim, repudiando.

Nem é preciso dizer que o Concílio Vaticano II não sugeriu eliminar as páginas inflamatórias do cânone cristão. Ainda assim, o *Nostra Aetate* iniciou uma reavaliação acadêmica dos Evangelhos canônicos, que se reflete nas páginas de *A Ordem*. Cristãos que acreditam em infalibilidade bíblica sem dúvida contestarão minha descrição de quem eram os evangelistas e como seus Evangelhos foram escritos. A maioria dos acadêmicos bíblicos, não.

A ORDEM

Não sobreviveu esboço original algum dos quatro Evangelhos canônicos, apenas fragmentos de cópias posteriores. É amplamente aceito por acadêmicos que nenhum dos Evangelhos, com a possível exceção de Lucas, foi escrito pelos homens segundo os quais são nomeados. Foi o padre apostólico Papias de Hierápolis que, no século XX, forneceu o relato sobrevivente mais honesto de sua autoria. E foi Ireneu, líder da Igreja primitiva e caçador de heresias na França, que declarou que apenas quatro dos muitos Evangelhos então em circulação eram autênticos. "E isso é obviamente verdade", escreveu ele, "porque há quatro cantos do universo e quatro ventos principais." Paul Johnson, em seu monumental *História do cristianismo*, afirmou que Ireneu "não sabia mais sobre as origens dos Evangelhos do que nós; aliás, sabia bem menos".

Johnson seguiu descrevendo os Evangelhos como "documentos literários" com evidências posteriores de adulteração, edição, reescrita e interpolação e antedatação de conceitos teológicos. Bart D. Ehrman, distinto professor de estudos religiosos na Universidade da Carolina do Norte, defende que estão cheios de "discrepâncias, enfeites, histórias inventadas e problemas históricos" que significam que "não podem ser tomados como relatos historicamente precisos do que realmente aconteceu". A descrição da prisão e execução de Jesus nos Evangelhos, diz Ehrman, "precisa ser considerada com os dois pés atrás".

Numerosos acadêmicos bíblicos e historiadores contemporâneos concluíram que os evangelistas e seus editores na Igreja primitiva mudaram conscientemente a culpa pela morte de Jesus dos romanos aos judeus para fazer o cristianismo mais atraente aos gentios que viviam sob jugo romano e menos ameaçador aos próprios romanos. Os dois elementos primários usados pelos escritores dos Evangelhos para culpar os judeus pela morte de Jesus são o julgamento diante do Sinédrio e, claro, o tribunal diante de Pôncio Pilatos.

DANIEL SILVA

Cada um dos quatro Evangelhos canônicos dá um relato ligeiramente diferente do ocorrido, mas é talvez mais iluminador comparar a versão de Marcos com a de Mateus. Na primeira, Pilatos sentencia Jesus à morte relutantemente, a pedido de uma multidão judia. Mas, na segunda, a multidão, de repente, virou "todo o povo". Pilatos lava as mãos em frente a eles e se declara inocente do sangue de Jesus. Ao que "todo o povo" responde: "Que o sangue dele esteja sobre nós e nossos filhos!"

Então, qual versão é precisa? "O povo todo" realmente gritou uma frase tão mirabolante sem uma única voz dissidente ou não? E Pilatos lavando as mãos? Aconteceu? Afinal, não é um detalhe. Obviamente, ambos os relatos não podem estar corretos. Se um estiver certo, o outro necessariamente estará errado. Alguns podem argumentar que Mateus é simplesmente *mais* correto que Marcos, mas isso é uma evasão. Um repórter que cometesse tal erro com certeza seria repreendido por seu editor, se não demitido na hora.

A explicação mais plausível é que toda a cena seja uma invenção literária. É, provavelmente, o caso também dos relatos inflamatórios dos Evangelhos sobre a aparição de Jesus diante do Sinédrio. O pesquisador religioso Reza Aslan, em sua biografia de Jesus emocionante intitulada *Zelota: A vida e a época de Jesus de Nazaré*, afirma que os problemas com os relatos dos Evangelhos sobre um tribunal Sinédrio "são numerosos demais para contar". O falecido Raymond Brown, padre católico amplamente considerado como maior pesquisador do Novo Testamento no fim do século xx, encontrou 27 discrepâncias entre os relatos dos Evangelhos sobre o julgamento e a lei rabínica. A professora Paula Fredriksen, da Universidade de Boston, em seu seminal *Jesus of Nazareth, King of the Jews* [Jesus de Nazaré, rei dos judeus], igualmente questiona a veracidade do Sinédrio. "Entre seus deveres no Templo e suas refeições festivas em casa, esses homens já teriam tido um dia longo; e ademais, qual era a necessidade?" Fredriksen é igualmente cética de que tenha havido um tribunal diante do prefeito romano. "Talvez Jesus tenha sido brevemente interrogado por Pilatos, embora isso também seja improvável. Não havia motivo." Aslan é mais definitivo na questão da aparição diante de Pilatos: "Não houve julgamento. Não era necessário um julgamento."

Talvez não haja voz mais convincente sobre o assunto do que John Dominic Crossan, professor emérito de estudos religiosos na Universidade DePaul e ex-padre ordenado. Em *Quem matou Jesus?*, ele pergunta se o retrato incendiário dos Evangelhos sobre o tribunal diante de Pilatos era "uma cena de história romana" ou "propaganda cristã". Ele respondeu à pergunta, em parte, com a seguinte passagem: "Por mais explicáveis suas origens, defensíveis suas invectivas e compreensíveis seus motivos entre cristãos lutando pela sobrevivência, sua repetição hoje tornou-se a mais longa mentira e, para nossa própria integridade, nós, cristãos, devemos, pelo menos, chamá-la assim."

Mas por que revisitar a tortuosa história da relação do cristianismo com o judaísmo? Porque o ódio mais duradouro — o ódio nascido da representação da Crucificação nos Evangelhos — cresceu de novo, violentamente, bem como um tipo de extremismo político baseado em raça que os partidários chamam de "populismo". Os dois fenômenos estão inegavelmente interligados. Como prova, não precisamos ir mais longe do que a marcha Unite the Right [Unir a Direita] de 2017 em Charlottesville, Virgínia, em que nacionalistas brancos protestaram contra a remoção de um memorial dos Confederados e gritavam "Judeus não nos substituirão!", enquanto marchavam à luz de tochas e faziam saudações nazistas com o braço esticado. Ou a sinagoga Tree of Life, no bairro de Squirrel Hill, em Pittsburgh, onde um nacionalista branco irritado com a imigração hispânica assassinou onze judeus e feriu outros seis.

DANIEL SILVA

Por que o atirador alvejou judeus? Será que estava tomado por um ódio irracional ainda mais poderoso que seu ressentimento contra imigrantes de pele escura buscando uma vida melhor nos Estados Unidos?

O brilhante economista Paul Krugman, do *The New York Times*, fez a conexão entre a ascensão simultânea do antissemitismo e do populismo baseado em raça na mesma coluna em que produziu a citação que aparece na epígrafe desta obra. "A maioria de nós, acho, sabe que sempre que a intolerância corre solta, provavelmente, acabaremos entre suas vítimas." Infelizmente, a eclosão de uma pandemia global, junto com uma crise econômica aguda, deve piorar as coisas. Nos cantos mais sombrios da internet, os judeus estão sendo culpados pela pandemia, assim como foram culpados pela Peste Negra no século XIV.

"Nunca esqueça", diz o rabino Jacob Zolli a Gabriel durante as cenas de abertura de *A Ordem*, "o inimaginável pode acontecer". A eclosão de uma pandemia global parece comprovar isso. Mas, mesmo antes da crise de Covid-19, o antissemitismo na Europa tinha crescido a um nível que não era visto desde meados do século passado. Para seu crédito, líderes políticos da Europa Ocidental condenaram amplamente a ressurgência do antissemitismo. O papa Francisco também. Ele questionou ainda a moralidade do capitalismo desenfreado, pediu ação nas mudanças climáticas, defendeu os direitos de imigrantes e avisou sobre os perigos da ascensão da extrema direita europeia, que o considera um inimigo mortal. Quem dera um prelado como Francisco estivesse usando o Anel do Pescador em 1939. A história dos judeus e a da Igreja Católica Romana podia muito bem ter sido escrita de outro modo.

AGRADECIMENTOS

Sou eternamente grato à minha esposa, Jamie Gangel, que serviu como minha caixa de ressonância enquanto eu resolvia os detalhes e a estrutura de uma trama complexa envolvendo o assassinato de um papa, a descoberta de um evangelho há muito suprimido e uma conspiração da extrema direita europeia para tomar o controle da Igreja Católica Romana. Quando terminei meu primeiro esboço, ela fez três sugestões cruciais e habilmente editou meu manuscrito final, tudo enquanto cobria o impeachment de um presidente para a CNN e cuidava de nossa família durante uma pandemia. Compartilho muitas características com meu protagonista, Gabriel Allon, incluindo o fato de ambos sermos casados com uma mulher perfeita. Minha dívida para com Jamie é imensurável, assim como meu amor.

Eu esperava finalizar *A Ordem* em Roma, mas fui forçado a cancelar a viagem quando o novo coronavírus arrasou a Itália. Tendo escrito dois thrillers sobre o Vaticano, além de diversos outros com cenas na ou em torno da cidade-estado, criei muitas amizades queridas com homens e mulheres que trabalham atrás dos muros do menor país do mundo. Estive no lobby do quartel da Guarda Suíça, fiz compras na farmácia e no supermercado do Vaticano, visitei os laboratórios de conservação dos Museus Vaticanos, abri a porta do forno na Capela Sistina e fui a uma missa celebrada pelo Santo Padre.

DANIEL SILVA

Desejo expressar minha gratidão ao padre Mark Haydu, que foi uma fonte valiosa durante o processo de escrita, e ao inigualável John L. Allen, que literalmente escreveu o livro sobre como funciona um conclave. Para registrar, nenhum dos dois influenciou minha representação da natureza antijudaica dos relatos da morte de Jesus nos Evangelhos.

Estarei para sempre em dívida com David Bull e Patrick Matthiesen por seus conselhos sobre restauração e história da arte, e por sua amizade. Louis Toscano, meu querido amigo e editor de longa data, fez inúmeras melhorias no romance, assim como Kathy Crosby, minha preparadora de textos com olhos de águia. Quaisquer erros que passaram pelas formidáveis mãos deles são responsabilidade minha, não deles.

Consultei centenas de jornais e matérias de revistas enquanto escrevia *A Ordem*, além de dezenas de livros. Seria omisso se não mencionasse os seguintes: Ann Wroe, *Pontius Pilate*; James Carroll, *Constantine's Sword: The Church and the Jews*; Paul Johnson, *História do cristianismo*; Paula Fredriksen, *Jesus of Nazareth, King of the Jews: A Jewish Life and the Emergence of Christianity* e *From Jesus to Christ: The Origins of the New Testament Images of Jesus*; John Dominic Crossan, *Quem matou jesus?: As raízes do Anti-semitismo na história evangélica da morte de Jesus*; Reza Aslan, *Zelota: A vida e a morte de Jesus de Nazaré*; Bart D. Ehrman, *How Jesus Became God: The Exaltation of a Jewish Preacher from Galilee*; Bart D. Ehrman e Zlatko Pleše, *The Apocryphal Gospels: Text and Translations*; Robert S. Wistrich, *Antisemitism: The Longest Hatred*; Daniel Jonah Goldhagen, *A Moral Reckoning: The Role of the Catholic Church in the Holocaust and Its Unfulfilled Duty of Repair* e *Hitler's Willing Executioners: Ordinary Germans and the Holocaust*; John Cornwell, *O papa de Hitler: a história secreta do Papa Pio XII* e *A Thief in the Night: Life and Death in the Vatican*; Michael Phayer, *The Catholic Church and the Holocaust, 1930—1965* e *Pius XII, the Holocaust, and the Cold War*; Susan Zuccotti, *Under His Very Windows: The Vatican and the Holocaust in Italy*; David I. Kertzer, *The Popes Against the Jews: The Vatican's Role in the Rise of Modern Anti-Semitism*; Uki Goñi, *A verdadeira Odessa: O contrabando de nazistas para a Argentina de Perón*; John Follain, *City of Secrets: The Truth Behind the Murders at the Vatican*; Carl Bernstein e Marco Politi, *Sua Santidade — João Paulo II e a história oculta de nosso tempo*; John L. Allen Jr., *Conclave: a política, as personalidades e o processo da próxima eleição papal*; Thomas J. Reese, *O Vaticano por dentro*; Frederic J. Baumgartner, *Behind Locked Doors: A History of Papal Elections*; e Gianluigi Nuzzi, *Merchants in the Temple: Inside Pope Francis's Secret Battle Against Corruption in the Vatican*.

Somos abençoados com parentes e amigos que preenchem nossa vida de amor e riso em tempos críticos durante o ano de escrita, em especial Jeff Zucker, Phil Griffin, Andrew Lack, Noah Oppenheim, Susan St. James e Dick Ebersol, Elsa Walsh e Bob Woodward, Michael Gendler, Ron Meyer, Jane e Burt Bacharach, Stacey e Henry Winkler, Kitty Pilgrim e Maurice Tempelsman, Donna e Michael Bass, Virginia Moseley e Tom Nides, Nancy Dubuc e Michael Kizilbash, Susanna Aaron e Gary Ginsburg, Cindi e Mitchell Berger, Andy Lassner, Marie Brennan e Ernie Pomerantz, e Peggy Noonan.

Um agradecimento de coração à equipe incrível da Harper-Collins, que conseguiu publicar um livro sob circunstâncias que nem um escritor de thrillers poderia imaginar. Tenho uma dívida especial com Brian Murray, Jonathan Burnham, Jennifer Barth, Doug Jones, Leah Wasielewski, Mark Ferguson, Leslie Cohen, Robin Bilardello, Milan Bozic, Frank Albanese, Josh Marwell, David Koral, Leah Carlson-Stanisic, Carolyn Bodkin, Chantal Restivo--Alessi, Julianna Wojcik, Mark Meneses, Sarah Ried, Beth Silfin, Lisa Erickson e Amy Baker.

Por fim, a eclosão do mortal coronavírus exigiu que meus filhos, Lily e Nicholas, voltassem a viver sob o mesmo teto que eu enquanto eu lutava para finalizar este romance antes do prazo final. Por isso, sou grato, embora não tenha certeza de que eles diriam o mesmo. Como muitos jovens profissionais americanos, eles trabalharam de seus quartos de infância durante a quarentena. Curti ocasionalmente aparecer sem avisar nas videoconferências deles. Sua presença foi uma fonte de grande conforto, alegria e inspiração. Eles também são milagres, de mais de uma maneira.

Este livro foi impresso pela umlivro, em 2024, para a
HaperCollins Brasil. A fonte do miolo é Bembo Std.
O papel do miolo é avena 80g/m^2,
e o da capa é cartão 250g/m^2.